黑轴

赤道王朝

DARK AXIS

2

EQUATOR DYNASTY

顾非鱼 ◆ 著

台海出版社

献给懂懂的朋友

这是学界还未知晓的领域，也是人类尚未涉足的世界。当我写下这句话时，我知道我选择了一条艰险的道路，也明白了我个人的渺小，但我还是决定勇敢地尝试，也许我将一无所获，也许我将半途夭折，可我心里深处隐隐有一种本能的召唤，哪怕只有万分之一的可能，我也会走下去，将其中的秘密大白于天下，那么这个"领域"或是"世界"从哪里开始呢？就从这荒原大字开始。

整个地球重新回到了蛮荒原始状态，直到第四纪大冰期结束，我们的祖先快速进化发展，现代人类文明诞生。但我不妨大胆假设一下，最后依然有极少数躲避在黑轴内的闭源人存活了下来，只是他们无力回天，他们也回到了蛮荒时代，但他们特有的基因却很可能与现代人类混杂在一起，黑轴文明的种子依然隐藏在我们现代文明之中。

我从袁教授手上拿回笔记本，随手又翻了翻，忽然发现在笔记本的最后一页出现了一句话，同样是用钢笔写就，字迹应该就是袁帅妈妈的，我慢慢念出了那句话——我们打开了黑轴的秘密，它就不会再关闭！

我们打开了黑轴的秘密，它就不会再关闭！当我念出这句话时，所有人都面面相觑，仿佛被这句话震慑，它像一句咒语，又像是一句预言。

"这颗星球上只有两件事会让我感到热血澎湃：一是研发出让人类健康长寿的科技；二是让人类变为多星球栖息种族的科技。"袁教授忽然说出了一句特别牛的话，弄得我哭笑不得，我是该对他肃然起敬，还是该感到恐惧？

我闭上了眼睛，耳畔传来袁教授的喃喃低语，"我知道人类迟早会打开黑轴的秘密，但没想到是由我们打开！一开始我也没想到会陷得这么深，它……它太诱人了，高度发达的科技，一千岁的健康寿命，取之不尽的能源……啊！既然我们已经打开了黑轴的秘密，它就不会再关闭！"

当我们驶近真武庙时，我忽然叫秦悦停车，因为我发现就在草地上，斜着伫立了一块不大的石碑。"这块碑我们之前怎么没发现？"我小声嘀咕着，看看秦悦和宇文。

"看上去不像古代的碑！"秦悦说。

宇文凑上去，拂去碑上的灰土，上面显露出一行像是用刀刻上去的文字，"是俄文！写的是——我们打开了黑轴的秘密，它就不会再关闭！"

宇文喃喃地读出了碑上的文字，我们打开了黑轴的秘密，它就不会再关闭！这句话已是第三次出现，第一次是在桂颖留下的笔记本后面，第二次是从袁教授的嘴里，而这次是在这块草草刻成的碑上，是谁刻下这如咒语般的话语，是格林诺夫，还是阿努钦，抑或是柳金？还是那个有一半中国血统的梅什金？

而这碑文是对人类的忠告？还是得意的嘲笑？

目 录

CONTENTS

三千世界

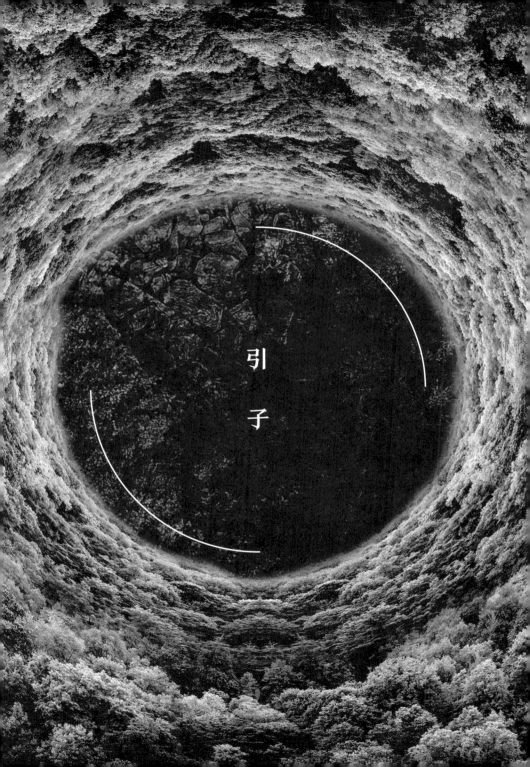

引

子

　　我盯着针管里不断增加的鲜红血液，这是我的血，我惊恐地瞪大眼睛，注视着这个奇怪的空间，这里像极了黑轴的零号实验室。一个戴着口罩，穿着绿色实验服的人正在给我抽血，我看不清这人的面孔，像是个年轻男人，戴着无框眼镜，我本能地想要反抗，但一切都无济于事，随着我身体内血液一点点被抽去，我感到了窒息，我不知道这种窒息来自失血，还是因为恐惧！

　　那支又粗又长的针管慢慢被我的鲜血注满，紧接着，那人又拿来一支同样粗的针管，这支针管内不是空的，而是注满了黑紫色的液体，这是什么？我马上想到了黑轴的零号试验室，袁教授要给我注射的那种液体。我的眼中布满血丝，充满恐惧，这人要干什么？抽我的血，又要给我注射这种可怕的未知液体，我本能地想要呼救，却喊不出声，那人手持针管，步步靠近，我拼命挣扎，却被什么东西固定着，我还是看不清那人的容貌，只是在他逼近我时，我窥见了那个可怕的眼神，诡异而邪魅的眼神，静脉再次感到一阵刺痛，我再也无法忍受，终于喊出了声……

　　是梦吗？我睁开眼，还在那个奇怪的空间内，只是刚才那个拿针管抽我血，又给我注射的人不见了！偌大的房间内，只有我一个人静静地躺在硬邦邦的台子上，我确定这不是我那宽大舒适的大床，我想掐自己一下，但手臂还是被绑在了台子上。我扭头看去，固定住我身体的并不是手铐或绳子，而是一根根坚实的皮带，这些皮带一根根绑住我的四肢和身体，让我动弹不得。

我无奈地瞪着失神的眼睛，盯着屋顶，这一切都是怎么发生的？慢慢地，我感到口干舌燥，浑身燥热，我使劲抿了抿干涩的嘴唇，无济于事！身体内的水分似乎正在快速流失，不仅如此，我开始感觉身体似乎起了某种变化，血液在加速流动，五脏六腑都在翻腾，慢慢地，刚开始的不适感在褪去……我开始变得很享受这种感觉，很舒服，我的意识变得舒缓，一直紧绷的神经开始放松，恐惧与压迫感都不见了，越来越舒服，体力不断恢复，在增长，我开始觉得有力气，似乎有用不完的气力！一根根青筋在暴起，一条条血管在喷张，我的双手慢慢握成了拳头……

只是皮带还在束缚着我的身体，我有些不知所措，但这种意识只是一刹那，很快我就意识到我必须挣脱这种束缚！这种意识越来越强烈，我慢慢闭上了眼睛，头脑里理性的部分还在顽抗，我为什么会出现在这里？这是哪儿？他们是什么人？要对我做什么？但这些理性思考越来越弱，越来越微弱……当我再次睁开眼时，我的意识告诉我必须反抗，必须挣脱束缚，这个意识已经完全占据了我的大脑！我猛地用力，身上的层层皮带开始扭曲、变形，有那么一刹那，理智让我很吃惊，我怎么突然变得如此有力？我一点点注视着自己身体的变化，可怕的变化，像是发生了某种变异，但很快这个意识就被压了下去！

　　只用了三十秒我就挣脱了束缚身体的层层皮带，赤裸着上身，使劲一撞，房间厚厚的铁门就扭曲变形，被我撞开了！我来到外面的走廊上，看到熙熙攘攘的人群，发出了一声低沉的怒吼，我根本不知道自己怎么会发出那样的声音，就见走廊上所有人都愣在那里，注视着我，用看见怪物的眼神盯着我，愤怒很快占据了我的意识，这些人为什么用这种眼神盯着我？我又是一声怒吼，人群开始骚动，推搡、挤压、踩踏、惊恐、尖叫、哭喊、哀号、挣扎……

　　面前的一切给了我极大的快感和刺激，我猛地抓过身边一个二十来岁，身材很好的少女，一下撕扯下她身上的白大褂，看着她雪白柔嫩的肌肤，一口就对着她的脖颈咬去，女孩拼了命地挣扎、哭喊，她那修剪过的精致指甲在我手臂上划出长长的口子，我却没有丝毫疼痛，反倒进一步刺激着我狂躁不安的意识。少女新鲜甜美的血液让我获得了巨大的满足感，但我显然对吸血并不感兴趣，我的双臂伸直将这个身高也有一百七十厘米的少女举过头顶，一切都是那么轻松，然后……我的意识告诉我，只要我再稍稍用力，就可以将这个少女轻松撕成一堆碎片！

　　但此刻我的头脑里另一个意识突然又蹦了出来，我犹豫了，就在这时，身后响起了一连串的枪声，紧接着我感到自己的身体似乎被击中了，黑紫色的血液，不，我不知道这还是不是血液？也许只……只是那可怕的黑紫色液体，从我的身体内喷溅出来，可我却并不感到疼痛。愤怒再次充斥了我的意识，我猛地将手中的少女抛向赶来对我开枪的警卫，然后猛地发力，几乎瞬间就跑到了两名警卫面前，一把就将一名警卫举起，抛出！又赶来两名警卫，子弹越来越密集，其中一名警卫对我抛出了一枚手雷，手雷正落在我的脚下，待我反应过来，手雷爆炸了……

第一章　袁帅归来

1

满头大汗的我从床上一跃而起,大口喘着粗气。一个噩梦,一个怪诞诡异的噩梦!我看了看四周,这里不是黑轴,也不是可怕的试验基地,而是我的家里。更让我诧异的是,自从黑轴回来,我就再没做过噩梦,今天是怎么了?我看看手表,已是下午三点一刻,这一觉竟睡了这么久?以至于耽误了我看股票,一扭头,脖颈处一阵酸痛,好像是落枕了。

从黑轴刚一脱身,秦悦就通知楚峻,解救了那些被袁教授绑架的人。我们回来以后,就各自在家养伤,正好这个学期没课,可以在家养伤。一个月后,秦悦和宇文已经基本恢复,两个不知死活的家伙,居然又着手调查起黑轴。他们手中的线索只有袁教授在黑轴要给我注射的那支针管,秦悦和宇文都认为针管里面黑紫色的液体,或许隐藏着更多的秘密。听说他们找到了我们学校生物系一个叫马建秋的副教授,帮他们分析针管中的黑紫色液体。说起我们学校的生物系,可是袁教授原来工作的地方,我心里更是一百个不放心!虽说我们学校的生物专业久负盛名,但刚冒出来袁教授这个科学魔鬼始终让人心有余悸。

秦悦手上还有一条线索，就是必大医药集团的账本，二〇〇七年的增资扩股后，袁教授仍然是必大集团第二大股东，而第一大股东则变更成了持巨资入股的云象基金，这个神秘的云象基金，还有DUW公司很是可疑……呃，我走出卧室，走进宽大的书房，拉开厚厚的窗帘，我家住在十六楼，是楼里最好的位置，采光很好，深秋的暖阳照射进来，顿时让我从那个可怕的噩梦里缓了过来。

突然，噩梦里的画面又蹦了出来，我浑身一激灵，猛地回头，并没有人！这大白天都能被噩梦吓成这样，今天晚上该怎么办？想到这里，我站起身伸伸腰，使劲扭动酸痛的脖颈，又想起了秦悦和宇文，我已经有两个多月没见到他们了，其实我的伤比他们好得还早，被袁帅注射后的身体反应很快就消失了，但我实在不想再惹祸上身，一直闭门不出，每天就是写作，将荒原大字的故事写了出来，目前《黑轴：荒原大字》已近尾声，两个多月的闭关生活也该结束了。

我打开手机，竟然没有秦悦和宇文的微信，也没未接来电，顿感奇怪。前段时间，这俩天天给我发微信、打电话，极力劝诱我参与他们的调查，我开始爱搭不理地回了几句，后来干脆就玩起失联！我又翻了翻秦悦和宇文的朋友圈，已经半个月没有任何更新。这两人现在反过来跟我玩失联？管他呢，我穿好衣服，决定先出去透透气再说。揣上手机就出了门。

走下了楼，我漫无目的地在楼下的花园内散步，溜达一圈，到了小区大门口，这两个半月，每天凑合度日，似乎对外面的世界有些陌生了……呃，必须出去溜达一下，想到这里，我快步走出了小区大门。

我的这套房子在新区的核心地段，周围的建筑高大时尚，环境整洁优美，但人气却并不旺，远比不上老城区热闹。我在大街上走了五六分钟，就遇到三个人，快走到街角时，这儿有个很小的街心公园，走着走着，我就觉得有些异样，猛地回头，身后的人行道上没有人，又一扭头，街心公园里有三个大妈在散步，两个大爷在下棋……呃，难道是我的感觉出了问题？还是被噩梦吓得？狐疑着，我继续往前，准备过街角的红绿灯，路口很宽，我看看对面是绿灯，便迈开步伐，走到一半我停了下来，再瞅瞅对面，绿灯的读秒已经只剩下七秒，能过去吗？我有些迟疑，但我看宽阔的大街上并没什么车通过，于是，恍惚间，我迈开了脚步，继续过街。

六秒，五秒，四秒，当对面的读秒只剩三秒时，我抬头看了看对面，意识到可能过不去了，必须跑两步！就在这时，对面街角似乎有人在注视着我，我愣了一下，就在这一愣神的功夫，对面已经变成了红灯，徘徊之间，一辆疾驰而来的SUV，猛地在我面前刹车，我惊出一身冷汗，扭头望去，是牧马人，车里坐着的正是同样惊魂未定的秦悦和宇文松。

我失魂落魄地上了秦悦的车，本来还不错的心情忽然落到了低谷。在家待久了，整个人都废了，马路都过不去了！我忽然注意到秦悦在后视镜里注视着我的窘态，有些羞愧。于是，没好气地说道："看什么看？好好开车！"

秦悦道："你还好吧？"

"是啊，你不会是在家待傻了吧？"宇文也不忘附和。

"滚！我这两个月滋润着呢！"

"好！好！好！你滋润！"秦悦收起了笑容，"今天我们特地来找你是有件正经事……"

"你们这半个月都干吗了？没声音没图像的！"

"就是为了今天要跟你说的事。"秦悦变得严肃起来。

我注意到秦悦在前方掉了个头。

"哎，你们这是要带我去哪？我出来就是遛弯儿的！"

"去金宁大学！"秦悦一本正经地说道。

"金宁大学？生物系啊？你就那么欣赏那个啥……啥马什么……建秋？"我盯着后视镜中的秦悦，"你不是看上人家了吧，去吧去吧，我也待憋闷了，我倒要看看这个马建秋长啥样？"

"无聊。"秦悦对我的话不屑一顾。

"你们非要继续调查那个针管才是无聊！人生啊，青春啊，有那么多重要的事要去做……"

"比如？"秦悦打断我说道。

"比如炒股，写小说啊，打打农药啊！即便你对这些不感兴趣，也可以在深秋暖阳中，放松一下心情……"我将头移到车窗边上，让这深秋暖阳照在我的脸上，但我忽然发现秦悦驾车走的方向并不是去我们学校的方向。

"哎！哎！你走错路了吧？"

"我可没你的闲情逸致！"秦悦回头看看我，沉着脸。

宇文回头也是一本正经地对我说："今天我们来找你，就是要告诉你我们这一个多月调查的进展，我们不去金宁大学的校区，而是去他们在郊外的一处试验基地。"

又是试验基地！我现在一听到这几个字就本能地起应激反应。秦悦驾车开了将近两个小时，离市区越来越远，路也越走越窄，最后完全驶进了一条狭窄的乡村公路，在山里蜿蜒盘旋。最后，夕阳西下时，我们终于来到了一处规模颇大的屋舍前。屋舍的大铁门旁挂着一块牌子，上面几个白底黑字，写着——金宁大学生物系养殖场。

我疑惑问地他们："这……这是什么试验基地？明明就是个养殖场啊！"

秦悦没有说话，径直推开一扇铁皮门，往里走去，宇文对我小声嘀咕道："你进去就知道了，这就是试验基地！"

试验基地？与我印象中高大上的实验室完全不同，我狐疑着，跟着秦悦和宇文走进了养殖场……呃，实验室，很快，天就完全黑了下来。

2

原以为会有几声犬吠欢迎我们，可这里却出奇的安静，这种安静让我想起了黑轴，不禁浑身一激灵。秦悦回头又关上了外面的铁皮门，这种铁皮门在农村很常见，里面是个院子，院子内停着一辆老式的农用车，陈设与普通农家院子没有两样。

跟着秦悦和宇文往里面走，又穿过一道铁栅栏门，里面是一条光线昏暗的走廊，步出走廊，前面豁然开朗，是一个很大的院子，院子里堆满了大大小小的笼子，但大都是空的，一股难闻的腥臭味直冲嘴鼻。自从荒原大字回来后，我见到菜场装鸡的笼子都发怵，更别提一下看到这么多笼子！继续往里走，前面出现一栋二层建筑，这栋建筑全部是用轻钢材料建造，门口并没牌子，但我估摸这就是秦悦所说的实验室。

这样的实验室显然不像是个永久性实验室，看样子应该搭建起来时间不长，当我们三人走到这座建筑门前时，有人为我们打开了门，仿佛早就知道我们要来，秦悦和宇文冲那人点了点头，然后便回头对我介绍道："这位就是你们学校生物系的马建秋教授。"

"非鱼吧，久闻大名！咱们也算是同事了。"马建秋率先向我伸出了手，但脸上却没有笑容。

"今天把你们叫来，是因为试验终于有了结果。"

"试验？结果？"我狐疑地看看马建秋。

秦悦率先介绍道："上个月我们将袁正可遗留的那一管黑紫色液体拿给马教授检测。结果参与试验的一组小白鼠全部死了！"

"当时我将十六只参与试验的健康白鼠分为A、B两组，A组只注射少量黑紫色液体，B组则注射比较多的黑紫色液体，结果半个月后，A组的白鼠血液循环明显改善，显得有力量，精力充沛；而B组的白鼠前期也出现了这些有益现象，但很快就开始变得焦虑暴躁起来！"马建秋补充说道。

我一边跟着他们往里走，一边听着马建秋的介绍，然后问了一句："最后呢？"

"最后，在半个月前的一天早上，B组所有的白鼠都死了！"马建秋说了一句在我看来的废话。

"我是问死因！"我停下脚步反问马建秋。

马建秋摇摇头发出感叹："不知道！"

"什么叫不知道？"

"我无法判断它们的死因，但那天早上我醒来时，发现实验室用来关B组实验鼠的玻璃柜碎了，八只实验鼠都跑了出来！我开始怀疑是有人破坏，于是叫来所有人询问，结论是……夜里那间实验室并没有人！"马建秋的语速变得缓慢而迟疑。

我刚想说什么，秦悦接着说道："我勘察了那间实验室，又调取监控，当晚确实没有人进去过。从玻璃柜破碎的情况看，也不是人为的，也就是说只有一种可能，就是那些实验鼠撞碎玻璃柜，跑了出来！"

"要知道那种玻璃柜是很厚很坚固的！"宇文补充道。

我瞥了一眼经过的实验室，正有几个这样的空玻璃柜，我盯着那几个玻璃柜发愣，马建秋注意到我的目光。

"对，就是这种玻璃柜！这种玻璃柜一般用榔头都不那么轻易能敲碎……"

"那最后B组的八只实验鼠呢？"我打断马建秋的话。

"在实验室的下水管道口被找到了，已经全部死亡，我解剖了这些实验鼠，无一例外，它们身体内的骨头几乎全部碎裂，血管迸裂。我解剖过各种动物，从未见过如此死状！"马建秋一脸严肃，怔怔地盯着眼前的空玻璃柜。

"那么……"我迟疑一下，还是问出了心中的疑问，"那么你认为B组实验鼠最后的死因，包括它们的惨状，与注射的黑紫色液体有直接关系？"

马建秋点了点头回复："对，因为A组的实验鼠一直到现在都很健康，所以……"

听到这里，我浑身一颤，袁教授在黑轴零号实验室要给我注射的恐怖一幕又浮现在我眼前，但是马建秋又接着说道："半个月前，我将这种奇怪恐怖的结果通告秦悦，秦悦又让我接着检测，一方面是分析这种黑紫色液体的物质构成，另一方面如有必要继续用别的动物做试验。"

我的思绪又被拉了回来，秦悦介绍说道："但我们一直无法分析出这种黑紫色液体的物质构成！"

"为什么会这样？"我疑惑道。

"确实奇怪！这种黑紫色液体除了水以外，其他物质成分我们都不得而知！在这种情况下，秦悦建议我拿别的动物做试验。"马建秋说着看看秦悦。

秦悦摊了摊手无奈地说道："我也没别的办法，针管内的黑紫色液体已经用去一半，我建议马教授用更大的哺乳动物做试验，于是我们给一只猴子注射了这种黑紫色液体，因为所剩不多，所以我们把全部黑紫色液体都注射进了一只猴子体内，大约三百毫升。"

"猴子也死了？"我反问了一句。

"那倒还没有！只是……"马建秋话说一半，"你看了就知道了！"说罢，他猛地推开了另一侧的门。

一阵撕心裂肺的叫声，紧接着是铁笼的剧烈摇晃声，我被眼前突然出现的一幕吓了一跳，本能地向后退了半步，直到碰到宇文的身体，才停下来。我强制让自己镇定下来，迈步走进这间屋子，我才看清偌大的屋子内，中间有一道铁栅栏隔开，铁栅栏里面有一个方形的台子，台子上摆着个大号的铁笼，铁笼里应该就是马建秋所说的那只猴子。

猴子在铁笼里狂躁不安地剧烈跳跃，使劲晃动着铁笼，我注意到这个铁笼要比我之前看到的笼子都要坚固，笼子的铁条有手指粗，马建秋在一旁介绍道："这个笼子是特制的，铁栅栏也是特制加粗的。"

"这……这就是你们所谓的检测结果？"我的声音中有些颤抖。

"我想……这只猴子已经快要崩溃了！"秦悦像是在喃喃自语。

"那我劝你们把这笼子和栅栏门再加粗一些！"我嘟囔了一句又继续问，"你们喊我来干吗？就看这个？"

秦悦回头看着我，她看我的眼神一点都不温柔，竟然还让我有点发怵，就在这时，我忽然觉得宇文挪到了我身后，"你……你们这是要干吗？"

马建秋也回过身来，"秦悦说你身上很可能携带有闭源人基因，所以希望从你身上抽一点血来检测！"

我拔腿想跑，却被身后的宇文松一把抱住。

"别怕，就抽一点血！"宇文安慰我。

"我不抽，我一滴血都不会给你们！唉，你怎么能把我的秘密告诉外人呢？你们忘了在黑轴是谁救了你们！"我声嘶力竭地喊道。

"瞧你那点出息！不就抽点血吗？"秦悦说。

宇文把我抱得更紧了，马建秋不知从哪掏出一个空的针管，步步紧逼，我忽然想起了，这幅场景在今天的噩梦里见过，没错！马建秋肯定不是好人，我撕心裂肺地叫喊着，但针头已经扎进了我的皮肤，最后我奄奄一息地喊出了一声"这……针管干净吗……"就什么也不记得了。

3

我缓缓地睁开眼，苏醒过来，已经是在回城的车上，我看了一眼胳膊上的针孔，又看看坐在我旁边的秦悦，狠狠地说道："我是不会饶过你们的！"

秦悦扔给我一小盒牛奶。

"喝点奶补血。"

我想坐起来，却头一晕，一下倒在秦悦大腿上。

"你知道个啥，自从在黑轴经历了袁教授拿针管扎我的事，我就对针管过敏！"

秦悦把我扶起来安慰道："行了行了，扎都扎了，回去好好休息！"

"我……我今天做了一个噩梦……"

"什么噩梦？"

"梦见……梦见有人扎我，给我注射了东西……变异……"想到这里，我的脑子一阵胀痛。

我回到家倒头就睡，原以为睡不了多久，但这一觉竟然睡了十六个小时！等我醒来时，已是次日下午，还好这一觉没做噩梦。我从卧室到客厅，坐在宽大的沙发上，打开手机，忽然我发现沙发上有些凌乱，我敏锐的嗅觉嗅到了宇文的味儿，我站起来，打开次卧的房门，次卧的床虽然整理过，四根秀发却没逃出我的火眼金睛，嗨，这肯定是秦悦的头发，这俩倒是不把自己当外人啊！

这个时候，手机连续响了好几声，其中有一条是秦悦的微信。上面说给我炖了一锅补血的猪肝参枣粥。还说检测结果出来后再通知我。哼，我轻轻哼了两声，假惺惺！再看看其他信息，其中有五个未接电话，竟然都是同一个本地移动的号打来的，而且极其有规律，从上午九点开始，一直到下午一点，每隔一小时，整点准时给我手机打，我瞟了一眼时间，现在是下午一点五十七分，马上又到整点了，这是谁？我从未见过这个号，犹疑之间，时间已经到了两点整，我忽然很好奇这个号码，于是两点整时，我正襟危坐，手捧手机，就等手机再次响起，可响的却是门铃。

我有些慌乱地站起来，走到大门的可视对讲门禁系统前，就见楼下是一个男人，西装革履，手提公文包，他将脸凑到摄像头前，冲着对讲门禁，朗声说道："您好，顾先生，我是张禾律师事务所的律师，也是合伙人张禾，这是我的名片！"

说着，此人将名片放到了摄像头前，我仔细辨认名片上的字——张禾律师事务所，合伙人张禾律师，手机号码正是刚才给我打了五遍的那个号码。我不禁有点吃惊："这人居然能找到我家！"

自从昨天的噩梦、被抽血，现在又见到这个不速之客，我忽然觉得自己家也不安全了，我现在只有一个念头，赶紧买房搬家！胡思乱想的时候，可视对讲系统那头，这个张禾还在说着，语速、声调、音量都很标准："之前给您打了五次电话，您的手机一直关机，只好冒昧打扰，实在不好意思，因为实在是有特别特别重要的事情找您，希望您能让我登府面谈……"

这人巴拉巴拉说个没完，既然已经被人家堵门了，只好让他上来，看看他到底要说什么。这一刻，我忽然觉得秦悦和宇文两个还是挺可爱的！我面无表情，语音困倦地叫张禾上来，不大一会儿，这个张禾律师就走进了我的家门。

我仔细打量此人，跟昨天见到的马建秋差不多岁数，可能略大一点，但不到四十，来人毕恭毕敬，我请他坐，他只坐在沙发边缘，正襟危坐，我只好先解释了一下说刚才在睡觉，没有听到电话。

"没关系，是我冒昧了！"

"找我有事？还……特别重要的事？我们之前好像从未见过吧？"我在脑子里快速搜索这个人。

"是的，今天我们是初次见面。"张禾说着打开精致的公文包，拿出两页纸，然后轻咳两声，又用刚才那种腔调，一本正经地对我说，"顾先生，是这样的，我们都知道袁正可教授两个多月前，在旅行途中遭遇意外。"

黑轴的事一直处于保密状态，所以对外只好说袁教授在旅行途中意外身亡，我点点头回复："是啊，非常不幸！"

张禾继续朗声说道："根据袁正可教授在三个月前所立遗嘱……"

"什么？遗嘱？三个月前？"我有些诧异，三个月前也就是要出发去荒原大字前，看来袁教授那时候就知道此行凶多吉少，于是立好了遗嘱。

张禾点了点头继续说道："没错，袁正可教授在三个月前专门修改了遗嘱，根据此遗嘱，袁正可教授将其名下所有财产留予独子袁帅，包括有价证券、房产及其他所有财产。具体财产包括上市公司必大医药集团百分之九点六的流通股股份，计一千七百二十三万六千五百股，B市东部城区附近三百六十平方米高级公寓一套，本市近郊八百四十平方米豪华独栋别墅一栋……"

我一边听着张禾报出一长串的数字，一边想着，看来袁教授对袁帅还是有感情的，所有财产都留给了他……听着听着，突然听到了我的名字。

"什么？张律师，您再说一遍！"

张禾再次朗声说道："介于袁帅目前处于失踪状态，根据袁教授所立遗嘱，在袁教授故去后，三个月内，袁帅若不能履行继承相关财产的权利，则袁正可教授名下所有上述之财产转由袁帅好友顾非鱼先生继承。"

"张律师，您……"我简直不敢相信自己的耳朵。

"我没看错，也没念错！袁正可教授的遗嘱就是这么立的，当袁帅不能履行继承权时，将由您继承袁正可教授的所有财产，计……"

张禾又开始报出那一长串数字，我挥手打断他："张律师，您就说一共多少钱吧？"

"嗯，因为袁正可教授的突然离世，必大集团的股价大幅下跌，目前已跌下了百分之四十，不过按今天的股价计算，袁正可教授所持的股份依然价值二十八亿六千四百五十三万零九百元，再加上房产和其他一些财产，总共有三十亿左右的遗产，将由您来继承。"

"什么？三十亿！"我的心中顿时翻起一阵阵惊涛骇浪，有个声音在对我呼唤我发财了！我居然时来运转了！我怎么也没想过自己会一下子有这么多钱！还是天上掉下来的！不，不！非鱼，你一定要冷静，冷静，镇定，镇定！不能过于激动，不能乱了方寸，从小妈妈就教育你天上不会掉馅饼！对！天上不会掉馅饼，天上怎么会掉馅饼呢？天上真的就掉馅饼了！

当我把张禾送下楼后，我在上楼的电梯里，已经无法控制我自己，四肢完全不再属于我，我都不知道我是怎么回到家里的，我跃起身，躺在松软的大床上，床啊，床啊，我睡了漫长的一觉，就……就成亿万富翁了？

这难道是梦中？当我终于确信这一切都是真的，我忽然想起张禾律师最后的提醒，还有最后三天，要等到下月初，我就可以继承这笔巨额财产，他将于月底最后一天给我打电话，次日上午去袁教授家，也就是郊外那栋豪华别墅去办理继承手续。

4

我终于失眠了，没有噩梦，也无法入眠，彻夜失眠，我暗自告诫自己要学会做一个有钱人！不能这么脆弱，一定要稳住！但我还是无法入眠，坐到电脑前，想继续完成我的小说《黑轴：荒原大字》，但这会儿却再也无法安心码字，竟然在小说中打出了一行字——何以解忧，唯有暴富！完了完了，别还没拿到钱，自己就疯了！删掉这行字，强迫自己淡定，继续写，又打出了另一行字——愿你出走半生，归来已是首富！完了，自己这是要疯的节奏啊！我静下来，仔细想了想，想到了一个古法，可以让自己淡定下来——就是花钱！可劲儿花钱！

于是，次日晚上，当秦悦和宇文在全市排名前三的一家日料店里见到我时，我双眼通红却炯炯有神，他俩一脸诧异，目光呆滞！

"你昨天还跟我们要死要活的，今天怎么请我们吃这么贵的日料？"宇文狐疑道。

"别废话！我请客，吃，还是不吃，这是一个问题！"我整个人都不好了，完全处于不正常的亢奋状态。

服务员端上肥美的厚切三文鱼刺身，我很快就报销了两大盘，秦悦和宇文怔怔地看着我问："哥，这不是吃饺子，这是一盘六百八十八元的刺身！"宇文终于憋不住了。

"你……你不会是想吃完就溜，报复我们吧？"秦悦也小声问道。

"瞧你俩那样！哥请你们吃饭，说的还不清楚吗？"看他们呆呆的样子，心中好笑，我就对他们说出了继承遗产的事。说完之后，这两人更加诧异，过了许久，待我酒足饭饱之后，他们才相信我说的都是真的！于是，宇文冲服务员一招手，不大一会儿，桌上就摆满了六盘刺身，宇文用三文鱼刺身塞满嘴里，然后举起酒杯，"祝贺哥跨入大富豪行列！"

我和宇文碰了杯，仍然处于不淡定状态，看看秦悦，只是低头默默吃着刺身，好像在想什么事情，我的不淡定状态让我忘乎所以，对秦悦说："这位美女在想什么呢？跟哥碰一个！"

秦悦抬头看看我，一脸轻蔑。

"你以为你真能顺利继承三十亿财产？"

"嫉妒，你这是赤裸裸的嫉妒！"酒有点上头，我根本没理会秦悦的话。

秦悦哼了一声，继续说道："你仔细想想，袁教授的钱是哪来的？"

"哪来的？"

"凭袁教授的本事他能得到今天的财富吗？必大集团能有今天的规模吗？"秦悦说到这里，看看周围，夜已深，周围食客所剩不多，但她还是压低了声音，"他先是篡夺了白乐山的研究成果，又得到了闭源人的一些技术，还有二〇〇七年增资扩股加入的云象基金与DUW公司，他们是什么来头？怎么可能轻易看到袁教授的股份落入你的手中？我们刚刚经历大难，你以为现在就风平浪静了？"

我被秦悦的话说愣住了，但什么也比不了三十亿……呵呵，三十亿的魔力，此刻，我的思维完全和秦悦不在一个轨道上。

"你刚才最后一句话说得好，我们刚刚经历大难，这就叫大难不死，必有后福！现在后福来了！"

秦悦一瞪我继续说："你再想想，袁帅呢？他没有死，他去了荒原大字，可我们都回来这么久了，他人呢？他不出来继承遗产，你这个外人倒是兴致勃勃地跑出来继承遗产，还三十亿！"

我又愣住了，宇文听出一些端倪，立马把筷子放下了。

"你的意思这是个套？"

"是不是套我不知道，不过我不相信天上掉馅饼的事，更何况这事怎么看都有一种凶险的味道，如果袁教授只是把那栋别墅留给你还好说，可这却是三十亿！"秦悦最后加重了语气。

我的思维继续和秦悦跑偏。

"你们不了解帅，他对钱从来就没有概念，可能他想避开这些伤心往事，或者他在秘密鼓捣什么研究，反正他对遗产不感兴趣！"

秦悦哼了两声，没再说什么，我对宇文摆摆手说："这顿你就放心吃！"宇文最后是扶着墙出门的，这可不是自助餐，足足吃了我四千八。我回家后又睡了一个好觉。

接下来三天，我如法炮制，继续请宇文和秦悦吃饭，宇文越吃越兴奋，秦悦越吃越不屑，仿佛嘲笑我的暴发户嘴脸。第二天吃的法国大餐，吃牛排又花了我四千多元；第三天我选了一家专做海鲜大盘的饭店，这儿也是我和宇文常来的地方，以往我俩就点一个小份，今天我直接对老板说："来全套，最大号的盘子那种，对，就是那一千八百八的超级海鲜大盆！"

老板怔怔地看着我们劝道："就……就你们三个？那可是十人份的！"

"对，就我们三个，快点上，饿了！"自从有了钱之后，感觉自己说话气势都不一样了，整个人都不好了。

经过漫长的等待，这个超级海鲜大盆上来了。没错，就是盆，超大的那种，我和宇文不停地咽口水，再看秦悦，似乎还在想什么，我刚吃到一分饱的时候，他又开始破坏美好的气氛。

"你是明天去办理继承遗产手续？"

"是啊！怎么了？"

"那个律师不是说今天晚上要联系你吗？"

秦悦一句话提醒了我，是啊，我看看手机，晚上七点一刻，没有张禾律师的电话，也没有短信微信。

"也许等会儿他就会联系我吧！"

我继续大快朵颐，两分饱的时候，手机响了，我来不及擦手，直接掏出手机来一看，是我妈来的电话，一顿没用的唠叨，我还得听着，看了一眼坐在对面的秦悦，她正在偷笑，我好不容易安抚好老妈，秦悦笑道："咋不把这天大的好消息告诉你妈妈？"

"我怕她老人家接不住！"说着，我又看了一眼手机，已经七点二十五分。

　　美好的就餐气氛被进一步破坏，三个人沉默地吃着，当我吃到三分饱时，手机又响起来了，我忙去拿桌上的手机，却不是我的，是秦悦的手机，就见秦悦先"啊"了一声，然后"嗯"了三声，放下电话，她对宇文说道："猴子跑了！"

　　"猴子跑了？怎么跑的？"宇文惊诧。

　　"撬开笼子和铁栅栏门跑了！"秦悦的话语里透着一些恐惧。

　　"这……怎么可能？"宇文难以置信。

　　我正打开一只肥美的海蟹，满嘴满手是油。

　　"我还以为那只猴子死了呢！"

　　秦悦没理我，对宇文说："马建秋喊我们赶紧过去！"

　　宇文盯着桌上只吃了一小部分的海鲜大盆，满眼不舍，但还是要跟秦悦离我而去。

　　"嗨！这才刚开始吃……"

　　"你去不去？"秦悦已经站起身，准备走。

　　"关我什么事啊！"我继续埋头吃，秦悦跟宇文就要出门。想想自己一个人吃实在无趣，最后我站起来一抹嘴，冲老板大喊一声："打包！"

　　老板道："这……这怎么打包？"

　　"明天我来拿，就存在你这儿！"说罢，我付了钱，跟着秦悦和宇文上车，经过两个小时的颠簸，到了马建秋的实验室，整个实验室空无一人，只有马建秋办公室里亮着灯，于是，我们来到办公室门外。

5

秦悦敲了几下门，没人应答，最后秦悦给我使了个眼色，我又给宇文使了个眼色，宇文猛地把门给撞开了！办公室内一片凌乱，马建秋正蜷缩在桌子下面瑟瑟发抖。

"其他人呢？"秦悦问。

"他们晚上都回城里了，今……今天只有我在值班！这几天我一直没敢回城，就……就怕这猴子会出什么问题，可还是出了事……"马建秋长着一米八五的个子，此刻却还在瑟瑟发抖。

"你别怕，我已经报了警，我的同事很快就过来！到底怎么回事？"秦悦安抚马建秋。

"你……你们那天走后，猴子就越来越焦躁不安……五点半时我去给它送饭，发现它好像安稳了一些，大约……大约七点二十的样子，我……我在办公室看书，突然就听到一声巨响，是……是关猴子的房间传来的，我赶忙跑过去查看，它居然不在了……"马建秋在我们搀扶下，来到那间关猴子的房间。

果然这里一片狼藉，房门被撞开，铁栅栏门中间被硬生生掰开了，里面的铁笼子完全改变了形状，一个长方体变成了椭圆体，椭圆体上面有个大洞！我暗暗吃惊，这难道是猴子掰开的？这么粗的铁栅栏就是大力士要想掰开，也非易事，何况是只猴子！

"这两天猴子有什么变化吗？"秦悦问。

"有，有！猴子的四肢明显变粗了，青筋、血管暴起！最可怕是它的眼睛……"

"眼睛？"

"凸起，盯着我看时，非常可怕！"

马建秋的话让我又想到那个噩梦，四肢变粗，青筋、血管暴起，想到这里，我浑身不禁一颤。没过多久，秦悦同事楚峻领着很多人赶到，开始搜查实验室内外，一无所获。只有秦悦在实验室外围的铁丝网上发现了一些毛发："是猴子的毛发！"秦悦判断道。

"猴子可能逃进了山里，附近有几个村子，要赶紧找到这只猴子！"楚峻说道。

"所有人都要小心！注意安全！不能单独行动，至少要三人同行！"秦悦叮嘱道。

这个时候已是午夜，我肚子开始饿了，又开始思念起我的海鲜大盆……我掏出手机来看看，那个张禾一直没有联系我，不会真的出了变故吧？我心里开始惴惴不安起来。

搜山搜到快天亮，也没逮到那只猴子的一根猴毛！楚峻气喘吁吁地回到实验室，马建秋此时已经恢复了平静，我们五个人面面相觑。

"山那边就是市区……如果天亮我们还抓不住这只猴子……"

马建秋没有继续说下去，秦悦的额头已经渗出细汗，我知道她此刻承受着很大压力，如果这只猴子进入市区伤到人，后果不堪设想。秦悦和楚峻盯着一张地图沉默许久，最后秦悦像是下了决心对楚峻说："如果扩大搜索范围，我们人手不够！总的来说，我们一夜都是在山的这边搜索，我想……这边继续搜山，你带其他人赶到山那头，在所有进入市区的交通要道拦截！"秦悦又将目光转向地图上，然后对马建秋和楚峻问道："山上有路……我是说有公路能过去吗？"

马建秋和楚峻互相看看。

"好像……"

"没有！整个山脉呈长条形，山上只有土路，没有公路可以直接翻过山，所以只有从我们来时的那条公路！"我很确定地说道。

秦悦看看时间："那我们没多少时间了！马教授留下守在这里，楚峻你赶紧带人走！"

"那你呢？"楚峻看着秦悦。

秦悦看看我问："那个张律师联系你了吗？"

我一脸玩世不恭的样子撇撇嘴："没，还没！"

秦悦转而对楚峻说道："我有更重要的地方要去！"

说罢，秦悦冲我一努嘴，我和宇文跟着秦悦上了车，我狐疑地问秦悦："你有什么更重要的地方要去？"

"见证你成为亿万富翁啊！呃……准确地说是三十亿富翁！"秦悦说。

我心里莫名地一阵慌张，因为我忽然觉得这几天也许只是黄粱一梦！东方既白时分，秦悦发动车，向袁教授的别墅驶去。

袁教授的别墅位于近郊，是个风景优美的成熟高端别墅区，地理位置正好处于我们所在位置与城区中间。一夜未眠，我揉揉通红的眼睛，忍不住问秦悦："你是怀疑今天袁家会出事？"

秦悦没吱声，等了一会儿，秦悦才"嗯"了一声，然后又没了声音。我困极了，靠着车窗晃晃悠悠地闭上了眼睛。当我再次睁眼时，我们已经到了袁家别墅区外面，很快，我们进去了。

秦悦的车速很慢，随着那栋熟悉的别墅越来越近，影影绰绰，我的心里升起一种复杂的感觉，五味杂陈。袁家别墅门口是一个圆形的小转盘，分别通向别墅区不同方向，秦悦将车驶入其中一条路，停在路边，这个位置正好可以看见袁家大门。

几个月没来，此处已显颓败之象，院子里杂草丛生，别墅大门和客厅玻璃上落满了灰尘，我心中狐疑，掏出手机，现在是上午八点半，张律师一直没有联系我，出什么意外了吗？看袁家的样子，也没有人来过，胡思乱想间，时间一分一秒过去，对讲机里楚峻对秦悦通报过几次情况，猴子一直没有找到！秦悦明显也焦虑起来，我和宇文都在低头摆弄着手机，当手机时间显示九点半时，我猛一抬头，发现一辆宝马车缓缓停在了袁家大门前，车上下来一个男人，西装革履，正是那个张律师。

"这人果然守时，就是这个张禾张律师前几天……"我说着就想下车去找张律师，被秦悦一把拉住，"等等！看看再说！"

张禾站在袁家门口，没有进去，他时不时露出腕上的手表确认时间，虽然看不清楚，但我能感觉到他的手表价值不菲，我注意到他看手表时，另一只手上抓着一串钥匙，可能就是袁家的钥匙，他为何不进去？很快，大约九点四十五分时，一辆奥迪车也缓缓停在了袁家门口，车上走下来两个男人，一个年纪稍长的是个金发碧眼、身形健硕的老外，另一个像是他的助理。张禾见到老外，赶忙迎上去握手，寒暄两句，这时，一辆奔驰车飞快地驶过来，在张禾和那老外的注目下，稳稳地停在了他们面前。

6

奔驰中走下来几个人，我们视线所及之处是一个男人，男人打开后车门，下来一个穿着红色羊绒大衣的女人，女人看上去四十多岁，雍容华贵，而从车那边下来的人，我们看不清容貌。一行人，跟着张禾步入了别墅。

这次，我还没开车门，秦悦倒先打开车门跳下车，宇文和我也跟着下了车，我们三人似乎已经在荒原大字培养出了默契，这事我得走在前面，于是我率先敲开了袁家别墅的大门，张禾一脸惊愕地看着我。

"顾……顾先生，您怎么来了？"

"张律师，您那天不是叫我今天来继承袁教授的遗产吗？"

张禾稍稍镇定一下，又恢复了他固有的声调："顾先生，是这样，本来是应该通知您今天来继承袁正可教授遗产的，但出了新的情况。"

"新的情况？"

"对！就在昨天，袁正可教授的独子，也是袁正可教授遗产的第一继承人袁帅回来了！"

张禾面无表情。

"什么？帅……回来了？"这回轮到我惊愕了。

张禾堵在门口，似乎并不想让我进去。这时，他身后忽然传来一个熟悉的声音。

"是非鱼吗？让他们进来！"

张禾闪过身形，我……我看到了袁帅！我不知道是该为失去继承权而失望，还是该为与挚友重逢而惊喜，震惊之余手足无措，各种复杂的情绪交织在一起，我赶紧走上两步，跟袁帅紧紧抱在一起，又仔细打量了一番，果然是袁帅！我得眼眶湿润了。

"刚才……刚才是有点误会，不好意思……"

"我都听张律师说了！咱俩谁跟谁，这别墅你随时可以过来住！"袁帅说着又抱紧我，拍了拍后背，我却本能地推开了袁帅，帅惊讶地问道："怎么了？"

"呃……"我涨红了脸，"上次……在铁路桥上，你也是拍了拍我背，然后……"

袁帅这才反应过来："哦，上次都是我良苦用心！"

"对，我知道！"我心里还是忌惮，回头看看宇文和秦悦，他们也在注视着袁帅。袁帅拉着我步入客厅，客厅内正坐着刚才从车上下来的人，他们也正用惊愕的目光注视着我。

袁帅一指那位金发碧眼的外国男人介绍道："这位是DUW公司在必大集团的代表史密斯先生。"外国男人看上去四十多岁，身材保持完美，一副干练的样子。袁帅介绍完，他主动跟我握手，一双有力的大手，手上甚至还有很厚的茧。

袁帅又将我引到那个四十来岁的女人面前。

"这位是必大集团的第三大股东伊莎贝拉女士，她是美籍华人，她还看过你的小说呢！"

"哦，这位就是非鱼啊，帅在U国时多次向我推荐过您的大作，呃，那个……那个《西夏死书》对吧，我都看了，写得很有意思，五本，整整五本，我用了五天一口气看完的！"这位伊莎贝拉女士像是见到了老朋友一般热情，倒是大大缓解了刚才的尴尬气氛。

伊莎贝拉？这名字我似乎在哪听过，我快速在大脑中搜索，电影《勇敢的心》里面的法国公主，英格兰王后伊莎贝拉？西班牙历史上最伟大的伊莎贝拉女王？还有《暮光之城》中的女主角？不，都不是，是在秦悦找到的那份二〇〇七年必大集团股东名单上，对！就是伊莎贝拉，当时还以为她是一个外国女人，不过当时那份股东名单上并列第三大股东是苏必大，苏必大人呢？自从袁教授死后，外界就传言他畏罪潜逃，躲了起来，我装作不经意随口问道："苏必大好像也是并列的第三大股东吧？"

袁帅点了点头说："不过他躲起来了，我们谁也不知道他躲在哪里，这事也导致最近必大集团的股价直线下跌，如果再不采取行动，必大集团的股价还会进一步下跌，今天好像已经快跌到一半了！"

"对！我们必须做点什么。"那个史密斯边说边比画着，我注意到他比画的动作像极了拳击运动员。

"找到苏必大，另外请袁帅正式加盟集团，主持研发工作，我想会对股价起到稳定作用。还有……还有这个公司名字也该改改了，二〇〇七年增资扩股的时候，我就提议公司名字要改，当时老袁他不同意，说是客户已经认同了这个名字，但是现在必须改改了！"伊莎贝拉从容镇静，将集团当务之急说得井井有条。

"各位，我们还是先开始办理袁正可教授遗产的继承事项吧，我之前已经跟各位说过，按照袁正可教授生前遗愿，他的所有遗产都由独子袁帅继承，因为涉及必大集团的巨额股份，所以请几位过来做个见证。"张禾将话题又拉了回来。

于是，接下来我就眼睁睁看着袁帅在一份份文件上签字。三十亿，曾经离我那么近！这会儿……哎，我怎么能这么想，帅是我的好哥们啊！可……我是真的心疼前几天请客的钱了，一万多块啊！哎，我的人生就是这么充满逆转！索性我转过脸，不看他们。我望着客厅巨大的落地窗，外面阳光真好，照得我有些刺眼，我的眼睛慢慢眯成了一条缝，突然，我感觉有些异样，有个东西，一个挺大的黑棕色物体，直直地从外面撞向玻璃，巨大厚实的落地窗竟然不堪一击，随着一声巨响，碎裂一地，那个黑棕色物体竟然冲进了客厅内，像是一个活物！

袁帅正在签最后一份文件，屋内的人都错愕不已，秦悦反应最快。喊了一声"疯猴子"。我浑身一激灵，这才看清那只猴子，此刻猴子完全像是发了疯，四肢与躯干不成比例的粗大，面目狰狞，龇着牙一下冲上来，对着目瞪口呆的张禾就是一口，张禾再也无法顾及形象，连滚带爬奔逃，但还是被猴子在大腿上咬了一口！关键时刻，宇文从客厅内搬起一张椅子砸向疯猴子，救了张禾一命，疯猴子扭头冲宇文扑来。

"救人果然没好果子吃！"宇文撒丫子就往楼上跑，疯猴子没往楼上追，扭脸又扑向人高马大的史密斯，史密斯果然还以拳击动作，但他的组合拳根本抵不过疯猴子，疯猴子在他胳膊上留下了长长的血印子，史密斯痛苦地一咧嘴，慌不择路，往门外奔去。疯猴子速度惊人，紧追上去，就在这时，袁帅抄起桌上的水晶烟灰缸朝猴子砸去，疯猴子被砸中，一声凄厉的嚎叫，扭头眼露凶光，对着袁帅猛扑上来，这一切都太快了，它速度惊人，袁帅却站定原地，并不躲闪，我心里一沉，想要喊袁帅躲闪，却根本来不及！只见疯猴子腾起半空中，可就在离袁帅还不到半米的地方，疯猴子突然刹车，停了下来，袁帅冲疯猴子一瞪眼，做了个龇牙的动作，疯猴子滚落在地，竟退了回去……

疯猴子迟疑了一会儿，重新露出凶光，冲着我和伊莎贝拉扑上来，几乎同时，秦悦的枪响了，砰！砰！砰！一连串的枪声，疯猴子中弹，却丝毫没有退却，秦悦一动不动，举枪射击，直到她打完枪里所有子弹，疯猴子才栽倒在地，不停抽搐。疯猴子流满一地的血竟然是黑紫色的。

7

所有人都被眼前这一幕惊呆了，张禾与史密斯被送往医院，尤其是张禾伤势较重，我和宇文，还有那位伊莎贝拉女士受到惊吓，倒是袁帅比我们都沉着。也难怪，他从小就不走寻常路，跟正常人不一样，更何况我现在已经知道他是闭源人基因携带者。

后来，秦悦调阅了别墅区的监控，这种高档别墅区有无死角的二十四小时监控，却怎么也看不到这只疯猴子是从哪儿进来的。秦悦因为未报告，擅自行动，受到停职反省处罚，等候进一步处理。当天下午，楚峻就带人将猴子的尸体深埋在山上，埋一层土，撒一层熟石灰，足足洒了五层，就连洒在袁家别墅的血迹也用专门工具收纳起来，一并深埋。

三十亿没见到影，反倒受惊吓不小，我决定继续闭关，谁都不见，但袁帅的邀请，我还是无法拒绝。就在当天晚上，袁帅邀请我和宇文吃饭，他让我选地方，我想了想，还是让帅选吧，果然帅选了一家我们以前经常去的饭店，是淮扬菜，味道不错，这家饭店在一个文化园区里，环境清幽，我和袁帅一直很喜欢这儿。

不过今天，当我和宇文步入饭店时，有些意外，整个饭店竟没有一位用餐的顾客，除了工作人员，只有袁帅一个人在等我们。袁帅看到我诧异的表情，微微笑道："为庆祝我们劫后余生，今晚我把这儿包下来了，就我们几个，本来还想请秦悦的，但听说她好像遇到了一些事！"

"是啊。"我走到大厅中央，这儿有一张方桌。

"听说那只疯猴子是她弄出来的？"

宇文率先坐在了袁帅对面说道："就是在零号实验室袁教授要给非鱼注射的那管针剂。"

我迟疑片刻，坐在了袁帅侧面开口发言："你给我注射的针剂也是这种东西吧？"

袁帅点点头表示承认。

"不错，这种针剂是我从袁正可那儿找到的，他给这种针剂起了个名字——DU2号。少量注射DU2号可以促进血液循环，让人感觉有力气，加速细胞分裂，当然会有一些副作用，这些你都经历了，无须我再多说。当时情况紧急，我没时间跟你多解释，我知道你一定会去荒原大字，黑轴那儿的小环境恐怕你适应不了，所以给你注射了少量针剂。但是如果大剂量注射或者长时间注射，后果你也都看到了……"

袁帅停下来，像是陷入了沉思，我注意到他已经直呼袁教授大名了，或许他们的父子之情早就出现了裂痕。

"袁教授估计是想通过DU2号达到改变基因，延缓衰老的目的吧，如果DU2号研制成功，投入市场，那么必大集团肯定会大赚！"

"呵呵，我估计这个DU2号距离可投放市场还太远，他的功效和副作用还不明朗，袁正可想得太简单了，他以为通过提取闭源人基因，加以分析、改造就可以研制出长生不老药，呵呵！"袁帅说这些话时，一脸轻松。

这时候菜上来了，我和宇文一天没吃饭，早已饥肠辘辘，吃完整整一个蟹粉狮子头后，我将话题转到了袁教授身上。

"那你是从什么时候开始怀疑袁教授的？"

袁帅慢条斯理吃着他最喜欢的淮安软兜，像在回忆。

"二〇〇七年必大集团增资扩股后吧。"

"那么早？我记得袁教授最后说必大集团二〇〇七年增资扩股引

进的云象基金是你引荐的？"

袁帅愣了一下说："胡说八道，我自始至终不认识云象基金的人，也不认识DUW公司的人。"袁帅的回答让我费解，我暗自思忖，袁教授在零号实验室的最后时刻，为什么要骗我呢？难道是我听错了？我正在狐疑，袁帅又说，"要说引荐，那次我倒是引荐了一位投资者，就是伊莎贝拉女士。"

"伊莎贝拉？"我更加诧异道。

袁帅看出了我的诧异，加以解释："我在U国留学的时候，参加了一个社团，叫蓝血团。"

"蓝血团？就是那个古老而神秘的精英组织？据说里面有很多是携带闭源人基因的人。"我脱口而出。

"你知道蓝血团？"袁帅有些吃惊。

"是夏冰跟我说的！而且……而且你给我看的荒原大字照片上不就有蓝血团的徽记吗？"

"夏冰……夏冰……"袁帅喃喃自语，不停地说着夏冰的名字，或许这又勾起了他的伤心往事。我和宇文继续埋头吃菜，许久，袁帅才说，"嗯，就是这个组织，夏冰和伊莎贝拉都是我在蓝血团认识的，伊莎贝拉女士很优秀，也很博学，是加州理工毕业的高才生，她本来是学理论物理的，但最后却做了金融，管理一家大型基金。当时她考察必大集团后，很感兴趣，于是就成了并列第三大股东。"

"伊莎贝拉……"我忽然想起夏冰曾对我提到袁帅失踪前几个月，与一个女人来往密切。我又继续问道，"那云象基金和DUW公司呢？"

袁帅摇摇头说："我开始对这个不感兴趣，我只是前不久问过袁正可，他支支吾吾，说是苏必大找的，他也不是很清楚云象基金和DUW公司的背景。"

"那……"我迟疑了一下，还是问道，"那夏冰呢？"

"你想知道什么？"袁帅似乎不太愿意提到夏冰。

"她的背景呢？"

"她……开始她只是我的校友，后来我们相爱，这个时候我才发现她有些问题，也是在这个时候，我真正开始研究荒原大字与黑轴，对袁正可起了疑心，直到发现母亲当年的失踪另有原因……"袁帅似乎陷入了痛苦的往事，不愿再往下说。

偌大的餐厅内，只剩下我和宇文吃菜的声音，最后一道菜是河豚白汤，当这道菜端上来时，我有些诧异，宇文却一脸惊喜，竟吟了一首古诗："蒌蒿满地芦芽短，正是河豚欲上时。"

"河豚有毒，你敢吃？"我问宇文。

"先生，您放心，这是我们店的招牌菜，厨师出菜前都是尝过的。"一旁的服务员笑盈盈地介绍道。

"当年苏东坡拼死吃河豚，我又有何不可！"宇文说着大快朵颐起来，我却没动筷子。

袁帅给自己盛了一碗河豚汤，又给我盛了一碗，我忽然问道："帅，那你从荒原大字走后，这段时间去了哪里？"

袁帅一愣，然后摇摇头说："去了赤道附近的一个岛。"

"岛？"

"说来你可能不信，我带着我母亲的遗体进入了那条地下公路，然后……然后也不知走了多久，我就什么也不记得了，等我醒来时，我吃惊地发现我竟然来到了一个荒岛，我通过周围景物判断是位于热带地区的荒岛。"

袁帅的话，让我和宇文都停下了筷子，惊得目瞪口呆，许久，我才反问道："就是中央实验室下面那条地下公路？"

"是的，否则我也不会不去救你们！"袁帅的回答很肯定。

"我还正想问你呢！中央实验室的弧形墙壁是我们后来打开的，你是怎么进入实验室下面，在219室……然后又是怎么离开的？"我激动得有些语无伦次。

"就是那条地下公路！"袁帅很笃定地回答。

"那条地下公路通往哪里？你在里面没有遭遇怪兽吗？"我和宇文很是费解。

"黑轴与地下公路是相通的，但是地下公路里面很复杂……"说着，袁帅紧锁眉头，一脸痛苦，似乎回忆到这里，让他很不舒服，袁帅的额头渗出豆大的汗珠，我和宇文面面相觑，有些不知所措，过了好一会儿，袁帅才又接着说，"至于怪兽，我听到吼叫，离我很近，但却没有遭遇，最后我又累又饿，在地下公路里面迷了路，再然后就失去了知觉，就像我刚才说的，等我再醒过来，就已经在那个岛上了！"

"可……这也太……"我不知该说什么。

"确实匪夷所思，我也没有搞懂！"

"那你母亲的遗体呢？"

"不见了！我醒来时，只有我一个人。"

"后来呢？"

"后来我就遇到了伊莎贝拉。"

"她？"

"对，她救了我，把我带了回来。"

"这也太巧了吧！"如果说袁帅前面的话还好理解的话，后面这一段我实在是无法理解。

就在我恍惚的时候，袁帅又补充道："不过伊莎贝拉是因为飞机失事，迫降在那个岛上的，也是通过她，我才大概知道那个岛在赤道附近。"

黑轴的地下公路？我的大脑顿时一片空白，看看眼前白白的河豚汤，毫无兴趣，甚至有些反胃，向四周望去，忽然觉得这家熟悉的饭店有些陌生，这到底是怎么回事？我只觉得周围的人仿佛在嘲笑我，我只想离开这里，回到家里好好睡一觉，这一天发生的事实在是太多了，我已经不记得是怎么回到家的，只记得临走时，袁帅给我盛的河豚汤还在桌上，我一口都没喝。

8

宇文把我送到小区门口，我犹豫一下喊住宇文，宇文诧异地看着我："怎么？还有什么要说的？"

"我……我觉得这个袁帅有点奇怪！"我皱着眉说道。

"什么叫这个……袁帅？"宇文不解。

"我说不好……他是袁帅，身材长相，一模一样，言谈举止也对，包括我对他提起一些小时候的事，他也……可是……"

"你到底要说什么？不早了！"宇文有些不耐烦。

我挥了挥手，独自走进小区，嘴里却不停地嘟囔道："我是从不吃河豚的，从不，我怕死……河豚有毒……"

我晃晃悠悠走进我家所在的门厅，门厅内挂着一个电子钟，已近午夜时分。电梯把我带到十六楼，我低着头走出电梯，一拐弯，恍惚间前方一片红色，我抬头一看，站着一个人，一身红色。深更半夜，我家门口站着个人，一身大红，着实把我惊到，定睛一看，这才发现正是上午见到的伊莎贝拉。我一脸懵地问她："你……你是怎么上来的？"

"怎么？顾先生，我这样子不像是坏人吧？跟着别人进来就好了。"伊莎贝拉的声音宁静而甜美，就像是少女的声音。

我心里暗暗咒骂，这个小区是越来越不安全了，谁都能找到我，我现在只有一个念头——买房搬家！我怔怔地站在自己家门口，局促尴尬，"您……这么晚找我有事吗？"

"当然有事，而且是很重要的事，您要让我在外面说吗？"伊莎贝拉冲我笑了笑。

我无可奈何地打开房门，伊莎贝拉进屋后，很自然地打量了一遍客厅，然后不请自坐。

"这房子装修得不错啊！"

"我买的是精装修房，跟袁帅家可比不了，他们家的别墅是请大师设计的。"我关上房门前，警觉地又向外观察了一下，见无人才把房门关上。

"就我一个人，不用担心，我绝无恶意！"伊莎贝拉看出了我的担心。

"这几天，哦，不，应该是这几个月把我搞怕了！"我说着打开冰箱，发现冰箱里已经弹尽粮绝，仅剩两瓶水，于是我拿出来，递给伊莎贝拉一瓶，自己拧开一瓶。

伊莎贝拉接过水看了看说："这个牌子的矿泉水我在国外也经常喝……"

"伊莎贝拉女士，您午夜来访，不是为了跟我讨论矿泉水和我家的装修吧？"我打断伊莎贝拉的话，话里带着很强的戒备。

伊莎贝拉哑然一笑。

"当然不是，我是来跟你聊聊我前段时间的奇遇。"

"奇遇？有我前段时间的奇遇有趣吗？"我反问道。

"我知道你去了荒原大字，找到了黑轴。"伊莎贝尔很惬意地拧开瓶盖，喝了一口。

我心里暗暗吃惊，看来这个女人对我了如指掌，而我对她……我想起了刚才袁帅对我说的奇遇，但我不打算先说，先听听她怎么说，于是我问了一句废话："您几点来的？不会一直在门外站着吧？"

伊莎贝拉看看腕上的手表，"呃……没等多长时间，半个小时吧，我知道你晚上陪袁帅吃饭了，所以估摸着你快回来了才过来……"

这个女人连我晚上和袁帅吃饭都知道。我心里慌乱起来："你跟踪我？"

伊莎贝拉又笑了。

"不如说是保护你，我们就从这个袁帅说起吧！我想你已经知道我和袁帅是在蓝血团认识的，然后我入股必大集团也是他的引荐，所以我和袁帅也算是老相识了。"

"嗯哼，帅跟我都说了！"

"那你没觉得现在这个袁帅有点不对劲吗？"伊莎贝拉收起了笑容。

我不禁浑身一颤，她也觉得这个袁帅不对劲？难道她和这个袁帅不是……我胡思乱想着，极力使自己保持镇定问她什么意思。

"说不好，只是感觉。"伊莎贝拉双手一摊，又补充道，"我其实这次回来，很大的原因就是来找你！因为你是和袁帅最亲近的人了，你又去过黑轴，知晓闭源人的秘密……"

"哎！打住，我只是知道黑轴和闭源人的事，但黑轴和闭源人的秘密我可不知道！"我赶忙把自己往外摘，这个伊莎贝拉搞不好也是闭源人基因携带者，蓝血团？他们对我有什么企图？

"好，我们只说袁帅，你今天见到他没觉得有什么反常吗？"

我想了想，到底该怎么应付这个女人，虽然这女人的路数还看不清楚，可我看她午夜来访，态度诚恳，正好可以聊聊我的看法，也试探她，于是，我故作深思状，然后很平静地对伊莎贝拉说道：

"呃……是有些不正常，怎么说呢……跟你一样，直觉吧，早上见到袁帅时我就有一种距离感，陌生感，而不像以往见到帅，那么亲密！晚上吃饭时候，有个细节，帅点了一份很贵的河豚白汤，而我从小就不敢吃河豚，虽然现在饭店里做的河豚处理得很干净，但可能是小时候的心理阴影，我从来不吃河豚，帅应该是知道的。当然这也不能说明什么，也许他在黑轴出现了间歇性失忆，毕竟那个地方诡异得很！"

"间歇性失忆？"伊莎贝拉摆了摆手，脸上完全没了刚才的笑容，眼中甚至闪过了一丝不易察觉的惊恐之色，"还有上午在袁家那只疯猴子突然闯进来，我们全都惊恐躲避，只有袁帅似乎并不怕，更奇怪的是猴子似乎……似乎有些怕他。"

上午那惊魂一幕又浮现在我眼前，我浑身一颤。

"对，我当时就觉得诧异……"

"所以……"伊莎贝拉话说了一半。

"所以你怀疑这个袁帅是假的？"我说出了心里的猜测，伊莎贝拉点了点头，我吃惊地望着她，"但他的外貌长相与言谈举止都与袁帅一模一样，世上即便是双胞胎也不会如此吧，而且……"

"而且这个假袁帅是我带回来的？"伊莎贝拉靠在沙发上闭起眼，用双手压了几下太阳穴，"非鱼，我该从哪儿跟你说起呢？袁帅是三个多月前回来找你的，对吧？"

我点点头，伊莎贝拉继续说道："他在找你之前就曾经找过我，对我提过去荒原大字考察的事。"

"这么说你很早就知道……"我又想起了夏冰曾提到的那个中年女人，现在我可以确信袁帅失踪前，来往甚密的那个女人就是面前的伊莎贝拉。

"对！我比你们知道的都要早！"伊莎贝拉很淡定地说。

"袁帅去找的那些精英都被袁教授绑架了，你竟然没事？"我反问道。

"应该说当袁帅想去荒原大字时，第一个找的就是我，但我并没有和他一起研究考察荒原大字，而是将研究重点放到了另一个地方！"伊莎贝拉又从沙发里坐起来，严肃地看着我。

"另一个地方？"

"是的，我们把那个地方叫作——赤道王朝。"

"赤道王朝？"我喃喃地读出这个奇怪的名字，觉得异样而别扭。首先，这根本不像个地名，其次，也没这个王朝，至少，我从没听过。

9

当伊莎贝拉说出"赤道王朝"四个字时，客厅里的钟正好敲响，午夜十二点。我克制住自己好奇，在我的知识储备里寻找这个词，没有，从未听过这个词！伊莎贝拉缓缓说道："在蓝血团我和袁帅都曾经听过一个传说，黑轴文明毁灭后，少数幸存的闭源人与现代人的原始祖先杂居，慢慢演进出今天的现代文明，我们一般认为古埃及的文明最为古老，距今六千年左右，但是这个传说告诉我们在距今大约一万年的时候，有一群人曾经在赤道附近建立过一个强大的王朝。"

"比古埃及还要古老？赤道？各个古老文明的起源几乎都是在北半球的温带地区，比如古埃及、古巴比伦、古印度、古希腊、古罗马，也包括我们中国，从未有一个古老文明是在热带地区。"我听后暗自有些吃惊。

"不错，你的历史知识很丰富，而且这个传说告诉我们，赤道王朝不但比古埃及还早，更重要的是它的文明程度很可能比较高。"

"什么叫比较高？有多高？"

伊莎贝拉想了想表述方式说道："怎么说呢，赤道王朝的整体文明程度我不好判断，估计也就是古埃及，顶多达到古希腊的程度。"

"这已经很了不起了，毕竟它距今有一万年，如果这是真的，那么它就是现代人类最古老的文明！"

伊莎贝拉想了一会儿说："关键就在于我们很难用现代人类历史发展的轨迹去衡量赤道王朝。据说它有一些特别尖端的技术，别说古埃及、古希腊，很多技术都是工业革命之后现代人类才掌握的。但它又有原始与落后的地方，赤道王朝很可能没有文字，也没有诞生任何文学艺术，否则怎么会没有关于它的记载流传下来。"

"这……"我更加吃惊，"这个传说让我想起了亚特兰蒂斯，也是比古埃及更古老的辉煌伟大的文明，最后消失得无声无息，灰飞烟灭，而且亚特兰蒂斯似乎就是距今一万年左右。"

伊莎贝拉点点头回应："我一向认为所有早期神话传说都不是没来由的，几千年能口口相传一直到今天，一定是有根据的。赤道王朝也让我想到了西方传说中的亚特兰蒂斯，很可能这两个传说是一个，但……但又有明显的不同，最重要的不同之处就是关于文明程度的描述。"

伊莎贝拉说话时，我一直在思考，我很快想到了关键的问题。

"您是想说赤道王朝与黑轴文明有关吧？"

伊莎贝拉笑着夸我："聪明，这个传说中关于赤道王朝的描述一下子让我想起了黑轴文明和闭源人，我认为现代人类文明能有今天的成就，很多应该感谢闭源人给我们留下的文明火种。在黑轴文明毁灭后，人类经历了漫漫长夜，进化十分缓慢，熬过了最寒冷的大冰期，直到一万年前，生活在赤道附近的某些部落，很可能得到了某些天才的启发，做出了一些特别厉害的东西，并创造了文明，但是因为受限于当时人类整体的文明水平，所以才呈现出独特的文明。"

"听起来似乎挺有道理，但这一切还是太不可思议了……"我摇着头，觉得脑子有点乱。

"所以才需要我们去找到这个赤道王朝，我想这个传说能够存在，说明曾经有人找到过这个赤道王朝！"

我忽然有些明白了，点着头若有所思。

"几个月前，你和袁帅兵分两路，他去解开荒原大字之谜，而你则去寻找消失的赤道王朝。"

"是的！我和袁帅都坚信如果找到赤道王朝，将有助于我们更多地了解人类早期文明，更重要的是很可能进一步破解黑轴文明与闭源人的秘密。"

伊莎贝拉说得有些激动起来，我却突然打断她。

"您也是闭源人基因的携带者吧？"

伊莎贝拉一愣，但很快她又将身体靠在沙发背上，跷着腿反问了一句："你不也是吗？"

"我……"我无言以对，我真的不知道，自己为什么会被卷进去，而且还在越陷越深。

我尴尬地喝光了瓶里的矿泉水，伊莎贝拉注视着我，拿出一本地图册，指着赤道上某个位置接着说道："这几个月我几乎围着赤道转了一圈，直到半个月前，我驾驶的小型螺旋桨飞机在这附近一带搜寻的过程中，突然发生了意外。"

这是一片位于赤道的海域，密密麻麻，星罗棋布地分布着大大小小的岛屿。

伊莎贝拉说："当时海上的雾气很大，飞机上的电子罗盘全部离奇失灵，我进入了一片极端复杂的气流，飞机开始剧烈晃动，这个时候飞机上几乎所有的仪表都开始失灵，高度急速下降，幸亏我请的飞行员经验十分丰富，他最后成功地将飞机迫降在了一个荒岛的海滩上。"

"你怀疑这个荒岛就是赤道王朝所在？"

伊莎贝拉点点头："首先，我问飞行员这是哪里？他说这片海域很是怪异，以前飞到这里也会迷航，而这片海域正好在赤道上。其次，我在岛上生活了差不多一周，等待救援，我们没有食物，只好进入岛内部采摘一些果子充饥，我发现岛内的原始丛林里有些奇怪的东西……"我刚想说什么，伊莎贝拉就补充说，"我也说不好，看上去像是巨大的石块，但是被厚厚的植被覆盖，无法看清是人工的，还是自然生成。更重要的是我在这里遇到了袁帅，就是这个袁帅！"

"晚上吃饭的时候，袁帅说他在黑轴进入了地下公路，然后就是去了知觉……"

伊莎贝拉打断我说："他也是这么对我说的！我是在最后一个晚上遇到袁帅的，当时天已黑了，第二天会有一艘船来救我们。我和飞行员挺高兴，点燃一堆篝火正在烤鱼。这个时候，他不声不响，突然出现在我们身后，把我们都吓了个半死！"

"他是从哪儿走过来的？"我皱紧了眉头。

"当时天黑，再加上他没发出任何声响，所以我俩没注意，但我想他应该是从海滩后面的原始丛林里走出来的吧！总不会他是从海里面……"伊莎贝拉说着眼里露出了明显的恐惧。

"不，这不可能！鱼人？"我使劲摇着头，"那他身上的衣服呢？"

"他穿着衣服，很旧，也有些湿，但不是全湿的，毕竟那是热带地区，又刚下过雨。然后他就对我说他在地下公路失去知觉，醒来就在这座岛了！"

我盯着伊莎贝拉，心里暗暗盘算，那个袁帅有诸多疑点，这个伊莎贝拉就没问题吗？怎么那么巧，他俩在荒岛遇到？我看了一眼钟，已经十二点半，虽然关于赤道王朝的传说很吸引我，但我昨夜一夜未眠，此刻已经困倦不堪，我揉揉通红的眼睛，不打算再跟这个女人扯下去。想到此处，我直截了当地反问伊莎贝拉："您跟我说了这么多，想让我做什么呢？"

"和我去那座荒岛，探寻赤道王朝！如果你需要报酬的话，我可以支付你满意的报酬，但我想你对这个并不在意，你更在意的是袁帅吧？"伊莎贝拉倒也坦率。

我心里一遍遍呼唤自我，自我在内心一遍遍呐喊"谁说我不在乎钱"。三十亿，三十亿啊，算了，三十亿都没了，谁还在意这个！我思虑半天对伊莎贝拉说道："我是在意袁帅，我现在可能是他唯一的亲人了，但现在他好好地睡在大别墅里呢，没什么我能做的。身材相貌、声音语调、举手投足都一样，只凭我们一点并不靠谱的直觉吗……话说，你要是不放心，可以带这个袁帅去检测指纹和DNA，看是不是真的袁帅。"

"我已经检验过了，跟袁帅之前留存的指纹与DNA完全吻合！"

伊莎贝拉的话让我倒吸一口凉气："那还有什么可说的？"

"你听说过复制人吗？"

伊莎贝拉的话让我吃惊不小，张着嘴巴，后背升起了一丝凉意："这……这怎么可能？电影里倒是见过！"

伊莎贝拉沉默了一阵。

"我想……这一切都与那个岛有关，因为我是在那儿遇到这个袁帅的！所以才喊你跟我一起去探寻赤道王朝。"

"赤道王朝！复制人！那个地方可以复制人……"我不停摇着

头，嘴里喃喃自语。但最后我还是很坚定地拒绝了这个女人，"伊莎贝拉女士，感谢您的午夜故事，说实话真的很精彩，但我确实身体不佳，不能跟你一起去这个荒岛，我只当是一个精彩的故事……"

伊莎贝拉没等我说完，就面带微笑地站起身。

"既然顾先生当我是在说故事，那我就不勉强了，谢谢您能深夜听我说这些，还有这水很不错。"

我也站起身，准备送客，我注意到伊莎贝拉将没喝完的小半瓶水攥在手中，似乎是要带走，走到门口玄关时，伊莎贝拉忽然又回过身，低声对我说道："你要小心那个史密斯！"

我一愣神，史密斯？那个拳击手？我于是便问出了心中的疑问。

"史密斯不是DUW公司在必大集团的代表吗？您了解这个DUW公司，还有那个云象基金……"

伊莎贝拉似乎没听清我的问题，打开房门，最后只说了句："他们一直很神秘！"就走了出去。只留下我怔怔地注视着她的背影，还在想着她刚才的话。

10

接下来的一周，我又开始了闭关隐居的生活，想继续写完《荒原大字》，却怎么也进入不了状态！打开电脑，满脑子全是这几天发生的事，好不容易恢复的平静生活，又掀起了波澜。秦悦和宇文倒是没来找我，出于关心，我给秦悦发微信，打电话都没回音。袁帅又说要请我吃饭，但我想起伊莎贝拉的话，就找理由推脱了。伊莎贝拉，这个奇怪的女人，她居然也没找我，我原本以为她对我不会善罢甘休……

又是一觉睡到下午，肚子饿了，想自己已经闭关一周，也该出去透透气了。于是，走出家门找了家好吃的饭店，点了满满两大盘小龙虾，开始独自享用。一口气吃到晚上九点，我才心满意足地擦擦手，看着盘里还剩的一小半龙虾，心说还是点多了，歇歇再吃！我拿起手机，漫不经心地点开私信，发现有三十几条留言，有读者发的，也有出版公司和影视公司的，翻看一下，忽然有个陌生而又熟悉的名字——Isabelle。

Isabelle是法语伊莎贝拉的意思，这个女人给我微博留言了？我好奇地点开，什么文字都没有，只是两张图片，放大以后发现第一张的拍摄环境是繁茂阴暗的热带雨林，少许射进来的光线照在雨林里，隐约可以看见地面上突兀地耸立着一些巨大的石块。照片应该是手机拍摄的，光线阴暗，巨石又被厚厚的植被覆盖，很难看清楚具体的模样，但以我多年的考古历史研究的经验，心里隐隐感觉到这些巨大的石块有名堂。我忽然想起了伊莎贝拉对我提到过那些巨石，看来我们的想法一致，照片上的巨石很可能是人工凿制的，这个地方就是她说的那座荒岛。

点开第二张图片，这张图片光线要明亮许多，像是在黎明时分拍摄的，好像也是用手机拍的，不是非常清晰。照片上的环境是在海滩上，首先让我诧异的是海滩上的沙子，不是一般常见的黄白色的沙子，而是黑灰色的沙子，说明这是座火山岛。后面是无边无际的热带原始森林，本是绿色，但整个环境却给人一种阴郁的感觉。再看照片正中的两个人正是伊莎贝拉和袁帅！我盯着照片看了一会儿，就是一张合影，两人身上衣服都很破旧，拍摄时间应该就是伊莎贝拉获救的那天早上，似乎与伊莎贝拉说的没什么区别。想到这里，我放下手机，套上塑料手套，准备继续消灭盘里剩下的小龙虾，就在手机屏幕黑下来的最后一刹那，我忽然从一个奇特的角度发现那张照片有些异样……

我忙又摘掉手套，打开手机，将第二张照片放大，再放大，直至放到最大，我瞪大了双眼，吃惊地发现就在两人合影的后面，热带原始森林边缘，影影绰绰，现出了一个人影！我惊得闭上眼睛，再睁开，确定不是幻觉，那里有一个人影，但是看不太清，不知道是摄影问题，还是环境、光线原因，就是看不清楚！

我再也没有心情吃完盘里面的小龙虾，赶忙付钱回家！一路上我都惴惴不安，不停回头观望，街头行人稀少，当我急匆匆赶到家门口时，忽然又感到了一些异样。我蹲下来仔细查看，发现有脚印，多人的脚印，虽然很浅很淡，但是能看出来！居然……家里进来过人了？真是什么人都能来我家，想来就来，想走就走，我贴近房门倾听，可能是家里的门隔音太好，根本听不到里面的动静。

我加了十二分的小心，第一次如此紧张地打开家门。没想到是秦悦和宇文，还有那个讨厌的马建秋围坐在客厅里，三个人都沉默不语，我怒喊道："你们怎么进来的？"

"你不是把你挚友松松的指纹录进去了吗？"秦悦指了指宇

文松。

宇文一脸无奈解释道："是他们逼我的。"

秦悦似乎毫发无损，看上去还比之前精神了。

"哼！你怎么出来了？出来了也不跟我打个招呼，我去接你啊！"

"我本来就没什么大问题！"秦悦说。

我现在没闲心跟他们啰唆，径直走进书房，拉上厚厚的窗帘，打开电脑，登录微博，调出那两张照片。当我在二十七寸高清显示屏上将第二张照片放到最大，我可以确定那个影子是个人，虽然因为背景和距离问题，无法看清面部长相，但那人的身材、服饰与前面的袁帅一模一样！我忽然想到了伊莎贝拉说的复制人，难道在这个岛上人可以被复制？我的心里猛地一颤！

此时，秦悦和宇文，还有马建秋都跟了进来，我指着屏幕问他们看出什么问题？三人瞧了半天，秦悦首先发现了那个人，伊莎贝拉和袁帅背后的人。

"又一个袁帅？"秦悦脱口而出。

宇文和马建秋也很快发现了那个人，我此刻明白伊莎贝拉为何会给我发这两张照片了。赤道王朝、复制人、袁帅，她知道我一定会对那里感兴趣，所以她在等我！我心烦意乱地走回客厅，宇文一个劲地追问我照片是怎么回事？我脑海中又泛出世界地图册中那片变幻莫测的海域，赤道王朝，复制人，一个个问号在我脑中徘徊，但我仍然无法下决心去找伊莎贝拉。

我心烦意乱地回到书房，此时微博私信又接到了伊莎贝拉的留言，我迫不及待地打开，是一段小视频。环境还是热带雨林，剧烈晃动的镜头，里面传来一个女人沉重的喘息声，像是在雨林中艰难进行，突然画面定住了，女人的喘息声也小了许久，镜头缓缓向下，落在了雨林的一株宽大植株上，我一时无法辨识这种植物，但这种植物的宽大树叶上，如露水般滚动着一些液体，不是晶莹剔透的露水，而是一种黑紫色的液体，我顿时怔住了！

11

我盯着屏幕上的黑紫色液体，似曾相识，这难道就是那种针剂？但它怎么会在植物的叶子上？看这周围环境，小视频应该也是伊莎贝拉在荒岛拍的。赤道王朝、复制人、黑紫色液体，我正狐疑之际，秦悦他们也都看见了这段视频，我只好从头到尾将伊莎贝拉深夜造访对我说的和盘托出，三人无不吃惊！

沉默片刻的秦悦说："今天来找你也是因为马教授有了新的发现。"

"猴子不是销毁了吗，还有新的发现？"我转向马建秋。

"是的。"马建秋对我说："新的发现是你的基因。"

"我？我的基因？"我惊愕道。

马建秋点点头，开始给我上生物课："你知道染色体末端被称为端粒，人体的细胞每一次分裂都会导致端粒缩短，而当端粒完全耗尽后，细胞也就丧失了分裂能力，也就是说端粒的长短很可能决定了一个人的寿命！"

　　我看马建秋就烦，什么叫我应该知道？谁告诉你我应该知道？我为什么要知道端粒这个东西，凭什么就必须知道？于是我马上反驳道："端粒越长，寿命越长，只是一种最新的假说吧？"

　　马建秋摇摇头反驳道："我对此深信不疑！那么我检测了你的染色体，发现你的端粒明显长于普通人。"

　　我笑道："也就是说我寿命长喽？"

　　"我们暂时可以这么理解，我们已经知道细胞中的一种酶合成端粒，端粒的长短其实是由这种酶导致的，换言之通过某种方式干预这种酶，就可以延长端粒长度，可以克服许多肿瘤之类的恶疾，达到延缓寿命的目的，我猜想袁教授就是这个思路。"

　　秦悦接着马建秋的话说："袁教授的想法也就是黑轴文明后期闭源人的思路，我猜想闭源人就是用这种基因技术使闭源人的寿命达到近千岁！"

　　"那是不是说端粒长的人很可能就是闭源人基因的携带者？"我关切地问道。

　　马建秋迟疑了一下："这……还不好说，需要进一步研究。"

　　"那我的端粒为什么比普通人长呢？"

　　马建秋没说话，秦悦直截了当地说："无非两种情况，一种你是闭源人基因的携带者，如你所说闭源人基因的携带者，很可能端粒明显要长于普通人。但还有第二种情况，就是袁帅给你注射的那种针剂。"

　　"这……不大可能吧，袁帅给我注射的剂量很少，不会这么快就完全改变我的端粒吧？"我现在慢慢开始相信我与袁帅一样，是闭源人基因的携带者。我忽然想起了什么，反问秦悦，"受伤的那两位怎么样了？"

秦悦揉了揉太阳穴说："张禾虽然只被疯猴子咬了一口，但伤势严重，整个人一直处于昏迷中，大腿粗了一圈，肿胀不退，专家组至今没有拿出好的治疗方案。"

"他的血呢？变色了吗？"我又想起疯猴子黑紫色的血。

"那倒没有！但也……"秦悦没说下去。

"你们给猴子注射针剂量大，而且是一个月前，张禾也很可能会……只能自求多福了！那个史密斯呢？"

"他走了！"秦悦说道。

"走了？什么意思？"

"他在医院治疗了几天，倒没有昏迷，疯猴子只是轻微抓伤了他的胳膊，估计没有那么严重，前天他就突然不辞而别……"

"不辞而别？你们找了吗？他一个外国人不难找吧！"我想起了那天伊莎贝拉临走前的叮嘱。

"找了！但没找到……"秦悦话音刚落，房里的灯突然灭了，我心里一阵慌乱，深夜停电，自我搬到这个小区后，从来没有发生过，甚至停电都很少！我用手机的电筒功能检查了电表，没有发生异常，又走到外面看看，周围的楼都有电，只有我们这栋楼停电了！

就在这时，我忽然嗅到了一股淡淡的香味，似有似无，这种香味让我马上想起了……我惊恐地盯着秦悦，秦悦本能地捂住耳鼻，快步走向卫生间。可一切似乎都晚了，宇文、马建秋在我眼前晕倒在沙发上，而我急走两步，也想到卫生间拿毛巾，就在此时，我眼前一黑便没了直觉。

第二章　赤道岛

1

等我苏醒过来时，浑身依然酸痛，我发觉四周一片漆黑，凭直觉判断这是一个密闭空间，但不是在楼里，像是仓库，但也……可能是在船上——某个甲板的下舱室。我略微动动身子，发现自己双手被反绑着，手腕一阵剧痛，整个手臂都麻木了。忽然，我感到大腿上压着一个人，柔软的身体，还有一种特有的香气，我知道是秦悦。于是，我使劲抖动了两下大腿，秦悦这才缓缓苏醒过来。

"我……我们这是在哪？"秦悦惊诧地问，同时感到了自己双手被反绑。

"我们好像被绑架了！"我已经回忆起了在家里最后嗅到了淡淡香味，与蔡老被绑架时嗅到的香味一模一样。

"绑架？"秦悦也像是回忆起来，"我们现在好像是在一个船舱里……"

"对！我也感觉到了！"此时，头顶和四周的钢板吱呀作响。

"船在摇晃……难道我们在海上？"秦悦仔细听着四周的动静。

海上？我心里又是一惊，从我生活的那座城市到海边虽然不算太远，但坐船……我使劲回忆着之前的记忆，可从那天在家里晕倒后的记忆一片空白。

"这……我们已经在船上几天啦？"

"可能有两天了……不知道，我们完全不知道现在身在哪里……"秦悦说着在黑暗中注视着我，我也注视着她，虽然看不清对方的脸，但我分明已经听到了秦悦的心跳和呼吸，我们几乎是面对着面贴在一起，秦悦脱口而出的一句："你咋一股小龙虾味？"

"废话！那天我吃了两大盆小龙虾。现在要是有一盆小龙虾摆在我面前……"我忽然感到难以遏制的饥饿感。

"宇文和马建秋应该也被绑了，可能都在这儿！"秦悦说着在黑暗中站起来，转向我，微微翘起臀部，"帮我把绳子弄开！"

"我……我怎么弄？"

"用牙咬！"秦悦用命令的口吻。

"嗨！那你咋不给我先咬开？"

"你是男的！你个大男人好意思？"

我哼了两声，没有办法，只好直起身子，用牙咬开后面的绳子……反正我的口水洒了一地，还流到秦悦的手上、牛仔裤上……在我满口的好牙都麻木后，终于将秦悦身后的绳子松动了，接着我上下翻飞，一点点用嘴抽出绳子，不得不说，我的牙齿还是很灵活的！

给秦悦松绑后，她揉着手腕，径直向旁边走去："喂，我好不容易给你咬开绳子，你咋不管我了？"

"我在找灯！再绑你一会儿，谁叫你把口水弄我一手！"

"那能怪我吗？我……"我正说着，啪嗒一声，一盏昏暗的壁灯亮了，我赶忙闭眼，等到眼睛适应室内的光线，才缓缓睁开眼。果然是一间船舱，密闭的船舱，没有看见舷窗，船舱内七零八落地放着一些工具和几个箱子，秦悦又走回来，她才发现自己牛仔裤上也有我的口水，稍一皱眉："你属狗的啊！"

"快给我解开，狗能救你啊？"

"狗肯定比你熟练！"秦悦说着给我解开了反绑着的绳子。

"可惜这里只有我！"我刚一站起身，就觉得一阵眩晕。接着，船舱开始剧烈晃动起来，我赶忙想找个东西扶着，但周围……我一阵乱摸，最后扶在了秦悦的肩膀上，船舱的晃动越来越厉害，秦悦也站立不稳，一把抓住我的衣服，又是一阵剧烈的颠簸，我们两人滚倒在地，我也不知是出于恐惧，还是出于想保护秦悦，竟把她紧紧搂在了怀里。

船舱吱呀作响，我清晰地听到了海浪拍打船舱的声音，看来我们在海上遭遇了风暴。剧烈的颠簸让我晕船，当我们滚到船舱一角时，忽然我有了想吐的感觉，本能地作呕，秦悦一瞪我，我只好又把已经到喉咙的难以形容的物质咽了回去。

风暴丝毫没有要停下来的意思，我和秦悦又滚到了船舱另一边，当最大的巨浪拍过来时，我和秦悦抱着被抛在了半空中！落地时，可想而知，我肯定是在下面，惨不忍睹，已经没有想吐的欲望，因为我已经奄奄一息。

也不知过了多久，我就这样一直抱着秦悦，直至一切又恢复了平静，秦悦挣脱奄奄一息的我，拍拍我的脸问道："没事吧？这次表现不错，没把脏东西吐我身上。"

我的心中犹如万马狂奔，能没事吗？"你……看看我……肋骨断了没？"我的声音很小，真的是奄奄一息。

"什么？"秦悦根本没听见。

"我可……可能快不行了……看看……我肋骨断了没有？"

这次秦悦听清了，她在身上一通乱摸，弄得我一阵痛一阵痒。

"好着呢，没事，我那么轻！"

"你……还轻？"

"你不信啊，我还不到一百斤……"然后秦悦吧啦吧啦说个没完。

我忽然觉得我犯了一个错误，不该与女人争论体重的问题，不管是在哪里，也不管她是什么人，奄奄一息的我完全没有招架之力，任凭她继续唠叨，直到最后我强打精神，说出一句，"我需要人工呼吸！"她才终于停了下来。

秦悦盯着我，怔了好一会儿，然后给了我一个长长的人工呼吸，没错，还真是人工呼吸。终于，我慢慢地恢复过来，就在这时，刺眼的光亮从头顶照射进来，不是电灯，而是自然的光线和略带咸涩的潮湿海风。

2

我和秦悦心里一惊，扭头望去，看到的不是什么凶神恶煞，而是宇文的脸。我们就像是做了什么见不得人的事被发现一样，赶忙分开！马建秋钻了进来说道："原来你们在这里？"

"怎么……这是哪儿？"我也不知为何，莫名有些慌乱。

"我还想问你们呢！"宇文问。

"我们好像……是被人绑到了船上。"秦悦说着，走出了这个船舱。

我紧随其后，也爬出了这间密闭的船舱，四周果然是茫茫大海，无边无际，根本看不到陆地。再看我们的船，像是一艘大型游艇，我们正处于后甲板，刚才关我们的就是后甲板下面的舱室，马建秋一指后甲板下面的另一间舱室说："喏，我们刚才就被关在这里！"

我探头朝下面看了看，这间舱室和关我们那间大小一样、陈设一样，几乎一模一样，里面也基本没什么东西，就堆放了一些杂物。我狐疑地又观察起这艘游艇来，与我们常见的游艇似乎没有什么两样，只是……只是太破旧了！

我估算这艘游艇的排水量应该在五百吨以上，属于比较大型的可以远洋航行的游艇，当年应该造价不菲。而眼前这艘游艇却是如此破旧，舱室内外，斑驳不堪，锈迹斑斑，厚厚的漆皮要么已经脱落，要么卷了起来，一碰就会掉！我的心里不禁咯噔一声，一种不好的感觉迅速袭遍了全身。

后甲板有一道舱门直通游艇的上层建筑，我对着秦悦指了一下这道密闭的舱门，秦悦又看看宇文和马建秋，或许绑架我们的人就在这道舱门的后面。于是，我们几人各抄家伙，马建秋找了根铁棍，宇文抄起舱门旁边一把生锈的消防斧，而我什么也没找到，只好拿起一段缆绳，充作武器！秦悦缓缓转动舱门上的扳手，当她停下来时回头给我们做了个手势，然后猛地打开舱门，我们三个依次冲杀进去，可舱门后面只是一条走廊，什么人都没有！

这条走廊两边有四扇门，走廊尽头还有一扇门，我想那扇门就是通向驾驶室的门。上层建筑里面似乎要好一些，但依然漆皮脱落，锈迹斑斑，完全不像是有人的样子，就在我们面面相觑的时候，却听到了一些异样的声音，像是什么重物坠落的声音，我马上判断出是离我最近的一个舱室里发出的，我首先闯了进去，里面有一个人，正是袁帅！

我当时惊得有些不知所措，怔怔地站在那里，宇文和秦悦给袁帅松绑，我的大脑则在飞速运转，袁帅怎么会出现在这里？这是哪个袁帅？是真的袁帅，还是复制人袁帅？想到这里，我脱口问出一句："你也是被绑到这儿的？"

"非鱼，是你吗？想不到会在这儿遇到你。"袁帅的回答出乎我的意料。

"你从哪儿被什么绑到这儿的？"我又问道。

"是……是在一座荒岛上！"

"从地下公路消失，然后就来到了这里？"我紧追着问道。

"对！在地下公路我失去了知觉，然后到了一座荒岛，再然后我又失去了知觉……"

难道这个袁帅才是真的袁帅？无法判断，我的大脑在快速转动着，又接着问道："那你怎么回去继承了遗产？"

"继承……遗产……"袁帅一脸懵。

"对呀，前几天你回去继承了遗产，你和伊莎贝拉一起回去，她的飞机在荒岛上失事，碰巧遇到了你，然后……"我正说着，从门外闯进来一个女人，正是伊莎贝拉，我吃惊地望着伊莎贝拉，秦悦一脸疑惑地看看我说："她就被关在对面那间舱室，跟我们一样反绑着。"

伊莎贝拉冲进来，怔怔地端详袁帅，然后大声问道："你真的不记得了？"

"不，不记得了……我只记得我在荒岛上，然后……好像是在睡梦中失去了知觉，然后醒来就是这里了，被反绑在这个屋子里，刚刚遇风暴还吐了……"

袁帅一边说着，我一边观察着他，又看了看舱室地面，果然有一摊污物，仔细辨认，似乎还有没有消化的小章鱼，我猛地回头问伊莎贝拉："您又是怎么被绑到这儿来的？"

"你看了我发的照片和视频了吗？"伊莎贝拉反问我。

"刚看完视频，我们就晕倒了！"

伊莎贝拉点点头回道："我也是，那天夜里我想去找袁帅，我自己开车去的，我把车停在别墅门口，犹豫了一会儿，给你发了视频后，就去敲门，袁帅给我开了门，我进屋后不久就嗅到一阵淡淡的香味，然后我和袁帅都失去了知觉……"

我轻笑了两声挖苦她："呵呵，您还真喜欢深夜串门啊！"

秦悦打断了我的话，质问伊莎贝拉："你说你们都失去了知觉，你是怎么知道袁帅也失去知觉的呢？"

"因为是袁帅先倒下的，我亲眼看到的！"伊莎贝拉很肯定地说，随即又转向我，"非鱼，我并不喜欢深夜串门，那晚去找袁帅，自然是有重要的事情。"

"什么事？"我紧追不放。

"我会在适当的时候对你说的！"伊莎贝拉想了想，"你们是不是也嗅到了淡淡的香味？"

"对！你知道那是什么？"秦悦也追问道。

伊莎贝拉没说话，像是陷入了沉思。我又看看袁帅招呼大家："此地不宜久留，绑我们的人应该就在这条船上。"

我说着走出这间船舱，沿着走廊继续向前，前面又有两扇门，我们先打开了一扇门，里面空空如也，什么都没有，看上去似乎没有人待过。随即我们推开了对面的那扇门，里面同样反绑着一个人，见我们走进来，一个劲儿地扭动身体，嘴里还发出嗡嗡声，我注意到他的嘴里被堵了一块布，而这个人正是从医院独自走掉的必大集团的代表史密斯。

抽出史密斯嘴里的布，这家伙一个劲儿地咒骂着什么，又哀求着什么。但他说得太快，情绪激动，又混杂中英文，我根本听不清。这时，宇文准备上去给斯史密斯松绑，却被马建秋拦住，他小声提醒众人："这人被疯猴子抓过。"

宇文缩回了双手，史密斯却听清了马建秋的话，他咒骂着马建秋，暴怒地一头撞在马建秋胸前，史密斯是拳击手的体格，他这一撞，撞得马建秋够呛！我和宇文赶忙上前，两个人才将史密斯控制住，秦悦仔细查看史密斯反绑的手臂，原来的轻微抓痕已经愈合，看不出来，但是史密斯的手臂却仍然红肿，不知道是疯猴子抓的，还是被绑时间太久导致的。

我也中文夹杂着英文大声告诫史密斯，叫他不要闹，平静下来我们就解开他，史密斯被我和宇文压在床上，喘着粗气，慢慢平静下来，我这才注意到，刚才我们走过来的这四间舱室，比关我们的舱室条件要好得多，有床、有桌椅，甚至还有电视，我不禁苦笑道："同样被关，待遇还不同呢，他们享受单间待遇，跟宾馆一样，我们只能住甲板下面！"

宇文和秦悦还没说什么，史密斯倒开口了，他已经平静了许多。

"现在可以解开我了吧？你们快点解开我，去驾驶舱看看！"

我们快速解开了史密斯，史密斯果然没闹，而是拿起马建秋的铁棍，率先冲了出去，我们赶忙跟着史密斯，冲进宽大的驾驶舱，这里却一个人都没有。

"怎么回事，原来这艘船一直是无人驾驶啊！"

史密斯嘴里喃喃自语地扔了铁棍，又抄起驾驶舱里的消防斧，冲出驾驶舱，像疯了一样消失在我们的视野中。我和宇文赶紧追了出去，不大一会儿，又看史密斯一个人伫立在前甲板上，手里依旧拿着消防斧，怒视前方，前方是一片黑色的大海。

3

我和宇文搜了一遍前甲板下面的船舱，没有人也没有任何发现，我们只好返回驾驶舱，其他几人都聚集在驾驶舱后部的海图室里，当我走进海图室，秦悦指了指桌上的海图。

"这儿像是前不久还有人，有积灰但又不多……"

我仔细观察了一遍海图室，桌上的海图旁有笔和尺子等绘图工具，但海图上并没有发现标示，桌上还有一台笔记本电脑。也难怪，现在都什么年代了，谁还绘制海图，都靠电子地图了，秦悦已经查看过了电脑。

"我进来时，电脑还有电，处于待机状态，里面除了航海资料，什么都没发现。海图显示这艘船是从菲律宾的宿务港出发的。"

"宿务？"我心里盘算起来，"那我们是怎么被绑到宿务的呢？"

"看来这伙人来头不小！"秦悦低声说道。

我扭头对宇文使个眼色，宇文当即对这台笔记本电脑又进行了一遍详细地检查。乘着宇文检查电脑的档口，我绕着海图室仔细勘察，海图室里除了桌椅，还有一个柜子，柜子固定在舱壁上，也被秦悦打开了，秦悦指了指柜子。

"我刚才已经检查过了上面所有舱室，那几个舱室里什么都没有，只有在史密斯的舱室里发现了一个密码箱，然后就是这个柜子里，有一些衣服和工具，看样子这柜子是个更衣柜。"

果然，我从柜子上层翻出一些衣服，下层翻出了手电、电池、工兵铲、消防斧等许多工具。这时，我觉得有些闷热，我忙对其他人说道："快，换上这些衣服！这些工具或许对我们也有用。"

我们很快都换上了清凉的衣服，而袁帅却没动，因为他身上穿的本来就是一件破旧的夏装，我不禁狐疑，眼前的袁帅难道真如他所说，是在荒岛上被绑到船上来的？我找了一件T恤扔给袁帅："换上吧，你身上的衣服也太旧了！"

伊莎贝拉也注意到了袁帅的衣服，她趁袁帅去换衣服的时候，把我拉到一边小声对我说："这……这是真的袁帅吗？"

"我也说不好啊，继续观察吧。"

"太奇怪了！"

"是的，您给我照片更奇怪！"

"你是说那张……你也发现了？"

我点点头问道："难道真的有复制人存在？"

伊莎贝拉沉默了一会儿。

"或许只有去那座岛才能搞清楚是怎么回事。"

袁帅换好衣服回来，秦悦对我们说道："看来我们都是被绑到这里来的，是谁绑架了我们？他们的目的是什么？更奇怪的是这艘船，你们都看到了，这艘船太奇怪了，没有人驾驶，又如此破旧……"

"这让我想到了……幽灵船？"袁帅喃喃地小声说道。

我不禁浑身一颤，幽灵船？那些无人驾驶，漫无目的地飘荡在海洋上的船，永远靠不了岸？我极力让自己镇定下来："不，这不可能，如果这是幽灵船，那么我们是被谁绑到这儿来的？"

"无非只有两种可能，一种绑架我们的人在途中出了事，比如刚才的风暴。"秦悦推断说道。

"我和非鱼检查过了，船虽破旧，但还很结实，船体没有破损漏水，船舱的玻璃都没有破碎，全是完好的，所以一般风暴是不足以……"

秦悦打断宇文的话："我所谓的出事包含很多可能性，不仅仅是海难！当然还有另一种可能，把我们绑到船上来的人就在我们中间……"

众人听了秦悦的推测，面面相觑，气氛有些尴尬，这时史密斯又冲了回来，大声嚷道："我们马上就要靠岸啦！"

我们赶忙来到驾驶舱，往前方望去。果然，远方海平面上隐隐约约，冒出了一些黑色的元素，那是陆地还是岛屿，抑或是一片未知的世界？

"你认识那里吗？"我见史密斯一直注视着前方。

"不，我不认识，但我觉得或许很快就能在那儿获得自由！"史密斯喃喃地说道。

在那儿获得自由？此刻从史密斯嘴里说出来这句话，显得那么阴郁，就跟此时的天气一样，我观察着天空，看看手表，手表停了！我转向其他人，所有人都摇摇头，手表都停了，伊莎贝拉他们又掏出各自的手机纷纷确认时间，结果时间也停了，而且没有信号！随着洋流，我们的船正在往远方那点点黑色靠近，我要在抵达那里之前判断出我们所处的方位和时间。

我继续追问史密斯："史密斯先生，你是怎么被绑到这里来的？"

"我吗？我是在转机时被绑的！"史密斯用生硬的中文说道。

"转机？你为什么要离开医院，要知道你身上的伤可能很严重，而且有可能会传染……"

史密斯打断我的话："我知道……那个疯猴子就是你们搞出来的！"说着史密斯指着秦悦和马建秋，接着又说，"所以我不能相信你们。"

"所以你想回国，结果在转机就被绑了？"

"是的！"

"那你知道是什么人绑的吗？"

史密斯陷入沉默，他像是在回忆思考，又像是有什么难言之隐，最后他将目光落在伊莎贝拉身上，咬牙说道否定："我……我也不知道！"

我转眼看看伊莎贝拉，伊莎贝拉一如既往地抬着头，也盯着史密斯，这个女人曾叫我小心史密斯，而史密斯似乎也对伊莎贝拉很不满，有点意思。我决定换个话题："史密斯先生，那你说我们已经在海上漂了几天了？"

"这……"史密斯沉吟片刻，"可能两天，从我的饥饿感和脱水情况判断，我们在海上的时间并不是很长。"

"那我们这是在哪里？"我继续问道。

史密斯哼了一声："你们不都换衣服了吗？这里温度明显升高，我推断是在热带地区，很可能是东南亚的某片海域。"

我回头望着伊莎贝拉，伊莎贝拉也看着我，不禁脱口而出："那个荒岛……"

"好吧！史密斯先生，现在请你打开你携带的这个密码包。"我将史密斯的密码包摆在驾驶舱的台子上。

"凭什么？我凭什么要当着你们的面打开我的包，这里面都是我的私人物品！"史密斯显然有些恼怒。

我没说话，而是握紧了手里的铁棍，宇文也提了几下手里的消防斧，史密斯环视一圈，显然他人单势孤。于是，他一边骂着脏话，一边不情愿地打开了他的密码箱。里面都是他的衣物和一些文件，我翻看了文件，都是些DUW公司和必大集团的普通文件，似乎没有什么价值！让我比较感兴趣的是密码包最下面有一个指南针和一部卫星电话，还有一个强光手电筒，我将这几样东西摆在史密斯面前说："您坐飞机出差带这些东西干吗？"

"不，这不是我的东西！"史密斯一脸惊诧。

"不是你的？"众人都很吃惊。我继续追问史密斯，"那怎么在你包里？"

"包是我的包，但这几件不是我的东西！"史密斯说。

"那你的意思是有人故意放到你包里的喽？"秦悦质问道。

史密斯耸耸肩否定道："我不知道！谁知道这是怎么回事？"

我盯着包里的东西，思考一番问道："你以前在军队干过？"

史密斯一愣，随即点了点头："我曾在海军陆战队服役！"

"水性一定很好喽？"

"还行！肯定比你好！"史密斯的言语依然充满敌意。

"所以你的推断很有道理。我们现在来到了热带，前方很可能就是伊莎贝拉和袁帅说的那个荒岛！"我做出了推断，忽然觉得这一切都太快太不可思议，但已经没有时间让我仔细思考，前方海平面上的黑色小点已经变成了块状。

我看看阴沉的天空，完全无法判断时间。这时，站在我旁边的袁帅说道："现在可能是早上，因为我船舱的舷窗是在风暴过后才有了一点光亮。"我点点头，第一天早上就有如此遭遇，接下来我们上岛之后，又会有怎样的遭遇？这时候，伊莎贝拉提到的那个词在我心里慢慢升起——赤道王朝。

4

前方逐渐现出一些绿色，陆地越来越清晰了。高大的棕榈树，黑灰色的沙滩，正当我们想象着即将登临的陆地，突然，我们的船体剧烈晃动了一下，紧接着传来一声沉闷的巨响，船便不动了。隐约嗅到了一些焦煳气味，我马上意识到船撞上了什么东西，赶忙冲到前甲板，趴着船舷向下望去，海水颜色已经从黑色变成了蓝色，此处已经进入浅水区。

"不用看了，触礁了！"史密斯一副经验老到的样子，用生硬的中文说道。

"那我们该怎么办？"触礁这事我还是第一次遇到。

"没什么办法，弃船登岸！"史密斯说着走回驾驶舱。

"我还以为他有什么办法呢。"我看看海面，水面下影影绰绰现出了一些物体，可能那就是礁石吧。

船离海岸还有二十几米远，我们只能泅渡过去。收拾好必要的装备，史密斯和我都想用船上的设备发出求救信号，史密斯在这方面的经验比我丰富，他检查了船上的电台，还可以用，但信号似乎很弱，我们鼓捣了半天，总算是发出了求救信号，还有我们的坐标。我忽然想到史密斯包里的卫星电话。

"你包里不是有卫星电话……"

"不！我再说一遍，那卫星电话不是我的！"史密斯说着将卫星电话抛给我，让我吃惊的是卫星电话的信号也很弱。

我还在惊诧之时，秦悦已经一把拿过卫星电话。

"不管是谁的，这东西多少能管点用。也许岛上高处信号会强一些，登岸吧！"

秦悦说罢，史密斯率先下了海，我让宇文和袁帅拉着伊莎贝拉，便要去搀扶秦悦，秦悦却一甩手留下句"我能行！你管好你自己吧"。缓缓滑进海水，然后轻盈一跃潜入海中。我无奈地看了一眼马建秋，看样子他不会水，穿着救生衣，一脸无助地站在船舷，不敢下水。

"行吗？这水不深，不行我拉着你吧！"

马建秋双腿微微颤抖地说："我……我不会水！"

我抬起一脚，将马建秋踹下了船，以我多年的经验，对付这种人最好的办法就是突然袭击！马建秋果然不会水，在海水里上下扑腾，灌了好几口水，不过水也不深，我下了水，一伸手就将他提出水面，马建秋的眼镜镜片上全是海水，大口喘着粗气。他刚想喊救命，一个浪打过来，整个人又沉了下去，我提着他浮在海面上，救生衣的浮力加上我的力量，终于算是把马建秋提溜上了岸。

我将马建秋拖上岸时，所有人都在整理衣服，只有袁帅穿着湿漉漉的衣服趴在沙滩上，从黑灰色的海沙里检出了一些细小的沙子，然后从身上摸出来一块磁铁，将手中那些细小的沙子吸附在了磁铁上。接着，袁帅又用磁铁在沙滩上吸起了不少沙子，秦悦、宇文也注意到了袁帅的奇怪举动，伊莎贝拉走到袁帅身旁。

"这沙子有什么问题吗？"

"强磁性！一般构成海沙的物质是石英和长石，但此处的海沙里有一些物质有强磁性！"袁帅有些激动地说。

"这能说明什么？"我不解地问道。

"说明这些是铁渣，海沙中伴有如此多铁渣有两种可能，一种是天然形成，此地含铁量高。另一种是后天人为造成的。当然这都不重要，重要的是我之前来到的那个荒岛……对，那个荒岛的海滩就是这样的，黑灰色的沙滩，海沙中有强磁性的铁砂。"袁帅说着说着扭头看向了伊莎贝拉。

伊莎贝拉捧起海沙，端详了一会儿。

"我第一眼看到这片陆地就想到了上次那个荒岛，我们竟然又回到了这里。"

"而且是被绑回了这里！"秦悦说道。

"难道我们……"伊莎贝拉欲言又止。

我环视周围一圈，岛上环境与伊莎贝拉给我的照片几乎一样，就是那座荒岛，那个被称为赤道王朝的地方！我们整理好衣服和从船上带下来的装备，却不知该往哪儿走，史密斯拿出指南针定位，我们所处的位置在岛屿的西侧，沿着海岸线可以往南走，也可以往北走，当然还有一条路就是直接进入岛屿中央的森林——无边无际的热带雨林。

我迟疑片刻询问伊莎贝拉："您上次到过这里吗？"

伊莎贝拉观察着周围摇摇头。

"我印象中似乎并没到过这里，这座岛很大，上次飞机迫降的地点很可能是岛屿东侧。"

袁帅望向远方的海面，又转向雨林方向说："我也没来过这儿，我想……我们应该往南边走。"

"为什么？"所有人都发出了疑问。

"因为南边的地势高！"

我们顺着袁帅手指的方向望去，果然在南边的海滩边缘，有一座突兀的小山，山上郁郁葱葱，一直延伸到海滩上。我马上明白了袁帅的意思，爬上那座小山或许能俯瞰整座岛屿，这也是在热带雨林中生存的法则之一。

于是，我们开始沿着海岸线往南走，没走多远，距离小山约有五十米的地方，史密斯突然指着山顶喊起来："看！那上面有东西，像是建筑物！"

我的目光落在山腰上，那儿隐约现出了一些异样，不是树木，而是石块，人工打磨的石块，难道这么快我们就发现了赤道王朝的遗迹？我狐疑着急走几步，山顶的建筑越来越清晰，像是一座塔，一座石塔……

"灯塔！"袁帅脱口而出。

"灯塔？"我疑惑地再次望去，脚下加紧了步伐，在离小山只有二十余米的地方，我终于看清那是一座石塔，建在海边的小山上，确实很像灯塔。

"这难道就是赤道王朝的灯塔？"伊莎贝拉怔怔地仰头望去，口中仿佛念念有词。

"上去看看就知道了！"我率先走到了山脚下，原始森林荒无人烟，看不到有上山的路，就在我犹豫的时候，史密斯已经在用消防斧削砍树杈，宇文也抢起另一把消防斧开路，披荆斩棘，很快我们就在湿滑的雨林中开出了一条路，大约正午时分，我们来到了山顶，终于可以一窥这座荒岛灯塔的真容。

5

整座塔由条石构成，塔下有拱门，我钻进去看看，里面的空间很狭小，但依然有阶梯可上，我没有急于登塔，而是又出来仰头观察整座灯塔，终于我看出了端倪。

"这恐怕不是赤道王朝的建筑吧！"

"那是谁建的呢？"伊莎贝拉和秦悦同时问道。

"这确实是一座灯塔，首先吸引我的是条石，这些条石都是由火山石打磨而成，我想应该就是在岛上开采的，再加上这灰黑色的海滩，充分说明这是一座火山岛，主要是由火山喷发形成的，I国群岛都位于火山地震带上，所以这也是完全符合当地环境。其次这座灯塔的位置，海岸边的山顶上，绝佳的一个位置，说明这片海域曾有很多船只通航，否则不会有灯塔，但我们看看如今这片海域，根本没有一条船经过，这真是奇怪的事。"我摇摇头，又望向山下的海面，黑沉沉的大海上，乌云密布，别说船了，就连海鸟都看不见。

"说明赤道王朝灭亡以后，这里变荒芜了，再加上这片海域的洋流本就复杂，气候多变，后来就没有船过来了！"伊莎贝拉说出了自己的推断。

"不，不！伊莎贝拉女士，这座灯塔绝不是赤道王朝时期的！"我指了指灯塔上面，"这座灯塔虽然结构简单，但依然可以看出有中国古代建筑的样式。你们看，灯塔腰部隐约雕刻出了斗拱的样式，这是中国古代建筑所特有的，当然日本和朝鲜半岛，以及东南亚的部分国家受中国影响，也存在这样的建筑样式，所以这座灯塔绝不会是距今一万年前赤道王朝时期的产物。"

伊莎贝拉脸上露出一丝失望说道："那究竟是什么人修了这座塔呢？"

"那就要上去再看看了！"我说着又钻进了拱门，拾级而上，可能是海风的缘故，塔的里面很干净，没有多少灰尘也没有蛛网。阶梯很窄很陡，只能容一人侧身通行，我走在前，其他人按秦悦、史密斯、伊莎贝拉、袁帅、马建秋、宇文的先后顺序鱼贯而上。螺旋的阶梯转着圈，将我们带到了塔顶，塔顶豁然开朗，可容下七八个人，塔顶八面各开一窗，正中地面上有一石槽，大概就是当年点火的地方，火在石槽中燃烧，发出火光，火光由塔顶八面的窗户传出去，给海上的船只指引航向。我仰头望去，八面叠涩顶，典型的中国宋明时期建筑样式，进一步证实了我的判断，顶上满是黑灰，看来这个灯塔还是用过挺长时间的。

但是仍然无法证实这座灯塔的建造者，我在四面墙壁寻找，希望能找到更多的蛛丝马迹，墙壁都是由黑色火山岩制成，上面什么都没有。忽然，我注意到脚下的那个石槽，石槽的石质明显不同，不是黑色火山岩，而是青石，火山岩柔软，无法刻字，而青石有可能……想到这里，我蹲下来仔细查看，用手抹去石槽外侧的薄薄黑灰，我眼前猛然一亮……

石槽外侧果然刻有文字，我几乎是趴在地面上，一点点抹去石槽外侧的黑灰，然后用秦悦还有电的手机拍下了石槽外侧的所有文字，这是一篇碑文，碑文的第一句就让我震惊了——皇明赤道岛修塔碑记。再看碑文最后的落款——大明永乐二十年春三月二十日，钦差正使太监郑和，钦差副使太监王景弘谨述。

我彻底被震惊了，然后解说道："塔的修建者可算是知道了，是郑和！郑和下西洋的时候到过这里，而且在此地修建了这座灯塔，并且刻碑铭记。"

"郑和的船队居然来过这里！"袁帅也吃惊不已。

"怪不得是中国建筑样式……"伊莎贝拉嘴里喃喃说道。

我指着碑文的标题说："而且碑文题目就透露出了很重要的信息，除了年代和修塔以外，最重要的就是'赤道岛'三个字。说明这座岛就是赤道上面，所以郑和他们将这座岛命名为'赤道岛'？"

"赤道……岛？中国古代就有'赤道'的说法？"秦悦有点懵地问道。

"当然有！中国古代浑天说就认为天体是个浑圆的球体，而天球表面距离南北两极相等的圆周线就是赤道，张衡的《浑仪》一书中就说：'赤道横带浑天之腹，去极九十一度十六分之五'。"

我正说得起劲，秦悦打断了我："行了，我知道了，不过郑和他们在这个赤道岛建个灯塔值得刻个碑吗？"

"这……"我想了想，"落款中的永乐二十年是郑和第六次出海的时候，或许这次航行发现了什么吧！"

"是啊，我印象中郑和的船队似乎从来没有到过I国东部海域。"袁帅说道。

"或许这篇碑文就记载着我们不知道的事！"说罢，我开始勘察起了碑文……

6

维永乐二十年春三月，予率船队在爪哇以西海域迷航半月有余，至月中，始见陆地。泊此山下，登岛，遣人深入，荒无人烟，却现巨石，似人为之，予等甚奇，便率人详加查勘。其巨石四方规整，若为人开采，则技在我辈之上，予更奇之，遂深入内陆。

此岛内陆幽深广阔，为我等之前未知也。但见巨石建筑勾连，有高塔入天，有殿宇广阔，恢宏异于南洋西洋诸国，堪比我中华，予异之、奇之、惊之。细细查勘，巨石之宏大，规整之异常，皆世上所罕见。予登临殿宇高台之上观之，外为野，内依次市、坊、宫、坛俱全，令我等惊异。

我等继而深入，近高塔，不适，入夜，不得而返。为船队作远谋，遂修此塔，指引海上，招引内陆，塔成，予遂碑刻以记之。

碑文虽短，但信息量巨大，我吃惊地环视众人，最后将目光落在了伊莎贝拉身上："这……这看来就是您说的赤道王朝。"

"郑和曾经在六百年前来过这里，而且……"伊莎贝拉也惊诧地看着我。

"而且他还率人深入内陆，找到了那座消失的城市！"袁帅接着说道。

"碑文还透露了许多细节，郑和起初就说他们是在爪哇以西海域迷航了半个月，才无意中来到了这里，这是很少见的现象，郑和船队十分庞大，各种专业人员配备齐全，几乎不会出现迷航的情况！"我开始详细破译这篇碑文。

"但他们确实迷航了，而且还长达半个月，这让我想起了我们，我们在海上到底漂了多久？"秦悦问道。

"我已经说过了，以我们的身体情况判断，没有几天！"史密斯说道。

"总之，这片海域气候复杂，诡异多变。"我继续破译碑文，"碑文中说郑和也在这里登岸，他的船队就泊在此山附近的海域，这片海域水一定比较深，否则不会容得下船队驻泊。然后郑和派人深入雨林，与伊莎贝拉你们上次看到的情形一样，荒无人烟，却有巨石，郑和他们查勘这些巨石后，像您一样吃惊，由此他们对这座岛产生了浓厚的兴趣，才率大队人马深入内陆。注意郑和提到了这样一句话——巨石四方规整，若为人开采，则技在我辈之上！这句让我难以理解，也让当年的郑和难以理解，这些巨石十分规整，郑和认为这样的开采技术已经超过了当时科技最先进的中国，如果是一万年前赤道王朝的杰作，那也太……"

"太不可思议了！"伊莎贝拉惊叹。

"没有见到实物之前，我是无法相信的，距今一万年的技术水平会超过几百年前的明朝？"宇文摇着头，不敢相信。

我继续破译碑文。

"碑文第二段一开始就说岛里面非常幽深广阔，这个词很有意思，岛里面究竟是幽深还是广阔呢？然后就是他们惊叹于那些恢宏的巨石建筑，郑和认为这些巨石建筑已经远超当时南洋和西洋诸国，世所罕见，请大家注意第二段最后一句，郑和登临了一处殿宇高台，俯瞰整个建筑群，然后他说了这么一句——外为野，内依次市、坊、宫、坛俱全。这句信息量最大，他告诉了我们赤道王朝建筑群的大致结构，根据他的描述，整个建筑群外围是'野'，我想指的就是岛上这些热带雨林，然后依次出现了市、坊、宫、坛。'市'在古汉语中指市场，'坊'是指民居，而'宫'很明显是帝王居住的宫殿，至于'坛'，我认为很可能是指坛庙等祭祀场所，就像中国古代的天坛和地坛，越是早期文明，越是重视祭祀，所以'坛'这部分建筑可能最宏大！"

"嗯，碑文第三段提到了高塔，我觉得这个高塔很可能是祭祀建筑的一部分！"袁帅推断说道。

我点点头表示同意。

"第三段说郑和率人继续深入，在高塔附近感到不适，这句很重要，它让我想起了……"

"黑轴？"秦悦脱口而出。

我扭头看着秦悦，瞪大了眼睛惊叹道："黑轴？这……不！我们现在还知道的太少，碑文上说他们只好返回。郑和又说经过深谋远虑，他下令在此处修筑这座灯塔，修建的灯塔的目的，他说的也很明确——指引海上，招引内陆！'指引海上'还好理解，'招引内陆'是什么意思？"

"这不很简单嘛，给他们在内陆的行动也指引个方向！"秦悦说道。

"我看不那么简单吧……"宇文欲言又止，似乎没有考虑好。

"会不会是他想用长明的灯塔引起岛上居民的注意？当然前提是岛上当时还有人居住！"袁帅说出了我心里的怀疑。

我看着袁帅若有所思，微微点头："或许这才是郑和的本意。"

想到这里，我踱步到面向荒岛内陆的一侧，远眺出去，高大的树木遮天蔽日，郁郁葱葱，无边无际，站在这山顶灯塔顶端，依然无法望见郑和他们当年所见的巨石建筑，这座岛究竟有多大呢？那些恢宏的巨石建筑又在哪里？招引内陆……荒岛深处是否还生存着我们不知的人类或者生物？一阵咸涩的海风吹来，我竟在这热带的岛屿上感到了一丝寒意。

我们从灯塔上下来，下山回到海滩时，天色已经暗下来。我抬头望去，乌云压得越来越低，搞不好今晚又会来一场风暴。我们商量之后，决定不能冒险进入雨林，得找一处安全的地方度过今夜。史密斯建议回到船上，但遭到我们的反对。最后，还是袁帅找到了山下一处避风的巨大岩石后面，我们开始利用船上找到的工具，砍伐树木，搭建一个临时避难所。

我和秦悦下海去捕鱼，当我手持铁棍步入海水时，忽然感到眼前一晕，面前海水散发着幽深的波光，根本看不清水下，更别说叉鱼了。我忽然想到碑文中所说郑和庞大的船队曾驻泊于此，这里的水一定很深，于是提醒秦悦不要往前走，秦悦不以为然，很快就叉到了一条鱼，这条鱼不大不小，散发着鲜艳的色彩，但我却不认识这种鱼。忽然，我觉得有什么东西碰了我脚一下，我惊得赶紧往岸上奔，秦悦一脸嘲讽地看看我，然后身手敏捷地从我刚才站的地方叉起一条皇带鱼，足有一米多长的皇带鱼，有了它，我们的晚饭算是有着落了。

7

很快天就完全黑了下来，我们勉强填饱肚子，基于我们之间无法达成必要的信任，于是我们只好分成两组休息。秦悦、袁帅、马建秋一组，我、宇文、史密斯、伊莎贝拉一组，轮流休息。后半夜，我强打精神观察着周围，大海似乎很平静，没有风暴来临，后面的山上静寂无声，偶尔会有几声不知名的鸟叫声传来。史密斯似乎对我们的分组并不满意，他跟我们照了个面后，依然躺在沙滩上，给自己盖了几片巨大的棕榈叶，也不知他是睡着了，还是醒着？伊莎贝拉则一个人静静地盘腿坐在海边，像是在冥想，看来这个女人还挺淡定。我和宇文小声聊了两句后，便坐在营地附近发呆，很快我就又开始昏昏欲睡……

当我被宇文拍醒时，浑身一激灵。我小声问宇文什么事。宇文没有回话，扭头向着身后的雨林努了努嘴，我看见宇文的双眼充满血丝，看来他一直都在忠于职守，我顺着宇文的目光望去，原本在海边冥想的伊莎贝拉，此时却独自怔怔地伫立在雨林边缘，一动不动，不知她想干吗？我再看看史密斯，依然在海滩上躺着，隐隐传来细微的鼾声，我想或许该跟伊莎贝拉聊聊，接着上次我们没聊完的话题。想到这里，我拍拍宇文，又指了指史密斯，宇文心领神会，我则若无其事地站起身，活动几下，便慢悠悠地向伊莎贝拉走来。

伊莎贝拉直到我接近她的背后，才猛然转过身，盯着我。她精致的面容此刻显得有些苍老："想不到上周我拒绝了你的邀请，这周还是一起跑到这个荒岛上来了。"

伊莎贝拉又露出标准的笑容："非鱼，我说过你会对这里感兴趣的。"

"可我却是被绑到这里来的，难不成是你……"

伊莎贝拉保持着笑容，双手一摊。

"你怀疑我？呵呵……我说过你会对这里感兴趣的，所以我不会用这种手段，更何况此地诡异凶险，我也不会这个样子跑来这里！"

"你怎么知道我一定会感兴趣？"

"因为袁帅啊！也因为你所知晓的一切，黑轴，闭源人……"

"你觉得这个袁帅……"说着我转向营地的方向。

伊莎贝拉也朝营地的方向望去，说了一句模棱两可的话。

"这个袁帅或许和那个不一样。"

"什么意思？"

伊莎贝拉答非所问地说道："照片上那个人影就是在雨林边缘出现的……"

我看着我们所处的环境，正是雨林边缘，与照片上的环境很像。

"那你在这儿看了半天，在看什么？"

"恐惧？"伊莎贝拉说道。我一脸懵地看着她，她指了指前方漆黑茂密的热带雨林，"你还记得那个视频吗？"

"当然，我正想问你，视频中你好像很慌乱，然后巨大树叶上的黑色液体是什么？怎么那么像……"

"像袁教授要给你注射的那种针剂？"我点点头，伊莎贝拉脸上的笑容消失了，"上次流落至此，为了找吃的，我曾经进入过几次雨林，不过都并未深入，只有最后一次……对，可怕的最后一次！"

"你也见到古城了？"我好奇地问。

"没有！我估计当时已经深入雨林五公里了，突然从雨林深处传来一阵奇怪的声响，像是某种动物的叫声，但又不像，我从来没听过这种声响，那个声音由远至近，仿佛要从雨林深处冲出什么东西。我惊慌失措，扭头就跑，慌乱中我迷了路，天渐渐黑了。就在这时，我发现了那些黑紫色的液体！"伊莎贝拉回忆起来依然惊魂未定。

"也许你只是被某种动物的叫声吓到了！这种雨林确实让人害怕，会刺激敏感的神经。"我自从荒原大字回来，大大提高了对恐怖事物的免疫力。

伊莎贝拉摇摇头接着说："最重要的并不在此，我在那片树叶上发现黑紫色液体后，又接连在多片树叶上发现了黑紫色液体，而我循着这些黑紫色液体，很快便走出了雨林，回到海滩上。"

"这……"我才感到有些吃惊。

"还没完呢。次日凌晨，当我和那个袁帅合影时，照片上后面出现的那个人所在的位置，就是我前天晚上走出雨林的地方。"

"你的意思是……黑紫色液体与那个神秘的复制人有关？"

伊莎贝拉再次点头称是，然后说道："除此之外，我并没发现其他有价值的线索！"

这个时候我也开始对这个看似平静的荒岛感到畏惧，我怔怔地望着眼前漆黑的雨林，虽然天色已经有些亮了，但雨林里依然一片漆黑。身后营地那边传来一些响动，我回身望去，史密斯从海滩上坐了起来，宇文还在盯着他。我忽然想起了什么，继续问伊莎贝拉："你跟史密斯熟吗？"

伊莎贝拉也注视着史密斯回应我说："你想了解什么？"

"其实上次你来我家，我就想问你关于云象基金和DUW公司的事，你当时只说了一句——他们一直很神秘。还叫我小心史密斯！"

我回忆道。

"说实话，我对云象基金和DUW公司也所知甚少，他们确实很神秘，但我能告诉你的，就是他们能量很大！他们不仅投了必大集团，还通过复杂的资本运作手段投了其他几家不同行业的公司。"

"作为基金，投资不同行业的公司挺正常，要是只投一家倒是不正常了。"

"据说他们投资有个特点，要么不投，要投就要绝对控股。"

"这倒不像是基金所为。"

"必大集团就是这么被他们控股的，但奇怪的是他们的负责人始终没有露面，而只派了这么一个史密斯！"

"对！这也正是我好奇的地方，从二〇〇七年至今，必大集团的董事会，还有股东大会，一直没见过云象基金和DUW公司的负责人？"

"从来没有，一直是这个史密斯负责。"

"那这些年必大集团究竟听谁的呢？"我越来越感到奇怪。

"我认为二〇〇七年增资扩股后，必大集团主要还是听苏必大的！"

"这……这怎么可能，苏必大在增资扩股后股份已经下降到跟你一样，并列第三大股东……"

伊莎贝拉摇摇头表示不是这样的。

"这些年来，每次开董事会，史密斯虽然代表DUW公司坐在主席位置，但基本上是苏必大在主持，重大的提案或者构想，除了一部分是袁正可提出外，绝大部分是苏必大在董事会上提出，然后史密斯会首先发言，基本都是肯定苏必大的提案和构想。"

"听起来DUW公司更像是个财务投资者，只要股份和收益，公司的管理经营他们很依赖原有的团队！"

"表面上看似乎是这样，但二〇〇七年他们可是真金白银一下子投了那么多，怎么会仅仅是财务投资者？"伊莎贝拉想了想说道。

"那您呢，您参与公司事务了吗？"

"我？哼！"伊莎贝拉似乎有些情绪，"这些年我才是财务投资者，投资必大集团倒是赚了不少，不过最近因为袁正可的事，股价暴跌，又跌回去了大半。其实我开始还是想多参与必大集团事务的，每次董事会开会苏必大也对我很尊敬，希望我多发言提建议，但我提了几次后，就发现并没有什么用。我根本无法进入公司真正的核心层面，我甚至怀疑我看的财务报表都是假的，但奇怪的是我又挑不出什么明显的毛病，除了这次袁正可的事！"

"就像每次出拳都打在棉花上？"

"对！就是这种感觉，所以我后来也就很少过问集团经营的事了，甚至很少来参加董事会！"

"那你叫我小心这个史密斯是为什么？你发现了什么？"

伊莎贝拉沉默下来，半晌才说道："直觉！我想必大集团出了这么大的事，苏必大也跑了，DUW公司一定不会坐视不管，但我这次观察史密斯，他仍然和以前一样，并没给公司提出什么建设性的意见，我在想啊，他们或许会有一些行动，这些行动并不是在台面上的。"

"那你觉得是什么人把我们绑到了这里？如果是DUW公司，史密斯怎么也跟我们一起被绑到这来？"

"但除了DUW公司，我实在想不出还有谁会……"伊莎贝拉欲言又止，此时，天色已经大亮，云层依然很厚，并没有见到朝霞，但新的一天还是到了。营地开始有了动静，大家都起来了，我想我该回去了，刚走出两步又回头望着伊莎贝拉问道："我可以信任你吗？"

伊莎贝拉一怔，随即又露出标准的笑容："当然可以，你是袁帅最好的朋友，而我是他的朋友，所以我们也是朋友！"

我点点头向避难所走去。很快我们收拾停当，在享用完最后的海鲜大餐后，决心走进密不透风的热带雨林。

8

高大的棕榈树树冠遮蔽了外面的光线，当我们闯入密林，立刻被黑暗所包围，大约半个小时以后，我发现这里生长着许多少见的热带植物，跟我之前去过的许多热带岛屿完全不同，很多植物我都是第一次见到，马建秋更是发出感慨："这完全是一个珍奇物种天堂，昨天在海边上还没发现，如果……如果让我仔细研究，一定能发现不少新的物种，我们人尚不知道的物种！"

"还有很多人以为已经灭绝的物种！"上岛后很少说话的袁帅突然说道。

我愣了一下，回头看着袁帅，"帅，你是说……"

"我没说什么！"袁帅没有停下脚步，继续向前走去。

我怔怔地望着秦悦和宇文，我们都想到了黑轴，史前超文明的小环境，这座位于赤道上的荒岛可能更符合史前环境，潮湿闷热的气候，复杂多样的物种，如此想着，一只羽毛艳丽的犀鸟落在了我的肩头，我惊得猛地一动，袁帅回头看看，露出神秘的微笑："多么漂亮的鸟啊，不用怕！"

"帅，你说这几个月你一直生活在这座荒岛上，那你发现城市了吗？"我不知道为什么现在有点忐袁帅，可能是因为荒原大字的事吧。

袁帅扭头继续赶路，对我摆了摆手。

"我进入过雨林，也看到了巨大的石头，但一直没有发现郑和碑记里所说的城市……"

"那你对这座岛和碑记中说的怎么看？这儿是赤道王朝吗？"秦悦追问道。

袁帅没有回头，说道："赤道王朝只是一个传说，一个在闭源人后裔里流传的传说。至于郑和的碑记我认为是可信的，这岛上有一座古代的城市，但我想碑记很可能夸大了那座城市，包括它们的科技和文明，我不相信在这荒岛上有那么先进的文明，除非让我见到实物！"

袁帅的话似乎很有道理，我想着袁帅的话，加快脚下的步伐，大约又过了两个小时，我们爬上了一座高山的山脊。我们大口喘着粗气，稍作休息，然后看了看伊莎贝拉，虽然已经四十多岁，脚步依然能跟上我们，这个女人不简单！

　　史密斯建议我们沿着山脊继续前进，登上前面的山峰，这样便于观察整座岛的地形，说不定在那儿会有什么发现！史密斯的想法也是我的想法，毕竟他曾经在海军陆战队服役，野外生存经验比我们都强。我们稍作休息，便沿着山脊，一路向前方的高峰爬去。

　　沿着山脊，大约走了一个小时，我们登上了这座不知名的山峰，史密斯看了看他携带的GPS接收器，"这儿海拔六百米，足以让我们看清赤道岛东部地区。"

　　云层压得很低，似乎就我们头顶，我们极目远眺，一边是黑色的大海，无边无际，另一边是深绿色的原始雨林，也是无边无际，根本看不出什么人工建筑的痕迹。史密斯用他的望远镜远眺，看了半天也不撒手，我问史密斯借望远镜，他却将望远镜递给了伊莎贝拉，伊莎贝拉看了一圈后，才将望远镜递给我。在望远镜中，我发现在连绵的群山中，前方有些异样，再往后望去是几座高耸的山峰，山顶完全笼罩在云雾中，我想那里很可能就是整座岛的中心位置。

　　"怎么样，发现什么了吗？"伊莎贝拉问道。

　　我将望远镜递给秦悦，有些犹豫地指着下方的雨林说："你们发现了吗？那儿有些奇怪！"

　　"是的，那儿像是……像是凹陷下去了……一大块雨林都凹陷下去了。"正拿着望远镜观察的秦悦也发现了端倪。

　　"我也注意到了！"伊莎贝拉犹豫片刻，"很可能那儿是一个地质塌陷。"

"你是说天坑吗？"我马上想到了常见的喀斯特岩溶地貌。

"也可能那下面有什么东西，造成塌陷。"宇文说道。

"更让我惊奇的是那处塌陷范围之大，完全超出了一般的天坑。"我惊叹道。

"下去看看就知道了！"史密斯像是有无穷的体力，说完就翻过山脊，开始向巨大凹陷处前进。原本以为下山可以节省些体力，但下山的路完全是密不透风的雨林，各种植物缠绕在一起，让我们走得异常艰难。

好在一路没有遇到什么危险，当脚下的路变得平缓的时候，我发现前面的植被也不像之前那么茂密，又往前走了一段后，植被渐渐稀疏，我回头仰望，我们已经从刚才那座六百多米的山丘上下来，完全进入了岛的内陆部分。

"我们已经到塌陷处了吧？"秦悦观察着周围的环境。

"应该是吧，但还没到最低点！我们现在是在海平面的位置。"史密斯用仪器测出了我们所在处的海拔。

前方是一个平缓的大坡，我们还在往下走，植被越来越稀疏，地面满是碎石，我不断提醒大家不要滑倒，我忽然感觉我们像是进入了一个巨大漏斗，这儿应该离海岸不远，往海平面下边走，会有什么发现？下面会有地下河，或者洞穴？与大海相连？传说中的深海黑洞……脑子里胡思乱想，脚步越来越快。最终，当走在前面的史密斯停下来时，我意识到我们已经走到了缓坡的尽头，这里既没有洞穴，也没看见地下河，只是一大块空旷的广场，满地碎石。

"我们已经到了整个塌陷处的最低点，海平面下一百四十三米。"史密斯说着又往回走了几步，"对，就是这里！"

宇文从地上拿起几块碎石瞧瞧判断道："这儿很像一个采石场。"

"这么巨大的采石场？"我马上想到了郑和碑记中的巨石建筑。

"对！对！这是采石场，这样就和古老的传说对上了！"伊莎贝拉也从地上拿起一块石头端详，"你们看啊，这石头上好像有打磨的痕迹。"

秦悦仔细端详着碎石说："从这里的环境看是很像采石场，但从目前这些石头看，开采的痕迹并不明显。"

当我们的意见趋向统一的时候，一直没开口的袁帅，突然反问我们一句："你们不觉得有些奇怪吗？这里完全在海平面下，热带雨林雨量充沛，这儿应该有很多积水吧……"

"对呀，我就觉得哪不对劲，这里完全可以形成一个湖，而且还是一个比较深的湖才对！"宇文也同意袁帅的推断。

我仰头向周围望去，四周环境像极了天坑，但比一般的天坑要大，按常理说应该有积水，而且还是巨量的积水，形成一个湖才对，但哪里出了问题呢？我仔细搜索着，下面的植被远不如山上茂盛，忽然，我发现了一块石化的龟壳。

"你们看，有龟壳说明此地曾经是有水的，是一个挺大挺深的湖，但在不久以前，这儿的水都消失了。"

"这是怎么回事？"秦悦问。

"只有一种可能，下面还有空间或者地下河，喀斯特地貌经常会产生这样复杂的地形地貌，打个比方，就像家里面的浴缸，你把塞子堵住时，浴缸盛满水，当你把塞子打开时，浴缸里的水就全漏光了。"我解释道。

"但这里的塞子在哪呢？"秦悦又问。

"这就不知道了，也许在某处有个巨大的塞子，也许并不止一个塞子，而是很多处裂缝和漏洞。"我进一步解释。

伊莎贝拉想想说道："如果这是当年赤道王朝的采石场，那么他们为何要在这里开采这么深，不在其他地方开采呢？"

"这……"我再次观察周围裸露的石块，一万年过去了，还有许多岩石裸露在外，除了这里曾经积水，还会是……我忽然明白了，"因为这是坚硬的花岗岩，而不是柔软的火山岩！如果赤道王朝修建了那些宏伟的巨石建筑，那么他们一定想保存下来，柔软的火山岩是不行的，坚硬的花岗岩更适合流传万世！而在这座火山喷发形成的岛上，大部分都是火山岩，很可能只有这里，对，只有这里是花岗岩，所以当年赤道王朝的建造者们，费尽心力在这里采石，并且冒着危险不断向下开采！"

"最后很可能因为开采太深，才停止了这里的开采……"伊莎贝拉指了指前方的山坡，"看，那上面似乎有巨石。"我们顺着伊莎贝拉手指的方向望去，前方的山坡上隐约现出几块巨石。

9

我们又开始了爬坡的行程，走了几十米以后，回头望去，我们现在的路线与刚才下来的路线正好相对，这也是我计划中的路线。往向上的缓坡走了一百多米后，那个巨大的正方形石块出现在我们面前，在下面看起来没有如此巨大，直到近前，才真正感受到了这块巨石的气势，整块巨石呈正方体，长宽高都有两个人高，也就是接近四米！

"赤道王朝那时候就可以开凿如此巨石……"所有第一次见到的人都发出惊叹。

"对！我在雨林中也见过这样的巨石！"伊莎贝拉说。

我们七手八脚扯去巨石表面覆盖的植被，更让我震惊的一幕出现了，整面的花岗岩异常平整！完全看不到凿痕，"怎么可能？完全像是现代的工程机械开凿的，这么坚硬的花岗岩，上面竟然没有凿痕，这不科学……"

"确实难以置信！"伊莎贝拉抚摸着巨石，"我第一次在雨林见到时，也被震惊了。"

"雨林？采石场？巨石都已经被开采出来，为何没有使用呢？"我又仔仔细细查看了一遍，"这块巨石没有问题，完好无缺！"

"你们看那儿！"秦悦忽然指着山坡上方，那儿密集堆了几块同样大小的正方体巨石，我们爬上去，秦悦指着几块巨石后面，"你们看，这里似乎有一块超大的！"

顺着秦悦的指点，我们清除掉面前巨石的植被，一块花岗岩巨石终于现身，但让我们吃惊的是，这块巨石不像之前那几块是正方体，而是……呃，长方体？随着不断清除掉的植被，秦悦在一旁说道："刚才在我那个角度看去就是长方体。"

最后当宇文清除掉最远处的植被，在我们面前这块巨石已经远远超出我们的想象，它的长度相当于十二个成年人那么高，而宽度也达到了两个成年人的高度，但这块巨石似乎并没有开采完。

"奇怪，这块巨石好像下面还连在山体上，并没有完全开采下来。"

"可能是太大了吧！"秦悦推测。

"看样子这是块碑材！想开凿下来做碑的……"

袁帅打断伊莎贝拉的话。

"赤道王朝的想法恐怕完全不是我们所能推测的。"袁帅说着转过身回望对面，也就是我们下山的路，袁帅半晌才接着说道："你们注意到没有，我们下山进入采石场的时候，没有发现这样的石材，而在这边的山坡上，发现了这么多的石材。"

"我也注意到了这个现象，不仅是我们下山的路，周围似乎都没有发现什么石材，石材似乎都集中在这边的山坡上，再往上去还有不少。"我指着我们上方的山坡，那里密密麻麻还有许多巨石。

"说明这个山坡就是当年的运输路线，开凿的巨石通过这里送出去！也就是说我们通过这条路线很可能就可以找到那些巨石建筑。"伊莎贝拉的话语中透着一丝兴奋。

"那就赶紧走吧，我们要在天黑前找到一处栖身之所！"史密斯催促道。

于是，我们继续沿着山坡向上走去，一路上密集出现的巨石，显示着这条路线当年的繁忙，而这些巨石不知是何原因，被遗弃在这里，斗转星移，沧海桑田，直到被我们发现。想到这里，我也有些兴奋起来，对于我这样的探险之人，或许只有不断发现，才能刺激我不断向前。

很快我们走出了巨大的采石场，又走进阴暗的雨林。巨石渐渐少了，但每走一段，还是能看到一两块这样的巨石，我们就沿着这条路线前进，这也成了我们唯一可以指望的线索。太阳渐渐向西，史密斯皱着眉，催促我们加快速度，马建秋体力有些不支，他喘着粗气，语带惊慌地问："如果到太阳落山，我们还在雨林里，怎么办？"

我想了想然后安慰他道："放心好了，我们应该很快就能看到河流。"

"河流？为什么？"马建秋颇为不解。

"很简单啊，当年不可能在林子里运送这些巨石，那样太困难了，当年他们选择这条路线，就是因为附近有河流！"我解释道。

话音刚落，我们就听到了流水的声音，果然，当我们穿过一片并不算茂密的雨林后，一条大河就出现在眼前。已经体力透支的马建秋扑上去，就想要尽情畅饮一番，我赶忙阻止他："别喝！"

我先观察了一下这河水，清澈见底，完全没有污染，再看水是流动的，放心不少。我又捧起水仔细观察，嗅嗅，没有杂质，没有异味！就在我还在观察的时候，史密斯已经确定水没问题，开始畅饮，最后就我还在观察，其他人都喝了起来。已经一天一夜没有淡水了，管不了那么多了！

我们喝饱以后再次商量一番，最后所有人都赞同我的建议，河水一定是流向大海的，所以我们要溯流而上，沿着河向上游走。于是，我们披荆斩棘，沿着河向上游进发。果然，这一路就再没有发现巨石，说明我的判断没错，当这些巨石被送到河边，就改为水路运输了。

沿着河向上游走了约一个小时后，天就黑了，我们内心焦急，加紧步伐。终于，在天完全黑下来时，我们面前豁然开朗，雨林中赫然出现了一大片空地，空地中影影绰绰现出了巨大的黑色阴影，那是什么？我们伫立在荒野中，远远观察，我的脑中想到了在荒原大字的种种奇遇，但理智告诉我这不是荒原大字，这巨大黑色阴影，很有可能的就是传说中的赤道王朝！

"或许就是那些巨石建筑，比我们预想的要近嘛！我上次在雨林中就没找到什么巨石建筑。"伊莎贝拉有些诧异地盯着远处的黑色阴影。

"别愣着了！过去看看，今晚我们就得在那里过夜了！"史密斯催促着，我们怀着复杂的心情，走向那巨大的黑色阴影，很快，我们来到了黑色阴影近前。

10

当我们接近巨大的黑色阴影，一座巨石垒砌的恢宏建筑就在我们面前，但我一时竟无法判断这是什么建筑。巨石垒砌的墙壁在夜幕中很高大，我用手电照了照，严丝合缝，巨石和巨石之间并没有发现水泥或是其他的黏合剂，我不禁惊叹道："它们是靠什么将这些巨石垒砌起来的？又是靠什么将它们黏合在一起的呢？"

伊莎贝拉也惊诧地仰起头："只有现代的工程机械才有可能啊……"

"但那时不会有的，它们用的黏合剂很可能也是我们所不知的，甚至看不出痕迹，比水泥要好得多！"我说着继续沿着巨石墙壁向前走，慢慢地我觉得自己是在绕圈，我忽然明白了，"这好像是城墙，我们正在城墙外围。"

当我们醒悟过来的时候，巨石城墙上刚好出现了一个黑幽幽的洞口，我惊得向后退了一步。身后却传来史密斯的嘲笑："这城门也不过如此嘛！"

城门？我又仔细看了过去，那是一个梯形城门，而不是中国常见的拱券式城门。城门洞开，并没有门。于是，我壮着胆子用手电向里面照了下，史密斯倒是胆大，径直就走进了城门。我也紧随其后，用手电向周围照去，惊诧之余也有些失望，这座高大的巨石城里面很空旷，除了正中间有一栋不大的建筑，看上去什么也没有。

"这是啥意思？城墙建那么高大，里面却空空如也！"我有些懵。

"去那儿看看。"伊莎贝拉指着城中间的建筑。

城中间的建筑建在一处平台上，四四方方，由多块石板垒砌而成，同样严丝合缝，看不出任何黏合的东西，我再次惊叹于这里的建筑工艺："这要是真有一万年历史，那可够厉害的！"

"别管是不是吧，至少今晚住这里比住林子里好。"宇文和史密斯几乎同时进入了小黑屋，又几乎同时退了出来。

"这里面什么味!"史密斯怒道。

我拿手电筒向里面照去,只见里面是正方形的空间,约有五十平方米,并没有发现什么。但确实有股刺鼻的气味,我嗅了嗅,辨别不出来是什么散发的气味。我又朝着屋顶照了照,屋顶也没蝙蝠或者蜘蛛之类的动物,奇怪!当电筒的强光照到屋角时,我发现小黑屋的四角有些潮湿,地面上有一些黑色的小颗粒状物质。

"像是蝙蝠或者是什么小动物的粪便吧!难闻的气味可能就是这些粪便发出的。"

"很可能是某种鼯鼠的粪便!"马建秋做出了比较准确的判断。

"鼯鼠是什么?"秦悦反问。

"鼯鼠就是一种能飞的松鼠,鼯鼠平常在树上就像是松鼠,但当它张开腋下的飞膜,就能在树与树之间飞行,总的来说是一种不会攻击人的小动物!这间小黑屋有可能就是它们的栖身之所,它们虽四处觅食,但排泄物却会固定在一个地方!"马建秋解释道。

秦悦指了指离小黑屋不远的一片干净空地。

"既然不会攻击人,那就没问题了,不过这里面味太大,我们就在外面宿营吧!"

"你们不觉这里有些奇怪吗?这么高大的巨石城墙,里面却什么都没有。"伊莎贝拉问道,她把目光落在我和袁帅身上,"下午去的那个采石场开采量巨大,一路上我推算了一下,仅我们所见到的那个巨坑里,开采出来的花岗岩就相当于三座胡夫金字塔的石量,再加上郑和在碑记里记载古城规模宏大,我想这绝不会是赤道王朝的古城吧。"

袁帅没有作声，我盘算了一下说："我推测这里是一座子城。"

"子城？"

"是的，就是主城旁边的小城，一般都有特殊的用途，而我推测子城的用途与我们刚才走过的那条大河有关。从采石场的开采量和碑记的记载看，赤道王朝当年应该非常强大，所以一定有大量货物进出，雨林茂密，不方便运输大宗货物，只有走水路才合适。我们溯流而上，到这里豁然开朗，我以为这里是赤道王朝的一个重要港口，而子城就是管理港口和暂时储藏重要货物的地方。"我说出了自己的推测。

"那赤道王朝的主城应该距此不远了吧？"伊莎贝拉喃喃说道。

"刚才天黑看不清楚，明天……"

宇文打断我的话说道："我们在山上瞭望时，并没见到大规模巨石建筑，所以我估计那些巨石建筑离此还有距离！"

"行啦！那都是明天的话题了，想想今晚怎么吃，怎么睡吧！"史密斯催促道。

我们正处冬季的赤道，现在夜晚的气温还好，只要不下雨就没问题！至于吃，天黑不敢去进林子里打猎，只能通过从船上搜刮的一些干粮充饥，同时保佑我们在昨天早上发出的求救信号能有回音。今晚我们依然分为两组，和昨天一样，只是调换了顺序。我和宇文、史密斯、伊莎贝拉前半夜值夜，我跟伊莎贝拉说不用她值夜，不过这个女人却很倔强，坚决要求一视同仁。

前半夜似乎都很正常，史密斯独自躺在一块巨大的棕榈叶上，远离其他人。宇文守在营地旁边，我则和伊莎贝拉坐在靠城门的地方，我想找这个女人接着昨夜的话题多聊两句，但今夜她好像有些疲倦，不愿意多聊下去，只是怔怔地盯着城门出神。我无奈地起身，想回到宇文身边，伊莎贝拉却突然喃喃自语地嘀咕了一句："这个城门很像我们……"

后面几个字没听清，我让她再说一遍："您说什么？"

伊莎贝拉依然怔怔地望着城门回道："没……没什么！"

"你还是去休息休息吧！"我好心劝道。

伊莎贝拉头也不回，只是摆了摆手。我摇摇头，只好回到宇文身边。大约到午夜的时候，我已困倦不已，等秦悦出现时，我倒头就睡到了她刚才躺的棕榈叶上。

11

一种难以形容的声音传入我的耳中，那声音很微弱，像是从极远的地方传来，由远及近，慢慢地、慢慢地那声音越来越响，越来越刺耳，我极不情愿地睁开眼，坐了起来，天还未亮，东方只是泛起一丝鱼肚白，所有人都听到了这个声响，困惑地望着东方，声音是从那儿传来的……

"那是什么？"秦悦第一个惊恐地指着东方半空中。

黑压压一大片，像是蝙蝠，那些东西飞得不高，却发出了骇人的叫声。

"鼯鼠……"马建秋叫道。

"怎么这么多？"伊莎贝拉声音里带着恐慌。

"我从未见过这么多鼯鼠，而且……"马建秋惊恐地说，"而且从没见过这样的鼯鼠，或许这是我们从未发现过的新亚种！"

我马上想到昨晚在小黑屋里发现了鼯鼠粪便，赶紧对大家喊道："快，快跑！这地方很可能是这些鬼东西的家！"

我的话提醒了众人，大家赶紧手忙脚乱地收拾东西，往子城的城门奔去。史密斯、袁帅、宇文率先冲出了城门，我和秦悦紧随其后，但我们回头发现伊莎贝拉和马建秋落在了后面，只好又回头去拉马建秋和伊莎贝拉……就在这个时候，黑压压成群的鼯鼠迅速填满了城门洞，一拥而进，也有越过高大城墙，飞入子城。幸好我和秦悦反应及时，将马建秋和伊莎贝拉拽到了城门两侧暂时隐蔽起来。

我和马建秋喘着粗气，终于可以第一次近距离地观察这种鼯鼠。巨大的身形、棕褐色的皮毛，关键是鼯鼠的飞膜非常特别。来不及多想，此时天色已经亮了起来，我见鼯鼠大都进入城里，城门恢复了宁静，探头看看对面的秦悦，秦悦也正在看我，我对秦悦做了个手势，秦悦心领神会，拉着伊莎贝拉冲出了城门，我紧跟着秦悦也往外冲，但马建秋这个笨拙的家伙却拖了后腿，我冲到城门洞时，迎面正有一只鼯鼠向我冲来，面目狰狞，巨大的飞膜张开，就像一头草原上的雄鹰。对面的鼯鼠也没想到会有个大型生物突然出现在城门洞里，想要刹车却刹不住，只好紧急调整飞行姿态，想从我头顶飞进城门，但好歹我也有一米八五的身高，这畜生明显低估了我的身高，一侧的飞膜打在我脑门上，它突然失去平衡，身体猛地一晃，爪子竟在我的肩膀上猛踩了一下，才支撑住身子，重新恢复平衡，飞过了城门洞。我的肩膀一阵疼痛，脑门也是晕乎乎地奔出了城门，马建秋跟着我跑出了城门。

当我们重新汇合，马建秋发现我肩膀被划出了两道血印子，好在那畜生抓得不深，否则我就麻烦了，但袁帅仍然一皱眉："这地方的生物诡异得很，要小心！我在船上发现了一些药，给你用上。"

"不就抓了一下，我被那疯猴子抓了都没事。"史密斯一脸不屑，还故意露出他的右臂，我龇着牙，抬头看了一眼，发现史密斯的抓伤虽然已经愈合，但抓伤的痕迹却依然清晰可见，而且伤口红肿，史密斯粗壮的手臂显得更加粗壮，血管、青筋清晰可见，我忽然觉得他那红肿的伤口下似乎……似乎有些异样。

我们隐蔽在城墙外侧，袁帅给我用了一些消炎药。马建秋喘着粗气说："这……这地方生物是诡异得很，刚才我……看见那些鼯鼠比一般鼯鼠要大，特别是它们的飞膜很像是翅膀，怪不得它们可以长距离飞行……"

"别说那些没用的，快离开吧，那些鬼东西说不定会越来越多！"史密斯话音刚落，刚才那骇人的恐怖叫声再次传来，我抬头望去，不是子城的鼯鼠，而是从另一个方向，黑压压又飞过来一群，这叫声刺耳而震撼，我们赶忙向前方的荒野奔去。慌不择路，在一片低矮的灌木丛里穿行了约一公里后，我们前面竟然又出现了黑色的高大城墙。

"可恶，我们迷路了，转回来了！"史密斯咒骂道。

我回头四处张望，在稀疏的几棵棕榈树后面，隐约现出黑色的城墙，那儿可能是昨晚我们栖身的子城，这里怎么会……我转过头，盯着眼前的黑色城墙喊道："不，这又是一座子城！"

所有人都疑惑地看着我。我往前走了几步，这座黑色的子城与昨晚栖身的那座几乎一模一样，城墙高度，城门洞的式样，子城内的结构全都一模一样，所有人的表情都从疑惑转为吃惊，这是怎么回事？但我们来不及多想，那刺耳的叫声由远及近，明显就是冲这边来的，我们不敢久留，继续向前狂奔，前面低矮的灌木丛变成了高大的雨林，这片雨林并不大，穿过去又是低矮的灌木丛，这片区域就这样灌木丛与稀疏的雨林交织着，我敢肯定我们现在的行进路线并不是来时的路。就在这时，第三座子城又出现了。

又是一模一样的城墙，一模一样的城门，一模一样的构造，这……这是怎么回事？刺耳的叫声越来越响，鼯鼠大军像是集结完毕，乌泱乌泱，铺天盖地，追逐着我们，我们接着穿过灌木丛与稀疏的雨林，又来到了第四座一模一样的子城前！就这样，我们一路经过了七座一模一样的子城……不，我也无法判断到底有几座？或许我们真的迷路了，并没有七座那么多，也可能这里还有更多的一模一样的子城，这里就像一个无穷无尽的迷宫！

我们的体力在这个清晨，被子城迷宫消耗殆尽！马建秋和伊莎贝拉明显已经要虚脱，不能再这样被动。我停下来，大口喘着粗气，观察着四周的环境。忽然，我发现我们此刻所在的地势明显更高，怪不得我们累成这样，原来一直都在上坡！再向前方望去，地势越来越高，像是上山的路，我也没有更好的办法，只好一指前方给大家打气："再坚持坚持，翻过这座山就好了！"

大家继续向前爬，我惊奇地发现我们脚下竟然变成了石板路，巨大的花岗岩石板。

"这……这就是赤道王朝修的路，说明……说明我们的方向是对的！"

没有人接茬，大家的体力都已接近极限。回头望去，鼯鼠大军仍然不依不饶，向我们冲过来，我也闭上嘴继续向前。石板路也是向上走的，地势越来越高，我惊叹于脚下的石板，并不是我们常见的那种碎石铺砌，而是一大块一大块长方形石板。古代中国，如此巨大的石板路往往只能在皇家建筑中偶尔使用，我简直无法想象赤道王朝当年的国力有多么强大。我抹了一把汗，突然发现冲在前面的史密斯的手臂有些异样，他的手臂变得更粗了，右臂明显要粗于左臂，血管和青筋几乎就要爆裂，史密斯也开始不停地擦汗，呼吸明显急促了许多，我放慢脚步，拉了一下秦悦，秦悦顺着我的眼神，也发现了史密斯的异样，又沿着石板路走了一段，秦悦突然停住脚步，盯着史密斯的右臂，几乎同时，我注意到顺着史密斯右臂慢慢流淌下了两行血——黑紫色的血……

12

我满身大汗却不寒而栗，那是什么？黑紫色的血，鼯鼠大军发出的刺耳尖叫震耳欲聋，那个可怕的噩梦又闪现在我脑子里，我停下脚步，怔怔地望着前面的史密斯，变异？史密斯像实验室里的白鼠和猴子一样……马建秋也注意到史密斯的变化，他惊恐地瞪大眼睛，紧紧拉住了我的手。

　　秦悦护住伊莎贝拉，宇文护着袁帅，我护着马建秋向后退去，但后面鼹鼠大军离我们越来越近，我回头望了一眼，已经退无可退！必须想出一个办法，可事情的发展根本没有给我们时间。史密斯似乎觉察出了异样，慢慢地转过了身，他目光呆滞、神情恍惚，完全像是变了一个人，他缓缓地举起自己的右臂，已经被黑紫色鲜血包裹的右臂，就像是在看一件奇怪的物件。突然，史密斯发出了一声低吼，这声音我在噩梦中听过，不禁浑身一颤……

　　史密斯一步步向我们逼来，他抽出了绑在自己后背的那把消防斧，我的心脏狂跳着，用眼神示意秦悦和宇文。秦悦指着史密斯的背后，我瞬间明白了她的意思，于是我让马建秋跟着秦悦，决定拿自己做诱饵。想到这里，我也抽出了消防斧，斧子对斧子，史密斯冲我低吼着，举起了明晃晃的斧子，在阳光下，史密斯的右臂抓痕处完全迸裂开来，流淌出来的不仅仅是黑紫色的血，还有白色的像蛆虫一样的东西，我不禁一阵作呕。

　　史密斯怒吼着冲向我，我知道此刻的他力量惊人，更不能触碰他的伤口，接近他时，我猛一侧身，躲过史密斯的一击。史密斯用力过猛，一头滑倒在石板另一侧的土路上，我也不知是哪来的勇气，也不知我为何会用这样的方法对付他，或许因为那个噩梦……史密斯怒吼着再次冲上来，我冲史密斯背后的秦悦使个眼色，然后不顾一切地迎了上去，这次我还是出其不意，抛出了我的斧子，斧子在半空中划过一道优美的弧线，径直飞向史密斯，让我吃惊的是发疯的史密斯竟然没有躲闪，而是直直地立定，用自己手中的斧子朝我的斧子砍去，一声清脆的撞击，闪出耀目的火星，我的斧子在半空中改变方向，飞了出去！

几乎同时，秦悦带着其他人躲过史密斯，跑到了我的身后，史密斯怒吼着，舔了舔自己右臂上的黑紫色鲜血，挥舞斧子，又向我们奔来。我现在手无寸铁，只能继续沿着石板路向前跑，但我们跑出一百多米后，发现前方竟然是断崖。跑在前面的我险些摔下去，这不可能，这不科学，这么宽大的石板路一定会通向某个地点。仔细查看以后，我发现石板路是断裂开的，再向对面望去，同样有断裂的石板，我忽然明白了，这原来有一座桥，下面……我探出头，往下望去，下面是一个深潭，幽黑深邃，我估算了一下，水面距离我们的距离，至少有二十米。

再看身后，发疯的史密斯挥舞着斧子，已经追了上来。就在此刻，鼯鼠大军铺天盖地也追到了！我看了一眼秦悦，她眼里露出了绝望的眼神，我们这次算是走投无路了！此刻，我忽然好想念那柔软的大床，多么希望这只是一场梦，可惜隐隐作痛的伤口提醒我——不是。接下来令我们吃惊的一幕发生了，黑压压一大片的鼯鼠竟然没有扑向我们，而是全都瞄向了史密斯，史密斯面无表情，毫不畏惧，挥舞斧子怒吼着，几下子就砍翻了几只鼯鼠，鼯鼠的鲜血溅在史密斯的脸上和身上。他越砍越起劲，像是完全进入了癫狂状态。几分钟的时间，就有几十只鼯鼠命丧斧下，鼯鼠新鲜的血液像是刺激了史密斯，他的脸上竟露出了一丝笑意，伴随着他那张狰狞的面孔，让我心里不寒而栗！

我们惊恐地看着面前的一幕，不知所措，我回头又望向断崖，下面的潭水应该比较深，跳下去可能不会有生命危险。秦悦、宇文、袁帅和我都会水，袁帅也在注视着深潭，当我扭头看向他时，他冲我点了点头，我用坚定的语气问伊莎贝拉和马建秋敢跳吗？伊莎贝拉明白了我的意思，冲我点点头，而马建秋却惊慌不已："我……我不会水啊……"

我逼近马建秋，一把抓住他的手劝他："想活就抓紧我！"

马建秋双腿战栗，他将求生的目光投向史密斯那边，但显然那边让他失望了。此刻，史密斯已经被鼯鼠团团包围，他开始还在不停地挥舞斧头，砍下鼯鼠的肢体，但他的动作慢慢变得迟钝，直到最后完全挥舞不动斧头，也不再发出低吼，他强壮的身体像是已经被鼯鼠大军掏干，我知道接下来被掏干的就是我们了！不能再犹豫了，我大喊一声："跳！"然后不等马建秋反应过来，就抱着他纵身跃下深潭。

瞬间，刺耳恐怖的声响不见了，周围一切都安静下来，大脑一片空白，闷热烦躁的空气变成了清凉的水世界。在短时间的空白后，我很快恢复了意识，深潭果然如我所料很深，我们两个男人的重量，让我们坠得很深，却并没有触碰到石头或是水草之类。我微微睁开眼，见到秦悦、宇文、袁帅、伊莎贝拉纷纷在我上方浮起。我心里暗暗叫苦，还要带着这个废物上浮，我几乎用尽了最后的气力，最终还是在宇文、袁帅、秦悦的帮助下，才将马建秋托出水面，这小子在水下倒没怎么扑腾，省了我一些事，因为马建秋早已昏厥过去。直到浮出水面，秦悦掐他人中，他才浑身一颤，苏醒过来，然后开始在水里扑腾。

我仰头朝上面的断桥望去，史密斯估计已经成了一具白骨，就跟那只被深埋的猴子一样，成群的鼯鼠盘踞在断桥上方，却没有冲下来，也没有飞过断桥，我心里不禁狐疑，但现在最重要的是下面该往哪儿去。我向周围望去，深潭其实是一个湖，我们跳下来的位置大概正好是湖的最深处。湖水应该是从上方的峡谷流下来的。于是，我指了指湖面的上游方向，指示大家往那儿游，我们已经精疲力竭，还得带着马建秋，短短的一段距离，我们游了半个小时才慢慢靠近岸边。就在这时，我忽然感觉水面有轻微的震动。

我回头张望湖水，湖面除了我们泛起的涟漪，并无异常，心想先不管他，上去再说！我们很快都上了岸，精疲力竭地躺在湖边，大口喘着粗气。一刻钟后，袁帅似乎已经恢复了体力，站起身来指着上方说道："看，有洞！"

我艰难地爬起来，向上望去，果然就在深潭上方，有一个黑漆漆的洞口，洞里不断有水流出，涓涓细流缓缓流进湖里，这就是湖的水源。我又仰头向两侧望去，两侧尽是悬崖峭壁，我们身处在山谷底部，我们只能先进山洞一探了。我望望其他人，全都茫然无措，还没从刚才的惊险一幕中走出来，山洞里有什么呢？大家在狐疑和不安中，收拾剩下的装备，从船上带下来的三把消防斧，只剩下宇文手里的一把，我接过宇文手里的斧子，跟着秦悦走在了最前面。马建秋和伊莎贝拉在中间，袁帅和宇文殿后，走进洞口三百米后，黑暗就完全吞噬了我们，我只能暗暗祈祷这个洞不要太长，因为我们的电池快用完了。

13

我们走了一段上坡路，很快开始下坡，坡度不大，但却越来越深，看来这个洞不会太浅，洞里面的水流也越来越大，前方不会是一条地下河吧？看看马建秋那尿样，我可没信心带他游过黑暗的地下河。涓涓细流在前方果然汇集而成了地下河，不过还好，河面不是很宽，河水也不深。我们靠地下河的一侧前行，大家进洞后一直沉默不语，我的脑中不断闪现着史密斯那狰狞的面孔，全身被鼯鼠吞噬，希望不要再出现什么怪物……

我们很快就看到了钟乳石，当我们走进一个钟乳石大厅的时候，我用手电筒一照，秦悦立马惊呼起来："那是什么，金光闪闪？"

"钟乳石钙化石吧……"我胡乱猜测着。

但我们越往前走，金光越是闪耀，大厅中央汇集的河水呈现出一个湖，我随手用手电筒往湖面下照去，就在我照射的地方，水下幽光中正好现出一堆白骨。几乎同时，秦悦的手电筒也照射过来，同样是一堆白骨，我们惊得后退了半步，秦悦一把抓住我的手臂。

"怎么有这么……这么多的白骨？"秦悦的话语中带着恐惧。

"可能是从上游冲下来的，然后汇集在大厅里，因为这儿水面比较平缓……"

"上游冲下来？上面有什么可怕的东西？瀑布还是激流？"伊莎贝拉惊道。

我将手电照向上游，但在我们目测范围内，上游依然是平缓的水流，但没看见瀑布或者激流，"也许有更可怕的东西，比如猛兽，水中猛兽……"

大家被我的话吓到，纷纷朝上游望去，袁帅却突然幽幽地说道："或许水中猛兽就在这下面！"

袁帅的话更让我们惊恐，本能地后退。袁帅接过我手里的电筒，再次照射水面，电筒的强光透过闪着幽光的水面，一点点照射到那些白骨，我注意到手电筒射出的光柱几乎在水里绕了一个圈，最后落在了累累白骨中间，中间的白骨似乎有些异样，明显高于周边的白骨！隐约中，我慢慢觉察出中间的白骨下面有东西……

袁帅从宇文手中接过一根长铁棍，那是从船上带下来的，然后走到水边，探出铁棍。我心里一惊，似乎明白袁帅要干什么。

袁帅却不以为然地说："没事，这东西不咬人！"

他用铁棍将中间的白骨慢慢拨开，一缕金光突然映射出来，我们近乎同时发出了惊叹，那是什么？凶猛的水中猛兽，还是……黄金？当我们平复下恐惧躁动的心，终于能看出来了，白骨环绕中有一座石雕，石雕外面堆砌着全是各种黄金制品。

"这是什么？"秦悦茫然无措地盯着我。

"像是某种石雕，动物的石雕，但是雕刻得很抽象，与我们所知的人类古老文明的石雕都不一样！而那些黄金制品也与其他文明的黄金制品不同！"我迅速地在自己脑中搜索着，但无法将眼前的石雕与任何文明的雕刻作品对应起来。

"看不出雕刻的是什么……"伊莎贝拉也摇头。

"龙……"袁帅突然从嘴里含糊不清地说出了一个字。

"龙？"只有我听清了袁帅说的是什么。我又看了一眼水里那金光闪闪的雕刻，忽然觉得它确实很像是龙。

"是的，我想这是赤道王朝当年的某种图腾崇拜，而这些黄金与白骨则是献祭！"袁帅说出了自己的判断。

袁帅的话让我想起什么，一边回忆一边说道："据说美洲的玛雅人有类似的献祭仪式，考古学家曾在中美洲山洞的水下发现了大量祭品。看来这些黄金就是当年的祭品，他们用活人和黄金献祭给神，而神很可能就是水下的那个石雕。"

"玛雅？离这里好像很远啊！"秦悦不解。

袁帅笑了笑回道："如果赤道王朝的传说被证实，那么我就可以大胆地推断距今一万年的赤道王朝虽然很快遭到毁灭，但它的文明深深影响了其他古老文明，比如东南亚和南岛地区的文明，甚至是美洲的玛雅文明和印加文明，也不排除印度和我们华夏文明。"

"什么？你说影响玛雅，印加文明就够遥远的人，还影响了中国？"我吃惊地盯着袁帅，可以察觉到袁帅的脸在黑暗中明显带着一丝兴奋。

　　"我不是凭空胡说的，从我们现在发现的一切就能看出来，黑色的巨石建筑让我想到了南太平洋的复活节岛，还有许多太平洋上的南岛文明，神秘而血腥的献祭仪式，让我想到了玛雅、印加，而这个龙形的雕刻则让我想到了华夏文明的原始图腾崇拜！"

　　袁帅短短几句话，让我不得不再次思考起面前的古老文明，但目前最重要的是……呃……下水去捞黄金，可全是黄金啊。但袁帅和伊莎贝拉却阻止我，说是会有不详的诅咒。这两个闭源人后裔还如此迷信。我万分无奈极其不舍地最后一个离开这里。嗯，好像我也是闭源人的基因携带者，我咋不像他们那么迷信："不带点东西出去，怎么证明我们的发现呢？"

　　没有人回答我，我只得紧赶两步，追上队伍。我们开始上坡，走着走着，我忽然发现像是走在台阶上，于是我用手电仔细照射脚下，发现地面完全钙化，根本分辨不出是不是有人工开凿的痕迹，钟乳石大厅慢慢演变成了一条狭长的通道，就像是从胃来到了肠子。

　　"地下河好像不见了？"秦悦说道。

　　"不奇怪哦，刚才的钟乳石大厅内有很多细小的进水口，可能水下也有不少进水口，只是我们没有看见，而现在往上走，大概不会再有地下河，用不了多久就能出去！"我乐观地推测道。

　　但事实并不乐观，我们在像肠子一样的狭长通道内走了差不多一个小时，也没能走出去。周围全是一模一样的环境，钙化的地面与墙壁，漆黑的通道，偶尔会闪过一些金光，宇文忽然推测说："你们觉得这里会不会是当年赤道王朝的金矿？"

我愣了一下，随即点点头说："很有可能，刚才那个钟乳石大厅，金光闪闪，很明显大厅周围的石壁里有金矿矿脉，那个大厅很可能是当年赤道王朝开凿金矿留下来的，也包括我们现在这条一直走不到头的甬道，都可能是当年赤道王朝开凿的。还有那个龙形石雕，很可能是当年赤道王朝为了感谢神赐予他们黄金所建！然后过了很多年，完全被水流钙化了。"

"这也就能证明赤道王朝距今的年代，一定非常久远，否则不会钙化！"伊莎贝拉说道。

"黄金？"袁帅喃喃自语着，"看来人类自古以来都是将黄金当作贵金属来使用啊！"

袁帅说了一句有点戏谑的话，我却听出了端倪，马上反问袁帅："我在想……黑轴文明时期，也将黄金当作最贵重的货币使用吗？"

袁帅沉默片刻摇摇头说："我不知道，这也是我感兴趣的问题。"

马建秋突然问道："别说这些没用的了，我们这样走下去，前面的甬道会不会被封死了？金矿不会随便让人进来吧？"

"也可能是大门吧！"宇文说道。

我停下来仔细感受了一会儿，说道："不会，这儿依然有清新的空气！"

又是长久的沉默，甬道内只剩下我们的脚步和喘息声，前方会有什么，我心里其实也没底，最后当我们即将绝望之时，甬道终于结束了。黑轴保佑，甬道并没有被封死，也没有什么大门，我们又来到了一个大厅里，大厅比前面发现的钟乳石大厅小一些，不同的是此处是一个方形大厅，顶部的钟乳石并没有那么长。连秦悦都能看出来，这个方形大厅是人开凿出来的。

14

我们小心翼翼地步入这个不大的方形大厅，大厅内很潮湿，但并没有积水。我用手电朝正前方照去，方形大厅正中有一个石台，石台上金光一闪，似乎也有黄金祭品，我难掩激动之情，快速走到石台近前。果然，石台上摆放着一个黄金手环，当袁帅提醒我小心时，我已经拿起了这个黄金手环。在手电照射下，黄金手环散发着诱人的光芒，我注意到这个黄金手环与我们平时见到的圆形手环不同，整个手环呈规则的十六边形，通体素面，没有雕刻什么花纹或是瑞兽之类的东西。我将手环递给秦悦，秦悦看后又递给伊莎贝拉，伊莎贝拉看得很仔细，但她看完后什么也没说就传给了袁帅，袁帅看了两眼又递给了宇文，宇文仔细看看，锁紧眉头："这个黄金手环好奇怪，没有雕刻，通体素面，难道赤道王朝时期的黄金制品都是这个样子？好像不符合各个早期文明的特点，刚才在钟乳石大厅水里的黄金似乎不是这样……"

"对啊，献祭的黄金有普通金块、金条，也有雕刻着精美纹饰的黄金饰品！"秦悦回忆说道。

"这是有可能的，早期文明工艺技术简陋，很难雕刻精美的纹饰……"

袁帅打断我的话说："不，献祭的金块、金条是比较粗陋，但这个黄金手环虽然没有纹饰，却不粗陋，它的工艺其实非常难，十六边形，你们想想，早期文明比如古埃及、古巴比伦制作出过如此细致精美的十六边形手环？"袁帅的话让我们陷入沉思，袁帅又接着说道，"你们再看，这个手环似乎并不只是纯金的，硬度不对，我推测这个手环可能是某种合金制品。"

"合金制品？不是黄金？"我吃惊地望着袁帅。

"我现在还无法判断。黄金肯定是有，但也有其他贵金属，它的硬度是很高的！"袁帅说着又拿过马建秋手中的手环，使劲捏捏，然后突然说道，"我大胆推测这件手环并不是赤道王朝时期的产物，很可能是黑轴文明时期闭源人遗留下的某种工具！"

"闭源人的工具？"我惊得一时语塞。

袁帅点点头说："首先，我们在这里发现的，肯定不是现代人的遗留物。其次，早期古代文明绝对无法做出如此精工的十六边形手环，更不可能达到这个硬度，就是郑和所在的那个时代也不可能！"

我慢慢开始接受袁帅的观点。

"那么正好符合那个传说，赤道王朝突然崛起，尤其是某些技术领域得到了闭源人后裔的帮助。"

伊莎贝拉点点头，说："一切都被证实了。这个手环就由我来保管吧。"伊莎贝拉就将这个十六边形黄金手环套在了自己手上。袁帅没说什么，其他人也没说什么，秦悦和我都是一脸无奈，那明明是我发现的，凭什么就成了你的？在我越想越气的时候，宇文突然用手电指着石台四周，小声说道："看，石台上有雕刻。"

我蹲下来仔细辨认，果然在石台四周用浅浮雕刻着一些图案，从图案的雕刻手法上看，古朴而又稚嫩，符合赤道王朝的年代特征。首先是东面的浮雕，浮雕上似乎描绘的是在森林里，有一群人正围绕着几个人，人物形象比较简单，看不太清，我们几个面面相觑，完全不知道这浮雕在描绘什么。接着我们继续看南面的浮雕，南面的浮雕比东面的略大，描绘的是人们开山造城的场景。

"这似乎是在描绘赤道王朝的历史……"秦悦喃喃地说道。

我手指南边浮雕的西侧位置说："看这儿建起了一个高台，周围还有恢宏的建筑，似乎就是郑和当年看到的场景。"

伊莎贝拉同样指着高台说："你们注意这儿，高台上有几个人，手里好像拿着图纸，在指挥大家干活。下面也有几个人像是指挥者或者工程师。"

袁帅也指着高台上的人说："请注意，虽然雕刻很简陋，但仔细看，这几个人和其他人在相貌和衣着上有明显不同，我推测这几个人，包括东面浮雕中被围在中间的那几个很可能就是闭源人后裔，是他们教会了赤道王朝的人如何采矿，如何建筑，如何运输，如何观察天文等。"

我注意到这几个人要比其他人个子高，偏瘦，服饰比较奇特，而其他人的服饰则比较简单原始。

"那我们可以进一步推测，东面浮雕描绘的是本地最早的原住民在森林中遇到了这几个闭源人后裔，感到相当惊奇，后来这几个闭源人的后裔帮助本地居民开矿、建筑，建立起了赤道王朝！"

"应该是这样的！"袁帅继续勘察西侧的浮雕，西侧浮雕与东侧的一样大，描绘的是一大群人跪在高台之下，对台上的人顶礼膜拜，而台上的正是之前的那几个人，周围环境也发生了巨大改变，已经不是森林，而已是一座辉煌的都市了。

"这几个闭源人后裔因为帮助建造了赤道王朝，因此受到了当地人的顶礼膜拜，把他们奉为了神！"

"神？"

"对，高台上还雕出了巨大的龙形石刻，这应该就是赤道王朝崇拜的图腾，而将这几位与龙形图腾一起顶礼膜拜，我认为就是把这几位也奉为了神！"袁帅的解释看起来还是很合理的。

最后我们绕到石台北面，也就是最后一块浮雕。在手电筒的照射下，北面的浮雕慢慢显现出来，奇怪的是北面的浮雕几乎与西侧的浮雕一模一样，背景仍然是赤道王朝恢宏的建筑，一大群人仍然跪在地上，对高台顶礼膜拜，不同的是高台上只剩下一个人和那个巨大的龙形石刻。看到这里，我心里不禁一惊。

"怎么只剩下一个人了？"

大家也都很吃惊。许久之后，袁帅指着浮雕下部说："看，这才是最大的不同！"我在袁帅指引下，这才发现在北面浮雕下部，还雕刻出了一个世界——地平线以下，被粗陋的雕刻出了一个门，门里有一个房子，房子里赫然伫立着几个大笼子，里面关着的看上去正是原来在高台上接受膜拜的那几个闭源人后裔！

我不禁发出唏嘘："这个浮雕信息量是最大的，原本被顶礼膜拜的闭源人后裔像是被关在地牢里！而高台之上只有一个人在接受膜拜。"

"这个人是闭源人后裔中的一位，还是原住民的酋长呢？"秦悦反问道。

长时间的沉默，最后的这幅浮雕触目惊心，似乎预示了当年赤道王朝的命运，闭源人后裔在帮助原住民建立赤道王朝后，少不了血雨腥风。我再看看袁帅，他面无表情许久才开口说道："我倒是更关心，这些虔诚膜拜的人们是否知道那几位已经被关在了地牢里！"

"地牢？"我喃喃说出这两个字，心里猛地一紧，"地牢？我们现在所在的这个方形大厅不就像是地牢吗？"我的话语带着惊恐，震得大厅内发出了可怕的回音。

15

我的话音让所有人都紧张起来，大家纷纷举起手电慌乱地朝周围照去，果然在正方形大厅两侧的墙根处，赫然发现了两排笼子。我们来到东侧的笼子前，全部是手指粗的铁条制成的站笼！但让我们感到惊讶的是，站笼里并没有发现尸骨，因为所有站笼的门都是打开的！

"这些站笼就是当年关押闭源人后裔的！这里就是地牢！"我现在已经十分肯定。

"但他们都逃走了……"秦悦小声说道。

我们又来到西侧的站笼。同样如此，站笼的门开着，里面没有发现骸骨。"那他们最后去哪了？"秦悦如此反问道。

我举起手电再一次照射整个方形大厅，没有尸骨，南侧就是我们进来的盲肠甬道，我将手电照向北面："也许我们出去以后，就知道他们当年去了哪里？"

秦悦也将手电照向了北侧墙壁，我们经过一点点搜寻。终于，在北侧墙壁中间位置找到了门的痕迹！秦悦看看我手中的铁棍，我明白她的意思，于是将铁棍插入现出的缝隙，使劲撬动，很快就撬动了第一块长条石，原来所谓的门，其实就是用长条石垒砌起来的封门。

就在我将第一块长条石抽出来时，突然我们身后传来一声沉闷的声响。我浑身一颤，怔怔地回头注视，正方形大厅并没有什么变化，那是什么声音？接着我听到了水流的声音，大家面面相觑，都瞪大了惊恐的眼睛回身望去，终于，当水流从正方形大厅顶上四角流出来时，我终于明白过来。

"怎么回事，这里还有机关！上面可能是个湖！"

"也可能就是地下河！"伊莎贝拉说。

"别管那么多了，快出去！"宇文提醒我们，我们赶紧加快速度，一块块撬开长条石，再搬下来，当我们搬下七八块长条石时，久违的阳光终于照射进来，但水也慢慢涨了上来。降水的速度越来越快，从正方形大厅顶部四个角，已经变成了四周都在降水，犹如瀑布一般，水位很快就没过了我们的脚踝。

当我们弄下二十块长条石时，水位已经淹没了我们的膝盖，我们顾不上刺眼的光线，与急速上升的水位争分夺秒。当我们弄下三十块长条石时，水面已经快要到我们腰部了；弄下将近四十块时，我就已经率先翻过了还没弄开的封门。

"不用弄了，我们可以跳出来！"

大家互相搀扶着，跟着我爬过了剩下的封门，外面明显是一个石砌的阶梯，只要爬上阶梯就能再次拥抱阳光，回到地面，但让我们无奈的是，阶梯的尽头是一个正方形的铁质下水道栅栏！同时，我看见在下水道栅栏下面有两具散落的尸骨，那或许就是没有来得及逃离的闭源人后裔。想到此处，我不禁浑身一颤。这时，正方形大厅里的水位已经漫过了封门，开始快速流向外面，我们赶紧冲上阶梯，走到阶梯尽头，然后看见那尸骨的双手紧紧扣在下水道栅栏里面，可以想见当年他们是何等悲惨，又是何等绝望，求生的本能促使他们使劲想顶开这个沉重的下水道栅栏。如今，轮到了我们！

我使出浑身力气往上顶！下水道栅栏却纹丝没动，我再次用力，依然没动，秦悦看看已经漫上来的水位，使劲帮我向上推举，但我们两人的力量依然不足以推开头顶的下水道栅栏！马建秋绝望地尖叫起来："我们要完了！水就要上来了！"

宇文见状，赶忙和袁帅将周围的那两具白骨搬开，两人也冲上来，四人一起用力，沉重的下水道栅栏终于被缓缓举了起来！水位越来越高，已经淹没了我们腰部。伊莎贝拉和马建秋受位置所限使不上劲，水位已经淹到了他们胸口……这时，马建秋突然冲上来，跟着我们使劲推了一把，在五个人的合力之下，终于将下水道栅栏给顶开了！

　　我们大口呼吸着新鲜的空气，艰难地爬了上来，外面是一个巨石垒砌的人工建筑，像是游泳池的样子，又像是公共浴室，或许哪个都不是！管它呢，我用最后一丝力气将伊莎贝拉拽了上来，随后躺倒在一块巨大的石板上，大口喘着粗气。抬头望去，已是夕阳西下，这险象环生的一天总算要过去了。我歪过头，瞧瞧躺在我身边的秦悦，面色铁青，几乎虚脱，其他几人也都是如此，只有伊莎贝拉斜靠在石板上，闭着眼，剧烈喘息着，她的右臂无力地斜摆在石板上，那十六边形的黄金手环依然戴在她手腕上，此刻正闪耀着诡异的光芒。

第三章　失落的古城

1

也不知躺了多久，直到天完全黑下来，我依然保持着平躺的姿势，望着满天星斗。腹中饥饿，我才意识到这次不像在荒原大字，没带吃的，只能自己找东西填饱肚子！想到这里，我支撑着站起来向四周张望。夜幕中，我依稀见到我们身处一座高台建筑上，不过高台建筑后半部依托山势，几乎与山体连为一体，我判断该建筑可能是建在山下的台地，想要看清下面的情形，但天太黑，看不清楚。

回头再看我们所处的这个奇怪的正方形空间，层层递减，呈阶梯状往下，最后渐渐收缩成一个边长五米左右的池子，我们刚才就是从这个池子艰难爬出来的。我狐疑地向下走去，一直走到最后一级阶梯，然后从背包里掏出手电筒，试了试。虽然被水浸湿，但还能用。在手电光束照射下，刚才要吞噬我们的浑浊恶水，只是淹没了下面这个很浅的池子，并没有再往上涌来，我不禁更加疑惑。此时，秦悦坐起来盯着池子说："这个建筑物好奇怪，像是游泳池，又像是公共浴室，但游泳池和公共浴室不会建这么高啊，那个年代水还引不上来！"

"也可能是从山上引下来……"宇文推测道。

"游泳池，公共浴室，那我们是从地漏爬上来的？"马建秋说道。

马建秋的话让我觉得好笑，伊莎贝拉这时却说道："最奇怪的是后面……"

后面？我们都将目光投向后部，几只手电筒照射下，袁帅忽然在我身后说道："就像是从山里长出来的！"

"从山里长出来的？"众人都是一惊。我们收拾东西，到了这座高台建筑的后面，细细观察。果然，这座建筑的后壁完全延伸进了山体里面，或者反过来说，这座建筑像是从山里面延伸出来的！繁茂的树根从潮湿泥土里滋长出来，已经深深陷入了建筑里面，我似乎发现了什么说："看来眼前这个高台建筑和山里面那个地牢，还有洞穴是连在一起的。"

"像是一座神庙，这样也就能解释我们在洞里见到的那一切！"伊莎贝拉小声说道。

"被崇拜的与被压制的……"袁帅喃喃地说道。

"你是说那些闭源人后裔？"我问道。

"我们还是想想怎么下去吧！"袁帅没有回答我的问题。

"我刚才看了一圈，没有发现有阶梯或者通道下去！"我指着周围说道。

"我也注意到了这个！似乎只有下面那个地漏能够通到地牢，没有其他通道，像是与外界隔绝了！"秦悦发言说道。

袁帅解释说："为什么下面那间地牢能涌出那么多水，而且还是从顶上流下来的。我认为地牢与这个水池是相互沟通的，刚才流入地牢里的水，应该就来自这个池子。"

"原来是这样！那我们今晚在这儿过夜反而比较安全吧？"我提议道。

"我可不敢保证，地牢里的水会不会又涨上来！"袁帅说着又向另一边走去。

我们跟着袁帅到了高台建筑的另一边。我们在最上面的阶梯，并排趴下，探出身体，向下面张望，在手电照射下，我发现外侧的墙壁全是由黑色火山岩构造，呈比较陡峭的缓坡向下延伸。

"这个结构，很像是某种金字塔。"

"人类早期文明，都喜欢修建类似金字塔形状的建筑。比如古埃及、玛雅等，中国的帝王陵墓和坛庙也都是金字塔形，只不过是用夯土建的。"宇文小声解释道。

"问题是我们该怎么下去？"马建秋说着环视我们，"我总觉得这上面不安全，随时都有可能涨水！"

就在这时，站在边缘的秦悦晃晃手电说："看啊，建筑两侧爬满了藤蔓，而且没有那么高，可以从侧面的藤蔓慢慢滑下去！"

"是啊！我们是在热带啊，到处是可以借助的藤蔓。"说着，我走到靠秦悦的一侧，探身往下观察，一根根粗壮结实的藤蔓悬在火山岩石壁上。我回身望望众人，想着，我、秦悦、袁帅和宇文爬下去应该没什么问题，伊莎贝拉年纪稍大，但并无惧色，秦悦决定带着伊莎贝拉一起下去，至于马建秋，看上去应该能行，但他可能书呆子做久了，动手能力实在是……我看看帅，有时我觉得他也是书呆子，但跟马建秋是不同类型，帅总是胆大包天，不声不响地就敢于尝试各种危险活动！

"我……我可不敢……"马建秋瞅着下面，面露难色。

我抽出一条在船上反绑我们的绳子，一把套在马建秋身上："自己捆好，我带你下去！"

马建秋的手有些颤抖，使劲将绳子系在自己腰上，然后递给了我。我戴上在船上找到的战术手套，接过绳子，将另一头系在我腰上，叮嘱道："你可给我抓紧喽，我们现在是一条绳上的蚂蚱！"

马建秋极不自信地冲我点点头，我率先翻到石壁外侧，牢牢抓住一条藤蔓，马建秋跟着我翻过来，抓紧旁边一条藤蔓。

我说了句"跟我保持同步"，开始缓缓向下滑去。

秦悦带着伊莎贝拉，袁帅和宇文各自抓紧藤蔓，开始向下慢慢滑动。大约滑了五米，一切正常，我停下来环视众人，又用口中含着的手电向下照射，依然见不到底！我继续向下滑动，就在这时，一阵沉闷诡异的叫声从雨林深处传来，这是什么声音？我还来不及仔细辨别，马建秋竟然吓得浑身一抖，脚底踩空，直直地顺着他手里那根藤蔓快速滑了下去……

马建秋的惨叫刺破了死寂的夜空，我马上感到一股巨大的力量拽动我腰间的绳子，向下，一直向下，快速滑去！我死死用双手抓紧藤蔓，但腰间那股力量太大，幸亏我手上戴着战术手套，否则两只手已残！但即便如此，藤蔓的尖刺、枝丫还是将我手臂划出了血印子，战术手套也几乎被撕烂，就在我以为要坠入万劫不复深渊的时候，突然屁股一阵剧痛，好像到底了，我一屁股坐在了地上，马建秋则四仰八叉地躺在了我身边。

我支撑着站起身，浑身一阵酸痛，屁股像是已经离我远去……用手电照照刚才坠落的地方，感谢各路神仙，幸亏刚才地下没有一根向上的树杈，否则那画面不敢想象！再看马建秋，我一见他就气，踢了他一脚吼道："老子差点给你害死了！"

马建秋躺在地上，一边呻吟，一边喃喃说道："你……你听到刚才那个……那个叫声了吗？"

我暗暗回忆刚才的叫声，听不出是什么猛兽，也不是袋狮的叫声！自从经历过荒原大字的史前猛兽之后，我感觉自己的胆子变大了，即便那头袋狮再出现在我们面前，我觉得靠我和秦悦就可以干翻怪兽！我正胡思乱想呢，袁帅也落到了地面，紧接着是宇文，最后是秦悦带着伊莎贝拉，伊莎贝拉脚还没站稳，就冲我说道："鱼，就……就是刚才那个声音，我跟你提到过的，我上次在这出事，最后……最后那次，我在雨林深处……对！就是这个声音！"

我回想起伊莎贝拉曾经提到的声响。

"可这个声响好像离我们挺远？"

"嗯，我上次听到时，感觉很近！"伊莎贝拉侧耳倾听，那个声响却没有再响起。

此时秦悦用手电照照四周，又朝上面照去。

"这座建筑没有想象中高大！在上面还以为深不见底呢！"

"幸亏不深，否则你已经见不到我了！"说着我又扭头冲马建秋吼道："你还能不能起来？"

秦悦瞪了我一眼，过去搀扶马建秋。马建秋颤颤巍巍站了起来，我看他根本就没事！放着马建秋不管，我拿着手电筒，率先绕到了高台的正面，在手电照射下，影影绰绰，正面的火山岩石壁上，有一座梯形的大门！我犹豫一下，没等其他人，就走进了门内。

2

我粗粗地用手电照了一遍里面，空间挺大，但只有一个梯形大门对外通风，潮湿闷热的空气瞬间笼罩了我。宇文也跟了进来，仰头照射，不禁喃喃说道："以当时的工程技术，能建造这样宏大的内部空间，很不简单！"

"是啊，里面一共就四根石柱支撑！这怎么也有十多米高！"伊莎贝拉说道。

"快看前面，王座！"我用手电指着前方，正对着梯形大门的后壁下有一处高台，陡峭的阶梯上面隐约现出一座宝座！

我们的目光全都汇聚到了宝座上。

"王座？"秦悦喃喃说道。

我已经不由自主地迈步走上了台阶，登上十三级陡峭的台阶，王座近在眼前。手电的光柱缓缓在王座上移动，宽大厚实的王座不禁让我有些奇怪，"这王座怎么如此朴实无华？没有一点雕刻纹饰？"

"目前我们见到的赤道王朝建筑都很朴素，少有纹饰，除了……

除了地牢里那个台子周围……"宇文用手电又照向王座后面，后面似乎什么都没有，就是一面普通的石壁。

走到王座近前，仔细观察，王座不但没有纹饰，造型也接近现代风格，更让我诧异的是王座的材质，显然不是木质，是石质的，但却有些怪异。

"你们看王座是什么材质的？"

"很明显是石头的啊！"马建秋在后面嘟囔道。

"但似乎不同于整座建筑使用的火山岩。"秦悦说道。

"也不是花岗岩……"宇文欲言又止。

"在灯光照射下，看上去有点透明，不会是水晶或者什么宝石吧……"我推测道。

我扭头看看袁帅，袁帅也注视着王座，什么都没说。五分钟后，袁帅绕过王座，缓缓走到王座后面的石壁前，伸手在石壁上摩挲一番才说："这个建筑全部是就地取材，只有宝座不是，但我也不知道是什么材质，总之不是水晶，也不是宝石，可能是某种玛瑙，或者……"

袁帅没有说下去，像是陷入了思考，就在这时，在我们所有人注视下，袁帅突然站立不稳，一把扶住王座的椅背，我还以为袁帅触发了什么机关，赶忙吃惊地往袁帅脚下望去，地面却没有任何变化！再看袁帅，额头渗出细细的汗珠，另一手摁住了自己的太阳穴，双眼紧闭，看上去十分痛苦！"怎么了，帅？"我关切地问道。

"头……头疼……突然就很疼……"袁帅几乎是咬着牙喊了

出来。

我们都有些不知所措，秦悦找了一盒清凉油给袁帅，伊莎贝拉却架起袁帅对我们说："下去再说。"

我们七手八脚搀扶袁帅走下台阶，快到梯形大门时，一阵凉风吹进来，袁帅很快恢复了正常，秦悦则推测说："我们一天经历这么多事，又累又饿，里面又潮湿闷热，可能会让人不舒服。"

袁帅摆摆手说："没事！现在好多了！"

接着，袁帅回头再次望向王座。此时王座隐匿在黑暗之中，毫无光华。袁帅看着看着，突然问道："你们为什么叫它'王座'？"

秦悦、宇文、马建秋面面相觑，然后指着我："是非鱼先说的！"

"我……"我愣了愣解释道，"这格局，这架势，明显就是当年赤道王朝的国王宝座啊！"

袁帅沉默片刻："我们对赤道王朝的事还知之甚少，别急着下结论！"

袁帅说了一句不疼不痒的话，便不再言语，伊莎贝拉依然保持着她镇定的微笑对大家说道："看来今晚我们只能饿肚子喽！咱们不如就暂且休息，明早再去找吃的吧！"

我们无奈，只好在靠近梯形大门的地方安营，点燃篝火，饿着肚子睡觉！没有了史密斯，值夜依然能分为两组。袁帅、宇文、伊莎贝拉负责前半夜，我、秦悦、马建秋负责后半夜。难得平静的一夜，没有嗜血鼬鼠，也没有恶水倒灌，那个诡异沉闷的声响也没有再传来……当我和秦悦并肩坐在梯形大门内，迎接新一天到来时，马建秋倒在一边，又睡着了。

初升的阳光透过不算浓密的雨林，照射在我和秦悦身上，我看看指南针，马上明白了这座建筑正对东方！秦悦检查了下我肩上的血印，似乎正在愈合，回想起昨天清晨的恐怖遭遇，我只能在心底里祈祷今天平安！

"快看王座……"身后传来宇文的声音，我和秦悦转身望去，这会儿太阳已经完全升了起来，阳光从梯形大门照射进来，一点点，一点点，阳光一点点移动到了阶梯上，最后竟不偏不倚落在了王座上！此刻，所有人都醒了，在大家注目下，王座完全被金色的阳光笼罩，朴素的王座瞬间显得光芒万道，金碧辉煌。

我们再次登上王座。在阳光映射下，仔细观察王座，包括王座周边的地面，后面的石壁，生怕错过什么机关暗道！一圈看下来，什么也没发现，只有王座本身，依然在阳光映射下，散发出幽幽的光芒，我忽然想起昨晚袁帅的反应。此时，袁帅站在离王座三米开外，细细打量着王座。

"今天没有什么不舒服吧？"我关切地问袁帅。

袁帅冲我笑笑回道："还好！昨天可能是太累了！"

"昨天你说王座是玛瑙制成的？"秦悦向袁帅发问。

袁帅盯着王座，突然幽幽地说道："也可能是某种动物的骨头……"

"骨头？"袁帅的话让大家都吃了一惊，马建秋和宇文甚至不由自主地向后退了半步。

"当然现在也都是化石了！"袁帅赶忙补充道。

"那一定是大型动物喽？"我马上敏锐地想到了什么。

袁帅点点头回应："没错。是大型动物！而且不是一般的大！"

"那有多大？"秦悦反问。

袁帅想想，忽然眼睛猛地睁大了。

"龙……"

"龙？山洞里的那个雕刻？"秦悦惊道。

"也不是没有可能，但我不能肯定！"袁帅说着向前走了半步。

"但是，龙是传说中的动物呀？"宇文不敢相信。

我在大脑中快速整理了一下思路猜测道："如果赤道王朝是人类的早期文明，那么他们所尊崇的神灵，很有可能来自当时真实存在的动物，很有可能是一种接近于龙形的爬行动物！"

我的推断让大家都陷入沉默，许久之后，马建秋小声说道："如果这个王座是用上古神兽的骨头制成，那这个神兽，或者说这条龙得有多大啊？"

我看了一眼马建秋，没有说话。马建秋的话在偌大的黑色宫殿里发出阵阵回音，我们谁也没有说话，都在想象……龙……

3

我们从宫殿出来，早已饿的发晕，分散开来去林子里寻觅能吃的东西。我再三告诫大家，果子、菌类、植物要选颜色不鲜艳的，最好是有虫子吃过的。而动物不能找爬行动物，尽量捕食小型哺乳动物，感谢大自然的馈赠，我们很快就找来一大堆果子、菌类，还有叫不上名字的植物，就是没有一个人捕获动物，我看看面前的食材，咽咽口水失望说道："看来我们只能吃素了！"

然后，我们煮了一大锅热带植物的乱炖，味道实在是……难以形容，但总算是填饱了肚子！在附近林子里找吃的的时候，我们也在附近发现了其他的建筑，清一色的黑色火山岩构造，只不过没有昨夜宿营的那座高台建筑高大。饭后，我们收拾好不多的行李，准备继续出发，伊莎贝拉提议在附近再仔细找一找，看看能发现什么，但我和秦悦都认为要抓紧时间，伊莎贝拉也就没有坚持。我手指太阳的方向发号施令："我们往这个方向走，这大概是整体建筑的中轴线。"

我没说什么。袁帅插话道："后来的文明往往来自先人的智慧。"

"你意思是赤道王朝虽然早已湮灭，但潜移默化地影响了后世的其他文明？"

袁帅点了点头回复我说："是这样的！我相信我们会发现更多的证据。"

我们沿着中轴线向前走，不久又发现了两座长条形的黑色建筑，呈左右对称布局，排列在中轴线两旁，比高台建筑要低矮许多，茂密的藤蔓和不知从哪生长出来的植物根茎已经完全包裹了这两座建筑，里面空空如也，虽是白天，身处其间，也不免有些心悸。再往前走，中轴线两侧又出现了两座正方形建筑，比长条形建筑略高，同样被藤蔓、植物根茎所包裹。我怔怔地盯着这两座建筑，不禁感慨道："果然是对称的布局，朝向东方，这两座正方形建筑很像是门阙。"

"你们注意到没有，这里的建筑全都没有纹饰，也没有任何符号和文字装饰。"伊莎贝拉说道。

"也就是说赤道王朝没有产生文字。"我推断道。

"不但没有文字，甚至都没用纹饰。而且……而且除了那个王座，没有发现任何人类活动的痕迹，似乎不像有人住过的样子！"伊莎贝拉又说道。

"这不奇怪！你一开始跟我就说过，赤道王朝很可能距今有一万年历史，人类活动的痕迹早就消失在历史长河里了！"我解释道。

伊莎贝拉摇摇头反驳："但我总觉得不对，如果像传说中说的那样，赤道王朝在闭源人后裔的帮助下建立了较高等的文明，怎么也应该发现个陶器、青铜兵器什么的！"

"或许……"我停下脚步，回顾周围，"或许我们还没有发现吧！"

我们像是走到了中轴线尽头，同时也走出了这片雨林，前方豁然开朗，我们才惊奇地发现，规模宏大的城市就盘踞在我们脚下。黑色和灰色的巨石建筑星罗棋布，错落有致地分布在群山环抱间，周围的高山中，影影绰绰，云雾缭绕，还有许多高大的建筑散落其间。我吃惊地喃喃说道："这……这就是郑和他们到过的城市！"

"比我想象中还要宏伟！"伊莎贝拉大声说道。

"这将是伟大的发现！"宇文难掩兴奋。

"只是都没有人……"马建秋幽幽地说道。

"你们注意到没有，整个城市都坐落在群山环抱间，我们上岛以后，就没见过大面积的平地，似乎只有这里称得上平原，但还是有很多建筑位于半山腰。"只有秦悦还保持着理性的头脑。

"说明赤道王朝的后期，人口可能有爆炸式增长，只好将房子建到山上了。"我推断道。

很长一段时间没发言的袁帅拍拍我说："非鱼，你仔细看看山上的建筑……"

"仔细看……"我不明白袁帅的意思。

"如果赤道王朝的人口增多，那为什么一路上都没发现其他的居住场所？子城显然只是货物转运场！"袁帅进一步提醒我。

"好像……好像山上的建筑大都集中在我们正对面的半山腰……南北两侧的山上似乎……似乎没什么建筑……"伊莎贝拉看出了端倪。

"不仅如此，我们脚下平原的建筑中，除了正中间那个巨大的广场，其他普遍都不高！而我们对面东侧山上的建筑，则普遍要高大，中间那座殿宇的规模甚至十分惊人！"袁帅指着对面半山腰说道。

我这时也注意到，周围山上的雾气没有完全消散，特别是对面东侧的山上，云雾缭绕。高大的巨石建筑，甚是高大！半山腰像是一处较大的平台，平台上有一座规模惊人的连体建筑。

"我也发现了，那座建筑不但高大，而且像是几座建筑连在一起的，不过那儿雾比较大……"

"那也许就是我们要去的地方！"伊莎贝拉喃喃自语道。

"为何高大建筑都集中在东侧的山上呢？"秦悦用望远镜仔细观

察着对面。

"不要忘了郑和的那块碑记！按照碑记上的记载，野、市、坊、宫、坛，一应俱全！我认为这座大城是有规划的，高大建筑集中在东侧的山上必有原因！"宇文提醒我们。

"那对面山上的高大建筑就是坛庙喽？山下平原上的低矮建筑就是市、坊喽？"我按照正常思路推断。

"为什么对面的宏大建筑不是王宫呢？"秦悦放下望远镜向我发问。

"这不明摆着吗？我们所在的西侧山上是王宫，那对面东侧山上的高大建筑只能是祭坛喽！"

秦悦想想，还是没有被我说服："可……可是我们看到的王宫并不大啊，远不及对面山上的建筑高大。"

秦悦的话让我也是一愣。

"按说宗教建筑与王宫规模差不多才对，这……"

"所以请你好好思考，好吗？"秦悦说。

秦悦的问题让我不得不回身再次打量我们所在的区域，莫非这里不是赤道王朝的宫殿？似乎是小了点，但尊贵的王座就在这里；似乎朴素简单了点，但赤道王朝那会儿肯定不会很发达，这个规模也属正常，可是对面山上那些巨石建筑，怎么会如此宏伟，规模远超王宫？难道这里不是王宫……

袁帅的声音突然传了过来："赤道王朝会不会是神权王朝呢？"

"神权王朝？你是说赤道王朝更尊崇宗教和神灵，所以坛庙建筑规模远大于王宫！"我想了想，这也许是唯一合理的解释。

我正胡思乱想着。马建秋则催促道："我们还是赶紧下去吧！市坊里面也许能找到什么吃的！"

"你又饿了？"

"总要为后面考虑，不能总是这些……"说着，马建秋打了个嗝。

"你以为市坊里面还能找到当年居民的食物？"我冷笑道。

马建秋被我噎得一愣，没说什么。我仔细观察前方，发现中轴线到这里就断了，那我们怎么下去？难道又要像昨夜那样，顺藤蔓滑下去？不，那种感觉我再也不想尝试，既然这里是王宫，就不可能没有路！果然，我在中轴线两侧发现了左右对称的两条阶梯，阶梯也是黑色火山岩制成，只是由于岁月久远，阶梯早被藤蔓和各种植被覆盖，行走在上面要多加小心！

我小心翼翼地走在前面，走了大约五十级台阶，身后忽然传来秦悦的问题："为什么整个王宫都是火山岩建的？我们前天在采石场发现有大量花岗岩……"

"花岗岩要比火山岩坚固得多，也要难开采得多，我想这就能回答你刚才的问题吧？"袁帅说着停下脚步，回身又望了望半山腰的王宫，"我推测这座王宫是赤道王朝的早期建筑，那时他们还无法开采坚固的花岗岩，所以只能用质地松软的火山岩建造王宫，后来他们很可能得到了闭源人后裔的帮助，开采并建造了对面山上的花岗岩巨石建筑，所以对面山上的建筑比这里宏伟高大！当然，只是我的推测，只有过去才能知道真相。"

"那这是座被废弃的旧宫喽？"我也再次打量身后的王宫，忽然觉得袁帅的解释更为合理。

"我想是的，所以这里也没有发现什么遗迹！"袁帅看着我说道。

"我们到对面山上调查一番，就会知晓了！"伊莎贝拉说着，越过了我，继续沿着凹凸不平的阶梯向下走去。

袁帅的推断让我们都莫名兴奋起来，如果这里真是一座废弃的旧宫，那么山下的大城，还有对面那些宏大的花岗岩建筑一定会有惊人的发现吧！就在莫名的兴奋中，我们终于步下阶梯，很快便置身于这座山间大城之中。

4

在半山腰观察这座大城时，我就发现山下平原的建筑整体呈不规则的椭圆状，东、南、西、北各有四条道路将城市划分为四个市坊区域，而四条笔直的道路最终汇聚在一个地方，就是整座城市的中心——一个正方形的大广场。

山下似乎比半山腰更潮湿闷热，我们小心翼翼地保持着队形，顺着西大道向大广场走去。刚才莫名的兴奋此刻已经被恐惧取代，这样一座巨石垒砌的远古城市，就这样静静地躺在这里，它和我曾经去过的新疆古城完全不同，这里地处热带，雨水多的缘故，地上看不到灰尘，又是不易毁坏的巨石建筑，又处于群山环抱间，台风也侵袭不到这里，所以这里的一切似乎都还保持着当时的风貌，只是没有人，没有声响，甚至静得连风声也没有！

这条道路并非完全笔直，而是有一定的弧度，两旁的建筑规制相仿，都是由黑色火山岩垒砌的低矮建筑，与我们在子城和王宫看到的概况一样，石块之间看不出任何黏合剂，房屋上也没有任何装饰，完全素面。我们走进几座房屋查看，里面空空如也，没有发现任何遗迹。

我悻悻地退出来，继续沿着这条呈弧形的街道往前走，我们走得很慢，生怕有什么东西突然从两旁的房屋内窜出来！又检查了几处房屋，依然如之前一样。我们用了三个小时，才走完了这段并不算长的街道，我不无失望地对众人说道："看来我们不会有什么发现了！"

"我还是不明白，采石场那些被开采的花岗岩呢？"宇文疑惑地说着。

"是啊！我们看到的都是火山岩的低矮建筑……"

秦悦话音未落，我们面前突然豁然开朗，宽广的正方形广场在我们面前出现，准确地说这是一座广阔的花岗岩广场！整座广场的地面和四周都是由规整坚硬的花岗岩垒砌，严丝合缝，广场正中是一根高达几十米的花岗岩石柱！再往广场另一侧望去，东侧建筑竟全是由切割规整的花岗岩巨石构筑，明显要高大坚固，而与西大街正对的东大街则笔直宽阔，全然不像我们刚刚走过的西大街。

我们都被眼前这一幕所震撼，秦悦快步走到广场中央，环绕着巨大的花岗岩石柱。

"原来开采的花岗岩都用到了这里！"

"我们刚才在西侧的山上还看不清楚，现在才看清楚，整座城市以南北大街为界，东侧的建筑都是由坚固的花岗岩构筑，而且高大，西侧则是松软的火山岩，比较低矮……”

袁帅打断我的话，仰头指着石柱上说道："不仅如此，花岗岩建筑上开始出现纹饰了！"

我也仰头，在正午的阳光直射下，我隐隐在花岗岩石柱上看到了一些线条，这些线条并没有构成什么宏大的图案，而只是一些规则的线条，秦悦不禁好奇地问道："石柱上的这些线条是什么图案？"

"不是图案，至少我没看出来！"袁帅说道。

"看来赤道王朝真的不喜欢偶像崇拜，甚至连图腾都没有。"我说。

"那也不好说，地牢里可是有图案的……"宇文提醒道。

"或许……或许这些线条就是他们的图腾，甚至蕴藏着他们的崇拜，否则怎么会刻在这么重要的石柱上……"伊莎贝拉也仰着头看着石柱。

马建秋这时从广场一边走过来。

"我在那边的花岗岩房屋上都找到了一些线条，并不仅仅在石柱上才有！"

我们回身看去，果然，在东侧的那些房屋屋檐上，墙根处，特别是在门窗周边都出现了规则的石刻线条，我又回身望着眼前的石柱，对伊莎贝拉说："或许您多想了，这些线条只是简单的装饰，并没有什么特殊的寓意。"

"会不会是赤道王朝的文字？"伊莎贝拉仍然怔怔地盯着石柱，

忽然说道。

"文字？"大家都很诧异，宇文是这方面的专家，他仔细勘察后说："至少我看不出来这是文字……"宇文说到这里转向袁帅，"你不是曾经研究过黑轴文明的文字吗？"

袁帅也摇摇头叹道："黑轴文明的文字我也是一知半解，而这些线条根本不像黑轴文明的文字。"

"先别管这些线条了，我想我们所有的疑问都会在那儿得到答案！"我指着东面山上的那些宏伟建筑说道。

此时早上的浓雾已散去了大半，我们又来到城市中央，当我们再仔细打量东面山上那组宏大建筑时，感到更加突兀。伊莎贝拉点点头说："非鱼说得对！我想那里会有赤道王朝的秘密。现在我们已经清楚了，整座城市分成了东西两部分，西侧的建筑显然是较早期的建筑，而东侧高大坚固的花岗岩建筑应该是赤道王朝鼎盛时期的建筑，集中了赤道王朝最辉煌的文明！"

"那我们下一步怎么办？"马建秋问。

我指着东面山上的宏大建筑说："去那！"

宇文却拦住我："先别忙，我总觉得此地看似平静，实则暗含凶险，不要忘了昨天早上……所以我们不能贸然行动，那边不一定有什么危险呢！"

"那你说怎么走？"我反问道。

宇文想了又想，说："我们还是有条路的，就是郑和留下来的碑记。郑和他们当年来过这里，也看到了这一切，更重要的是碑记也说明他们没有出事，全身而退！所以……所以我觉得我们应该按照碑记里的线索行动。"

"碑记里的线索？"

"对！碑记里记载是野、市、坊、宫、坛，而我们因为昨天早上的意外，并没有按照这个顺序走……"

"问题是我们并不确定哪些建筑对应碑记里的野、市、坊、宫、坛，特别是宫和坛？"我打断宇文的话问道。

"如果城市里的这些房屋是市坊，我们还是应该在这里多勘察一番，也许会有一些线索，最后再去东面的坛庙。"宇文说道。

"你确定东面那些建筑是坛庙？"

"不能确定，但我总觉得那不是轻易能去的！"宇文小声说道。

我征询袁帅的意见，袁帅皱起了眉点点头，伊莎贝拉和秦悦也赞同宇文的话，只有马建秋摆着手说："可我们这一路已经看了，都是民居，并没什么发现。"

"再多看看也无妨！"秦悦说。

我们商定完毕，就准备继续进发。就在这时，传来一阵清脆悦耳的铃声，像是手机铃声，在这与世隔绝的荒岛上，在这无人的远古城市中，手机早就没有信号，这铃声又是从何而来？我们所有人都瞪大了眼，吃惊地查看周围，没有其他人，这声音好像就是从我们身上发出的……慢慢地，大家把目光都锁定在了秦悦身上，特别是声源的出处——臀部。

5

秦悦脸上红一阵、白一阵的，我从没看到秦悦如此窘样，心里暗暗发笑，我注意到秦悦的牛仔裤后面口袋里有什么东西在震动，铃声就是从那传出来的！秦悦尴尬地从裤子后面掏出了一部还带有天线的老式手机，我这才想起来，是那部卫星电话！

大家也都反应过来，秦悦看看卫星电话，一脸尴尬地对大家说道："史密斯说不是他的，我就把它带我身上了！"

"快接吧！"伊莎贝拉催促道。

清脆悦耳的铃声还在响，只是现今在我听来如此诡异和不安，这会是谁？就听秦悦连续喊了几声"喂……喂……"，接着又用英文招呼，然后秦悦双手一摊，满脸无奈地说："全是杂音，没有人说话！"

我一把从秦悦手里抢过卫星电话，侧耳倾听，果然全是杂音，我也招呼了两声，没有回音，依然是杂音！我看看天，正午的阳光直射在花岗岩石柱上，我绕着石柱转了两圈，卫星电话里依然只有杂音！

我完全懵了，只好求助袁帅，就在袁帅接过卫星电话时，断了。袁帅看着卫星电话屏幕，将卫星电话还给我。

"又没信号了！"

我接过卫星电话，疑惑地问道："你的意思刚才卫星电话有信号？"

袁帅耸耸肩理所当然地回道："当然，没信号怎么可能会响？"

"可……"我怔怔地看着秦悦。

秦悦忙解释说："自从上岛后，我每隔一段时间就会关注这部卫星电话，没有一点信号，所以我完全没有想到……"

说着，秦悦从我手中又夺过卫星电话，然后举着卫星电话给大家看："呐，就像现在这样，一直没有信号！"

"可是刚才怎么会有信号？"我是相当的困惑。

宇文看看我们身旁高大的花岗岩石柱，推测说："可能因为这里空旷，再加上这根柱子……"

袁帅也抬头用目光指向石柱。

"我刚才看了，这部卫星电话是一部铱星电话，不是一般的海事卫星电话。铱星电话和海事卫星电话各有优劣，海事卫星通信相对稳定，由十一颗高轨卫星组成，与地球同步轨道，也就是说海事卫星电话在某个地方使用，有信号就会一直有信号，没信号就会一直没信号。而铱星由六十六颗低轨卫星组成，基本上可以覆盖地球全部区域，但是铱星通信不稳定，很容易受地表建筑或地形影响，时常会掉线……不过这里就奇怪了，一直没信号，忽然又有一下。"

"是啊！铱星电话不稳定，时常掉线，但只要等等就会有信号的，可这里……"

"那我们就在这里等等！"秦悦打断我的话，手里紧紧攥着那部铱星电话。

我们也没什么更好的办法，围绕着广场中心的石柱，大家面面相觑，只有袁帅一直仰头盯着石柱出神，像是在仔细观察石柱，又像是在思考着什么，就这样又等了一刻钟，铱星电话并没有信号，袁帅依然盯着石柱，并且他的头越仰越高，似乎想看到石柱最高处！我不明所以，也仰头往石柱最高处望去。此时，赤道正午的阳光炽烈地灼烤着大地，我感到闷热难耐，眼前一阵眩晕，我赶忙低头回避头顶的阳光。就在这时，我发现袁帅的汗水从脑袋上顺着后背、前胸滴下来，紧接着，袁帅用手压住了太阳穴，瞬间像是陷入了巨大的痛苦，面目扭曲地趴在了地上，就像昨天晚上在王座旁……

我赶忙去搀扶袁帅，但他痛苦地抱着脑袋在地上抽搐，我们再度陷入手忙脚乱，最后我、宇文、秦悦七手八脚将袁帅搀扶到石柱下的阴凉处，靠着石柱坐下，伊莎贝拉拿着一片芭蕉叶，给袁帅扇着风，过了好一会儿，袁帅似乎慢慢缓了过来。

"刚才怎么了？是不是中暑了？"我关切地问袁帅。

袁帅微微摇头说："很像……很像昨晚的感觉……"

"你是说在王座前？"

袁帅微微点头，不再说话。我抬头求助秦悦，秦悦晃了晃那部铱星电话，依然没有信号！我决定不再等待，等袁帅缓过来就继续出发。约一刻钟后，袁帅恢复了正常，我们整理好了装备，向东大街出发。

东大街两侧的建筑明显要高大许多，花岗岩巨石切割整齐，垒砌严丝合缝，我们简单勘察后，发现这里的建筑不是一般的民居，更像官署，或是某些公共建筑。最让我们意外的是又在东大街南侧发现了一处围合式的院落，院落内没有建筑，也像是一个广场，与中心那个广场类似，不同的是这个广场要简陋许多，地面没有花岗岩石块铺就，满是杂草、灌木、藤蔓，广场周围有一圈低矮的建筑，我叮嘱大家小心，查看一圈后，我大胆推测道："这里很可能就是郑和碑记提到的'市'。"

"赤道王朝的市场？"秦悦环视四周，"虽然不算特别大，但以当时的条件，已经算是很大的市场了，说明赤道王朝的商业应该比较发达。"

"我们再往后院看看。"我发现正对着大门的那面也有一座门，门里像是有座二层高的小楼。

我们鱼贯进入所谓的后院，果然这个院子不大，中间只有一栋二层高的小楼，小楼同样是花岗岩巨石垒砌，外面爬满了藤蔓，我顺着藤蔓向二楼望去，二楼的窗口黑漆漆洞开着，显得有些阴森诡异，我不禁暗自琢磨，一路下来，还没发现赤道王朝有二层的建筑，这栋二层小楼究竟有何用途？一边胡乱琢磨，一边走进了小楼，楼里面阴凉许多，但也更潮湿了！我环视一圈，一楼中间有一个石台，别无他物，石台素面，什么纹饰都没有。靠一侧墙壁是楼梯，楼梯很窄，只容一人通行，于是，我们鱼贯而行，我率先踏上了二楼。

走到二楼正对市场的窗户，我忽然明白了这里的用途，这座小楼应该是用来监督市场交易的，同时很可能是王朝征税的地方。就在我对这座小楼失去兴趣的时候，一转身，忽然瞥见在二楼楼梯后面的角落里，赫然立着几条枪！

6

我吃惊地盯着墙角的枪支，三支突击步枪架在一起。走近一看，发现突击步枪旁边还有两个箱子……我一扭脸，就见秦悦愕然，宇文惊骇，马建秋不安，袁帅也露出惊异之色，而伊莎贝拉虽然吃惊，却依然那么淡定！

秦悦粗粗一看，就辨认出枪的型号。

"三支美制M4突击步枪，五点五六毫米口径，备弹三十发，我们这下倒是有武器了，只是这鬼地方一个人都没有，怎么……怎么会有现代武器？"

"会不会是陷阱？你检查一下！"我叮嘱秦悦。

秦悦详细检查枪支的时候，我打开了旁边两个箱子，其中一个竟是满满一箱已经装好五点五六毫米子弹的弹匣，而另一个里面是二十枚手雷和一支手枪，还有二十来支照明弹。我刚把那支手枪小心翼翼地捧出来，秦悦一把就夺了过去。我忙不迭叮嘱她："小心，小心有诈！"

"我都检查过了，枪完全没有问题！"秦悦说着，枪头朝下，熟练地把M4斜背在肩上，又熟练地检查这支手枪，"奥地利产的格洛克17手枪，九毫米口径，弹匣是满的，这是我最喜欢的枪之一。"

我狐疑地又看看箱子里的子弹和手雷。

"别爱不释手了，我总觉得这里不正常！"

"废话，无人荒岛上出现现代枪支弹药当然不正常！"秦悦说道。

"会不会……会不会是绑架我们的人……"马建秋不安地看着大家。

"我早就说岛上绝不会就我们，一定还有什么人。绑匪、军火贩子、贩毒集团、恐怖分子……对！对！最有可能是恐怖分子，这种无人的荒岛最适合他们！"宇文惊恐地推测着。

我极力让自己保持冷静，既然我们能来这里，其他人也能发现这里，从这些枪支的情况看，像是最近留下来的，有可能是绑架我们的人，我转脸看看一直保持沉默的伊莎贝拉和袁帅，袁帅怔怔地盯着武器出神，而伊莎贝拉注意到我的目光，才不紧不慢说道："我从来不认为这是座无人的荒岛！我们是被绑来的，绑架者一定有他的目的！我想他们的目的很有可能跟黑轴文明有关，我们也都是对黑轴文明感兴趣的人，正在研究……"

伊莎贝拉说到此处，马建秋忙跳出来摆手说道："我可对什么黑轴，什么闭源人不感兴趣，我……我是被秦悦拉进来的。"

这家伙这会儿更厣了，我冷笑道："那你抽我血的时候怎么不说你是被拉进来的？"

马建秋顿时词穷，秦悦收拾好手枪，向伊莎贝拉问道："那么会是什么人呢？袁教授已死，还有谁对黑轴文明那么感兴趣？蓝血团吗？"

伊莎贝拉微微一震，笑着反问道："难道你是怀疑我和袁帅吗？"

"不，我只是在用排除法！"

伊莎贝拉依然淡定地说："即便是用排除法，对黑轴与闭源人技术感兴趣的人也是大有人在，云象基金与DUW公司都是袁正可背后的金主，还有一个人嫌疑最大！"

"你是说苏必大？"秦悦已经猜到了。

"对！我一直怀疑苏必大！"

"苏必大不是潜逃躲起来了吗？"我问道。

伊莎贝拉笑道："你们不觉得这里是最好的栖身之所吗？"

伊莎贝拉的话让我和秦悦都陷入思考，马建秋却反问道："可他不好好躲着，绑架我们干吗？"

"这就得问苏必大了，或许我们对他还有价值，或许他是准备在这里杀人灭口……"伊莎贝拉话音刚落，从遥远的地方传来一阵闷雷。

我们走到窗边，往外望去，刚才还艳阳高照，这会儿远处的天空中已经乌云密布，我不禁感叹："赤道的天气果然多变，马上要下暴雨了！"

我又回头瞧瞧那些弹药说："就算是苏必大绑架了我们准备杀人灭口，那这些武器弹药呢？总不会他故意留给我们的吧？"

"这里有可能是他们的一个据点，只是……"

伊莎贝拉还没说完，秦悦就打断她，"只是不知道他们人去了哪里？跟我们在船上一样！"

我盯着脚下的弹药，忽然想到了什么。

"我还是觉得这有诈，你再检查一下这些弹药，我曾经听说过有人在弹药里面做手脚，然后使用时，这些做过手脚的子弹会突然自爆，炸死使用枪的人！"

秦悦白了我一眼："你怎么现在这么疑神疑鬼的？"

"都被这帮坏蛋搞怕了！"

"我早就检查了，你说的那种技术，是需要拆开子弹的，仅从子弹外观看，目前我没发现有动过手脚的痕迹，但我们现在不具备拆开来仔细检查的时间和条件……"秦悦说完瞪着我，"嗨，我跟你说这些干吗，不如打几发试试！"

"试试？小心把那帮人招来！"

"就是要把妖魔鬼怪都招来！"说着，秦悦就要走到窗边射击。

这时，一直沉默的袁帅突然拉住秦悦，我们都很诧异地看着他。袁帅指了指另一头墙角，压低声音对我们说道："那有梯子！"

"梯子？"我暗暗吃惊，石梯只通到二楼。我们已经在二楼待了好一会，没看见有梯子啊！难道袁帅变成神棍了，能看到我们看不到的东西，我胡思乱想着，轻轻从身旁抄起了一支M4突击步枪，马建秋紧张地也想去拿最后一支M4，却被宇文抢先拿在了手里。

我和秦悦对视一眼，小心翼翼地向袁帅手指的墙角走去，那是东南面的墙角，发现枪支是在西北面的墙角，所以我们一直没有注意这边，等我们走近，这才发现就在墙角黑色花岗岩的石壁上，果然有一架同样黑色的铁梯。

我伸手使劲握了握铁梯，是铸铁的，每根铁梯都扎进黑色花岗岩石壁内，我一时无法分辨这些扎进花岗岩石壁的铁梯是配套的，还是出自后人的改造。赤道王朝时期，就有这样的铁梯了吗？由于这一列铁梯基本都跟黑色花岗岩墙壁融为一体，不仔细找根本发现不了。袁帅是怎么发现的？我扭头看看袁帅，"这梯子够隐蔽的啊，我们都没发现！"

袁帅忙冲我做了个噤声的动作，然后用手指指上面，我不明所以地顺着袁帅的手指，向上看去。突然，我发现就在铁梯顶端，隐隐约约现出了一个洞口，一块同样黑色的木板遮盖住了洞口。我难掩吃惊之色，我们在二楼讨论半天是谁留下了武器，原来那些人就在楼顶上面啊！

想到这里，我心里一阵后怕，刚要爬铁梯上去看看，谁料秦悦却一把把我拉了下来，还没等众人反应过来，秦悦举起M4突击步枪，对着洞口的木板就是嗒嗒嗒一连串射击……

7

等我反应过来，木板上已被射出十几个洞眼，所有人都怔怔地盯着那些洞眼，谁也没有说话，谁也不知道楼顶有什么，是全副武装的恐怖分子，还是可怕的变异怪兽？

就这样僵持了足有五分钟，楼顶没有任何动静，没有人下来，也没有人回击，整个小楼静得可以听到我们的心跳！秦悦一直保持着射击姿势，直到我们都放松下来，秦悦这才改变了一个姿势，依然紧紧地盯着洞口。

"看来楼顶没有人！"我小声地说道。

秦悦瞪我一眼，然后指了指铁梯，又指指那个洞口，示意我和宇文掩护她。洞口太过狭小，只容一人上下，如果上面有什么意外，掩护根本不起作用！我也不知哪来的勇气，一把拉住已经爬上铁梯的秦悦，自己率先爬了上去，爬到铁梯尽头，我毫不犹豫地用M4突击步枪枪头使劲一顶洞口的木板，木板被顶了开来，然后我同样毫不犹豫地……在大家注视下……从铁梯下来了！秦悦和宇文完全没料到我会溜下来，忙举枪对着已经敞开的洞口，又是三分钟的僵持，透过敞开的洞口，已经可以看到外面黑下来的天空，但依然没人下来，也没有任何动静！

秦悦用极其复杂的表情盯着我，小声嘀咕道："该说你什么好呢？"

"不用谢我！"

"哼！"

"现在可以上了。"

"你上！"秦悦用命令口气催促我。

"我上？好人真是做不得呀！"我无奈地只好再次爬上铁梯，以最慢的速度，一点点，一点点挪到了洞口，我不停地注视洞口，外面起风了，而且风还挺大，狂风夹杂着一些灰土和落叶倒灌进来，弄得我一头一脸。待风势稍微小点，我终于将脑袋探出一点点，马上又收了回来，搞得秦悦和宇文一阵紧张，就差要扣动扳机了。

我小心翼翼地再次探头，这次算是看清楚了楼顶，平淡无奇的楼顶上没有人，也没有怪兽，什么都没有！我对秦悦做了个安全的手势，双臂一撑，爬上楼顶。此时，楼顶早已没有中午时的炽烈阳光，也没有王宫里的潮湿闷热，大风吹过楼顶，带来阵阵凉意，再看乌云从北面的山上缓缓而来，压得很低，仿佛就在头顶，我知道山那边已经是暴雨倾盆了。

秦悦、宇文、马建秋、伊莎贝拉和袁帅也都爬了上来。秦悦不无失望地说："这上面竟然什么都没有！"

宇文也说："是啊！害我们折腾半天……"

宇文话音刚落，不远处传来一阵闷雷，袁帅忽然说道："不！并非什么都没有！"

"什么意思？"秦悦盯着袁帅，我们也都盯着袁帅。

袁帅缓缓说道："你们没注意到吗？这里是城市中心的制高点，我们早上在山上王宫离得远，看不清楚这座城市，而我们今天勘察的建筑虽有大有小，但都是一层，只有这座小楼是制高点，特别是站在楼顶，几乎和中心广场上的石柱顶部一样高了！"

我转过身朝西面望去，发现果然如此，袁帅继续说道："这样我们能看清楚很多东西，比如这座城市的毁灭！"

说着，袁帅又转过身，指向东南，我注意到东南面山上的树木似乎有些与众不同，而城市东南角的建筑也与我们之前看过的建筑大不一样，所有建筑似乎都坍塌毁坏了，而且呈现出一种灰黑色的死寂，让我第一眼看见就是一阵心悸。

"那里怎么了？"秦悦不禁问道。

"这座城市毁灭的原因……也可能是赤道王朝毁灭的直接原

因！"袁帅用手在东南方画了一个大圈。

这时，我似乎看出了端倪说道："是因为火山喷发！"

"火山喷发？"大家又将目光投向东南方向。

"对！火山喷发。首先赤道岛整个就是一座火山岛，随处可见火山活动的遗迹，其次曾经辉煌的赤道王朝，有闭源人技术加持的赤道王朝，为何没有将文明远播，而完全无声无息地消失在历史长河中，我想最直接的原因就是遭遇了难以抗拒的灾难！那么，在一座火山岛上，最有可能的毁灭性灾难就只能是火山喷发了。"

我也用手指着那片山上的树木接着说道："虽然已经过去万年，但当年灾难的印迹仍然历历在目。那片山上的树木明显与众不同，很可能当年火山喷发时，炙热的岩浆就是从东南面的山上倾泻下来，也就是在城市的东南角，熔岩缓缓流淌进辉煌的城市，直接吞没了东南角那片的建筑。"

此时，一幅惨烈的画卷展现在大家面前，炽烈的熔岩从东南面的山坡上快速滚动下来，一点点，一点点吞噬了城市，赤道王朝的居民根本来不及撤离，便被熔岩吞噬……

这时，马建秋忽然问道："但是熔岩并没完全吞没整座城市？"

"那片直接被熔岩吞没了，整座城市也就毁了，从那片被熔岩吞噬的区域就能想象当年火山喷发的规模，成吨的火山灰早已覆盖了整座城市，甚至是整个岛屿，只是因为又过了这么多年，台风屡屡光顾，雨水不断冲刷，植被重新生长，才成了我们今天看到的样子。"我解释道。

"但是人呢？我们这一路没有发现一具人的尸骨，如果火山喷发，吞噬整座城市，那么赤道王朝的居民应该大都死于那场灾难，就像罗马的庞贝一样，怎么会不见尸骨？"秦悦问道。

我稍稍思考说："或许因为年代久远，尸骨早已无存，也可能是当年这里的居民在火山喷发前就已经撤离了。"

"从我们勘察的情况看，我觉得居民应该是撤离了！"伊莎贝拉说道。

"如果撤离了，即便城市毁了，还可以重建啊，那么赤道王朝的文明火种不会那么轻易熄灭吧？"秦悦话完，空中划过一道闪电，紧接着又是一声闷雷。

秦悦的问题我现在无法解答，一阵沉默的时间。宇文突然问道："你们说的那……那个火山在哪？"

"在哪？岛上啊！"我望着宇文说。

"那它现在还会喷发吗？"宇文的话语透着不安。

"这一路没发现有火山喷发的迹象！"我想了想指着东南角说，"如果说当年熔岩是从东南面山上流淌下来的，那么火山很可能就是……就是东面这座山！"

我的发言让所有人的目光都转向了东面，早上我们窥见山上的巨大建筑，此刻掩映在黑色的雨林里，显得更加高大诡异，也更加阴森恐怖，我发现大家的眼里此时都透出了恐惧。许久，宇文才说："如果东侧的山就是那座火山，但是山上这些建筑为何没有被熔岩吞噬，再说……再说当年赤道王朝建城，不会这么傻，建在一座活火山旁边吧？"

宇文的问题我没法回答，我望着对面高大的山峦，这就是我们今天的目的地，但如今暴风雨将至，我们还按计划继续前进吗？我看看众人，伊莎贝拉提议说："暴风雨过来，还要一会儿，我们抓紧时间再往那边探探，不行就撤回来，晚上可以在这里宿营。"

"在这里宿营？"我想到那些不明来历的武器，心里不禁一阵不安。

"我们还能有更好的地方吗？毕竟这里是个制高点，有什么情况我们能观察到！"秦悦也赞同伊莎贝拉的主意。

马建秋看看缓缓压过来的乌云，不想继续向前，但秦悦说："我们现在有了武器，还没吃的，怎么也得出去搞点吃的吧！"

我想想也对！于是，大家又从铁梯爬了下来，回到市场，走出大门，到了宽大笔直的东大街上。此刻，这条正对东侧山上高大建筑的大街依然空无一人，却让我们感到诡异恐惧。一直沿着东大街往前走会遇到什么？我抬头又看看越压越低的乌云，必须抓紧时间！想到这里，我们都加快了步伐。

8

大约半个小时后，我们来到了东面山脚下。一路上，我们都保持着沉默，除了紧张和恐惧，更多的是被山上的建筑震撼。慢慢地，慢慢地，我们像是被一种神秘的力量吸引，一点点靠近了山上那些巨大而诡异的建筑。但让我们诧异的是越接近山脚，雾气越大，浓浓的雨雾横亘在山间，山上的建筑影影绰绰，让这座山显得更加神秘和难以琢磨。

"山上的建筑果然远超王宫……"秦悦喃喃自语。

"像是神庙。"宇文说。

"赤道王朝的神权看来远超王权！"伊莎贝拉说。

我们小声嘀咕着，继续加快脚步，雨雾越来越大，最后竟然完全看不清前方的道路，也看不见山上那些建筑了。我示意大家停下来，站在原地，被浓浓的雨雾包围，我静静地倾听周围的动静，风声呼啸，比之前大了很多，我抬头看看天，难道是……我狐疑地不禁向前又走了一步，大家也跟着我向前走去，风声越来越大，甚至有些凄厉，我猛然醒悟过来，一把拉住身旁的秦悦和宇文，惊道："小心！前面是悬崖！"

众人大惊，但为时已晚，秦悦站在了悬崖边，而宇文却一脚踩空，竟带着我一起坠向了深渊！幸亏我的反应够快，拼命后仰。几乎同时，秦悦迅速抓住我！而袁帅发现险情后，立即抱住我的腰，我总算保持住了平衡，没有栽下去！宇文的身体已经完全悬在了半空中，只靠一只手死死抓住我的左臂……

我趴在悬崖上，伊莎贝拉投下一颗照明弹，大家这才看清楚下面的情形，一条深涧横亘在我们和神庙之间，深涧底下黑幽幽，似乎深不见底！一阵阵冷风不停地搅动起变幻莫测的气团，在深涧内打着卷，发出凄厉的叫声，让人不寒而栗！若不是刚才我觉出了这风声的诡异，此刻我们已经都坠入了无底深渊！此刻，我的左臂已经麻木，失去血色，而右臂死死抓住悬崖边的岩石，指尖已经磨出了鲜血，袁帅在后面抱着我的腰，马建秋和伊莎贝拉也在后面拉住我，秦悦这才腾出手，去抓宇文，可却够不到宇文，我撕心裂肺地冲宇文喊道："松松，把另一只手给秦悦！"

宇文拼命挣扎，伸出右手，秦悦还是够不到，两只手在半空中拼命挥舞着，却始终无法抓住对方，秦悦急中生智，拿起自己的M4突击步枪，将枪杆伸向宇文，这回长度够了，宇文一把抓住了M4的枪头，秦悦使劲，一点点将宇文拉向自己，最后用手抓住了宇文的右手，我们一起用力，终于将宇文拖了上来。

所有人都瘫倒在悬崖边，特别是我和宇文，大难不死，惊魂未定！我仰望着乌云密布的天空，大口喘着粗气，扭头看看宇文，宇文也扭头看看我，我俩会心一笑，宇文嘴里喃喃说道："跟着你，早晚死翘翘！"

我咧嘴乐了，冲宇文嚷道："跟着哥，死不掉！"

"行了，别贫了！这……这是怎么回事？怎么突然出现一条深不见底的山涧？"秦悦躺在我身旁问道。

"我哪知道，这鬼地方什么都有可能，一条笔直的大道通往神庙，突然中间断了！不过……不过我想以前是有桥的！"我胡乱推测道。

袁帅这时已经站起来，在悬崖边踱了两个来回。

"没错，就这个地方，原来是有桥的，而且应该是一座宽大的石桥，不过现在却断了！"

"断了？"我翻个身趴在地上，仔细观察，地面依然是黑色的花岗岩，我支撑着身体往前探看。果然，可以清晰地看见我们所在的地方明显向前突出，深涧对面也有一截向外突出，而且明显有人工修筑的痕迹，原来这里就是一座大石桥，"怎么和昨天早上我们在深潭上遇到的那座桥一样，都断了？"

"这座桥明显要比那座大很多！以那个时代的工程水平竟然可以建这么大的桥……"伊莎贝拉惊叹道。

"为什么我们靠近这里，雨雾就大了呢？要不是非鱼刚才提醒，我们恐怕……"秦悦也趴在地上，观察对面。

"像是老天爷故意刁难我们，如果没有雨雾我们也不会遇险！"伊莎贝拉喃喃说着。

"但我总觉得这不简单，恐怕这里的地形和气候都超出了我们的预期！"秦悦道。

"好了，桥断了，我们现在过不去，还是想想下面该怎么办吧？"马建秋明显感到不安和恐惧。

马建秋话音刚落，忽然从我们后面传来一声低微的响动，秦悦马上冲众人做了个噤声的手势，我们全都安静下来，那个声音越来越近，很有规律，我推断是从东大街上传来的，像是……像是脚步声！可是以我的经验，却觉得有些奇怪，不似人的脚步，我困惑地看看众人，大家也都面面相觑，我支撑着想站起来，做好战斗准备，可却还没从刚才的惊险一幕中缓过劲儿来，只好用手臂支撑着，勉强坐起来盯着东大街，此刻，东大街已被浓浓的雨雾笼罩，能见度不足五米。

　　慢慢地，我预感到那个声音就要刺破雨雾，但我还是没能判断出那会是什么？人或者猛兽，还是什么怪物……终于，当那东西锋利的獠牙率先刺破雨雾，缓缓出现在我们面前时，我猛地瞪大了眼睛喊道："野猪！"

　　一头身形健硕的野猪缓步走出了雨雾，野猪也发现了我们，直直地站定，注视着我们！我们就这样在古城的东大街遭遇了野猪，如此诡异的偶遇让双方都像看到怪物一样，愣了足有三十秒……最后，当野猪猛地加速向我们冲来时，我精疲力竭地向身旁的秦悦说："这头猪就交给你了！"说完，我又瘫倒在悬崖边，刚才救宇文，消耗了太多的体力，此时，我只想吃野猪肉！

　　　9

　　秦悦反应还算迅速，举枪就要对野猪射击，但野猪已经朝我们猛冲过来，雨雾几乎没有留给我们反应时间，我和宇文只能就地打滚，躲闪野猪。秦悦根本没法瞄准，放了两枪后，也闪身躲开，让我大感诧异的是这头野猪的反应能力，以这畜生的速度和吨位，竟然在悬崖边刹住了车！然后迅速转身，再次冲向秦悦。

　　秦悦见势不妙，快速向后退去，想躲入雨雾中，但野猪的速度再次让我震惊，秦悦根本没有时间躲进雨雾，只能在与野猪只剩几秒时，近距离躲闪，这个距离M4突击步枪根本无法射击。此时，我已经意识到这头野猪比我想的要难对付得多！

　　秦悦与野猪纠缠了几十回合，我和宇文几次举枪想射击，但都怕误伤到秦悦，我忽然想起秦悦腰间还有一把格洛克17手枪，我焦急地喊道："用手枪！"

秦悦与野猪继续缠斗，渐渐融入雨雾中，我已经看不见秦悦和野猪的身影，我紧张地注视着雨雾，如果此时又窜出几头野猪，那可就彻底凉了！想到这里，我不由自主地向前走去，一步步走进雨雾，依稀可以听见秦悦的喘息声与野猪的嚎叫……就在这时，"砰！砰！"两声沉闷的枪响，让我浑身一颤，停下脚步，静静倾听，那枪声应该是格洛克手枪发出的声响，此刻除了风声似乎一切都安静下来。我向左右望去，其他人应该就在附近，但我们谁也看不见谁！我也看不见秦悦，看不见那头野猪，甚至听不到秦悦的喘息声和野猪的嚎叫了！

我的心揪紧了，一时竟然不知所措，怔怔地伫立在原地，时间仿佛静止。慢慢地我听到了自己的心跳，也听到了前方正对着我的雨雾中传来了轻微的声响，那声响越来越近，我终于听出是秦悦的脚步声！秦悦精疲力竭地一手拿着格洛克手枪，一手托着M4突击步枪缓缓走出雨雾，失神地看看我，几乎就要晕倒，我赶忙上前，就在我抱住秦悦时，她一下瘫倒在我怀中……

与此同时，一声尖锐的低吼刺破雨雾，再次向我冲来，我猛地睁大眼睛，发现那头野猪浑身是血，发出嘶吼，发了疯似的冲向我和秦悦，已经来不及跑了，只能拼死一战！我左手抱着秦悦，右手颤抖着单手举起M4，嗒嗒嗒……三十发子弹射出的火舌一起扑向野猪，M4的后坐力加上体力不支，让我的右手剧烈颤抖，射出的子弹如一个扇面，覆盖了野猪，野猪发出一声声惨叫哀号，但仍不肯倒下，巨大的惯性将野猪的身体甩向我们……

这头野猪的吨位就像一面墙壁，如果砸在我和秦悦身上也够我们受的！更何况它还没死，三十发子弹已经打完，我一只手抱着秦悦根本没有办法换弹匣，就在这千钧一发之际，秦悦猛地从我怀里转过身，用格洛克17手枪瞄准，几乎就在野猪要撞向我们时，砰砰两枪，两颗子弹全部命中野猪头部，野猪瞬间轰然倒地，剧烈抽搐着。

秦悦完全瘫倒在我怀里，我也支撑不住了，倒在野猪面前，我翻着白眼盯着野猪，野猪微张着血红的眼睛凝视着我，这畜生还在挣扎，想爬起来，我期盼宇文这时候赶紧过来，再给野猪几枪，彻底结果它！可是率先走出雨雾的是袁帅，我注意到袁帅手中竟提着一柄红色的消防斧，就是我之前拿着的那柄。

袁帅看看我和秦悦，然后径直走到野猪旁，高高地举起了厉斧，健硕的野猪此刻瞪着绝望的眼睛，看着袁帅手中的红色厉斧缓缓落下，野猪发出哀号。紧接着，袁帅再次举起消防斧，又是一下，野猪又是一声哀号。如此数次，野猪渐渐没了声音……血水溅满袁帅全身上下，也溅到我身上，袁帅却毫不在意，再一次高高举起了消防斧，我吃惊地发现袁帅此刻的眼神，奇怪而又凶狠，这是一种我从未在袁帅眼中见过的眼神，直到宇文他们赶过来，夺下袁帅手中的消防斧，袁帅才停了下来，伊莎贝拉抱着袁帅，袁帅的目光才慢慢变得柔和下来。

“我们……我们终于有肉吃了！”长久的沉默后，马建秋首先开腔。

"这……这肉能吃吗？"宇文盯着野猪的尸体直皱眉。

"我检查了一下，应该可以，当然寄生虫是不可避免的，所以尽量烤熟吃！"马建秋仔细观察着野猪尸体。

我见秦悦这会儿像是缓过劲来了，替她擦去身上的野猪血。袁帅则已经恢复了往日的模样。我站起来，看看周围，雨水已经滴落下来，狂风越来越大，雾气比刚才消散了许多，东大街上又恢复了宁静，我没好气地对马建秋说："先别讨论吃了，这附近说不定还有别的野猪，甚至是更可怕的猛兽！"

"那……那我们现在该怎么办？"马建秋顿时又陷入六神无主的样子。

我又向深涧对面的神庙望去，山上的雾气还没消散。

"从这儿我们是过不去了，现在天色已晚，我们赶快回到市场内那座小楼，今晚就在那儿过夜，等明早暴风雨过来，再找路上山。"

"那……这野猪……"马建秋看看野猪，又看看我。

"拖回去，趁暴雨下来之前拖回去，免得留下血迹和气味，招来它的同伴！就你和宇文拖回去！"我命令道。

"我……"马建秋扶了扶眼镜。

"对！就你，不能光吃不干活！"

马建秋一脸尴尬地撇了下嘴，没说什么。帮着宇文拖野猪，显然他们的气力远远不够，我只好上去帮忙。秦悦、伊莎贝拉和袁帅则四处寻找可以引火的树木。半个小时后，我们终于在暴雨倾泻下来前，回到了市场后院的那座二层小楼。

10

马建秋和宇文拖着野猪就要进门，秦悦则警觉地示意他们先在外面等着。我和秦悦先进屋，仔仔细细，上上下下检查了一遍小楼，才让众人进来："并没有人和野兽进来过！"

"你们也太疑神疑鬼了！"马建秋浑身已经被雨水淋湿，接连打了两个喷嚏。

"全被淋湿了！"宇文也抱怨道。

我探头看看外面，又看看被拖到屋檐下的野猪，解释说："这雨水正好帮了我们，销毁了血迹和气味，这样野猪的同伴和其他野兽就不会尾随而至。而且也洗了我们的衣服，这两天又是出汗，又是穿山洞，还和野猪、鼯鼠搏斗，身上都臭了。"

"是啊！大家先生火，烤烤衣服，在这鬼地方千万别病倒了！"伊莎贝拉嘱咐大家。

于是，我们各自分工，秦悦和伊莎贝拉在楼上，男的在楼下升起火，烤干衣服，然后我们几个男的开始用消防斧杀猪切肉，只是消防斧实在不适合切小块肉，所以我们切出来的肉全是超大块的野猪肉。等秦悦和伊莎贝拉下来，我们便开始烤肉，大家已经一整天没吃东西，此刻早已饥肠辘辘，只是第一波烤肉的味道实在不佳，直到袁帅掏出了几颗果子，将果肉剥下，露出里面的核，我虽见多识广，不过倒是第一次见到这东西，好奇地问："这是什么？"

袁帅微微一笑说："这是你们都吃过的东西。我刚才在东大街那边的一个院子里发现了这种果子，如获至宝。"

"是肉豆蔻吧？"伊莎贝拉说道。

"是的，这是新鲜的肉豆蔻，是I国马鲁古群岛的特产，中世纪欧洲人腌肉必不可少的香料，价格极其昂贵，据说当时在欧洲半公斤肉豆蔻与三头羊等价，所以只有少数贵族能够享受，最早西方殖民者就是为了寻找香料，才不断探索往东方航行，只是……只是我们一般用作调味品的肉豆蔻都是晒干加工过了，我也不知道这新鲜的肉豆蔻究竟口味怎么样？"

听袁帅说了这么一番，我已口中生津，幻想着烤野猪肉的美味了。我用随身携带的匕首切碎肉豆蔻的果核，洒在烤野猪上，果然过了一会儿，当野猪油和肉豆蔻交织在一起，慢慢融合，一股奇异的香味扑面而来。

我们都兴奋起来，一大块野猪肉就被我们分食而尽，不过不用担心，我们有整整一头野猪。今天不吃，放到明天恐怕也就腐坏不能吃了！于是，我们在这诡异恐怖的荒岛上好好享受了一次烤野猪大餐。

当我们吃得半饱时，一小半野猪已被我们消灭了，我们决定继续加油吃，不能浪费，但肉豆蔻已经没有了，引火的木材也已烧为灰烬，我站起身看看外面，赤道的天黑得晚，暴雨似乎小了点，我赶紧招呼袁帅说："帅，我们再去弄点肉豆蔻！"

谁料，袁帅却摆了摆手："还是适可而止吧，刚忘跟你们说了，传说肉豆蔻一次不可多食，因为肉豆蔻果核内含有肉豆蔻醚，一次吃多颗肉豆蔻，有可能会使人产生幻觉。"

"幻觉？"我倒希望这一切都是幻觉。

马建秋好像是吃嗨了，反驳道："我们刚才六个人才用了几颗，而且是切碎当调料用的，再来几颗，没事吧！再说我们也需要一些木材，否则晚上……"

袁帅盯着面前还剩一大半的野猪肉想想，最后说道："好！我带你去！"

说罢，袁帅一把拿过了宇文的枪。宇文愣了一下，还是松开手丢给袁帅："你……你会用吗？"我犹豫地问了一句。

"从小到大，你会的东西，我有不会的吗？"袁帅笑着说道。

被袁帅怼了一句，我却没有脾气。是啊，从小到大，他似乎无所不会，只是最近……袁帅又接着说道："在U国我也用过枪械，但我对武器没有兴趣。"

我心里一惊，又在院子里的芭蕉树上砍下两片宽大的叶子，用我手中的匕首三下五除二，熟练地制成了两件披肩，我俩一人一件披上，虽然不能完全挡住雨水，但至少比光着要好许多！

我们趁着天边还有点亮光，全副武装地出了市场大门，又来到东大街上。前后一片死寂，让人心悸不已！我跟着袁帅走到了东大街旁的另一座大门前，这座大门我见过，跟周围建筑没有两样，所以我并没有留意，我们快步跑进大门内，这才看清门内有一个空旷的院子，院子内堆满了黑色巨石，巨石上有开凿的痕迹，但看上去却没有完全成型。

"这些石材像是还没完工？"我小声说道。

袁帅停下脚步看看："对！这个院子也没完工，当年他们大概是将开凿出来的巨石运到城里，再按照需要细加工！我想那场火山喷发一定来得很突然，所以赤道王朝还有很多建筑建了一半，没有完工！"

"嗯，可是……可是我还是不理解，这么巨大的石材怎么运过来？即便运来了，如何打磨得如此平整紧密，严丝合缝，以我的知识和经验，只有现代工程机械才能达到。"

"我也很感兴趣！但既然是有闭源人后裔的帮助，我想这些都是可以解决的。"

"但是啊，你看这里，没有工程机械，甚至……甚至都没有普通的铁质工具！"我仔细扫视院子里，所有巨石周边都没有发现工具，只有杂草和灌木。

"甚至都没有青铜工具！"袁帅也注意到了这一切。

我们冒雨在院子里转了一圈，天已经全黑下来了，袁帅拉着我往后面去。

"先别管这些了，后面院子里有不少树木，我们得抓紧时间。"

我俩穿过一道梯形大门，又来到一个广阔的空间，让我吃惊的是这个空间非常广阔，似乎……似乎还有一个湖。

11

我和袁帅小心翼翼地挪到湖边，湖里满是杂草和各种叫不上名字的热带水生植物，但有一种植物却是从小就认识的——王莲。体形巨大的王莲静静地躺在水面上，被雨水浸湿。我不禁狐疑道："这湖里有好多王莲！我印象中王莲虽是热带植物，喜欢高温高湿，但却是产于南美洲的雨林里，这儿原本不产王莲啊！"

"我下午也注意到了，这儿植物很茂盛，肉豆蔻就是在这儿摘的。"袁帅说着，已经发现了一棵肉豆蔻树，上面满是肉豆蔻。

我们冒着雨开始快速采摘这些珍贵的野生肉豆蔻，我的注意力完全被肉豆蔻吸引，正要去摘高处的两颗肉豆蔻，却突然听到一声极其沉闷凄厉的嚎叫，我被吓得趴了下来，手里的肉豆蔻撒了一地。袁帅比我淡定些，他警觉地缓缓蹲下来，仔细观察周围。

我蹑手蹑脚地捡起身旁的肉豆蔻，小声问道："这是什么？野猪吗？"

袁帅仔细倾听，像在回想，又像是在判断："不，野猪和我们搏斗时，不是这个叫声。"

"那……那会是什么？"我开始紧张了，想到了在荒原大字复活的猛兽袋狮，"难道是袋狮？也不像！"

袁帅看我自言自语，冲我做个嘘声的手势，等了一会儿，周围除了雨声，再无动静！于是，我们蹑手蹑脚站起来，猫着腰，靠近湖边的一片林子，我仔细观察周边环境，见身旁有一棵被齐刷刷砍倒的树，树干约有碗口粗，这应该是下午袁帅用消防斧砍的。我想到这，将M4突击步枪背到身后，抽出背包里的消防斧，开始挥斧砍树。

袁帅也抽出斧子，开始砍树，我刚砍了两棵树后，袁帅突然停下来，怔怔地盯着什么东西，我挪到他身边，发现袁帅面前是一棵被砍倒的树，只是这棵树比我们之前砍的树都要粗，树干的直径至少在一米五以上，可以算是参天大树了，我吃惊地问袁帅，"你……你下午砍过这棵树？"

袁帅扭脸，眼里写满了恐惧。

"没……没有，我肯定选比较好砍的细树，不会选这么……这么粗的树砍！而且要是我砍的，肯定就被拖走了。你看这里，断裂的树干还在！"

我很少见袁帅的眼中出现恐惧。

"可能是刚才狂风吹倒的？"

袁帅推开手电，照在树干上，说道："不！这树干里质地紧密，并无枯朽。再看树干断口，还有这……"

我顺着袁帅手电的光柱看去，猛地瞪大了双眼："抓痕！"

"对！这可不是野猪的，你想想能把直径近两米粗的树弄断，这……这是什么动物？"

袁帅话音刚落，那个沉闷而凄厉的嚎叫再起响起，这次我感觉它离我们更近了！雨似乎又下大了，我在雨中不由自主地瑟瑟发抖："这……这会是什么？"

我的声音低微到近乎听不见，但袁帅还是回头看我，满眼恐惧，嘴里喃喃说道："龙！那条龙！"

"龙？赤……赤道王朝崇拜的图……图腾？"我紧张地不知所措，感觉那头怪物就在我们的身边。我的手不断地发颤，一会儿举起斧子，一会儿又放下。想要拿枪，又怕怪兽就在附近，枪起不到作用！如此反复几次，我不知道哪根筋搭错了，竟然推开了手电筒，我再也受不了黑暗，我头脑里只有一个念头，要找到这头怪兽，砍死它！

但当手电筒的强光刺破雨夜，照向林子、湖面的时候，袁帅小声喝道："关上！"

我浑身剧烈颤抖，本能地去关手电，却怎么也推不上手电……前方的树林里传来了声响，我的心脏已经承受不住这种压力，我感觉自己身上的血管就要迸裂！那怪物就在前面的林子里，我看不清，想要关手电也关不上。慌乱中，手电射出的光柱在黑暗中上下翻动，我知道此刻我们找不到那个怪兽，我们倒成了明处的活靶子，袁帅再一次喝令我："关上手电！"

我手一抖，手电没关上，却掉在草丛中，手电射出的强光从草丛中映射出来，我听到了有东西在林子里快速移动，心里暗道不好。可恶，那怪兽向我们冲过来了，是的！一定是向我们冲来了，我该怎么办？挥动斧子和它搏斗，还是举枪射击？我想象不出怪兽会如何撕裂我们，我们可没有直径一米五的树结实。

一片慌乱之中，我终于在草丛中摸到了手电，赶紧关上。瞬间，林子里一片黑暗。同时，我觉察出有一股巨大的力量伴随着难闻的腥臭味直扑向我，我本能地向后躲闪，结果被杂草绊倒，瘫坐在荒草中，就在手电关上的那一瞬间，我似乎看见了一头巨大的爬行动物从我身旁，对！几乎是擦着我快速窜过了草丛，紧接着，我听到在暴雨声中，传来巨大的水花声，那头怪物跳进湖了。

四周恢复了宁静，我侧耳倾听，只听到自己的喘息声和雨声，听不到袁帅的声音。恐惧、寒冷、纠结、无助感一起向我袭来，我茫然无措地缓缓站起身，不敢打开手电，缩着身体转身，这个恐怖的地方我再不想多待，要赶快退出去，我缓缓地向门口退去。

退出梯形大门，又回到那个堆满巨石的院子里。我依然不敢放松，一直没有见到袁帅，又不敢喊，我退到离梯形大门最近的一块巨石侧面，倒在巨石上，大口喘着粗气，等待袁帅。几分钟后，我忽然听到巨石那头传来一些轻微的声响，瞬间我又紧张起来，全身绷紧，缓缓举起消防斧，屏住呼吸，向巨石那头挪去……

雨夜没有一丝月光，看不见影子，当我转到巨石侧面时，却什么也没发现。奇怪，刚才那声响是什么？龙跑过来了吗？这里巨石的高度都在两米五以上，难道……在头顶？我猛地抬起头，巨石上面也没有什么异常！我不敢掉以轻心，仰着头，弯着腰，手持厉斧，开始缓缓向后退去，当我退到巨石拐角处时，感觉自己撞在了什么坚硬东西上，传来金属撞击声，我猛地一回头，竟是……袁帅！

袁帅几乎和我保持着同样的姿势，仰着头，弯着腰，手持厉斧，背着M4突击步枪，刚才那金属撞击声就是我们的枪撞在了一起！我们两人在雨中面对着面，保持着这样的姿势站着，大口喘着粗气，肩上用于遮雨的芭蕉树叶早已无存，我知道帅也被吓坏了！

足足半分钟后，我俩才慢慢放下斧子，并排靠在巨石上，我惊魂未定地问袁帅："你……你看到了吗？龙……龙……那怪物？"

"没……没看清！"袁帅像是在回忆，"但……它很大！"

"对！后来好像游进了湖里……"我抹了把脸上的雨水。

"那个湖或许就是它的老巢……"

"那你下午来时……"

袁帅扭头盯着我，回忆了一会，喃喃说道："下午来时，没有听到任何动静。"

"这怪物是夜里活动的吗？"我胡乱猜测。

"你相信这世上有龙吗？"袁帅突然反问我。

我愣了一下说："不，我相信曾经有，但不相信地球上现在还有。不过……"

"不过什么？"

"不过I国科莫多岛上不是有一种巨大的蜥蜴，被人称为科莫多龙。据说科莫多龙有两米多长，而且移动迅速。"我一边说，一边回忆着刚才遭遇的那头怪物。

"我也想到了科莫多龙……"袁帅像是在思考，"可是……可是刚才那家伙明显要比科莫多龙还要长，还要大，还有力量！你想想那棵树，科莫多龙恐怕还不能把直径近两米的树撞断吧？"

袁帅的分析让我心悸不已："不是……不是科莫多龙，那……那会是什么？"

"或许……又是一种复活的史前生物！"

"什么？这里也是S国情报机构的基地？"

"不，当年S国情报机构正是受限于地理条件，才会在荒原大字试验复活远古生物。但你想想，热带环境是不是更有利于复活远古生物？"

"需要黑轴的小环境……"

"你怎么知道这里就没有黑轴？"袁帅打断我说，"根据我的研究，闭源人当年划分的灵线，有些与现代的经纬度重叠，也就是说有些黑轴会坐落在我们今天的经纬度上，比如说赤道！还有我们已经知道赤道王朝得到了闭源人后裔的帮助，你想过吗？一万年前这里为何会有闭源人后裔？"

"你是说岛上就有一座黑轴？"

"不错，我一上岛就有一种感觉……"

"……在荒原大字一样的感觉？"

"很像！但我更相信有依据的推断，你想一万年前这里周围可是茫茫大海，闭源人后裔是不会远渡重洋，到这里帮助赤道王朝先民的！而在这附近众多的岛屿上，为何只有这里产生了辉煌一时的文明？只有一种解释，赤道岛上有一座黑轴文明时期闭源人遗留下来的黑轴，当年那些闭源人后裔世代生活在这里，直到赤道王朝的先民出现在这座岛上。"

"也就是说赤道王朝的先民反而是外来者，而是闭源人后裔……"

"对！地牢里石台上的画是我们理解错了，不是闭源人的后裔驾临岛上，教会先民，而是先民从别的地方移居到了这里，在雨林里见到了闭源人后裔。"袁帅此刻相当笃定。

"所以这里一直生存着被认为已经消亡的史前生物？"

"不！"袁帅再次否定我，"我刚才说的是这里的环境更适合复活史前巨兽。郑和他们曾经考察过这里，郑和船队人数庞大，他的考察一定规模不小，如果发现了什么古老动物，郑和他们一定会将这些动物带回去，公布于世。而且在漫长的历史长河中，很可能并不止郑和到访过这里，也许还有别的航海家、殖民者、探险家、渔民，因为各种原因来过这里，难道他们都没发现？所以岛上虽然有黑轴的小环境，甚至比荒原大字更好的小环境，怎么可能一直没有发现史前动物？"

"那就只剩下一种可能，这龙是……是近年有人利用这里环境复活的！"我吃惊地盯着袁帅，再次说道，"但很难复活远古巨兽啊？"

袁帅陷入沉默，许久才缓缓说道："是谁把我们绑到这里来的？"

"苏必大？伊莎贝拉说是苏必大。"我摇着头，"我相信他能把我们绑到这里来，但不相信他能复活远古动物，袁教授也没……"

"想想云象基金和DUW公司吧？苏必大的能量很可能超出我们的想象。"

"那……那会是蓝血团吗？"我也不知怎么突然问出了一直困惑的问题，我虽然已经接触了蓝血团的人——袁帅和夏冰，还有伊莎贝拉，却依然对蓝血团知之甚少，如果蓝血团里有许多闭源人基因的携带者，那么这些天才会不会也想复原闭源人的技术？

袁帅愣了一下，随即微微摇头："我在蓝血团从未听说过有这样的计划，当然也可能是我加入蓝血团时间不够长，但是……"

袁帅停了下来，盯着我，我不明白袁帅要说什么，"但是什么……"

他像是下了很大决心，才又说道："但是非鱼，你们可能对蓝血团有些误解，蓝血团虽然很多成员都是闭源人基因的携带者，但蓝血团并不想恢复黑轴文明那些尖端的技术，所以我认为这龙不会是蓝血团所为。"

"那蓝血团想干什么？"我问道。

"这个……"袁帅又迟疑下来，雨水不断打在我俩身上，脸上，在我催促的目光注视下，袁帅低声说道："这个你可以去问伊莎贝拉……"

伊莎贝拉？袁帅话音刚落，还不容我多想，那个沉闷而凄厉的嚎叫再度传来，只是这次嚎叫声似乎离我们远了，但随即我就听到了枪声，我和袁帅对视一眼，才想起来，我们的营地离此并不远！

12

我和袁帅赶忙撤出院子，急忙奔向营地的院子。刚进院子，我们就发现有些异样，一侧的墙塌了，那可是有半米厚的巨石墙壁。再看二层小楼，里面黑漆漆，没有一丝亮光，我急不可待地冲进了一楼，没人！我用手电照去，一楼似乎与我们走时没什么变化，只是没人，还有……还有门口那没吃完的半头野猪不见了，看来那个怪物闯了进来！

我顾不上太多，径直就向二楼奔去，可我刚上楼梯，就发现楼梯上有个东西在闪着微弱的光，手电一照，居然是那部铱星电话，我本能地将电话放到耳畔听，里面一阵杂音，难道这里有信号？打着手电照去，果然铱星电话屏幕上显示有微弱的信号，我又听听，铱星电话里传来模糊的声音，是人说话的声音，但却听不清楚，似乎是外语，是我没听过的语言，时断时续。突然……里面传来了一声像是中文"疏……密……大……人……"

随即铱星电话就没了声音，一片杂音！疏密？大人？这是什么意思？我从来没听过，在自己脑海里快速搜索，没有，没听过这个词，也许我听错了，漏了什么字。再把铱星电话放在耳畔的时候，却再没有声音传来。我气急败坏地冲电话那头"喂"了一声，还是没有声音。这时，那个沉闷凄厉的嚎叫声再度传来，袁帅也步上了楼梯，我和袁帅静静地站在楼梯上，侧耳倾听，嚎叫声似乎不远，可能就在附近。我只好把电话放好，端着M4突击步枪，冲上二楼。

打开手电，我这发现马建秋和宇文此刻正蜷缩在角落中瑟瑟发抖，而秦悦和伊莎贝拉也在角落里，一人端着M4突击步枪，一人手捧格洛克17手枪，与我们针锋相对！直到我们互相认清对方，才缓缓放下枪！

"你们碰到那怪物了？"我和秦悦几乎同时问出了相同的问题。

"那是什么？"秦悦问。

"龙！我和帅怀疑是有人复活了赤道王朝的图腾。"我向躲在角落里瑟瑟发抖的马建秋问话，"你不是搞生物的吗？"

马建秋不停地摇头说道："我是搞生物制药的，不是……不是很懂动物，而且刚才我……我根本没看清楚！"

我一把将马建秋拽过来，把他脑袋从二楼的窗口探出去。

"你看这巨兽能把那么厚的石壁撞倒，能把直径近两米粗的树撞倒！你好好想想这会是什么？"

还没等他说话，宇文抢先颤巍巍地说道："会不会是……科莫多龙？"

马建秋也赶忙附和道："对！对！这么巨大的爬行动物，只能是科莫多龙，而且它的栖息地就在I国。"

"我和帅已经想到了科莫多龙，但帅认为这头龙要比科莫多龙更大、更长、更有力量！"

"那……那会是什么？科莫多龙已经是我想象的极限了。"宇文一脸惊恐。

秦悦拿着红外望远镜站在窗口向外张望许久，我问她在看什么。

"你们刚才去哪里了？"秦悦答非所问。

"旁边有个大院子，内部像是园林，有个湖。"

秦悦将望远镜递给我，我发现秦悦刚才张望的地方正是那个湖。但是有围墙阻隔，无法看清全貌，秦悦趁我张望的时候说道："如果有生物活动，这个红外望远镜能够找到，但我找了半天，都没有找到那个怪物！"

"我和帅推测那个湖就是怪物的老巢！"我将红外望远镜得焦点放在了湖面上。然而，此刻湖面上异常平静。

"那个湖好像不大！"

"谁知道水底下会有什么？这儿都是火山喷发形成的地质构造，这个湖很有可能通着别的什么地方！"我说着把搜索范围放大，但搜了一大圈，并没有任何发现，"你们什么时候听到……"

"就在你们走后不久！"

"你开枪了？"

"对！开了两枪，但应该没打中。"

"你看见那怪物了？"我扭头盯着秦悦。

"没……没太看清！"秦悦像是在回忆，"可能是我们烤肉的味道吸引来了怪物。"

"不，不是烤肉！"袁帅纠正说，"如果是类似科莫多龙这样的爬行动物，他们只喜欢吃腐肉，烤肉的味道对它可能没有那么大吸引力！"

"那就是血腥味！"秦悦说道。

"可是暴雨能遮蔽血腥味……"我狐疑道。

"只能说这怪物的嗅觉非常灵敏，远超我们人类！"袁帅说道。

秦悦依然端着枪，保持着高度警戒，我看看二楼好像还有木材。

"本以为今晚吃完烤肉，能够好好睡一觉！哎！我们还弄了这些肉豆蔻。"说着我拿出肉豆蔻，丢在地上。

袁帅拾起我丢下的肉豆蔻安慰我说："留着，也许还有用！"

"有用？烤龙肉啊！"我苦笑道。

"龙肉不一定有，别的肉还是会有的。"伊莎贝拉也蹲下来，拾起肉豆蔻，"剩下的木材可以生堆篝火，我们今晚就睡二楼吧！幸亏有这样一个足够坚固的地方。只需要一人挡住楼梯口，就算那怪物想爬上来也不怕！"

"对！它要敢来，正好在楼梯口干掉它！"秦悦这会儿端着枪，看了看楼梯口，"嗯，正好，一人当关，万夫莫开！"

我看着篝火重新燃起，似乎再次感觉到了安全，想到明天会更加艰险，体力较差的伊莎贝拉和马建秋就不值夜了。剩下的四个人……不知怎么，我现在就想跟秦悦一起，但理性考虑过后，我还是选了宇文值后半夜，秦悦与袁帅负责前半夜。

伊莎贝拉、马建秋、宇文很快便进入梦乡，秦悦和袁帅端着枪，坐在楼梯口严阵以待，我躺在篝火旁边，想着今天发生的事……我又掏出了那部铱星电话，小声地问秦悦："这部电话怎么回事？怎么在楼梯上？"

"就在那怪声不断传来的时候，这部电话突然又响了。我就去接，里面还是杂音，偶尔会有一两句像是外语，我听不懂。就在这时，那怪物撞倒了石墙，我们吓得手忙脚乱就往二楼跑，我负责断后，慌乱中，铱星电话也不知掉在了哪里。"秦悦回忆着当时的情况。

"但我听到了一句中文！"

"什么？什么中文？"秦悦一惊。

"疏密……大人……我也没听清，大概是这两个词，也可能中间漏了什么词。"

"疏密？大人？"秦悦念念有词，反复咀嚼着这两个词。

我又看看袁帅，袁帅也在咀嚼着这两个词。就在这样的困惑中，困意来袭，我慢慢闭上了眼睛。

13

我似乎做了个梦，梦里的我与一头比我大十倍的巨龙相遇，但是再往下的剧情，我已经没有任何印象了……秦悦叫醒了我，我和宇文接替秦悦和袁帅，端着枪坐在楼梯口。我还在回忆着刚才的梦，却什么也想不起来，只记得有一头巨龙，龙的样子也十分模糊，我们谁也没有见过龙，所以谁知道龙的样子呢？

秦悦说前半夜没有传来那个怪声，我伸个懒腰，狐疑地站到楼梯口旁的窗户望去，这座恐怖的空城变得宁静而安详。两人在楼梯上呆坐了两个小时后，我想壮着胆子下到一楼看看，被宇文一把拉住，就在这一拉一扯中，宇文手中电筒的光亮猛然打在楼梯一侧的墙壁上，我对着这面黑色的墙壁，恍惚间忽然发现墙壁上似乎有些线条。

我指了指墙壁，宇文也凑上来。在手电筒的照射下，墙壁上隐隐浮出符号。

"是文字，拉丁字母！"我首先辨认出了墙上的符号。

"嗯，西班牙语！"宇文肯定地说。

"西班牙语？"我心里一惊，"那你一定认识喽！"

宇文点头表示当然认识："从语法和字体上看，这些文字有年头了！"

"我和袁帅都认为自赤道王朝覆灭后，并不止郑和船队来过，还有其他探险家、航海家、殖民者，甚至是普通渔民来过这……"

我正说着，宇文嘴里喃喃说出了一个数字——"1521.9.22"。

"这是什么？"

"时间吧。刻下这些文字的时间是一五二一年九月二十二日！"宇文解释说道。

"一五二一年？"我在自己脑海里搜索这个年份发生过什么？中国是明朝，已经距郑和下西洋那个伟大时代整整一百年，那一年明武宗驾崩，群臣迎立嘉靖皇帝朱厚熜，他们没有明成祖朱棣的雄才大略，中国早已退出了航海舞台。那一年的欧洲，马丁·路德被罗马教廷开除教籍，视为异端，但更重要的是麦哲伦在这一年完成了辉煌的环球航行。对，麦哲伦，一五二一年，西班牙文刻字，只能是麦哲伦！

我知道宇文也想到了麦哲伦，但是他却皱着眉说："可是这个日期后面的落款并不是我们熟悉的麦哲伦，而是……而是一个叫恩里克的人。"

"恩里克？"我也是一愣，不是麦哲伦。我又开始在大脑中重新搜索，"我记得一五二一年麦哲伦的环球航行路线正好经过这附近！"

"你没记错吗？毕竟当时葡萄牙人和西班牙人在此之前已经绕过好望角，从印度洋航行到了爪哇和苏门答腊，所以这个恩里克会不会是别的船队？"

"不！不可能。虽然之前葡萄牙人已经从印度洋找到了盛产香料的苏门答腊和爪哇，但这一带海域应该是麦哲伦环球航行最早到达的。一五二一年九月……"我仔细盘算着，忽然想到了什么，"问题就出在这里，我记得麦哲伦在横渡太平洋后，到达菲律宾南部。

一九二一年四月的时候，他在与当地土著的冲突中已经死去，之后剩下的船员继续带领船队返航，传说他们获得了非常多的香料，装满船舱，回到欧洲的人都发了，只是最后回到欧洲时，他的船队只剩下一条船，十八个人。"

"也就是说他们很可能是在这里得到了丰富的香料？"

"你先翻译这几行文字吧，也许就能解答我们的疑问。"

宇文开始翻译："这几行文字很潦草，刻的也很粗糙，看样子是在慌乱中完成的，而且语言水平不高，甚至有错别字！"

"这很正常，当时那些水手文化水平并不高吧！"

"第一行翻译过来是这样的'我，恩里克，伟大的西班牙国王卡洛斯一世，伟大的神圣罗马帝国皇帝查理五世最忠诚的使者，费迪南·麦哲伦大人最忠实的仆人，率领我们环球航行的船队来到这里'。"

"麦哲伦最忠实的仆人？"我好像想起了这个叫恩里克的人，"我想起来了，这个恩里克并不是西班牙人，他本来是苏门答腊本地土著，被麦哲伦带到了欧洲，成为他的仆人，后来随麦哲伦进行了环球航行，据说当麦哲伦到达菲律宾的岛屿时，就是这个恩里克用马来话与当地人交谈，麦哲伦才判断出他们已经到达菲律宾，完成了环球航行。"

"嗯，我好像也有印象！"宇文继续翻译，"第二行是这样的，'我们在失去了费迪南·麦哲伦后，继续他未竟的事业，向南航行，五月底来到此岛。'"

"五月底到九月底，中间隔了四个月，也就是说他们至少在岛上生活了四个月？那他们一定发现了什么。"我吃惊地看着墙壁上的文字。

宇文点点头问："对！第三行就写的他们的发现。'岛上的失落古城让我们着迷，盛产的香料让我们垂涎，但却没有居民，一个人也没有。'"

"他们的探索成果跟郑和差不多，也和我们看到的差不多！"

宇文忽然皱起了眉头："第四行和第五行是连在一起的，恐怕就是我们不知道的事情，'但我们后悔进入那条峡谷，千万不要进入那条峡谷。还有那座神庙。千万不要！我们付出了航行途中最惨重的代价！上帝宽恕我们，宽恕我们的贪婪！'"

第四句话既像是告诫后来者，又像是在诅咒，但对我们来说却是巨大的信息。峡谷？我迅速回忆了一番向宇文确认："我们这一路似乎并没有遇到什么峡谷？"

"对！至少到现在还没有，但是他提到了神庙……"宇文反复确认刻在石壁上的那个单词。

"难道就是深涧对面的神庙？"我若有所失地瘫坐在楼梯上，因为我们的目标就是那座神庙，而现在不但有深涧阻隔，还有刻在石壁上警告！

"但我觉得……他提到的神庙，语焉不详，指向并不明确，具体是哪座神庙……"宇文思忖说着，"而且他最后提到了贪婪，峡谷和神庙里有什么在吸引他们，所以最后他们付出了惨重的代价，只有十八个人回到欧洲。"

"黄金？香料？"我看着宇文说。

"也许都有吧，神庙里面一定有什么重要的东西。"

"你们有没有想过，峡谷和神庙的关系？"我们身后忽然传来袁帅的声音。

我和宇文同时转过身，吃惊地看着袁帅。

"你都听到了？"

"嗯，我做了个噩梦，醒来就听见你们在说这个！"袁帅的眼里充满血丝，显然并没有休息好。

"你刚才那句话是什么意思？"我没理解袁帅的话。

"虽然这个恩里克是将'峡谷'和'神庙'分开来讲的，但是显然从他的叙述看，存在递增关系。而宇文刚才已经说到有什么东西吸引他们，所以我想很可能是神庙中有东西吸引他们，而这座神庙就在那峡谷内！"袁帅说出了自己的解释。

我和宇文思考一番，觉得袁帅说的有道理。

"按你这么解释，这里提到的神庙就不是山上的那些高大建筑喽？"

袁帅没有直接肯定："我也只是推测，究竟怎样，只有天亮后到山上的神庙看看，才能判断！"

说到这里，我发现外面下了一夜的暴雨已经停了，东方渐渐泛起一些亮光，秦悦他们也都醒了，不管睡好没睡好，我们都必须离开这里了。但我们该如何上山呢？我将刚才的发现叙述给秦悦他们，秦悦和我再次爬上了楼顶。天光大亮，我们用望远镜向四周望去，宁静无人的古城，就像是从未发生过可怕的事。那个湖升腾着白雾，平静无奇。山间云雾缭绕，东面半山腰的神庙依旧神秘，那就是让恩里克后怕不已的神庙吗？不管怎样，我们都得去那儿看看。

秦悦最后将手指向东南方："看，我们就从那儿上山。就是当年火山喷发熔岩流淌进城的地方。"

我接过秦悦手中的望远镜望去，当年炙热的熔岩早已冷却，形成了一条明显的熔岩大道。如今万年已逝，熔岩大道上树木不多，也不高大，可以清晰地看见这条熔岩大道一直通往山上，只是不知道这条熔岩大道是通往仍然蠢蠢欲动的火山，还是山上那些让人恐惧的神庙？

14

我们收拾停当，通过破损的石墙很快就到了那个湖边。此时天光已经大亮，我、宇文、秦悦举着M4突击步枪，袁帅和马建秋一人握着一柄消防斧，伊莎贝拉手里也紧紧握着那支格洛克17手枪，所有人都全副武装，但湖面却很平静，没有泛起一丝涟漪。

我又在湖边摘了一些香料和草药，树林里的场景依旧触目惊心，直径一米到两米的参天大树被硬生生撞断……当我又将目光移到湖面连绵的王莲上时，我忽然明白了，"王莲原产于南美，是恩里克他们有意或无意带到了这里！"

"好了！既然这里没有动静，我们赶紧上路。"秦悦指了指湖对岸，"我用望远镜确认过了，从湖的对岸出一道门，就能看到那条熔岩大道。"

果然，我们小心翼翼地绕过湖，通过一座梯形大门，令人心悸的一幕出现在我们面前。从山上倾斜流淌下来的熔岩完全摧毁了这里，巨石垒砌的建筑已被湮没多年，这么多年过去了，依然一片荒芜，除了偶尔长出的杂草，看不出一丝生命的迹象。

"我昨夜梦见有无数双手臂在炽热滚烫的熔岩中挣扎。"袁帅突然说了这么一句。

"当年这里简直就是人间地狱！"伊莎贝拉说道。

我们在沉默中踏上熔岩大道向前走去，起初两边还能看见一些当年没有完全被熔岩吞噬的院落，越往前走，地势越高，两边就再也看不到任何建筑的迹象，因为所有的建筑都已被埋在我们脚下凝固的熔岩中。

直到我们爬到半山腰，回过身去，又是另一个角度，可以一窥赤道王朝。我们停下来休息，宇文指着熔岩大道上稀稀疏疏的几棵树说："你们发现没有，熔岩大道上的树木很少，而且不够高大，与周围明显不同。"

"当然不同。因为这条熔岩大道质地疏松，有许多细微的小洞，所以存不住水，植被大都低矮，与周围泾渭分明。"我解释道。

"那……那你说郑和他们去过神庙吗？"宇文问。

"我不知道！你还是去问郑和吧！"

"恩里克他们也是从这条大道去神庙的吗？"秦悦忽然问道。

"我想是的，除非……除非那时候深涧上面的桥还没断！"

"那时肯定断了！"伊莎贝拉说着，从地下的细微裂缝中，拾起了一块外形像黑炭的东西，"喏，这是一枚麦哲伦时代的西班牙银币。"

"银币？"我们吃惊地看着伊莎贝拉手上那黑东西。

"应该是恩里克他们从山上撤下来时，匆忙间掉落的！他们当时应该遇到了紧急情况！"伊莎贝拉收起银币，"这说明至少在麦哲伦船队到这里时，深涧上的石桥早就不在了！"

"所以我们走的路线跟他们是一样的？"马建秋喃喃说道。

"对，是的。"我仔细观察着周围，思虑再三，还是说出了这一路上困扰我的问题，"你们不觉得奇怪吗？我们已经知道赤道王朝毁于火山喷发，但是我们却没有见到尸骨，一具尸骨都没有见到，除了山洞里献祭的之外！"

"我也注意到了，这一路被熔岩吞噬的房屋内，并没有骨骸！以我的经验，即便因为年代久远，也不该一具骨骸都没有！"秦悦推断说道。

"我认为火山喷发时，赤道王朝的居民并没有死在这里，他们一定去了别的地方，只是……只是那个地方也并不安全！"伊莎贝拉缓缓说道。

"峡谷中的神庙……"我喃喃说着，回想着恩里克的警告。

大约一个半小时后，我们差不多已经走到了熔岩大道的尽头，这里是东侧半山腰的位置，奇怪的是眼前既看不到火山活动的迹象，也没有看见那些巨大的神庙，四周云雾缭绕。我们明显感觉空气中的湿度增大了许多，可能是在山上的缘故，但此间的雾气也太大了。

能见度不足三米，我完全分不清东南西北，拿出指南针想确定方位，我却吃惊地发现指南针的指针不停旋转，根本停不下来。这个指南针是船上找到的，也许它本来就是坏的，但我更相信是此地的诡异造成的。

我们互相搀扶，等待着雾能散去，但半个小时后，浓雾依然不散。我们商议过后，我胡乱指着一个方向，我们以很慢的速度向那个方向艰难移动了数百米，雾气越来越浓，能见度已经降到不足一米！不过，我很快就发现，我们已经踩在了坚硬的花岗岩地面，我知道我们到了。紧接着，一块硕大的碑刻穿过白雾，惊现在我们面前。

15

我从未见过这么大的雾，几乎要撞上了那块碑。也许其他人第一眼只会把这块平整的巨石当作普通的石头，但我却凭借直觉认定这是块石碑。我仰起头，缓缓向上望去，平整的巨石上隐隐现出了一些线条："是文字！这是块碑！宇文，快来翻译！"

宇文站在巨石前，仰头望去，我注意到宇文表情的变化，从平静到困惑，再到沉思，最后他一脸惊诧地看着我："嗯……这是某种文字……我……却不认识！不属于人类目前使用的任何文字体系，既不是像汉字这样的象形文字，也不是英语、俄语、阿拉伯语这样的拼音文字，即便是人类早已不使用的死文字，也没有与之相对应的！"

"还有你不认识的？"我看着浓雾中的宇文，马上想到了什么，然后我和宇文几乎异口同声地说道："难道是黑轴文明的文字？"

这时候，秦悦也看完了石碑。

"难道就不会是赤道王朝的文字吗？"

"以赤道王朝的文明不大可能出现文字……"宇文想想又说，"即便有，也是那些闭源人后裔带来的！"

"这……这竟然是黑轴文明的文字？"伊莎贝拉站在我身后，喃喃说道。

我转身问伊莎贝拉："您认得黑轴文明的文字？"

伊莎贝拉还没说话，袁帅接过话茬："没错！这就是黑轴文明的文字。我在荒原大字红区内见过。"

"你一定认得吧？"我问袁帅。

袁帅点头表示肯定："我一直没对你说过，蓝血团内部一直流传着一部书，被蓝血团奉为至高的经典。那部书就是用一种谁也不认识的文字书写的，蓝血团内部也没有多少人认得那部书上的文字，所以那部书一直带有浓厚的神秘色彩。即便有些成员识得上面的文字，也不知道这些文字的来历。"

"黑轴文字写的书，你读过喽？"秦悦问。

"蓝血团在两次世界大战后衰落了，也没多少人识得这部书，于是蓝血团的高层便将这部书公布于蓝血团的资深会员，希望有人能够认识，所以有幸见过，伊莎贝拉也见过，但我们只能认识其中部分文字。"

"这是一部什么样的书呢？"

伊莎贝拉接着说道："袁帅说的书我也见过，这部书像是一部……一部词典。"

"词典？"

"对。我和袁帅曾经用这部词典上学来的文字书写，但依然只是一知半解！"

伊莎贝拉的话让马上想到了袁帅写过的那篇关于荒原大字的论文。

"我曾经看过帅写的论文……"

"那就是我用从词典上学来的文字书写的，但是……但是我并不肯定我写的语法是否正确，因为当我看到荒原大字红区里的文字时，虽然似曾相识，却不能顺畅翻译过来。"

"怎么这样……那部词典不是黑轴文明传下来的吗？"我疑惑道。

伊莎贝拉摇摇头说："不，那部词典没有说是黑轴文明的文字，蓝血团内部也没有人说那是黑轴文明的文字。袁帅刚才说了即便有些成员识得上面的文字，也并不知道这些文字的来历。我和袁帅只是最近才慢慢开始接触黑轴文明，慢慢开始揭开黑轴文明的面纱，所以推测那部经典上的神秘文字来自黑轴文明。"

"原来是这样……"我的大脑快速思索着，"那么这部蓝血团经典叫什么名字呢？"

袁帅和伊莎贝拉几乎同时摇了摇头，我吃惊地问他们："什……什么意思？"

"那部经典没有名字。"袁帅肯定地说道。

"没有名字？难道真是……真是无名天书！"

"我推测……"袁帅欲言又止，我们都注视着他，四周又陷入了死寂，浓雾缭绕间，我忽然有了一种恍若隔世的感觉。

"我和袁帅曾经聊过，我们推测蓝血团的这部经典很可能是密码，黑轴文明留下来的密码！"伊莎贝拉解释道。

"密码……密码本？"我思考了一会儿，但却不得要领。

"为了让我们破解黑轴文明留下的密码本，所以我说这部书更像是词典！我进一步推测很可能是由闭源人后裔写的，只有掌握黑轴文明的文字才能彻底破译黑轴文明的技术。"袁帅进一步解释道。

我仰头再次仔细观察碑文，发现碑上的文字单体很大，也很奇怪，一部分文字是阴刻，一部分文字是阳刻，阴刻的文字与阳刻的文字从外观上看完全不同，根本不像是同一种文字。宇文也是观察许久以后，依然不得要领。

"以我所掌握的知识看，碑上的文字像是分属两个不同的文字系统……"

袁帅微微一笑否定说道："不，这是一个文字系统，只是两种不同的表达方式，阴刻的文字表意，而阳刻的文字表音。"

"表意？表音？"我很快想到了在荒原大字真武庙的契丹大字碑，"是不是很像辽代历史上的契丹大字和契丹小字？"

"是啊。"宇文也想到了，"契丹大字借鉴汉字直接表意，契丹小字则是借鉴回鹘文而制定的表音文字，在辽代这两种文字是并用的。"

袁帅点头称是："你们说得不错，不过更恰当的比较对象不是契丹文字，契丹小字并不是真正意义上的表音文字。更接近的例子其实我们都很熟悉，就是汉语拼音，阴刻的文字相当于汉字，而阳刻的文字则相当于拼音。"

"拼音？"我有些吃惊，但很快便明白了，"黑轴文明那时就是这两套文字系统并用？"

"非鱼！我再纠正你一遍，是一套文字系统，两种并行的表达方式！"袁帅停了一下，像是在回忆，"至于说到黑轴文明时期的文字，更早期的文字我们已经不得而知，但根据蓝血团珍藏的《无名词典》推断，黑轴文明晚期使用的就是这种文字，或者说是很接近的文字。"

"那……"宇文想想问道，"那我是否可以将这两种表达方式与黑轴文明晚期的历史对应起来？"

"你是说闭源人和开源人的战争？"我马上明白了宇文的意思。

"嗯，这两种表达方式很可能是闭源人和开源人分别使用的，比如开源人使用表音文字，而闭源人使用表意文字，也可能反之！"宇文推测说道。

袁帅却不这么认为，说道："这个问题我也想过，还和伊莎贝拉讨论过，虽然我们缺乏相关证据，但我们不认为两种表达方式分属闭源人和开源人。我认为这种文字是闭源人中的精英反复研究测试以后，被他们认为是最科学、最实用、最便利学习的文字体系，而开源人则是直接用了闭源人创造的文字！"

"世界上有最科学、最实用、最便利学习的文字体系？这样不是太单一了吗？"宇文喃喃叹道。

"是啊，就像我们现在有那么多种语言和文字，各有优劣，更重要的是很多国家的语言文字都凝聚了本国、本民族的历史与精神内核，并不会因为其他某种语言文字科学、实用、方便，就放弃自己的文字和语言！"我也赞同宇文。

伊莎贝拉保持着一贯的笑容，接着说道："我们已经知道在黑轴文明晚期，打破了国家和民族的概念，所以语言和文字也会趋于统一。更重要的是黑轴文明是一个极端崇拜技术的文明，他们的文化艺术等似乎并不发达，所以我想他们的语言一定会极力追求科学、实用、便利，而不在意各个语言文字的历史、优美、精神，那么为了沟通方便、表达准确，只需要一种语言就够了！"

袁帅补充道："我通过研究分析认为，一种表音文字，一种表意文字并用，是科学的，两种互为印证，可保准确无误。"

"那你认为这上面的文字是黑轴文明时期留下来的，还是赤道王朝时期留下来的？"一直倾听没说话的秦悦突然问道。

"那就要从碑文内容上说了。"袁帅指着碑文翻译说，"碑文上一共四十个文字，阴刻二十个，阳刻二十个，也就是二十个字，没有标点符号，这二十个字翻成中文，意思其实很简单——祭祀重地，神祇所居，不得擅入，违者必得神之降罪。当然标点符号是我自己加上的。"

"说的是神庙……看来是赤道王朝的文字喽！"我推断道。

"但我们这一路都没有发现赤道王朝有文字啊？神庙就一定是赤道王朝的吗，难道……难道不会是黑轴文明的？"秦悦反问道。

"不可能的！你想想我们在荒原大字见到的那种黑色玻璃……"我一时不知该如何跟秦悦解释，连说带比画着，"黑轴文明那么发达，它的建筑应该是那个样子的，你记得零号实验室吧！科幻感……科幻感十足……虽说这些神庙够宏大，建造也很科学，但毕竟是石头的，绝对不会是黑轴文明的。"

秦悦似乎明白了，但还揪着刚才的问题不放。

"那你说为何我们一直没有发现赤道王朝有文字，这里却突然出现了？"

我也一直非常困惑，一时不知该如何回答秦悦的问题。袁帅想了又想说："还记得地牢石台上的刻画吗？如果像我们推测的那样，是极少数的闭源人后裔帮助赤道王朝先民构建的一切，然后被某个人囚禁了那些闭源人后裔，不管这个人是谁，他都会垄断闭源人的技术，其中很可能也包括闭源人的文字！"

"你的意思只有赤道王朝的统治者会使用这些文字，而大多数人都不识字？"我做出了这样的假设。

"我们人类各个文明初期不都是这样吗？早期的文字都掌握在统治者手里，很多时候文字只是与神沟通的工具，比如古埃及与玛雅将文字刻于神庙之上，我甚至有个更大胆的假设……"说到此处，袁帅停了下来，突然怔怔地盯着我，就像小时候一样。

第四章　神庙群

1

白雾依然没有要散去的迹象，我们还站在碑下。袁帅说着说着，缓缓向前走去，那是神庙的方向，就是碑文中所说的不得擅入、违者降罪的祭祀重地——神祇所居。我们也缓缓地跟上袁帅，但他却不再说话，而是走上了一座石桥，我向石桥下面望去，云雾缭绕，不得见其真容！侧耳倾听，也没有听见流水声，我不明白这石桥什么作用。袁帅已经率先过了石桥，站在桥的那头，他喃喃自语道："这桥或许就是阴阳两界。"

"阴阳两界？"虽然袁帅声很小，但我还是听到了。

"用'阴阳'这个词可能并不准确……"袁帅若有所思，"准确地说，是跟深涧上那座断裂的大石桥性质一样，分隔人间与神界。"

"人间与神界？那……那这么说跨过石桥就算是进入神界了？"秦悦也走下了石桥，警觉地观察着周围。

"对！至少赤道王朝的人是这么理解的！"伊莎贝拉跟在我身后说道。

"也没什么不一样的感觉。"马建秋这会似乎来了精神，还张开了双臂。

"你省省吧。还想吸收天地之灵气，日月之精华啊？神界只是那个时代的理解，我觉得更可能是王朝的那个统治者为了控制和愚弄大多数臣民，编造出来的神界，使人们有敬畏之心！"我看见马建秋就没好气。

"非鱼，你信神吗？"伊莎贝拉突然问道。

我先是愣了一下，然后淡定地回答："我从小就和帅一样，只信科学，不信神。"

伊莎贝拉笑笑说："你自从卷入黑轴这一系列事件，可是发现了那么多不可思议的事？"

我又是一愣，有些迟疑地答道："这……这只是我们还没有用科学解开谜底。"

伊莎贝拉没再说什么，袁帅却又说道："非鱼，我刚才没说完的大胆假设还有后续。你有没有想过，我们现代人类早期的各个文明是如何建立的？他们的工具，他们的技术，他们的组织，他们的文字……"

"你是想说……"我已经大概猜到了袁帅的意思，但这个推断一直是我不愿接受的，因为这挑战了我们从小所接受的教育。

"对！我想说各个早期文明很可能都得到了闭源人后裔的各种技术支持，想想看吧，那么宏大的金字塔，还有文字……横空出世……"袁帅说到这时，明显有些陶醉，或许是陶醉于他的发现，"就拿文字来说，我们知道在早期文明，古埃及、中国、包括玛雅都使用表意的象形文字，而其他一些文明则使用表音的拼音文字，最早腓尼基人在楔形文字基础上发展出了字母，后来发展成了各个字母体系，包括拉丁字母、希腊字母、阿拉伯字母等。时至今日，仍然如此，为何会出现两种不同的文字体系？"

"你认为是继承了黑轴文明的文字系统？"

"很有可能不是直接借鉴，毕竟相隔太过久远，但表音和表意的思路却潜移默化影响了后来现代人类文字的发展！所以我推测我们早期文明各方面可能都潜移默化受到了黑轴文明的影响，只是赤道王朝过于特殊，它已经不是潜移默化的影响，而是直接影响，甚至直接使用了黑轴文明的文字，所以才会出现这些不属于任何文明的文字。"袁帅越说越兴奋。

袁帅话到此处，秦悦突然对大家做了个噤声的手势！我警觉地看看秦悦，秦悦走在袁帅旁边，她手指向前方，我顺着她手指的方向望去，白茫茫一片，什么都看不见，能见度不超过两米！我端着枪，蹑手蹑脚走到秦悦身旁，往前方望去，并没有什么异常，侧耳倾听，也没听到什么动静！秦悦并没有拿枪，而是小心翼翼地向前走去，我跟在秦悦身旁，异常小心，缓慢地走了十来米后，我有些不耐烦地问秦悦："你发现了什么？"

"安静！"秦悦又冲我做了个噤声的手势。

秦悦小心翼翼地又向前迈了一步，我也跟着迈了一步，显然我的步伐要大于秦悦，尤其是这一步，当我迈下去时，我猛地发现脚下竟是万丈悬崖！幸亏我加以小心，也幸亏秦悦一把抓住了我，我惊得浑身冷汗，这才不得不佩服秦悦的警惕。

秦悦这次并没有笑我，恐怕是这里的氛围让她没有了心情！她指了指相反的方向，我明白大雾让我们迷失了方向，于是我们跟着秦悦向悬崖相反的方向走去，很快，秦悦又示意我们停下来。这次，秦悦在原地等待了半分钟后，又向前走了一步，然后直直地盯着前方头顶的位置，我知道她一定发现了什么。

当我跟上一步，追到秦悦身边的时候，我们又撞到了一面巨大的石壁。而就在我们所站之地的上方，蓦然出现几个大字，与石碑上的文字如出一辙。我数了数，四个表意的大字阴刻，四个表音的词组阳刻。我盯着这八个黑轴文字出神，看似简单的笔画组合，却又与众不同，奇哉妙哉！

"云之神庙！"袁帅已经轻轻念出了上面的黑轴文字。

"这是何意，祭祀云的神庙？"秦悦问道。

"云？怪不得此地云雾缭绕……"我一边说着，一边踏上了一级台阶，却被从前方传来的回音吓了一跳！大家也是一愣，静下来仔细听，只有我的声音回荡在四周，我才意识到自己已经进入了一个巨大的空间。

2

又往里走了两步，浓雾竟很快消散，一座花岗岩巨石垒砌的宏大殿宇展现在我们面前，回首望去，外面的光线透过大门照射进来，顿有恍然隔世之感。

"这……赤道王朝的门都挺好，全都敞开随便进啊……"马建秋说道。

"当然不是！"说着我走到大门一侧，仔细查看，"这里原来有一扇木质大门，只是因为年代久远，木质大门早已朽烂，门后的石槽就是安放门轴的地方。"

"嗯，旧王宫还有那些民居建筑我也都看过了，门后都有石槽，当年都是有木门的！"宇文也附和说道。

"这座神庙似乎还很幽深……"秦悦指着前方，借着大门透进来的光线，我看到就在这个殿宇后面有三级台阶，台阶上又是一座大门，大门两侧似乎还有一些雕刻。

我们走近第二座大门，发现这座大门虽然与此前见到大门形制相似，都是梯形大门，但大门两侧和上部都阴刻有浮雕，我不禁感叹道："这可是除了那个地牢，第一次见到赤道王朝的雕刻。"

"这刻的是什么？难道不是文字？"秦悦问。

我盯着仔细辨认一番："不像是文字，雕的像是……"

"云纹吧。"袁帅说道。

"云纹？"我回想国内建筑上的云纹，"这哪像云纹了？"

"中国传统文化里表现仙界也喜欢用云纹，不过赤道王朝的云纹雕刻风格显然与我们完全不同！但寓意很可能是一样的，这座神庙又是云之神庙，更得雕刻云纹了。"

"好吧，就算是云纹，我们终于在神庙找到了赤道王朝的文字和雕刻，我想会有更多的发现。"我说着走进了云之神庙的第二神殿。

第二神殿与第一神殿相似，但采光不佳，里面很空旷，并没看到祭祀的牌位或是神像，或许赤道王朝根本不用这套东西吧！我胡思乱想地又走到第二神殿尽头，第二神殿尽头的梯形大门上依然雕刻着云纹，但我发现这座大门前变成了七级台阶。站在台阶上，回身望去，云之神庙，层层递增，给人以敬畏之感。

走进第三神殿，不但豁然开朗，更让我诧异的是这里采光极佳，远比前两座神殿明亮，抬头望去，头顶穹顶有一圆形洞口，我盯着洞口想了想，恐怕这个设计除了采光，还有别的用途！再看第三神殿正中是一座高台，高台上静静地摆放着三件像玻璃一样的东西，这估计就是祭台了。而祭台两侧还有阶梯不知通往何处。

我们一边仔细观察，一边小心翼翼地登上祭台，当我见到那三件玻璃制品时，猛然想起了荒原大字的那些黑色玻璃，面前的这三件玻璃制品像极了那种黑色玻璃，只是颜色要略淡，但我并不能判定这三件究竟是不是黑轴文明的那种神奇黑色玻璃。看着他们，我不由自主地就伸手去拿中间那件玻璃制品，却被秦悦一声喝止："小心机关！"

"你是武侠小说看多了，还是盗墓小说看多了？哪来那么多机关！"说着，我还是加了小心，捧起了中间那件玻璃制品，上面竟然没有多少灰尘，也没有水渍，难道这真的是那种黑色玻璃？

宇文也小心翼翼地捧起左侧那一件嘀咕道："赤道王朝会烧造玻璃？"

"显然不会。"我强烈地否定道，"这玻璃制品的特性和质地很像那些黑色玻璃，我猜这也来自黑轴文明。"

袁帅拿起右侧那件，摇摇头说："这三件虽然很像那种黑色玻璃，但我看不像是直接来自黑轴文明，而更像是后代的仿制品。"

"你是说赤道王朝仿制的吗？"我盯着手中的玻璃出神。

"我想是的，虽然这三件外观很精美，也很像黑色玻璃，但仍然相差甚远！更多的只是得其形，而未得其内核。"

我也赞同袁帅的推断，再看这三件玻璃制品，整体呈透明的三角体，看上去并非实用器皿，而更像是某种摆件！宇文这时候忽然提示道："你们看，这玻璃里面好像有字……"

果然在透明三角体中，不知是怎么弄的，隐隐现出三个字，袁帅也注意到了，他看了看我手中的黑色玻璃翻译道："你这件是摆放在中间的，里面写的三个字是——云之神。"

"啊！云之神？这难道就是供奉的神灵？"我惊得赶忙将手中的黑色玻璃放回原处。

"中间那件既然已经供奉了云之神，那旁边两件供奉什么呢？"宇文也将手中的黑色玻璃放回了原处。

袁帅仔细看了看，然后才很肯定地说道："你们没注意吗？旁边两件比中间那件略微小一点，左侧的这件里面三个字是——雾之神，右侧那件里面三个字是——气之神。"

"雾、气、云！"我口中念念有词，"这几个神位好像供奉的都是自然界的神灵，也难怪，人类早期文明还没有产生后来的宗教，都是信仰万物有灵！"

"不要过早下结论！"袁帅打断我说，"如果赤道王朝直接照搬黑轴文明，还真不一定信仰万物有灵，因为目前还没有迹象显示黑轴文明后期信仰宗教，更别提信仰什么万物有灵了！闭源人的信仰就是高度发达的技术，所以我想他们不会信神！"

"那这些神庙呢？"我反问道。

"我总觉得……觉得是一个阴谋！"袁帅突然说道。

"阴谋？"我们都是一惊。

"我说不好！但我联系到地牢里的浮雕，隐隐觉得赤道王朝蕴藏着一个巨大的阴谋。"袁帅很笃定地说着。

"我们还是上去看看吧！"伊莎贝拉说着已经绕到祭台后面的阶梯上。

我们紧跟上去，顺着右侧的阶梯，拾级而上，很快我们竟走出了第三神殿，到了云之神庙的最高处。身处神庙之上，旁边就是云层，往四周望去，如置身仙界，恍然如梦！就在我们陶醉期间时，伊莎贝拉缓缓念出了三个字："观……象……台！"

我这才注意到就在我们身旁的一圈栏杆正中有文字，同样是用两套写法，三个大字——观象台，是看星星的地方。

"不像！此地云层太厚，不适观星！我推测可能是预测天气的地方。"宇文推测道。

我们讨论了一会儿，但也没什么结果，便又从左侧的阶梯下到祭台一侧。望着祭台上那三座玻璃神位，我还在思考刚才的疑问："你们说赤道王朝建这么大的神庙就供奉这个，难道说赤道王朝最尊奉的是云、气、雾？"

"不！山上的神庙应该不止一座，这只是其中一座而已！"袁帅说道。

"这一座就比王官大了，那么多神庙得多大？赤道王朝要耗费多少人力、物力、财力才能建起这么宏伟的神庙建筑群……"我正说着，突然从第二神殿里传来了秦悦的惊呼声。

3

我们听到秦悦的惊呼，急忙奔回第二神殿，神殿一片漆黑，我推开手电，发现秦悦伫立在右侧石壁边。

"快看那边！"秦悦用手电照向右侧石壁上的三个拱券形门洞。

刚才进神殿时，只顾往里面走，再加上前两座神殿光线昏暗，并没有注意到石壁上还有门洞，我用手电照向左侧石壁，也有三个同样的拱券形门洞。我靠近秦悦身旁，这才发现门洞内竟然层层叠压，堆满了什么东西！用手电照去，我猛地睁大了眼睛，不禁一阵作呕。那层层叠压的竟然全是人骨，只是因为年代久远，人骨全都变成了灰黑色，有的甚至已经坍塌，成为一堆骨渣！

我和秦悦率先走进门洞，用手电照过去，发现里面的空间远超出我们的想象，全部层层叠叠摆放着人骨。

"会不会是因为火山喷发而死的先民呢？"秦悦问道。

"不可能的！火山喷发，人早就被埋了，即便有人收尸，也不会码放得如此整齐！"我否定道。

"那这是……"

"我看更像是当年赤道王朝献祭的人！"我推断道。

"活人献祭？"秦悦感到非常惊讶。

"在早期文明中，用活人献祭给神灵相当普遍！"宇文小声说道。

"确实是活人献祭！"袁帅忽然指着石壁说，"你们看，这上面有文字！"

在几支手电筒的同时照射下，我们看清门洞内侧的石壁上密密麻麻刻着一些文字，不同的是，文字刻制得很潦草，远不能与之前的相比！我对袁帅说出了疑问，袁帅很镇定地说："你只要知道这上面写的是什么内容，就能明白这些文字为何如此潦草！"

"内容？这些文字似乎每行都出现了相同的文字！"我仔细观察着。

"不错！你观察得挺仔细。上面刻的文字是纪录每年的献祭情况。比如这行是这样说的——春祭，望云之神能够喜欢，云之神一定会护佑我们，赐予我们云雨。下面这些行都是。"袁帅给我们翻译道。

我的胃中泛起一阵阵恶心："也就是说只要数数有多少行，就是有多少次献祭，也就有多少人成了祭品！"

袁帅点了点头，我望着石壁上密密麻麻的刻字，根本数不过来。秦悦开口说出了一个数字："这面石壁上一共九十二行！"

我没说话，径直走出门洞，又来到左侧门洞内。果然这里也层层叠压堆满了献祭的尸骨，石壁上与右侧门洞内刻字一样，密密麻麻

213

刻满了文字，我大概数了一遍，一共九十一行！两边加起来也就是有一百八十三行！如果每次献祭一人，至少一百八十三人，有时显然不止一人，一百八十三行，意味着这种残忍的献祭持续了一百八十三年。也许有的年份献祭不止一次！想到此处，我突感不寒而栗。

我们不想叨扰眼前那些长眠于此的先民，便没有更仔细勘察献祭的尸骨，缓缓退出第二神殿。我们又仔细勘察第一神殿两侧，果然两侧也各有三个门洞，但我们钻进门洞一看，里面空间更为广阔，却并没有献祭的人骨。

"这里是干吗用的？好像并未使用过……"秦悦仔细勘察着。

"或许是留给更多献祭者的，只是还没使用，赤道王朝就毁灭了！"我推测道。

"可能不像你们说的这样！"伊莎贝拉从墙角拾起一点黑色的物质，放在手心，"我发现了很多颗植物种子，还有粮食的痕迹，说明这里曾经存放过粮食。"

"存放粮食？难道是赤道王朝的粮仓？"我大惑不解。

"是不是粮仓不好说！不过存放过粮食是真的！"伊莎贝拉又找到种子痕迹。

"好了，我们还是赶紧离开吧！死了那么多的人。"马建秋催促道。

"这些尸骨并非因火山喷发死难的先民，那么赤道王朝毁灭前的先民都去了哪里呢？"我望着空空荡荡的神殿，最后一个走出大门。

我们很快又被浓雾包围，大雾丝毫没有要消散的迹象。我和秦悦小心翼翼地走在最前面，我们都很清楚，稍有不慎，我们就会栽入万丈深渊。但让我和秦悦不解的是，我们越是往前走，地势却越来越高，难道是在往山顶爬吗？

我们越爬越高，我注意到脚边已经见不到热带植物，逐渐被温带高山才会有的植被取代。渐渐地，我感到了一些风，随着风势越来越大，浓雾终于慢慢消散，能见度提高到了十几米！我看见前方的山崖上隐约有建筑，风越来越大，此刻的我们已经不是小心翼翼，而是手挽着手顶着强风。

终于，当我们体力不支，就要被大风吹走的时候，黑色的宏大建筑出现在我们的面前，替我们挡住了狂风！刚才的雾气让我们没能领略到云之神庙的外观，眼前的神庙则让我们切实感受到了震撼，直径达到五米的正方体花岗岩巨石切割得整齐平整，严丝合缝，远距离根本看不出巨石之间的缝隙。整座建筑依托山势，高大巍峨，雄踞高山之巅，既与山势融合，又凸显神庙之壮美，美轮美奂，不似人间！

"你们注意到了吗，神庙的建筑标准比城里面那些建筑更高，除了高大雄伟外，细节的处理上更是远超普通建筑，城里的建筑还会有杂草和藤蔓从石缝里长出，毕竟几千年风吹雨打，这又是热带，但神庙的巨石之间几乎没有缝隙，虽历经万年也不见杂草和藤蔓滋长，奇哉怪哉！"宇文也为神庙的工艺精湛感叹不已。

"山上的这组神庙看来就是集赤道王朝的精华所在。"袁帅说着，又喃喃地念出了大门上的黑轴文字——风之神庙。

"风神？"我轻轻哼了一声，"国家大事，在祀与戎啊！祭完云神，祭风神，真有意思。"说罢，我们怀着复杂的心情迈进了风之神庙，准确地说是被狂风吹进的神庙。

4

风之神庙的第一座神殿结构与云之神庙别无二致，只是更为宏大，里面空间广阔，让我惊奇的是一如云之神庙，我们被狂风吹进大门后，里面却十分静谧，外面呼啸的狂风竟全被隔绝在外！我不禁回首望去，若有所思地说道："这座神庙似乎很高，而且建在风口正中……"

"故意建在风口……就是凭现在的工程水平也不会把建筑建在风口上！难道只是为了契合风之神庙？"宇文也大惑不解。

"或许还有其更深的寓意？"秦悦仰视着这座神殿。

"我估计是为了给山下的城市挡风！"伊莎贝拉仰视着神殿，"这里台风多发，既然赤道王朝得到了闭源人后裔的技术支持，一定会尽可能阻挡台风的侵袭！"

"那这座神庙必然异常坚固喽！"我仰头望见神殿顶部的层层叠叠，不禁感叹。

袁帅没有参加我们的讨论，而是转到了神殿左侧的阴影中。我也顺势跟了过去，果然这里的石壁上也有五个拱券形洞口。我和袁帅对视一眼，里面是存放粮食的洞窟，还是献祭的……我不敢想下去，待秦悦他们跟上来。我走在前，秦悦护着我，弯腰蹑手蹑脚地走进了洞口，首先让我诧异的是刚进洞口，就觉一束光从头顶刺下来，紧接着就感到了一阵凉风从头顶灌进来，我抬头望去，原来顶部开有十个大小一致的圆形通风口。

"这是什么？"在细细的风声中，我听到了秦悦的惊呼。

我本能地向后退去，撞到了秦悦的身上。定睛一看，就在我们前方——偌大的空间内，伫立着一排排铁架子，每排铁架子上都挂着尖锐的吊钩，吊钩在头顶通风口射进来的光线中，闪烁着瘆人的光芒，让我们不寒而栗！

"这……"伊莎贝拉也有些吃惊，她缓缓地拿起一个吊钩，"竟然没有多少灰尘……"

我极力让自己冷静下来，环视周围，似乎并无危险，便壮着胆子也拿起了一个吊钩，"这些吊钩都锈蚀了，说明有年头了，不过这吊钩尖儿却一点都没锈蚀，奇怪？"

袁帅没有去拿这些吊钩，便说道："这大概是借鉴了伊莎贝拉手上那个十六边形合金手环的工艺！"

伊莎贝拉举起右手，那个十六边形合金手环又闪动着奇异的光泽。

"你是说赤道王朝在冶金工艺方面也得到了闭源人后裔的帮助，非常先进？"

袁帅点了点头说："十六边形合金手环历经几万年而不锈蚀，就已经说明了黑轴文明高超的冶金技术。如果这些吊钩是赤道王朝时期的，说明他们不但学会了冶炼铁器，而且还部分学会了闭源人的合金技术，只是碍于当时的整体科技条件，所以也只能做些吊钩之类的小物件。"

我靠近几个已经严重锈蚀倾倒的铁架旁边。

"那为什么这些铁架和吊钩整体都锈蚀了，只有吊钩尖儿依然锋利？"

"我估计是赤道王朝先民在吊钩尖儿加入了某种珍贵的合金，由于过于珍贵，所以不能全部使用，只能在少数重要的铁器上使用，比如兵器等。"袁帅说出了自己的理解。

"兵器？这些吊钩难道是兵器？"秦悦不解。

"不！我们至今都还没发现赤道王朝的兵器。要想知道这些吊钩的用途，首先要明白这里的作用，我认为这里和云之神庙第一神殿两侧的石洞一样，是用来贮藏粮食的。"

袁帅的推测让我们大感意外。

"粮食？"

"对！不同的是云之神庙是用来贮藏谷物的，而这里贮藏的则是肉类！"袁帅看我一脸不解，进一步解释道："准确地说是风干的肉类，赤道王朝在那时候肯定是没有冰箱。"

说到这里，袁帅嘴角露出一丝微笑，我已经明白了袁帅的意思。

"所以这上面开了通风口，用来腌制肉类，然后贮藏。"

"这里潮湿多雨，肉类很难保存，必须要用香料腌制，而这里正好是最大的风口，所以赤道王朝的先民就在此地腌制贮藏肉类。不过那些腌肉早已无存，要不我们还可以尝尝一万年前的肉味。"袁帅半开玩笑地解释道。

"或许会有机会的。"马建秋没头没脑地说了一句。

"你想尝尝？"我盯着马建秋问他。

马建秋赶忙摆手道："我现在只想赶紧回去！"

"省省吧，我们现在出不去的！把我们绑来的人估计也不会让我们轻易出去！"我的话让大家都警觉起来，四处张望，似乎周围就有人在暗处监视着我们。

但是张望许久都没有！我们从瘆人的"腌肉大厅"出来，是的！"腌肉大厅"，这是我起的名字！我们又探看了右侧的"腌肉大厅"，这里有一个一模一样的大厅，只是有些凌乱，铁架和吊钩锈蚀严重，有的部分甚至都已经变成了铁渣，散落一地！只有吊钩尖儿依然锋利，闪着幽幽的银光。

我们走到第二神殿的梯形大门前，我注意到这座大门周围也雕刻着简单纹饰，估计是祭祀主题相关的图案吧！我没多想就迈上台阶，当我们进入第二神殿时，都惊呆了！第二神殿同样要比云之神庙的第二神殿还要宏大，巨大的穹顶上开了一个圆形的口子，神殿被照得亮堂堂的，但让我们吃惊的还不只是这些，而是在第二神殿两侧地面上密密麻麻摆放整齐的骨骸！

"这……这是火山喷发的死难者，还是活人献祭？"秦悦怔怔地看着眼前恐怖的一幕。

"显然都是活人献祭！"我的心跳在加速，但依然保持着清醒的判断，"死难者不会如此整齐地摆放在此！"

"云之神庙是将献祭的人骨层层叠压，这里却摆在大厅？"秦悦不解。

　　"谁知道呢？或许跟他们的祭祀仪式有关！"我无法回答秦悦的问题。

　　宇文和马建秋分别清点了两侧地面上的人数，虽然骨骸因为年代久远，已经化为骨渣，但痕迹依然清晰可见，最后他们清点的结果是二百五十八具尸骸。同时，我在靠近大门两侧的石壁上又找到了石雕图字。袁帅告诉我们第一条是秋祭，向伟大的至高的风之神敬献少女一人，望风之神能够喜欢，风之神一定会护佑我们。第二条是秋祭，向伟大的至高的风之神敬献少女一人，风之神定会欢喜，定会赐予我们季风，让我们远航，让我们腌肉。

　　"看来赤道王朝祭祀风神是在秋季！"我盯着石壁上的刻画说。

　　"还挺讲究！不同季节有不同的祭祀。"秦悦也盯着石壁上的刻画，细细数着。

　　"四时祭祀嘛！不过……这里提到了季风让他们远航，说明赤道王朝是个航海技术发达的国家，疆域可能不仅仅限于赤道岛，附近的岛屿很可能都是它的疆域。"我听出了其中端倪。

　　"那赤道王朝为何不将都城放在附近更大的岛屿或者陆地上呢？"宇文忽然问道。

　　"是啊，如果赤道王朝疆域辽阔，这里并不算特别大的岛屿，又有火山喷发的危险，为何不迁徙到别的岛上？"秦悦也困惑。

　　"这……我想一定有它的原因！原因大概率跟闭源人有关……"我一时语塞，说着说着就瞄向袁帅的方向寻求解答，但袁帅却径直走向了第三神殿的大门。

5

通往风之神庙第三神殿的台阶也是七级，我们步入第三神殿，发现内部也与云之神庙类似，高高的祭台上同样摆放着三件玻璃制品。我们登上祭台，仔细观察，这次我没敢动手，只是静静地盯着三角体形状的玻璃神位，依稀可以看见里面的黑轴文字。

袁帅那边好像并不急于翻译，而是依次看过三个神位后才缓缓说："不出我的所料，中间的主神是风之神，左侧的是雷之神，右侧的是电之神。"

"风、雷、电，云、气、雾，倒是对称。"我咀嚼着这两座神庙里所供奉的神灵。

"后面还有阶梯……"秦悦说着，率先走上了祭台旁边的阶梯。

我也跟着秦悦走上了右侧的阶梯，但当秦悦走到阶梯尽头时，突然身子微微晃了一下，我见状赶忙紧走两步，从后面扶住秦悦。同时也见识到了那恐惧的一幕——就在阶梯尽头的祭台后面，有一个圆形平台，圆形平台上完整地摆放着两具尸骨，但让我们恐惧的是这两具尸骨的长度，竟远远超过正常人的身高！

大家都怔怔地盯着眼前的场景，似乎全都傻了。

"这……这是巨人吗？"宇文喃喃说道。

马建秋粗略比画了一下。"从这两个人的骨架来看，生前有两米五以上的高度，比现在地球上最高的人还要高，确实是巨人了！"

我注意到两具尸骨摆放的位置也很诡异，两具尸骨的头部呈九十度夹角相对，腿部朝向外侧。"也许他们在那个时候也是不常见的巨人……"宇文说道。

秦悦又向前走了两步，然后缓缓抬起右手指着前方。我顺着她指的方向注意到圆形平台后面是一条走廊，走廊依然在向远处延伸，而就在走廊上，一具具高大骨骸清晰可见。"看来并不是从当地人中选了两个高的……"我喃喃地反驳了宇文。

"之前通过献祭的骨架，我大概估算出了他们先民的身高，男性普遍在一百六十厘米到一百七十厘米之间，而女性则在一百五十厘米到一百六十厘米之间，我认为这个身高是比较符合当时常识的。"秦悦小声说道。

"那么这些巨人会不会是……"我联想到了闭源人后裔。此时，零号实验室中的痛苦一幕不断在我脑中闪现，袁教授曾说那里存放有闭源人的遗体，当时其他台子上确实有人，但被模糊的玻璃罩挡住了，看不清楚……袁教授逼近我，我拼命地在台子上挣扎的样子又在脑海中重现，身下那个冰冷、光滑、令我恐惧的台子，似乎很长……还有地牢里的刻画，那些闭源人后裔似乎比赤道王朝先民高很多……过往的一幕幕不断闪现在我脑海里，最后我脱口而出："对！他们就是闭源人后裔！"

我的推断让袁帅和伊莎贝拉也很吃惊。

"你们还记得那个叫梅什金的年轻天才学者吗？就是他命名的黑轴文明、闭源人和开源人。他在报告里认为创造黑轴文明的人类与我们现代人类是近亲，他们与我们一样，都是由猿猴进化而来，因为某个特殊的原因，他们先于现代人类几百万年进化成了直立人。我们之前没得到闭源人的尸骨，所以想当然认为闭源人与我们现代人类长相相同，但是按照梅什金的推断，他们与我们的进化路径不同，外貌长相肯定也会有一些差异，目前来看身高就是最大的差异点。"

"这就是闭源人的后裔……"宇文还有点将信将疑。

秦悦已经径直走到了走廊的尽头。

"仅仅在这个地方，就有十八具巨人骨骸。这绝不会是从赤道王朝先民里选出来的高个子。他们是一个族群，身形巨大的族群，堪称巨人！"

"我记得好像以前考古学家在新疆考古的时候，就挖到过巨人！"马建秋回忆着说道。

"不仅是在新疆，根据考古学家的发现，在人类不同文明的墓葬里，都曾经出土过巨人骨骸！"我也回想起来了。

"我曾经听说过这样一种说法，在人类漫长的进化历史中，身形巨大的动物会先被淘汰，比如恐龙，因为它们需要比其他动物更多的食物，一旦遇到自然灾害或是气候寒冷，就无法满足它们的需求，也就无法生存下去！如果按照这个理论，高大的闭源人也不利于生存……"马建秋推断道。

"对！我也听说过这种理论，当时又处于大冰期，所以……"宇文说着。

我虽然听说过这个理论，但却觉得不是这么回事。

"黑轴文明已经发展出了高度发达的科技，怎么会因为缺少食物而被淘汰？"

"好了！先不争论这些，你们不觉得这些巨人的摆放方式很有意思吗？"伊莎贝拉指着巨人尸骨说，"走廊上的尸骨全部是一对，头对头摆放，且头与头之间都呈九十度直角。"

"这样的摆放情况，恐怕与神庙的作用有关！"一直沉默的袁帅忽然说道。

"不就是祭祀风之神吗？"我反问道。

"云之神庙其实是一座观象台，或许这第二座神庙的上面也会有什么东西……"袁帅说着也来到了走廊尽头，"这里还有一条狭窄的楼梯通往神殿上面。"

走廊尽头果然有一条只容一人通行的陡峭楼梯。我们鱼贯而行，爬上了神殿顶上，上面狂风呼啸，吹散云雾，但由于我们所处的位置太高，无法看见山下的城市……我感受到了一股力量，难道是与神灵对话的力量吗？我不知道，但这种力量促使我仰望天空，感觉自己伸手就可以触摸蓝天！再看我们所处的神殿顶部的偌大平台，比云之神庙的顶部空间要大许多，平台上的黑色花岗岩地面上好像也有刻画。

"地面上似乎是刻度！"袁帅拉着我说道。

"刻度？"我惊诧得不知所措。

伊莎贝拉盯着平台边缘的地面，突然惊道："这里有关于那些巨人的记录。"

我们全都聚拢过来，果然在大平台边缘有一行行黑轴文字，伊莎贝拉已经开始进行翻译："春，国家有难，以巨人奉献给诸神与星辰，望诸神与星辰护佑，度过劫难！"

"第二行是夏，国家有难，以巨人奉献给诸神与星辰，望诸神与星辰护佑，度过劫难！"袁帅接着翻译道。

"第三行是秋，国家危机，以男、女巨人各一奉献给诸神与星辰，望诸神与星辰护佑，度过劫难！"伊莎贝拉翻译道。

"第四行是冬，国家危机，以男、女巨人各二奉献给诸神与星辰，望诸神与星辰护佑，度过劫难！"袁帅翻译了第四行。

"看来赤道王朝是在危难之时，才用这些巨人献祭！而且随着危难的加重，献祭的人数也在增加！"我推测道。

"刚才我就发现巨人骨骸里有女性！他们的摆放形式与那些神秘的祭祀活动有关！"秦悦说道。

"这里面提到了星辰……"伊莎贝拉向平台中心走去，"而这平台如此之高，风口不会有雾，平台上又有刻度，我推测这里是观星台！"

"观星台？那么云之神庙上的又是什么？"我察觉到了明显的不同。

伊莎贝拉略作思考回复我说；"刚才翻译得不准，准确地说那是座气象台，观测云层，判断天气。而这座则是观测星辰天象之用，所以是观星台。"

"观星台？"我想象着半夜时分，高山之巅，站在这里仰望星空的场景。

袁帅那边还在低着头，勘察大平台边缘的文字。

"你们注意啊，这里还有第五行——冬，上天示警，诸神降罪，以男、女巨人各三奉献给诸神与星辰，望诸神与星辰息雷霆之怒，度过劫难！"袁帅翻译了第五行。

"没准这就是导致赤道王朝最后覆灭的灾难！如果春、夏、秋、冬都在同一年里，那就说明这个灾难越来越严重！"我推测道。

"冬季又加了一次献祭……"袁帅说到这里，突然从下面传来一声巨响。响声异常巨大，应该就在神殿下面，我们全都面面相觑，警惕地注视着周围，最后我和秦悦冲了下去。

6

当我和秦悦冲下去时，下面的神殿似乎并无异样！我俩对视一眼，小心翼翼地向前面的神殿奔去，一直搜索出了风之神庙，也并没有发现异常。"奇怪？刚才是什么声音？"我依然紧张，端着枪观察周围。

秦悦没说话，往我们来时的路走了一段，又回到风之神庙大门口，冲我失望地摇摇头。我俩站在这里，吹着七级大风。直到马建秋最后一个出来，我们才继续向北前进，离开凛冽的风口。

"刚才是什么声音？"宇文向秦悦问道。

秦悦摇摇头没有吱声。我撇撇嘴对宇文说："也许是诸神打了个喷嚏，谁知道呢？这鬼地方！"

"我们现在是往哪儿走呢？"马建秋在队伍最后问。

"下一座神庙！"我随口说道。

"下一座神庙？这山上究竟有多少座神庙？"马建秋明显有些焦躁。

多少座神庙？我也在考虑这个问题，谁知道呢，只有走下去才知道！我加快了步伐，感觉我们正在下山，地势越来越低，风渐渐小了，路边的植物也变得茂密起来，潮湿的空气扑面而来，我预感到很快我们就能见到下一座神庙了，一座地势不高的神庙会是什么样的神庙呢？

大约一个小时后，我们前方豁然开朗，茂密的雨林变成了一大片开阔平整的土地，我仔细观察着周围环境，这里像是位于山腰之上，算是山上难得的开阔地界，又往前走了几步，转过弯。我们面前的平地更加开阔，而就在这开阔地的正中，静静地伫立着一座并不算高大的建筑。难道这也是一座神庙？

我们狐疑着接近那座建筑，一座四四方方的单体建筑，同样是黑色花岗岩巨石垒砌，同样严丝合缝，只是规模比前面两座神庙小了不少。首先从结构上说它就没有前两座神庙那种三间神殿的结构，而是只有一间神殿。其次这间神殿的规模也要小上很多，完全没有那种庄严、巍峨、神圣的感觉。

我们站到这座建筑的门前，门上依然刻着黑轴文字，袁帅翻译说是土之神庙。

"土地庙啊。"马建秋笑了。

"赤道王朝的土地庙……"我思忖着步入了这座土之神庙。里面光线灰暗，只有两侧石壁顶部的石窗透出光亮，映射在神庙后部的祭台上，祭台上依旧是三件玻璃材质的神位。

袁帅凑近祭台，投射出手电的光线："这三座神位与之前的一模一样，里面也有文字。中间的是土之神，左侧的是山之神，右侧的是川之神。"

"土之神庙是祭祀山川土地的，从祭祀的方式看，与前两座神庙相同，但建筑规模似乎小了许多。"秦悦边说边观察着神庙内部，"好像并没有活人献祭……"

"先别急着下结论！"我走到四周石壁前四下查看，没有找到门洞，也没有其他异常。我甚至用枪托敲击石壁和地面，生怕这里还有什么机关，但结果显然是让我失望的，没有机关，只是最后当我绕到祭台后面时，发现了许多铁质的农具。

祭台后面的农具堆成了一座小山，许多已经朽烂成铁渣，但却在一堆朽烂的铁渣中，现出了几件完好的锄头，锄头依然闪着光芒。

"看来这几件农具也使用了珍贵的合金！"秦悦盯着锄头说道。

我们很快就转出了土之神庙，我还是不相信这座神庙竟如此小，因为在中国古代传统中，土地是极其重要的，或许赤道王朝是海洋文明，对农耕不甚重视……在我胡思乱想的时候，就见袁帅绕着神庙周围转了一圈，时不时蹲下来拾起一些泥土，还会嗅嗅，他一定又发现了什么。至少就在袁帅绕着神庙走的这一圈，我发现神庙正好处于周围这块空地的中心位置，而且地势要略微高于四周。

袁帅手上捧着一些泥土，摆在我们面前。

"你们不都觉得这座土之神庙小吗？其实要我说它一点不小，甚至比前面两座神庙都要大！"

"都要大？怎么可能？"我不相信袁帅的说法。

"看你怎么看了，如果仅看这座建筑是不大，但如果把周围这块土地全都看作是神庙，那这座土之神庙就是最大的。"袁帅笑着跟我解释。

"全部看作神庙？"

"对！至少当年人家赤道王朝是这么想的。"袁帅指着周围说，"刚才我清理掉一些杂草，发现周围的土地明显呈圆形，而且土色不一样，显然是人力所为。"

"人力所为？"我吃惊地再次望向周围，果然也看出了一些端倪，"这儿让我想起了中国的五色土。"

"对！差不多吧！中国古代帝王建社稷坛，以五种颜色的土分别代表东、南、西、北、中。如今B市的中山公园还能看到明清两朝的社稷坛。"说到这里，袁帅又捧起两种不同颜色的土，"而这里，没有五种颜色，只有黑、红、白三种颜色的土质。"

我注意到袁帅右手捧的是红土，左手是白土，而我们脚下正是赤道岛上常见的黑土。宇文也看出来了，"这个很像是奔驰车的标志啊！"

果然，以中间的神庙为中心，依稀可以看出土地被平均分割成了三等分，确实很像奔驰车的标志。如果把这些都算作神庙，那么这座土之神庙可不算小了！

"看来确实如此。你之前说神庙除了祭祀，似乎都有实用功能，比如贮藏粮食、观星等，那么土之神庙又如何呢？"我问袁帅。

"土之神庙也同样有实用功能，就是耕作，所以我们发现了农具。至于说贮藏粮食，这里能够耕作，岂不是比前两座贮藏粮食和风干的肉的神庙更适合保存东西吗？"

袁帅的假说让我不得不信服，他说耕作？想着想着不经意间用脚扒开了地上的泥土，忽然，白色的泥土里闪出了一丝金光。

7

我的发现也让身旁的袁帅吃了一惊，我们很快从土里扒拉出来一枚金光闪闪的小块方形金属，这方形金属边长大约三厘米，厚大约两毫米，一面上有一个三角形图案，而另一面似乎是什么符号，很像是黑轴文字，我递给袁帅辨认，袁帅只看了一眼就笑道："这个你也能认识。"

"我……认识？"我再次仔细辨认，另一面的符号很简单，就是一道竖条，"很像……很像阿拉伯数字的一。"

"没错，就是数字一，那本无名词典上记载黑轴文明使用的数字很像如今通行全球的阿拉伯数字！"袁帅笃定地说道。

"那这是……一枚金币？"

"赤道王朝就连数字也是继承了黑轴文明。"袁帅发出如此感叹。

"泥土里怎么会有金币？"我狐疑地陷入思考，同时让大家散开来在土里寻找，大家很快都在泥土里找到了同样形制的金币。

当一百多枚金币堆放在我们面前时，我才发现这些金币呈现出三种不同的颜色。比对之后，金黄色的金币多出于黑色泥土中，略微泛银光的金币多出于白土中，而略微泛紫光的金币多出于红土中。

"居然有三种颜色的金币。不过三种颜色倒是与三色的泥土很相配！"

"问题是除了金黄色，那两种金币怎么会呈现出这样的颜色，难道是长期在泥土中……"秦悦猜测道。

"你说的是一种可能，还有一种可能就是从开始铸造时就有意为之，不要忘了赤道王朝也掌握了合金技术！"袁帅推测说道。

"行了！别讨论这个了！赶紧把这个金币收起来，回去我们再好好研究！"我边说边给宇文使眼色。宇文心领神会，我俩一通忙活，将这百余枚金币都装进了背包，我心说那个十六边形手环被伊莎贝拉收下来了，这些金币可不能再错过。

"我觉得这里也有活人献祭。"

"在哪？"我问袁帅。

袁帅指了指脚下说："就在我们脚下！"

"我们刚才都搜索了一遍，翻出了金币，并没有人骨啊。"秦悦说道。

"因为活人祭品埋得更深。"袁帅的话惊得我们不由自主地往神庙退去。袁帅继续解释，"这里的三色土是敬献给土之神的，所以不用建高大的建筑，只需将每次献祭用掉的人深埋下面，不就献给土之神了吗！而在上面播散金币和种子，长出庄稼……"

"你是说种子和金币一起抛洒？"我忽然对这刺激的农业活动感

到莫名兴奋。

"对的！当然是按照三色土播散的，不但用三种不同颜色的金币，种子也应该不同，所以当年这里会长出三种不同的庄稼。另外我推测这里的祭祀是在春季，因为春季是播种的季节，代表着希望嘛！"

袁帅的解释让我不得不再度信服，但我忽然觉察出了异样，想想脚下这片土地……我浑身不自在地看看袁帅，他却没有任何反应。伊莎贝拉突然抛出来一个问题："献祭除了活人，还应该有祭品，比如这埋在泥土里的金币，比如那个山洞内的黄金。那么，前面两座神庙我们却没有发现祭品，只有……只有那几个神主还在。"

伊莎贝拉的话让我一惊。

"你的意思是有人拿走了那两座神庙里的祭品？"

"不！我不知道！现在下结论还早。"伊莎贝拉没再说什么，我们很快离开了土之神庙，继续向北进发，半小时后，地势没有增高，也没有降低。但我却发现周边的植被发生了显著变化。参天大树高耸入云，巨大的藤蔓缠绕在树干上，遮蔽了阳光，显得幽闭阴暗，长期没有阳光照射的地面布满厚厚的苔藓，湿滑难行。

我们加了十二分小心往前走，又走了半个小时，依然没有走出这片原始森林的迹象。我心里开始发慌，紧张地向周围望去，这样的原始森林往往有猛兽出没，甚至遍布毒物，不要说遭遇什么恶龙，就是这里的猛兽就够我们受的！想到这里，我不由自主地举起了枪，几乎同时，秦悦和宇文也都端起了枪……但让我惊诧的是，这里一片死寂，不要说猛兽，就连小动物也没看见，我陷入更加莫名的烦躁中。

"这里像是死了一样，怎么连一声鸟叫都没有？"秦悦低声说道。

"大家小心！或许这里的空气有什么问题……"我胡乱猜测，但我们走了这么长时间，并没有什么身体上的不适。

就在这样的疑虑当中，被粗大藤蔓缠绕、包围的巨大建筑出现在我们前方。走到近前，只看一眼，这座建筑就让我不寒而栗。整体都被厚厚的苔藓覆盖，粗大的藤蔓和树干从岩石里钻出来，扭曲着缠绕在这巨大建筑上。如果不仔细看，这座高大建筑几乎已经与周围环境融为了一体。

我们再一次警觉地望向周围，那些歪七扭八的藤蔓和恣意生长的树干，面目狰狞，觉得有人躲在暗处正盯着我们，让我们风声鹤唳，草木皆兵。再看离我们越来越近的这座建筑，应该也是一座神庙。

"木之神庙……"伊莎贝拉抢先读出门楣上的刻字。

"木之神庙？果然贴切！怪不得坐落在如此诡异惊悚的原始森林里。"我轻声叹道。说完就迈步，就想走进木之神庙的梯形大门，可这次的门却不那么好进了。

8

繁盛的藤蔓完全遮蔽了木之神庙的大门，我和宇文只好用消防斧一点点砍去缠绕在大门上的藤蔓，一直砍到可以容两人进出，宇文放下斧头，说道："看来这里很多年没人进去了。"

"别太早下结论！"袁帅没头脑地说了一句，就要钻进神庙大门。

我一把拉住袁帅，先用手电照射里面，森林里光线本来就很昏暗，里面黑幽幽的，没有一丝光亮，更是黑暗，我叮嘱大家说："小心蛇，还有蜈蚣之类的东西。"

"好奇怪啊，植被生长茂密，却没有小动物……"秦悦紧张地注视着脚下。

"也许里面就有！"说完，我身先士卒迈进了木之神庙的大门，脚下传来咯哒一声，忽然觉得脚下踩到了什么东西，机关？这一路都没发现什么机关，我紧张地用手电照向脚下，又是人骨，就在大门内，我脚下潮湿的泥土中，白色的人骨清晰可见！

我惊得想退出去，秦悦却在背后顶我一下。慌乱之间，我竟然趔趄向前迈了几步，险些被地上的藤蔓绊倒。

秦悦也注意到了尸骨，借助洞口透进来的亮光，满地的累累白骨，越往大门口的方向，越是密集。

"这……这也是活人献祭吗？"眼前的场景让我困惑。

冷静的秦悦似乎看出了问题："不，不是先民，而是……而是近几十年的。"

"嗯。看来这几十年里还有人来过……"我虽然已经想到这层，但当实实在在的证据摆在面前时，还是难掩内心的紧张和惊讶。

宇文、袁帅、马建秋和伊莎贝拉也依次跨入大门，马建秋比秦悦更细致地描述出了这些骨骸的问题。

"似乎……似乎都是年轻人……"

马建秋的话让我一下想起了荒原大字红区电网上那些年轻的

骨骸。

"不会又是格林诺夫他们的实验基地吧？"

众人警觉地观察周围，秦悦最后摇摇头说："这哪里像基地！都是年轻人的骨骸也不奇怪，哪个年纪大的人会来这个地方？"

"但是他们为何都没出去？而是倒在了神庙大门口！"宇文蹲下来仔细检查，"而且他们身上的衣服已经朽烂难辨，也没有什么……"

宇文没说下去，因为他从潮湿泥土里捡起了一截已经生锈的铁片。秦悦很快就辨认出来："这是匕首，手柄的材料可能是塑料，也可能是木制的，都已朽烂，从形制上看像是军用匕首，从朽烂程度上看至少有二十年以上。"

秦悦的话让我想起了格林诺夫等人，我们又在门口那些骨骸间翻找一番，却再无所获。

"奇怪……如果他们是全副武装的军人或者是考察队，他们都会随身携带一些装备……"

"差不多了。"袁帅似乎对尸骨不感兴趣，"别去管这些了，关键是里面，有什么东西迫使这些人拼命往外逃？"

袁帅的话激发了我们的紧张和不安，时间紧迫，我们只好放弃门口的尸骨，向前探索。门口的光亮很快就被黑暗吞噬，阴森恐怖的神庙没有一丝光亮透进来，或许原来是有的，只是被外面茂密的植被所覆盖。但让我诧异的是里面虽然密不透风，却并不潮湿闷热，只有靠门口地面是潮湿的泥土，再往里走，在黑暗中我感觉到了周围宏大的空间，甚至要比我们之前经历的神庙都要宏大的空间。

我们手电射出的光线竟无法让我们看清楚这个宏大的空间。这里死寂无声，没有蝙蝠和嗜血的鼯鼠，也没有蜘蛛和蜈蚣，但当光线照到神殿顶部时，我惊讶地发现坚硬的花岗岩屋顶竟然长出了粗壮的藤蔓："好厉害的藤蔓，竟然……"

还来不及感叹，我发现前方的石壁上也有许多粗壮的藤蔓，这些藤蔓根本看不出是从哪里钻进来的，石壁上没有洞也没有孔，一如我们所见的各座神庙一样，严丝合缝，这些藤蔓就像是从平滑坚硬的花岗岩巨石中钻出来的。

我们靠近神殿一侧，忽然我发现在石壁下影影绰绰堆放着什么东西，用手电细细照过去，黑黑的、长长的、粗粗的，我壮着胆子上去，用手触摸，坚硬无比。

"小心！"秦悦关切地提醒我。

"没什么，是硅化木，已经石化的木材！"我判断道。

"看来这间大殿远古时代曾经贮藏过木材，而且是很粗大、很坚硬、很名贵的木材。这也印证了我之前的判断，每座神殿除了祭祀，都有一些实用价值！"袁帅小声说道。

果然，宇文又在硅化木间，发现了一柄还没完全朽烂的利斧，可能就是当年赤道王朝伐木的工具。我们勘察完这间宏伟的大殿，便向后面摸去，迎接我们的却不是梯形大门，而是漆黑的甬道。

拱券形的甬道犹如墓道，让我心悸不已，用手电照向前方，通道并不算长，尽头似乎还有一个同样宏大的空间。我们小心翼翼地在甬道中前行，生怕惊扰到这里的主人……门口那些被藤蔓所阻的尸骨不时闪现在我眼前……里面究竟有什么可怕的东西在等着我们……

甬道尽头，尽是恣意生长的藤蔓，这些粗壮的藤蔓将甬道口几乎完全封住！我站在这些藤蔓面前，用手电向里面照去，手电发出的强光穿过藤蔓的缝隙，里面果然是一个很大的空间……我扭头看看众人，宇文举起斧头："砍吧！"

我迟疑了一下，宇文的斧头已经落下，一根粗壮的藤蔓几下就被砍断。我也挥起利斧，向面前的藤蔓砍去。三分钟后，原本缠绕在甬道口的藤蔓已经被我们砍出了一个不大的洞口，我又是一斧头下去，锋利的斧头砍在一根有碗口粗的藤蔓上，我忽然发现藤蔓的枝干里缓缓冒出了一些液体，我以为是幻觉，赶忙揉揉眼睛，是黑紫色的液体……此时，其他的藤蔓断口也都缓缓地流淌出了黑紫色液体，大家面面相觑，不知所措，就在这时，里面突然闪起了幽光。

9

我浑身一颤地睁大眼睛，直直地盯着那点幽光，幽光越来越亮，我才发现偌大的神殿中央，是一座高高的祭台，犹如一棵参天大树。树干里面似乎镶嵌着一个三角体的玻璃容器。

"是……神位……"我喃喃地说道。

"会发光的神位？"秦悦也盯着那个发光体。

"看不清里面写着什么……"袁帅的目光如痴如醉。

"木之神庙的结构与众不同，你们看祭台周边。"伊莎贝拉的声音有些颤抖。

随着那幽光越来越亮，我猛地瞪大了眼睛注目观瞧。围绕着祭台的地面上摆放着一具具骨骸，与其他神庙不同的是，骨骸呈逆时针方向摆放，一圈圈扩散开来，几乎铺满了整个地面……我还注意到祭台的幽光渐渐暗淡，而那黑紫色液体流淌到了地面上，一直向外流淌过来，更恐怖的是刚被我们砍断的藤蔓竟又长了出来，我们所有人面面相觑，不敢相信眼前这一幕……

逆时针方向环绕祭台的献祭，重新长出来的断枝，大门口那些没有逃出去的白骨……眼前的奇景不断冲击着我的神经，我再也无法忍受这里压抑的环境。

"快！快撤出去！"我大喊道。

说罢，大家都反应过来，向神庙大门奔去，快到大门口时，被我们砍断的藤蔓又快速生长出来，那速度让我震惊。我们不由分说，挥舞斧子，就朝藤蔓砍去。藤蔓应声砍断，但仍在不断生长，眼见刚才我们砍开的洞口就要被封死！

焦急、惊恐的情绪充斥着我们，现在只能不停地砍断藤蔓，此刻我仿佛知道了脚下那些闯入者是因何死在里面的。幸好我们还有两柄消防斧，我砍着砍着回头望去，伊莎贝拉不小心摔倒在地，跑在前面的秦悦和袁帅又回去扶她，我此刻愈发焦急地喊道："快啊！快啊……"

宇文终于赶到大门，与我一起挥舞利斧，两个人劈砍的速度，总算是暂时赶上了藤蔓生长的速度！但我知道我们的体力正在快速下降，而藤蔓的生长速度却越来越快，这种平衡很快就会被打破！该死的马建秋第一个冲了出去，我回头确认后方，秦悦和袁帅搀扶着伊莎贝拉即将赶到，我示意宇文先出去，宇文执意不肯。

"哥，我不能扔下你！"

"傻子！你到外面也能砍！"我骂道。

宇文钻了出去，袁帅拉着伊莎贝拉接着也钻出了神庙。秦悦刚一看我，正想要说什么。我不等秦悦开口，一把就将她推了出去。藤蔓生长得越来越快，宇文几乎快要哭出声，秦悦被我推出去后，洞口很快就变小了，我只得继续奋力挥砍，宇文也在外面砍，但我们的体力下降太快，根本赶不上越长越快的藤蔓，慢慢地，慢慢地，洞口越来越小，穿透进来的光线也越来越少，外面是宇文绝望地哭丧："哥，就差那么一点啊……"

"滚开，两个笨蛋！"外面又传来秦悦的声音。

我发出一阵苦笑，绝望地缓缓放下手中的斧头，秦悦那美丽的脸庞也渐渐消失在藤蔓缝隙间……不对！我好像听到了什么声音，从门外好像还传来一股气味，没等我想明白呢，伴随一声巨响，巨大的气浪从外面冲进来，我这八十五公斤的伟岸身躯就被气浪轻而易举地向后推去，栽倒在地！

我躺在神庙的地面上，头晕目眩，耳鸣不止，但我却觉察出前面的洞口似乎又亮了！我支撑着坐起来，两眼直直地望着从洞口闯进来的秦悦和宇文，他们连拖带拉把我架出了神庙大门。直到呼吸到外面饱含负离子的新鲜空气，我才恍然明白过来——秦悦居然用了手雷！

"你……你是要炸死我啊。"

"我不这么干！你现在已经玩完了！"

秦悦说着抹了一把我脸上的黑灰，然后扶起我，此时我发现刚被手雷炸断的藤蔓断口又快速生长起来，只是短短半分钟时间，神庙大门又被粗壮的藤蔓再次封闭起来。

"好了！此……此地不宜久留！"马建秋催促道。

"我刚才看到祭台上有……有文字，可能是记录献祭的情况，但没有看清楚，只看到一句话……"袁帅喘着粗气小声说道，"秋季，用……用我们的血浇灌森林，我们就会化作森林的精灵，与森林永远相生相伴……"

"森林的精灵？怪不得此地如此诡异，森林茂密生长，而动物都不愿靠近！"伊莎贝拉说道。

"用我们的血？这……这口气像是那些献祭者自己写上去的！"我再一次打量周围的环境，不仅是神庙，整片森林都很怪异恐怖，难道这片森林是用献祭者的血浇灌来的？此刻，我忽然觉得周围的藤蔓、树木都化作了一张张人脸，都是赤道王朝先民的灵魂……可恶，不管那么多了，快点离开吧。我跌跌撞撞地向前走去，秦悦赶忙扶住我，我附在秦悦耳畔小声说道："看到那些黑紫色液体了吗？"

"怎么？你怀疑……"

"伊莎贝拉给我看的视频里也出现了这种黑紫色液体，还有袁教授的针管！"

秦悦若有所思，扶着我向前走去，我们想用最快的速度离开这片恐怖森林。半个小时后，森林里终于有了鸟叫虫鸣，我知道我们已经离开了那片恐怖森林。

又走了半个小时，山林中出现了一大片草地，我们精疲力竭地躺倒在草地上。这个地方没有雾，没有大风，不潮湿也不阴森，午后阳光温暖地洒在草地上，如果不是身处恐怖荒岛，我倒愿意来这里度假。

大家在草地上躺着休息一会儿。从早上走到现在，只喝了一点水，没有吃什么东西。但是疲劳感更加强烈，累得已经没有体力去寻找食物。躺了一会儿，马建秋首先问道："我们现在该怎么办？"

"不知道还有几座神庙？"宇文躺在我身旁说道。

"应该还有不少，至今我们还没见到深涧对面最辉煌的那座神庙！"伊莎贝拉说道。

秦悦猛地坐了起来，说道："这里比较开阔，可能是在山脊上，用望远镜或许能发现什么。"

说着她拿出望远镜朝山下的古城望去，然后又转过身，想看看山的另一侧，最后秦悦满脸失望地把望远镜递回给我。

"好奇怪啊，我们走到了哪里？竟然什么也看不清！"

我接过望远镜，往山下古城的方向望去，果然什么也看不清，只能见到对面的连绵群山。再回过头，往山的另一侧张望，也是一无所获，还是连绵群山，既看不到海，也看不到城市！我狐疑地又向我们刚才走过来的山峰望去，云雾缭绕，也什么都没望见。失望之余，我将望远镜对准了北面的山峰，北边距离我们不远的地方，似乎有两座高耸的山峰，而距离我们较近的那座山峰下，隐约有些石块，不似天然石块。我用手指着那里喃喃道："那儿大概又是一座神庙！"

10

我们休整完毕，继续向那座山上的神庙前行，很快就又走进树林，只是这片树林树木稀疏，远没有不久前的森林茂密。前三座神庙之间还有石板路通行，从木之神庙开始就变成了林中土路，从森林逃出来以后，能被称为路的东西就都没有了。我们快步穿行在低矮的灌木丛中，约半个小时后，山上那座神庙已经清晰可见，只是神庙的构建方式有些奇怪，我甚至不知道这里是不是神庙，因为从外观来看，它更像是一座黑色花岗岩巨石垒砌的城堡！

地势在不断升高，当我们走出稀疏的树林之后。黑色城堡就耸立在我们的面前了。宇文也发现了怪异之处，发出疑问："这怎么像是一座城堡？"

我仰头张望高大坚固的石壁，的确更像是城墙，石壁上部明显修建有垛口。

"这城墙和子城很像，只是更高更大更坚固！"

"门上有字。"走在前面的秦悦已经看见了城门上的文字。

此刻，太阳已经西下，刚才的暖阳被乌云遮蔽，天空阴沉下来。梯形大门安置在了高大的石壁底部，是早期西式城门的样式，居然在这大洋深处的荒岛上被找到了。梯形大门依然是敞开的，准确地说是原来的木质大门腐朽了。就在我打算进门时，我犹豫了起来。

秦悦扭头看着我问道："怎么，留下后遗症啦？"

"怎么可能？我会怕这个玩意儿？只要你不害我，我就谢天谢地了！"我戏谑道。

其实我是在等袁帅辨认门上的黑轴文字，袁帅如我所愿念出了大门上的文字——火之神庙。

"火神庙啊！怎么修成了城堡的样子？"我还是大惑不解。

"一定有它的原因，进去看看就知道了！"袁帅根本没受刚才藤蔓事件的影响，径直迈进了大门。

我等秦悦进去后，才跟着走了进去。这座神庙的结构果然很不一样，与其说这是神庙大门，不如说是城堡的城门，走过延长的大门，前方是一个封闭的庭院，院子两侧有通往城墙上的甬道。

再往前走，又是第二道梯形大门，从这里开始才像是神庙的样子。宏大的空间，几许亮光从顶部的石窗里洒进来，整体的内部空间呈不够规则的圆形，周围石壁上一个个拱券式洞口清晰可见，恐怕又是献祭的人骨。

我们选了左边第三个洞口调查，意外的是里面没有发现尸骨，而是黄褐色的地面，还有黑色的物质，袁帅蹲下来捡起那些物质在手中捏捏。

"这是什么？"我好奇地问他。

袁帅没有回答我，而是直接走出洞口，又进了第四个洞口，里面同样是黄褐色的地面和黑色的物质，如此调查了好几个洞口，当我们查看左边的第七个洞口时，靠墙的地方竟然放着一排闪烁着寒光的斧头。

我惊讶之余靠近那边，拿起一柄斧头查看，就只剩下头了，我注意到斧头后端的孔洞，说明原来是有木柄的，可惜已经腐朽，再看黄褐色的地面和黑色的物质，我似乎明白了这里的用途。

"怪不得造得像城堡，这座神庙原来是一个兵器库，专门存放武器的地方。"

袁帅点了点头表示肯定："不错！黄褐色和黑色的物质，都是朽烂的兵器，毕竟年代太过久远，不要说木头早已朽烂，就是铁器也都朽烂了，但还是有兵器留了下来。"

"就是这些珍贵的合金兵器。"我仔细观察着手中的战斧，"之前我们发现的吊钩和农具还有锈迹，可是战斧却几乎没有任何锈迹。万年过去，依然寒光逼人！"

"因为这些是武器，所以我想在当时是以最高标准铸造的，非农具工具可比！"袁帅说着继续钻进左边第八个洞口，这里面竟然全是保存完好的合金兵器，有长矛，有战斧，有刀剑，还有几个很少见的冷兵器，比如锤头，袁帅接着说，"没有发现弓箭，更没有火器，赤道王朝的武器水准只停留在冷兵器……"

"废话，要是一万年前就有火器，那岂不是要逆天了！"我也注意到了。

"这就出现问题了，黑轴文明时期的武器是什么样的？闭源人后裔又还留下多少武器？"袁帅拿起一柄长矛试试，竟能轻松地划破衣服。

"那个梅什金的报告里曾经提到黑轴文明的后期，闭源人有飞行器，黑轴就是这些飞行器的机场和基地。除此之外，他就没再提过闭源人还有什么武器装备！"我试着回忆道。

"梅什金在报告里还提到过闭源人最后的毁灭是因为与开源人的战争！所以他们一定有武器，再结合闭源人高度发达的技术，他们的武器应该非常先进才对！"袁帅如此推测道。

"所以你怀疑赤道王朝很可能还有更厉害的武器？"

袁帅没有回答，继续走进左边第九个洞口，里面依然是制作精良的冷兵器，没有弓箭，没有火器。直到勘察到左边最后一个，也就是第十二个洞口，还是只有冷兵器。我不禁感叹道："也许闭源人的武器没有我们想象的那么先进……"

"不！闭源人连可控核聚变反应堆都能搞出来，搞些常规武器根本不是什么问题！"袁帅反驳说道。

"那就是赤道岛的闭源人后裔早已失去了制造高阶武器的能力！"我又推测道。

袁帅停下来若有所思地看着我说："倒是有这种可能，但你想没想过还有一种可能，毕竟武器不是一般的技术，所以……所以赤道岛上的闭源人后裔没有教赤道王朝先民们如何制作更强大的武器。"

"也可能是受制于当时的制造水平，即便闭源人后裔教会先民制作原理，他们也做不出来，毕竟科技相差太大了。"伊莎贝拉说出了她的推测。

我和袁帅都表示认可，但袁帅随之又摇了摇头："我还是保留我的看法，我总觉得这里面有名堂！"

我们说着走出了左边第十二个洞口，圆形大厅右边同样是十二个洞口，而在正对大门的位置，也就是第十三个洞口明显要大，显然里面的空间也要比兵器库大一些。我没有多想便钻进了这个洞口，内部依然是圆形的大厅，比兵器库不只大了一点，而是大了许多，但更让我们诧异的是就在这个圆形大厅中间，是一个正方形的下沉式广场，广场中心竟然有火堆，熊熊燃烧的火光照亮了这间神殿，显得那么突兀和诡异，我不禁喃喃自语道："要么说是火之神庙呢……"

11

我们在火之神庙中的下沉式广场，静静地伫立了足有十分钟，这火堆不疾不徐，就这样静静地燃烧着，仿佛还有先民居住，我仰视整座神殿，巨大的穹庐顶，四周环绕的石壁，没有发现其他出口。

秦悦这时疑惑地说："难道有人住在里面？"

"长明火！"伊莎贝拉喃喃自语。

"长明火？"我们都吃惊地看着伊莎贝拉，秦悦摇着头不敢相信，"怎么可能？你说这火从赤道王朝时期一直燃到现在？"

"可是……没有木柴和煤炭之类的……"

我打断了宇文的疑问。

"废话！怎么可能用木柴和煤炭？"

"那你说是为什么？"宇文颇不服气。

"因为……"我只得扭头看袁帅。

袁帅将身子压低对我们说："你们有找到这座神庙的神位吗？"

"没看见啊！"

袁帅指着火堆那边的石壁："在那里。那种玻璃被镶嵌到了火堆旁边的石壁里！"

我俯下身子，顺着袁帅手指的方向望去。那种黑色玻璃被镶嵌在黑色石壁里，不注意根本看不见，在火光的映照下，黑色玻璃里似乎闪烁着一些符号。

"那里面好像也有字？"

"嗯，是火之神！"

"这样有什么讲究吗？"

"喏，就像你现在这样，跪在火堆周围就能看见，我想当初此地曾经举行过盛大的祭祀，先民们跪在火堆旁，奉献上丰盛的祭品。"

"也包括活人献祭……"

"有吧！"袁帅说着站起来，转到神殿的石壁上，轻轻摩挲，却没有发现文字。于是，袁帅回到下沉式广场的边沿，跳了下去，仔细检查下沉式广场的内壁，果然就在下沉式广场的下侧内壁，浅浅地刻着黑轴文字——密密麻麻，犹如咒语。

我们也跟着袁帅来到下沉式广场，袁帅伏在地上翻译出了一句："春，奉献少男少女各一，盼火之神赐福于我们，保佑长明烈火不灭，带给我们温暖，让我们冶炼，制造出最锋利的兵器，战胜所有敌人。"

"这……这真的是长明火！"马建秋惊叹。

"我想很可能是因为赤道王朝的先民在这发现了长明之火，才建起的神庙……"宇文推测说道。

我再次打断宇文说："问题是为何有长明之火？"

"只有可能是下面有天然气之类的可供燃烧的气体啦。"宇文做出了合理的解释。

我转身凑近长明烈火，流进鼻子中的空气里似乎是有点淡淡的味道。

"即便这下面有天然气，能燃烧这么多年也算是奇迹了！"

"我感兴趣的是赤道王朝的先民如何能钻探到下面的？"袁帅也凑过来。

"我觉得是先民偶然发现了这处长明火，加以利用，他们可不懂什么天然气，更不会搞钻探！"宇文进一步推测。

"但闭源人可会！"袁帅说道。

"你别什么都跟黑轴文明和闭源人扯到一起！"宇文对袁帅颇为不服，"那个梅什金在报告里已经做出推断，黑轴文明覆灭后，少数幸存的闭源人已经无法保持他们的文明，他们还要熬过大冰期，人口太少，很多技术失传，即便有些闭源人后裔还保留着一些技术，也很难制造出来。所以这里的闭源人后裔恐怕不可能那么万能。"

"我们在这里的发现已经足以证明那些闭源人后裔有多万能。"袁帅用他并不擅长的词汇与宇文争论起来。

我赶忙来打圆场："现在不是争论的时候！这些闭源人后裔懂得多是一定的，很厉害！但是受制于条件，他们也造不出那么多东西！"

"我不这么认为……"

袁帅还想说什么，伊莎贝拉打断道："你们想过没有，下面会不会是火山？"

"火山？"我们全都是一惊。

"不！以我的常识判断，这里不可能刚好在火山上！"我摇着头否定。

"我们都知道赤道王朝覆灭于火山喷发，可是我们一直没有发现火山，刚才休整期间，也没在望远镜中找到。"伊莎贝拉说道。

"话说，被献祭的人呢？"秦悦忽然问道。

"我也一直好奇，这广场周围密密麻麻刻满了历次献祭，却不见尸骨……"我说着沉吟下来，细细咀嚼着袁帅刚才翻译的那句"献祭刻记里他们祈求火的原因除了温暖，竟然就是冶炼，而冶炼又主要是为了铸造兵器，战胜所有敌人！这就解释了这里城堡的构造，也说明赤道王朝十分重视军事力量，曾经十分强大，很可能他们就是靠这些锋利的合金武器征服了周围的岛屿，所以这里的献祭一定十分重要。"我盯着下沉式广场周围石壁上密密麻麻的刻记，这每条刻记都是一次盛大的献祭，都是鲜活的生命，我忽然想明白了，"每座神庙活人献祭的方式都不尽相同，就像土之神庙将献祭的人埋入土中，祈求土地丰收，这里会不会将献祭的人抛入火中呢？"

我忽然感到有些头晕，但我在挪动脚步，那堆火仿佛有种魔力在吸引我。我缓缓地探出身子，想看清楚火堆下面究竟有什么？就在恍惚之间，我发现从火坑边缘爬上来一只棕黄色的虫子，这虫子动作迅速，很快就爬上我的鞋子，对于从小就怵小昆虫的我，本能地抬脚一踢，那虫子在半空中划出一条华丽的抛物线，然后不偏不倚正好坠入火坑正中，没有一丝挣扎，甚至没有一丝声响，那虫子瞬间就被熊熊大火吞噬。

"这是什么虫子？怎么……是从火坑里爬出来的？"我转头惊道。

"如果我没认错，这种虫子是火山蚰蜒！"伊莎贝拉面色沉重地说道。

"火山蚰蜒？"我吃惊地盯着伊莎贝拉，"难道这下面真的是火山？"

"我推测这下面的气体很可能是火山释放的可燃气体，也就是说火山就在下面……"伊莎贝拉还没说完，秦悦和宇文竟然都在用一种惊悚恐惧的目光盯着我，我慢慢地扭过头，缓缓地向脚下望去，一条足有三十厘米长的火山蚰蜒蹦到了我的脚上，我感觉自己的血管瞬间就要迸裂了，快要窒息的感觉让我浑身动弹不得！

12

还是秦悦反应快，她抬起一脚，将我脚面上的巨型火山蚰蜒踢下了火坑，巨型火山蚰蜒也瞬间消失在熊熊大火中。几乎同时，另一只巨型火山蚰蜒跳出了火坑，接着又是一只。

"不好！快撤！"伊莎贝拉惊呼道。

马建秋又是第一个往外逃去，我还怔怔地站在原地，越来越多的火山蚰蜒从火坑里蹦出来，有体形巨大的，也有体形一般的，密密麻麻……秦悦一把拉住我喊道："你傻愣着干吗呢！"我被秦悦一拽，终于能够迈动脚步，往下沉式广场上面奔去。但我却觉得身后似乎有什么东西附在身上，秦悦伸手矫健地跳上了外壁，我刚要迈步起跳，忽觉脖颈处有东西，微微扭头，一只身形巨大、相貌丑陋的火山蚰蜒正趴在我的背上。受到惊吓的我，本已起跳的右腿突然失去力量，膝盖重重地撞在广场的石壁上，一阵钻心疼痛。

秦悦见状，举起了手中的M4突击步枪，嗒嗒嗒……步枪喷出火舌，一只只火山蚰蜒被打爆，身体里令人恶心的汁水四溅。秦悦的火力覆盖，暂时为我们挡住了如潮水般涌来的火山蚰蜒，伊莎贝拉、袁帅和宇文也还没爬上去，宇文连滚带爬地扑到我身后，抬起一脚……我一声惨叫之下，又是一阵钻心疼痛，宇文的右脚狠狠地踩在我的后背，那只盘踞在我身上的巨型火山蚰蜒瞬间被踩爆，有股难以形容的汁水喷溅到我的全身、地面，也包括宇文的腿上。

我胃里一阵翻腾，幸亏一天没吃东西，否则肯定要吐一地。

"哥！非常时期，莫怪！"宇文说完就想爬上去。

"你哥我都要被你踩死了。不，是恶心死了。"说着，一只冲出火力网的巨型火山蚰蜒蹿到了宇文的背上，我哪能袖手旁观，宇文可是我的兄弟啊！我来不及多想上去就准备如法炮制，高高抬腿，就在我腿还没落下来时，那只巨型火山蚰蜒转而向我蹿过来。哎呀，好人是做不得啊！距离太近，没法开枪，我只好抽出斧头，挥舞厉斧，还好我反应迅速，那只巨型火山蚰蜒被厉斧劈成两半，恶心的汁水飞溅到我脸上！

袁帅已经将伊莎贝拉拖了上去，马建秋和伊莎贝拉又将袁帅拉上去，就在我劈砍火山蚰蜒之时，宇文也爬了上去，好像又就剩我了！我刚想抬腿，刚才被撞的膝盖却完全使不上劲。

"快！快呀！"秦悦冲我吼道。

我回头看了一眼，聚集的火山蚰蜒越来越多，秦悦已经打光了两个弹匣，幸好宇文也加入战局，伊莎贝拉和袁帅终于将我拉了上来！几乎同时，如潮水般疯狂涌上来的火山蚰蜒已经突破了秦悦和宇文的火力封锁，我们只能且战且退。

此时的我也顾不了身上的那些污物了，加入战团。我们无法准确判断这种丑陋昆虫的速度，如果我们转身奔逃，是否能够逃过它们。火山蚰蜒也与普通蚰蜒大不一样，不怕火，身形巨大，速度惊人，它们不会是那些献祭者的化身吧？我不禁有些不寒而栗。

我们终于退出了后殿，已经换了七八个弹匣，不能消耗过多的子弹。马建秋、袁帅和伊莎贝拉已经逃出了神殿，我与秦悦对视一眼，便已心领神会，冲着宇文喊道："快跑！"

我们三人转身以最快速度向神殿外奔去，这些蚰蜒的速度惊人，它们以最快的速度追了过来。我们逃出了神殿大门，可是空无一物的梯形大门并没有东西可以阻挡，我们只得继续向神庙大门狂奔。然后，我们跑出神庙大门，赶上伊莎贝拉他们，那些火山蚰蜒也尾随而至，如一支棕黄色的大军不断向前，且速度越来越快，那种体形巨大的火山蚰蜒就像是跳着逼近了我们。

穿行在低矮的灌木中，由于辨认不清道路。我们只得胡乱向北奔去，这不是我们刚才过来的路，大概能通往下一座神庙。低矮的灌木丛很快就变成了稀疏的树林，火山蚰蜒仍然在向我们逼近，秦悦扔了两颗手雷，依然无法阻止那些执着的丑陋爬虫。

我们继续在林子里狂奔，稀疏的山林变成了茂密的雨林，我觉察出地势在下降，长时间的奔跑已经消耗了我们太多体力，伊莎贝拉明显就要支撑不住！我转过身，站住，举枪冲那些火山蚰蜒射击，为了节省子弹，只好采取点射！嗒嗒……一只即将爬上伊莎贝拉后背的巨型火山蚰蜒被我打爆，让过跑过去的伊莎贝拉，此时的我也喘着粗气，且战且退。

"不能这样！这样会……会耗干我们的！"我冲秦悦喊道。

"我能有什么办法！"秦悦也喘着粗气，满头大汗。

话音刚落，一条足有四十厘米长的火山蚰蜒猛地扑上来，我举枪刚要射击，巨型火山蚰蜒在半空中一摆，转而冲着秦悦扑了上去。我赶紧调转枪口，但双手不停颤抖，根本无法瞄准，巨型火山蚰蜒扑到了秦悦胸口。秦悦惊慌失措，胡乱挥舞着双手，我也手足无措，调转枪口，用枪托猛击秦悦胸前的火山蚰蜒，火山蚰蜒瞬间被枪托挤爆，恶心的汁水溅得秦悦满身都是。秦悦闭上眼睛的瞬间，几只巨型火山蚰蜒就扑了上来。我心里暗叫不好，只觉得我们两人的小命就要交代在这里。我本能地扭动身体，但却使不上劲，已经有两只火山蚰蜒爬上我的躯体，另外几只则认准了秦悦。

我们拼命扭动身体，无法射击，也无法使用斧头，后边还有源源不断地涌上来的火山蚰蜒，我的心逐渐失去希望，那一只只丑陋的蚰蜓爬上了秦悦美丽的脸庞，我的心彻底绝望了……可是就在这时，从雨林深处传来一声沉闷凄厉的嚎叫，嚎叫声在雨林里传来阵阵回音。秦悦的眼里露出了恐惧，我也暗叹着这又来了什么怪物。看来我们今天必死无疑！

沉闷凄厉的嚎叫再次响起，我动用仅剩的一点理智思考着是不是传说中的恶龙来了。静静地过了二十秒，这是我人生中最漫长的二十秒……就在这声嚎叫之后的二十秒……恶龙没有出现，奇迹却出现了。我和秦悦躺在森林里，大口喘着粗气，等待死亡的降临，我颤巍巍地伸出手，想去抓秦悦的手，扭头却发现原本爬向秦悦胸前的火山蚰蜒没有继续前进，而是缓缓地从秦悦胸前向下退去。我撑着身体爬起来，惊人地发现我们身上的火山蚰蜒竟然都不见了，成群的火山蚰蜒整齐地掉头，向后缓缓退去。

13

我和秦悦互相搀扶着站起来，宇文也赶了过来问："火山蚰蜒怎么退了？"

"你……你们刚才听到那个声音了吗？"我喘着粗气问宇文。

宇文眼里既有兴奋，更有恐怖，他使劲点了点头："听到了，跟昨夜听到的一模一样！"

"刚才……刚才就是那嚎叫声后，火山蚰蜒才……才退去的！"秦悦望着蚰蜒退去的方向说。

"难道前方是……是恶龙的领地，蚰蜒不敢继续前进？"我胡乱揣测着。

"你们有没有发现，越……越往前走越凶险……"秦悦看着我们说，"上山之后，前两座神庙虽然有浓雾，有大风，也很诡异恐怖，但并没有什么东西跑出来害我们，土之神庙诡异依旧，却也还好，木之神庙和火之神庙都有东西攻击我们，而且一个比一个……"

秦悦没有继续说下去，我和宇文都明白她的意思。我们继续走下去，很可能会遇到更加恐怖凶猛的怪物！我们边走边说赶上了袁帅他们，他们也听到了那沉闷凄厉的嚎叫声，宇文说出了秦悦的推断，马建秋面露难色，浑身不安："那……那我们还往前走吗？"

"不往前走，你敢回去吗？"我反问道。

马建秋想想又看看我，最后转而问袁帅："那怪物也许就在前面等着我们呢！"

"你们猜前面会是哪座神庙？"袁帅答非所问。

"我哪知道？"我只知道前途难料。

"你们没感觉到吗？山上的神庙几乎是一条直线排列的，命名也大有玄机……"袁帅说着将目光落在我身上。

我的大脑飞速运转梳理着各种情报："是金、木、水、火、土吗？"

"有点意思了！"

"'金'和'水'还没出现啊，而是换成了'风'和'云'。"宇文也有感觉。

袁帅若有所思地说："这个我也没有想明白，但我猜下面一座神庙九成是'金'或者'水'。"

就在我们说话之间，茂密的雨林似乎到了尽头，前方隐约闪现出什么东西。我们互相看看，加了万分小心，继续前进，我们很快就走出了茂密的雨林，前方豁然开朗，我们来到了一大块空地上。

前方却没有我们期待中的恢宏神庙，我们好奇地东张西望，发现这是一块狭长的空地，但我们脚下的地面是由黑色花岗岩铺的。

"这显然不是自然形成的，像是一个广场。"我胡乱猜测道。

"也许是一条大路……"袁帅喃喃说道。

"大路？"我向两头望去，"如果这是一条大路，那这宽度实在是惊人！"

"对！是路，我们是从南侧的雨林走出来的，再看这一侧，也就是到北侧的雨林，中间足有五十米宽，所以看起来像是广场，其实是一条超宽的路！"伊莎贝拉也肯定地道。

"那路两头通往哪里？"秦悦狐疑地拿起望远镜。

我扭头观察，一头明显地势高。最后我和秦悦同时指向地势高的一头说："往这边走试试。"于是，我们顺着这条宽大的石板路，向地势高的一头走去。不久，前方就出现了宽大的阶梯，拾级而上，足足爬了六十级台阶，我在心中不断地猜测，如果神庙就在这个阶梯之上，那将是多么壮观的神庙，说不定比我们之前经历的五座神庙都要宏大。

胡思乱想之间，我们终于爬上了台阶顶端。果然，这里才是广场，而在广场尽头，两山耸峙，犹如刀削斧劈一般，开出了一条峡谷，峡谷中间有座高大的城门挡住了我们的去路。我们有些兴奋，紧跑两步，快步来到城门前，城门明显比火之神庙的城门要高大，比我们在赤道王朝见到的所有建筑都要高大。

我一时无法估算城门的高度，但当我来到城门下的梯形门洞时，单就梯形门洞就足以让我吃惊，足有两层楼高的梯形门洞外面，两扇巨大的花岗岩石质门板包着闪光的金属，上面雕刻着精美的纹饰，不过门是紧闭着的。

更让我吃惊的是，门洞之上竟镶嵌着一块金色的匾额，上面刻着偌大的黑轴文字，我不禁感叹道："这座神庙太气派了！连门头都是黄金的。"

"王……之……神……庙……"袁帅和伊莎贝拉念出了门头上的黄金刻字。

"王之神庙？不是'水'，也不是'金'？"秦悦困惑道。

"是啊，金光灿灿的，还以为肯定是金之神庙呢！"马建秋也大惑不解。

"王？"宇文也很诧异，"你不会翻错了吧？"

"不！不会错！就是王之神庙。"伊莎贝拉肯定道。

"前面都是祭祀各种神灵的，王不该住王宫吗？怎么会有一座王之神庙？"我皱着眉仰头向城门望去。

"是啊，西山上的王宫很小呢！"秦悦说道。

袁帅没有理睬我们，而是一步步朝着门洞内走去，我不知道他要干吗，但怕有危险，也跟着他进了门洞。袁帅走到石门前，静静地伫立在城门中间，似乎若有所思。突然，袁帅抬起双臂，竟猛地向城门推去！

巨大厚重的花岗岩城门纹丝没动，我忽然明白了袁帅的意思，给宇文使了个眼色，两人一边一个，使出浑身力气，去推城门。城门微微动了一下，但没有开！秦悦和马建秋也来帮忙，我们五个人一起努力，花岗岩城门稍微动了一下，但依然没有推开。当我们刚一松手，城门又重重地落回了原位。

"这么重的城门肯定推不开！"我喘着粗气，一屁股靠着城门坐下来。

"赤道王朝竟然能做出这么巨大厚重的城门！"宇文仰着头发出感叹。

"前面神庙的大门都没了，王之神庙大门却根本打不开！"马建秋嘟囔道。

"因为之前我们见到的建筑，不管是神庙，还是旧王宫，还是城市里的市坊建筑，原来都是木门，年代久远，木门早已朽烂无存，而这座王之神庙竟然用如此厚重坚固的石门，万年过去，不但还在，而且无法打开！"宇文解释道。

"用石门，在中国古代只有一种情况会用石门……"

袁帅突然打断我："你是说陵墓？"

"对！只有陵墓才会用石门。当然这里不是中国，也不好说，不过这里的神庙都是祭祀神灵的，王怎么会有神庙？"

"所以你认为这是赤道王朝祭祀先王的？"袁帅反问我。

"我觉得很可能是这样，甚至赤道王朝历代国王的陵寝都可能在里面。所以叫'王之神庙'，又用了坚固厚重的石门。"

袁帅没再说什么，他若有所思地瞄着两扇石门的缝隙里，痴痴地往里面望去，似乎希望能从中看到另一个世界，或是希望自己能化成一只鸟儿飞进去，解开赤道王朝所有的谜团，但这扇坚固厚重的石门却阻隔了两个世界。

14

我们始终没能推开王之神庙的大门，伊莎贝拉却指着树林里说："那儿似乎有什么东西？"

我循着伊莎贝拉手指的方向望去，就在台阶边缘的树林和荒草中，隐约现出了一些东西，我们走过去，那是一座巨大的石刻。

"龙？"宇文喊出了声。

果然是一尊花岗岩雕刻的龙，跟我们在山洞水潭里见到的龙一模一样，我不禁感叹道："这是我们第一次见到赤道王朝的雕塑作品。"

"不是你说赤道王朝不喜欢偶像崇拜，没有雕塑作品吗？"秦悦反问我说。

"这……仅仅这一尊龙还不能代表什么……"我也不知该怎么解释这一现象。

"不止一尊，对面林子里还有一尊。可能跟这个一样！"秦悦举着刚用过的望远镜说道。

"我总觉得这不是好兆头。"马建秋一脸不安地东张西望，生怕有什么东西突然窜出来，"你们说，这……这会不会是龙的领地？"

"什么乱七八糟的！"我心里有些好笑，但是在这种地方发生什么都有可能。

秦悦似乎用望远镜又发现了什么。

"对面的林子里好像还有一个建筑，像是……"

还没等她说完，我也发现了我们这一侧的林子里也有一座建筑。

"怎么像是一座塔。"

秦悦放下望远镜说："看来这石刻怪兽和塔都是一对，对称排列在大道两边。"

说话间，我们穿过林子，到了那座塔下。

"准确地说不是塔，而更像是门阙！中国古代常置于帝王宫殿、陵墓、城门外，后来衍变成了华表。"

"这是门阙？"宇文绕着塔形建筑转了一圈说，"不像啊！"

"当然不是中国古代的那种门阙，但是功能差不多！"我观察着这座门阙，底边直径在十米左右，逐步向上收缩，高度大概有十五米高，顶上没有像中国传统门阙的仿木式建筑屋顶，而是敞开式的。而这门阙后面则建有环绕的阶梯，一直通往顶部敞开的平台。

我指了指阶梯，率先走上只容一人通行的阶梯，曲折而上。很快，我们来到门阙顶部，极目远眺，我终于看见了山下的城市，一切都很清晰！甚至包括城市对面的山峦，看着看着我忽然怔住了，"原来……原来这条大路就直通山下的东大街！"

"就是被深涧阻隔的东大街？"宇文依然对那条深涧心悸不已。

"我明白了，如果不是深涧上的桥断了，我们昨天就可以从东大街直接顺着大道来到这里。"

"深涧上的大石桥原本是连接东大街和王之神庙的……"秦悦若有所思地继续说，"所以王之神庙才会如此宏大坚固，因为……因为它是整个神庙建筑群的核心。"

"核心？"我细细咀嚼秦悦的话，"昨天我们在东大街看到山上最宏大的神庙就是王之神庙。"

我们身后是王之神庙高大的城墙，城墙之后隐约可见宏伟的宫殿。刚才还默不作声的袁帅忽然说道："鱼，你刚才说王之神庙可能是陵墓，我不这么认为，王之神庙大门前的这条大道连接东大街和西大街，直到对面山上那座旧王宫。反过来看，我觉得赤道王朝的王权正是从对面山上，用火山岩建造的规模较小的旧王宫一步步发展壮大，直到这里建造了最为宏伟坚固的王之神庙，这代表很有可能是赤道王朝王权的神化！"

"王权神化？"

"没错。所以我不认为这是什么陵墓，很可能是在旧王宫被废弃后，建造的新王宫，而所以叫王之神庙，是因为赤道王朝将王权逐步神化，将王抬到了与诸神一样的地位，甚至还高于诸神。"袁帅说着指向我们刚才爬上来的台阶，又进一步说道："看看我们刚才爬上来的陡峭台阶，我想这样的台阶不止一处，你们想想从宽阔的东大街走过来，跨过深不见底的深涧，拾级而上，几百级陡峭的台阶，原本这里的广场应该更大，只是现在被树木杂草覆盖了，然后到这宏伟坚固的城门下，远古时代的先民完全会被这景象所征服，相信他们的王就是神，与诸神一样。于是他们心甘情愿受王的驱使，征战、劳作、冶炼、航海、献祭，所以我们一路走过的那些神庙，复杂而持久的献祭，对诸神的敬仰，也就是对王的敬仰……"

我完全被袁帅的推断吸引了。

"王权的神化！这要耗费多少人力、物力、财力呀！"

"在远古时代，先民生存艰辛，朝不保夕，很多事只能祈求神灵保佑，所以王权也要攀附神权，这也可以理解！"

"那换言之，王之神庙就是后来新建的王宫喽？王和贵族都住在里面？"宇文问道。

袁帅点点头又摇头说："我认为王就住在这里面，但这不是新王宫，王宫是凡间的王居住的，王权神化以后，王住的地方就不叫王宫了，而叫——王之神庙了，与诸神一样住在神庙里。"

"但是我们现在打不开王之神庙的大门，无法证明你的推断。"我举着望远镜向周围扫视。

"这……"袁帅也皱起眉头，"或许有别的路。"

"太阳马上就要落山了，我们必须在天黑前找个安全的栖身之所。"秦悦环视周围说，"这里实在谈不上安全！"

我忽然在望远镜中发现了像是建筑的东西，是北方，可能还有别的神庙。

"秦悦。你刚才说山上建筑群以王之神庙为核心，那么我们从南面走过来，经历了云、风、土、木、火五座神庙，继续往北去的话，在王之神庙北边应该还有别的神庙，如果对称的话，应该有五座神庙！"

"还有五座神庙？"大家都有些吃惊。

"有没有五座不好说，不过有肯定有的，很可能就是帅刚才推测的'金'和'水'。"我手指着北面若隐若现的建筑说道。

"希望那边的神庙不要有什么恐怖的东西……"马建秋喃喃自语地走下门阙。

我们也走下门阙，继续向北前进。袁帅落在了最后。我回头时，发现他依依不舍地盯着王之神庙，我知道他不愿意就此放弃。我只能安慰袁帅说："也许我们很快就会回来的。"但在心里，我却一万遍的祈祷着，最好能找到别的路，让我们早点离开这鬼地方。

15

我们离开王之神庙，继续向北。密林深处又出现了一座高大的城门，构造与火之神庙的城门几乎一模一样。梯形城门敞开着，日头已经西斜，我们都加快了脚步，来到城门下，袁帅已经认出了城门上的黑轴文字——金之神庙。

"果然不出我所料。"

"王之神庙你可料错了！"我提醒道。

"王之神庙有特殊的意义……"

谈话之间，我们已经进了梯形城门，城门内的景象却让我吃了一惊，满地碎石，锈迹斑斑的刀剑，还有一地的尸骨，我们都警觉起来，往金之神庙里面窥探，前面还是一座城门，我们身处的院子像是一道瓮城。

"活脱脱就像战场，曾经发生过一场血战！"我首先对眼前场景做出分析。

"恐怕不止一场血战……"宇文拾起一柄锈迹斑斑的斧头，"你看啊，这种斧头的式样和我们之前发现都不一样！"

我一眼就认出了这柄斧头的式样："这……这里怎么会有中国斧？"

"准确地说是明代的！"袁帅也认了出来。

"郑和的人也来过这里，还发生了战斗？"秦悦困惑地问。

我一时无法解释，又从荒草中拾起一把长刀。

"这刀也是明代的，典型的明代军人配制的腰刀。"

"明代军人……跟绣春刀挺像啊！"宇文也判断道。

"但郑和在灯塔的碑记里没有提到神庙。"秦悦也在周围寻找着什么，忽然他拾起一根胫骨，"这明显不是赤道王朝时期的骨骸，如果是赤道王朝的先民，风吹雨打早就风化成渣了。"

我看着满地的骨骸，的确不像是赤道王朝留下来的。

"从灯塔碑记来看，郑和绝对来过山下的城市，至于山上的神庙……"

"说不定那个恩里克也来过这里！"袁帅说着，径直朝金之神庙的第二道城门走去，我们也跟了上去，第二道城门是拱券结构，我一进门，就见袁帅直直地站在前方城门洞前，一动不动！

　　我快步走到袁帅身后，伸手刚要拍他，就见袁帅头顶上倒挂着一条蛇，我惊得向后连退两步，直到秦悦顶住我才让我停下脚步。

　　"这……这是剧毒的太攀蛇……"伊莎贝拉认了出来。

　　袁帅一直没动，我们也都不知所措，秦悦从宇文手中拿过斧头，但也不敢贸然行动……就这样僵持了五分钟后，袁帅用右手做了一个不要我们靠近的手势，然后缓缓地仰起头，我们的心都悬了起来，想着他要干什么？我们屏住呼吸，袁帅一直将头仰到正对着城门上的太攀蛇，就这样死死盯着蛇……当伊莎贝拉说出太攀蛇名字时，我马上想起了这种号称世上最毒的剧毒蛇，太攀蛇不但剧毒，攻击速度也是最快，一般生活在澳洲东北部和新几内亚岛，这里怎么也有？

　　袁帅就这样仰着头，与城门顶上垂下来的太攀蛇四目相对，这个时候太攀蛇只需向前一探，袁帅必然死于非命！我们只能紧张地注视着眼前这惊险一幕，人蛇对峙三分钟后，奇迹竟然出现了，那条身形健硕的太攀蛇竟然缓缓向上退去，直到消失在袁帅头顶。

　　袁帅又怔了一会儿，才向前走去，我们紧随其后小心翼翼地钻出了城门洞，回头望望，心里又是一惊，原来在城门洞上竟然吊着一具完整的人骨，刚才那条太攀蛇就是从这具骨骸的头骨中钻出来的。我忽然觉得这人变得面目狰狞，后背一阵阵发凉。

　　"你刚才用的什么招数？"秦悦问袁帅。

　　"没什么，早年我在非洲旅行，一位驯蛇人教我的。"袁帅轻描淡写地敷衍过去，但我发现他的额头也渗出了不少细汗。秦悦显然是对袁帅的回答并不满意，我知道刚才袁帅的举动，让她又想起了疯猴子事件。

袁帅继续向前走去，穿过第二道城门，依然是个院子，院子尽头是如同城堡一样的建筑。我们也跟着进了城堡，灰暗的大厅内，中央是祭台，祭台上摆放着三座神位，依然是三角体，却不是那种黑色玻璃。正中那件像是黄金的，上面刻着黑轴文字，袁帅认出了那些文字——金之神位。左侧的三角体也是黄色，只是又有些发白，袁帅拿在手中摆弄几下，翻译出了上面的文字——铜之神位。右侧的三角体则通体黑色，但黑色中又带着一些银白色，上面的文字是——铁之神位。

"金、铜、铁，没有银？"秦悦狐疑问道。

"这里八成不产银吧，说明赤道王朝的贵金属和现代差不多！而且他们很早就开始使用铁器了！"我推测道。

"这三块都不是合金，就是普通的金、铜、铁！"袁帅进一步解说道。

我也发现这三件神体都有不同程度的氧化，而赤道王朝制造的合金制品却很少氧化。我又向祭台周边望去，偌大的神殿内不见人骨，没有活人献祭的迹象，我狐疑地看着大家，他们也都发现了异样。

"这里好像没有献祭。"

我又转到祭台侧面，发现在祭台右侧有一个黑幽幽的洞口。

"这有个洞口？"我压低声音，但还是难掩吃惊。

这时，祭台另一边也传来伊莎贝拉的惊呼："这里也有一个洞口！"

我又奔到左侧的洞口，果然这里也有一个洞口，而且与右侧的洞口一模一样，我望着黑幽幽的洞口深处，打开手电刚要进去，就被秦悦一把拉住，她用手电照了照洞口上的字提醒我说："这上面有文字。"

袁帅也注意到了洞口上的文字，他平静地念出了洞口上方的黑轴文字——非请入者必死。

16

入者必死？怎么像是诅咒，又像是警告！大家互相看看，袁帅平静地说道："从前面发现的神庙来看，每座神庙都有实用功能，那么这座金之神庙的实用功能就是贮藏黄金和其他贵金属吧。"

"金库？"宇文脱口而出。

"没错，一定是这样！距离王之神庙最近的就是金之神庙与火之神庙，一个是金库，一个是武器库，而且两座神庙都建成了军事堡垒的风格，它们除了是神庙，也承担保卫王朝金库和武器库的职责。"我推断道。

"恐怕还有保卫王之神庙的任务……"袁帅说着又陷入思考，"刚才的火之神庙凶险异常，我想这座金之神庙如此重要，也一定不简单！"

我马上想到了院子内那些尸骨和兵器。

"正因为是金库，才招致后来者的觊觎！"

"但后来者似乎都死了。所以我们一定要小心。"伊莎贝拉叮嘱道。

"小心是要小心，不过一想到里面全是黄金我就兴奋！"我强打精神，脸上挤出一丝笑容。

"别做发财梦了，先保住小命要紧！"宇文拍拍我的肩膀。

最后我们商定，我和秦悦、袁帅下去，而宇文、马建秋、伊莎贝拉则留守在洞口。我推开电筒走在前面，看似不大的洞口，里面的空间却让我吃惊，阶梯下去只是地下一层，再往下是一个足有两层楼深的正方形深坑，全部由巨大的花岗岩建造，完全犹如一个地下宫殿，我猜想这就是赤道王朝贮藏黄金的地方。当我们来到深坑边缘的时候，却发现深坑里空空如也，竟然什么也没有，不要说黄金了，连铁渣也没有。

我们三人用眼神交流一番，全都困惑不已，四下挥动手电筒搜寻，我还时不时敲击石壁，希望能碰到什么机关或是暗门，或许能发现另一个世界，但没有任何发现！最后我们下到深坑底部，仔细勘察，来回绕了两圈，没有，什么都没有，没有机关，也没暗门。我们失望地摇摇头，袁帅和秦悦已经踏上阶梯准备上去，我胡乱地用手电筒又照了照，忽然靠近阶梯的角落里有什么东西闪了一下，我走过去，用手电仔细查看，那是一个弹壳。我心里一紧，忙拾起那个弹壳。

此时，前面的秦悦和袁帅回头注视着我。秦悦看着我手中的弹壳说："像是突击步枪的子弹！有人来过，所以黄金都没了！"

"还记得木之神庙里那些尸骨吗？"袁帅压低声音。

"不仅是郑和和恩里克，最近几十年里还有其他人来过，只是这群人是什么人？"

"是对赤道王朝有兴趣的人，还只是误入荒岛的探险者？"秦悦喃喃说道。

"显然是对赤道王朝秘密有兴趣的人……但黄金是谁拿走的，这个就不好说了。"

我收起弹壳回到地下一层，我发现地下金库还有一个出口，应该就是祭台右侧我发现的那个洞口。于是，我冲秦悦和袁帅指了指这个洞口，他们也都点头回应。我先上了阶梯，但当我刚登上第四级台阶时就怔住了，因为在我前方的阶梯上盘踞着一条蛇，应该就是剧毒的太攀蛇！我下意识地缓缓后退了一步，结果发现那条蛇旁边的石壁上还有一条蛇正滑下来，接着，从后边台阶上面又快速爬过来两条蛇……

秦悦见状挥起利斧，袁帅却一把拉住秦悦，然后又伸出手缓缓拉下我，袁帅用自己的身体挡在这群蛇的前面。我的心提到了嗓子眼，双腿僵硬，根本不知道自己是怎么退下阶梯的……袁帅就这样挡在我的面前，就像小时候遇到危险时，他也总是用瘦高的身躯挡在我前面，袁帅用右手背在后面，对我们做出撤的手势，我和秦悦一步步缓缓退去，秦悦身后背着M4，双手紧紧攥着消防斧，做好了随时战斗的准备。

当我们退回地下一层时，袁帅示意我们快点离开。我和秦悦加快了后撤的脚步，但那些太攀蛇依然在步步紧逼。袁帅也缓缓退回地下一层，太攀蛇似乎越聚越多，已经有七八条从阶梯上爬下来。奇怪的是，本该动作迅捷，剧毒无比的太攀蛇却跟我们保持着同样的速度，没有要对我们发动攻击的意思，难道它们只是想逼退我们？

我和秦悦缓缓退到了下来的那一侧阶梯，我紧张地转头确认，生怕这条阶梯上也爬满太攀蛇，但想想有宇文他们在外守着，大概是安全的。果然，这侧的阶梯上一切正常，于是我和秦悦缓缓退上这条阶梯，然后始终保持着刚才的姿势，一步步退了上来。

宇文他们吃惊地看着退上来的我们三人。我赶紧使个眼色让他们后撤，然后我们也加速后撤退出神殿。院子的杂草里，还有刚才城门上的骷髅……我紧张地四处观察，在确认没有太攀蛇出没以后，我们才撤出了第二道城门。

我们在第二道城门外等着袁帅，直到袁帅也退出第二道城门，那十几条剧毒太攀蛇没有再逼近的意思，而是一下散了开来，纷纷潜入第二进院落的荒草中，我们才长出一口气。

"这些毒蛇也真有意思，似乎把我们逼出第二道城门，它们就算完成了任务？"

"我猜……"袁帅满脸是汗，"我猜当年赤道王朝的王，就是安排这些剧毒的太攀蛇看守金库的。"

"守卫金库的蛇？那里面的黄金还在喽？"宇文问道。

我失望地摇摇头说："早没了，空空如也。"

"那这些蛇还守卫这里干吗？"宇文不解。

"习惯吧。使命已经融入基因了。"马建秋忽然说道。

"使命融入基因？"我看看马建秋，忽然对马建秋这句话很感兴趣。

马建秋却撇撇嘴："好了，这里也不宜久留！谁知道这些太攀蛇会不会突然冲出来……"

"下面该是水之神庙了吧？"秦悦向袁帅确认。

袁帅没有回复，我抿了抿干裂的嘴唇问他："我们已经一天没吃东西，没怎么喝水了。这个水之神庙，有水源吧？"

"希望有吧。"袁帅也抿了抿嘴唇说，"我们必须在天黑前赶到下一座神庙！"于是，我们继续向北赶路。我最后回头又瞥了一眼金之神庙。在夕阳掩映下，金之神庙像是缠绕上一层金色的光晕。我的眼前似乎浮现出了万年之前的场景——赤道王朝用活人献祭给这里的神……鲜活的少女被投入戒备森严的金库，里面爬满了饥饿的剧毒太攀蛇……

17

离开金之神庙，天已经渐渐黑了，我们心中焦急，加快了脚步，可是走了半个小时，依然没有见到水之神庙，一天的惊吓与奔波，让我们体内水分快速流失，如果不能及时补充水分，我们很快就会陷入脱水症状。

赤道日落已算比较晚，但我们在森林里不断提升速度，到后来基本是跑步前进，依然没有看到水之神庙，剧烈的运动让我体内的水分流失更快。我喘着粗气奔跑，前方是越来越黑的前方，我不知是已经迷路，还是根本就没什么水之神庙。

当天完全黑下来时，我们终于停下了脚步。

"怎么办？天黑了！"宇文声音里透着恐惧。

"希望不要遇到什么怪兽……"马建秋神叨叨说着。

我狠狠瞪了一眼马建秋，刚要说什么，伊莎贝拉突然摁住我，压低声音说："听……"

我的心马上悬了起来，侧耳倾听，没有什么怪兽的叫声，似乎有水声从不远处传来……已经饥渴难耐的我们，眼里都露出了光芒，我判断出水声就在离我们左前方不远的位置。刚要迈步，秦悦却猛地拉住我。

"这……这不科学，我们现在应该是在高山之上，怎么会有水？"

"会不会是天池？"宇文猜测道。

"不，我听是流水声，应该是河……"伊莎贝拉说。

"高山上的河？"我狐疑着，使劲咽了咽口水，还是迈开了脚步，"这鬼地方就别讲什么科学了。"循着水声的方向，我迈着坚定的步伐，心中一万遍在呻吟着"我渴！我渴！我渴……"

我判断的方向基本上是正确的，在林子里穿行了五分钟后，水声越来越清晰。从天气来看，今晚没有暴雨，月色还挺明亮，我发现我们正在一片竹林之中，这还是上岛后第一次看见竹林，月光洒在竹林里，水流声越来越大。终于，当我们穿过竹林后，那座黑色建筑出现了。

水之神庙似乎与此前见到的神庙都不一样，云之神庙和风之神庙是三座神殿纵贯相连，层层递高，似乎是要连通天地，气势不凡。土之神庙与木之神庙规模不大，分别位于三色土与死亡森林中心，蕴含特殊意义。火之神庙与金之神庙则分立王之神庙两侧，如城堡般坚固，拱卫王之神庙。而眼前的建筑既不高大巍峨，也并不像城堡那般坚固。整体依托山势，蜿蜒盘旋，这难道就是水之神庙？

首先是一座石质牌坊，我用手电照向牌坊上面，上面依然写着黑轴文字。

"这牌坊倒是有中国味。"

"不止牌坊，整个建筑都挺像！"宇文也这么说。

这时，袁帅读出了牌坊上的黑轴文字："水之神庙。这里果然是水之神庙。"

我小心翼翼地从牌坊经过，靠近以后才看明白，整个水之神庙建筑错落有致，层层叠叠坐落在半山之上，后面就是黑漆漆的高山。而水之神庙有一圈巨石垒砌的围墙，不像火之神庙和金之神庙的城墙那样高大，但看上去也足够坚固。从牌坊开始，地面就铺设了一条蜿蜒的石板路，不远处的石板路尽头的围墙之间，院门洞开，准确地说是木门朽烂了，只剩下一道豁口。

我们跨过这条豁口，石板路变成了台阶，逐级而高，二十级台阶过后。我们已经站在拱形石桥之上，桥下的水声提醒我们下面是河。我打着手电照去，河并不宽，水流却相当湍急，我又抿了抿极度干渴的嘴唇，然后快步通过石桥。

石桥后面没有那么多的台阶，说明水之神庙的地势呈梯形升高，继续沿着石板路向前，前方貌似没有什么建筑。为了节约电池，我便关掉了手电，小心地踩在石板路上。我越往前走，月光越显暗淡，此时心中焦急，想赶紧找到水源，脚下加快了速度。又走了数百米后，秦悦突然在身后叫道："小心！"

我浑身一激灵，停下脚步，秦悦赶紧从身后扶住我，打开手电。我才发现脚下的石板路不知什么时候变成了不到一米宽的独木桥。大家都打开了手电，向四周照去确认，原来不是石板路变成独木桥，而是石板路两边现出了一个个正方形深坑，那些坑的直径都在十米左右，都是花岗岩砌成，非常规整，手电的光柱穿过重重黑雾，照射下去，深坑露出来的部分大约有五六米深，底部有水，水面浑浊，光柱无法穿透浑浊的水面，不知道底下有什么，刚才要是不小心掉进去……

"这……这是什么？"马建秋在后面问道。

"蓄水池啊。"我马上想到了，"每座神庙都有实用功能，水之神庙自然就是蓄水，毕竟山上的淡水资源并不多！"

"我们得赶紧回到刚才那条河边，这里的水不能喝吧？"马建秋催促道。

我用手电向前方照射，前方坡顶的位置好像有个建筑。我不敢再关上手电，小心翼翼地向那座建筑走去，两边的蓄水池一个接着一个出现，直到那座坡顶建筑。我登上台阶就见到了坡顶建筑，它不像之前见到的神庙那么高大，但体量依然巨大，呈正方形，长有近五十米，不过建筑四周没有加设围墙，更像是巨大的凉亭，或者说很像中国传统建筑中的凉殿。

我缓步走进凉殿，才看清楚它的全貌，四条宽大的通道汇聚到中间，而整个凉殿下面都是水，我不禁感叹道："好奇怪的结构，如果这是赤道王朝所建，实在是太超前了，而且还是全石建筑，不可思议。"

"其实也不奇怪，这里的建筑风格多样，既有像西方的高大神庙，又有像东方的庭院街坊，我想反而是后来者受到了赤道王朝的影响吧。"袁帅笃定地说着。

"这……"我对袁帅的假设颇为不解，"你的意思是不论东方、西方，后来的文明发展都受到了赤道王朝的影响。"

"说影响倒不至于！现在还不能肯定。我觉得用'基因'这个词更准确。"袁帅的眼里闪烁着骇人的光芒，"不论东方，还是西方，后来的文明发展都蕴含了赤道王朝的基因，这种基因很微小，可能并不引人注意，但却潜移默化地潜入了各个文明，甚至是美洲的文明。"

"中间的就是神位了吧？"秦悦的手电晃动，凉殿中央的高台上并列着三座黑色玻璃神位。

袁帅凑近用手电照去，里面似乎有水。黑轴文字在水波荡漾间若隐若现，袁帅马上就辨认出了三座神位。

"中间是——水之神，左侧的是——河之神，右侧的是——海之神。"

除此之外，在凉殿中就没再没有别的发现，我照着凉殿下面，黑幽幽的一潭死水，水面平静，但水下似乎隐隐有什么东西……

18

我正聚精会神地用手电照着凉殿下的水池，水面下影影绰绰似乎有什么东西。宇文突然说道："好像没见到活人献祭……"

宇文这句话把我惊得一哆嗦，手中的电筒差点掉下去，就在手抖的瞬间，我在浑浊的水面下隐约看到了累累白骨，我气得冲宇文喊道："你要的活人献祭都在下面。"

宇文也是一惊，赶紧过来，两只电筒同时照射下去，这才看到累累白骨，层层叠压，显然这里也维持了很长时间的活人献祭。就在我们聚精会神观察时，水下突然泛起一些波澜，似乎在水池的一角，我赶紧将手电的光线移到水池的角落，却什么都没发现，依然是一潭死水。

"你看到了什么吗？"我喃喃地问。

"看到什么？"

"水下的东西。"

"白骨？"

"不。刚才那边……水下有什么东西动了一下。"

"你别吓我，难道……难道是那条龙？"宇文一脸惊恐。

我们的谈话也引来了其他人，但是当手电筒的光集中照下去的时候，池水又变得异常安静！我无奈地站起身，又往凉殿周围照去，发现凉殿后面是一片空地，那里传来了流水声。于是我走出凉殿，小

心翼翼地靠近河边，这大概就是石桥下的那条河上游，再往河流上方
照去，河流从小瀑布上缓缓流下。我蹲在河边捧起河水，水质清澈洁
净，早已饥渴难耐的我，直接将手中的河水一饮而尽，秦悦刚要阻止
我却已然来不及。我看着秦悦的样子摆摆手说："我检查过，是流动
的水，而且从山上下来，清澈洁净，完全可以饮用。"

其他人也纷纷趴在河边，痛饮起来。袁帅喝了两口，就在附近寻
找树枝枯木，很快生起了一堆篝火。秦悦抿了抿干裂的嘴唇，无奈地
用瓶子接了些水，观察许久，喝了一口。

"怎么样，这水不错吧？"我用嘲讽的语气对秦悦说道。

秦悦瞪我一眼没有理我，宇文则替她说道："还有点甜！"

然后，他就继续畅饮起来，就在喝得痛快之时，袁帅脱了上衣就
往下游走去。

"我们也该好好洗洗了，两位女士就在这洗，男的去二十米外的
下游。"

我也该洗洗了。经历昨晚与野猪的战斗，血水、汗液、雨水，再
加上火山蚰蜒的尸体、汁水混杂在一起，身上早已变了味！我冲秦悦
笑笑，直接就走进河里，踩着河水向下游走去，清凉的河水浸透了干
裂红肿的肌肤，从没有过的舒爽！马建秋和宇文也走过来，我们四个
男的整个泡在了水里。回头望去，伊莎贝拉也泡在了水里，秦悦则在
篝火掩映下，观察了半天周围的环境，才脱去衣服，露出雪白的肌肤
和凹凸的身体，缓缓走进水里……

两位女士离篝火近，而我们这边则要黑得多，这条河只能算普

通溪流，不是很宽也不窄，不是很深也不算浅，我们几个都蹲下来，泡在靠河岸的浅水区。我泡了一会儿站了起来，水位只到腰部，我试着向河中心的深水区走去，但我脚底稍微一滑，便被吓得赶忙退了回来。这一幕被不远处的秦悦瞅见，发出一阵笑声，我怎么听都像是在笑我，心中颇为不忿，扭头向秦悦看去，只见秦悦捂着丰满的胸部，微微从靠河岸的浅水区站起，向河中心走了两步，然后很轻盈地跃进水里，河面上划出一道道美丽的波纹，秦悦很快便游到了河中心的深水区，然后挑衅般地冲我招了招手。但就一眨眼的工夫，秦悦不见了……

我的心马上紧张起来，刚想过去，就见秦悦猛地从河中心跃了起来，然后又消失在河中，又一眨眼的工夫，秦悦已经游到了浅水区，惊慌地赤裸身子奔上了岸。

"河里有什么东西……"秦悦惊呼道。

我们也是一惊，伊莎贝拉抱着衣服向河岸退去，我们四个也赶紧爬上岸边，浑身湿漉漉地跑了过来。当我们合流的时候，秦悦已经穿上内衣，依然惊魂未定。我看伊莎贝拉盯着秦悦雪白修长的大腿，也就看了过去，但秦悦的腿上没有伤口，也没有什么异常。秦悦扭头冲着我，眼里满是恐惧，我见秦悦没事，便故意开玩笑说："大腿还是很白，没受伤嘛。"

"刚……刚才我……我游到河中心时，感觉……感觉碰到了什么东西，然后……然后我就没敢动，感觉又有东西碰了我一下。"秦悦在努力保持镇定，但我知道她这回受到惊吓不小。

"会是什么东西？"

"难道是龙？"宇文又提到了龙。

"龙不会潜到水底吧？"我头脑有些混乱。

"不，那东西貌似很软，但却很有力量，我……我后来想上岸，却被那东西猛地顶了一下，幸亏我水性好……"秦悦稍稍恢复了镇定，从身边缓缓拿起M4突击步枪。

我们几个互相看看，然后纷纷抄起了消防斧、M4。伊莎贝拉也手拿格洛克17手枪，只有马建秋胆怯地撇撇嘴说了一句："我不会用枪。"

当我们全副武装地重新来到河边，河边却非常平静，静得没有一丝涟漪。刚才袭击秦悦的水下怪物是什么呢？难道只是秦悦的幻觉？

我们足足等了五分钟，洗澡，喝水，但腹中还是饥饿。水里最常见的活物肯定是鱼，如果能捕几条鱼，来一顿烤鱼大餐就好了。想到这里，我忽然来了兴趣，双脚再次踏入河中，光线不好，又没有鱼叉，我只好弯着腰，两眼注视着水面，借着岸上摇曳的篝火，只能看清靠岸的一片区域，河水清澈见底，水底的卵石都清晰可见，但是再往深水区，就看不太清了，是因为光线不够，还是因为……

我狐疑着，双脚又向前迈出一步，脸慢慢贴近水面，双手握紧斧头，又僵持了足有五分钟，水面依然很平静，什么也没有。我直起身扭动两下腰，回头看看，袁帅和宇文都比我靠后，我怎么在这么靠前的位置。我想着要往后退一步，但当我再弯下腰时，突然发现深水区的水变得浑浊起来，接着一个黑褐色的庞然大物从深水区游过来。

我就这样站在原地，顾此失彼，出于安全考虑要后退，出于好奇与饥饿又想前进，就在这进退维谷间，那东西直直地冲我游过来。宛如魔鬼般的脸，丑陋而又凶恶！让我心里猛地一颤，最后出于本能，我还是慌乱地向后退去，结果差点失去平衡，就要栽倒在河里，幸好我控制住了自己的身体，没有栽倒。同时，秦悦和宇文开枪了，袁帅也抛出了利斧。

19

浅水区的水瞬间变得浑浊起来，那东西在水里剧烈扭动了一下身体，很快又消失在深水区。水面很快恢复平静，浑浊的河水里泛起一些红色，那东西受伤了。我环视众人，无法判断是不是子弹打的，但我发现袁帅手里的消防斧不见了，河边也没有，而袁帅则立于水中，一声不吭，直直地望着水面出神。

"那是什么？"秦悦问道。

"一张丑陋而凶恶的脸，水中魔鬼。"我已然无法判断那是什么。

"应该是一条巨鲶！"袁帅说道。

"巨鲶？巨型鲶鱼？"

"嗯，身长有三米的巨鲶。"袁帅补充道。

袁帅的推断比较合理，我心下稍安后，说道："巨鲶虽然体形巨大，相貌丑陋，外表吓人，但是食草的，所以不用怕它，抓住它就够我们饱餐一顿的。"

"不过，巨鲶一般都生活在宽广的大河中下游，这里怎么会有呢……"袁帅疑惑道。

我们还来不及思考，就见河水再次变得浑浊不堪，一股巨大的力量在靠近我们，那条巨鲶又现身了，袁帅抛出去的消防斧正插在巨鲶宽大的后背上，巨鲶疼痛难忍，不断扭动肥硕的身躯。这次，不能再错过机会。我猛地冲进水里，举起斧头，对准不停翻滚的巨鲶，但却没有砍中，锋利的斧头竟插进了河床的卵石中。

秦悦和宇文想开枪，却瞄不准，巨鲶不停翻腾扭动着。袁帅冲了过来，将插在巨鲶背上的消防斧拔出，巨鲶用力扑腾，又要向深水区游去！最后时刻，袁帅再次挥舞利斧，砍向巨鲶，血水喷溅出来，巨鲶完全失去了方向感，使劲扑腾、扭动，再也无力游回深水区，但也不让我们抓住它。

我们与巨鲶又缠斗了十多分钟，还是无法制服这头垂死的大鱼，巨鲶太大太重了。与之搏斗，耗费了我们太多的体力。我拔出斧头又给了巨鲶头部一击，但巨鲶还是没有要死的意思。袁帅像是要使出浑身力气，伸手抱住了巨鲶，巨鲶发狂地在袁帅怀里翻腾，巨大的力量让袁帅根本抓不住它，我和宇文也冲上去帮忙，三个一起发力才连抱带拖地把这条近三米长的巨鲶拽上了岸。

拖上岸的巨鲶依然在使劲翻腾，有力的鱼尾拍得河滩上的卵石啪啪作响，溅起灰土和细碎的小卵石。等到巨鲶扑腾得差不多了，我和袁帅举起消防斧过来，左右开弓，又是一顿乱砍，巨鲶这才死绝。我和袁帅气喘吁吁地瘫坐在鹅卵石上，只能看着马建秋和宇文将鱼洗净，切成小块，秦悦和伊莎贝拉在用昨天我搞来的肉豆蔻烤鱼。

我们终于又可以饱餐一顿，虽说这个巨鲶的味道无法与野猪相提并论，但终于是让我们填饱肚子。吃完这顿烤鱼大餐，我和袁帅又小心翼翼地在河边清洗干净满是血迹和鱼腥味的衣服。我们洗完回到篝火旁边时，马建秋和宇文已经沉沉睡去，伊莎贝拉也靠着一棵树，似睡非睡，只有秦悦坐在篝火一侧，望着一颗弹壳出神。我瞥了眼秦悦手中的弹壳问道："这不是我在金之神庙金库里捡到的吗？"

秦悦若有所思点点头回应："我刚才仔细看了看，这是一颗五点五四毫米的子弹。"

"五点五四毫米？又能怎样？"袁帅对武器不是很精通。

而我则马上明白了秦悦的意思。

"五点五四毫米是苏式步枪的制式子弹口径！"

"所以这弹壳让你联想到……"袁帅这下明白了。

"我们在金库发现的这枚弹壳，说明持有S国制装备的人曾经来过这里，还有木之神庙门口没逃出去的那些尸骨留下的那柄军用匕首像是也有年头了，这都说明在几十年前，有一支全副武装的探险队来过这里。"秦悦又接着说，"几十年前，全副武装的探险队，你们想想会是谁？"

"格林诺夫他们？"我脱口而出。但我马上就又自我否定起来，"可是我们在荒原大字，并没有找到格林诺夫他们来过这里的线索啊？"

"不一定留下资料，留下资料也不一定就能看到。还有一种可能，这个岛上发生的一切是在基地覆灭之后！"秦悦推断说道。

"基地覆灭之后？一九八三……难道格林诺夫没死？"

"至少我们没有发现格林诺夫死亡的证据，基地当年的主要领导人，除了科莫夫将军外，其他人好像都消失了。"秦悦进一步推断道。

"那我们在山下二层小楼里发现的弹药呢？它们又属于谁？"我盯着不远处架在篝火旁的M4突击步枪。

"这些弹药显然是近期才放在那里的，不可能是格林诺夫那拨人……"秦悦若有所思地说着。

袁帅此时正陷入思考之中，默不作声。消失的格林诺夫，万里之外的海外荒岛出现的弹壳，这里究竟还隐藏着什么秘密，竟然吸引着格林诺夫那些科学魔鬼！想到这里，我的大脑一片空白，整整一天的惊吓和搏斗，早已让我精疲力竭，也不知什么时候，我竟昏昏睡去。

第五章 门口秘境

1

也不知睡了多久，半睡半梦间，一个奇异的声音把我唤醒，我猛地睁开眼，发现自己躺在篝火旁，那个声音还在不断传来，我循声望去，发现声音是从秦悦背包里传来的，而秦悦也像是刚睡醒的样子，惺忪睡眼，盯着自己的背包出神。重复而有力的铃声，我马上想到了那部铱星电话。秦悦迷糊地看看我，我猛地扑向她的背包，掏出了那部铱星电话，电话里传来一阵外语，我仔细听是英语，很不标准的英语，伊莎贝拉也被惊醒，她看我满脸的困惑，就跑过来听铱星电话里传来的声音，我能听出来对方在反复说着什么，反复听了三遍后，我总算大概明白对方在讲什么了。

"我要告诉大家一个好消息！"

此时，大家都已经被吵醒，怔怔地瞧着我手中的铱星电话，铱星电话信号又开始断断续续，直到最后没了声音……我有些激动地对大家说："是I国的海事部门，我和史密斯在下船时，用船上的设备和这部铱星电话发出了呼救信号。I国的海事部门刚才告诉我们，两天后的中午会来解救我们，不过要求我们在后天中午到达指定位置。"

"指定位置在什么地方？"大家都围拢过来。

"说是一个叫班达克湾的地方。"我努力回忆着铱星电话那头的声音。

"班达克湾是啥地方？"马建秋和宇文都是一脸懵。

袁帅和伊莎贝拉像是知道什么情况，伊莎贝拉首先说道："这名字我见过，就是我上次来岛上飞机出事的地方。那个地方有块简陋的木牌子，上面有 I 国语言和当地语言写的文字，写的就是这个班达克湾。"

"对！我醒来的时候就在那附近，后来也一直在那附近活动！那里确实有块木牌子，就是这个名字！"袁帅补充道。

"怪了，这荒岛我们一路走下来，看不到当地人生活的痕迹，也没有当地人命名的地方，为何只是那个地方……"宇文大惑不解。

"这说明附近岛上的渔民偶尔也会来这里，并且命名了一个地名！"秦悦推测道。

"问题是为什么在那里？为什么偏偏是那个地方？"我的目光落在了伊莎贝拉和袁帅身上。

"我在那独自生活了一段时间，我感觉那地方与岛上其他地方不太一样，那片海湾给我一种安全感，而其他地方没有，一进入雨林深处，我就会感到危险，所以那段时间我从不敢往雨林深处走。"

"是的，我也有这样的感觉。班达克湾是一处海湾，风平浪静，天气一直不错……"伊莎贝拉像是陷入了回忆，"我开始请的向导怎么都不敢来这座岛，说这座岛不吉，他们都很畏惧，而飞行员开始也不敢来，说这附近海域天气多变，气象诡异，后来我们飞机果然出事，飞行员就想到了班达克湾，所以最后我们迫降在班达克湾。估计附近岛上的渔民唯一敢来的地方就是这个班达克湾。"

"好吧！那这个班达克湾就是我们的生门，必须在后天中午到达……"现在即将破晓，连续在岛上的奔波、惊吓、搏斗，实在太累了，这一觉让我们迅速补充了体力，我环视众人说道："留给我们的时间不多！后天中午，也就是两天时间。"

"但是……"伊莎贝拉欲言又止，我已经大概猜到了伊莎贝拉的意思，她是蓝血团的人，最早就是她找我想解开赤道王朝的谜团，只是没料到我们以这样的方式造访赤道岛，如果我们后天就被救，伊莎贝拉估计心有不甘吧。

伊莎贝拉犹豫了半天，什么都没说看了一眼袁帅。袁帅依然很淡定，并没流露出不舍，我有些狐疑，马建秋这时候问道："那我们现在该往哪走？"

"伊莎贝拉和帅都说过，班达克湾在岛的东海岸，而我们搁浅上岸的地方是在岛的西海岸，我们不能走回头路……"我说着往我们身后的高山望去。此时，我从未觉得神庙所在的这座山有这么高大，"我们必须翻过，或者绕过这座山。据我一路观察，如果我没判断错，神庙一字排开，这是一条横断山脉，这条山脉和山脉下的深涧位于整个岛屿中部，所以我们要翻过，或者绕过这座山，才能抵达东海岸的班达克湾。"

"绕过恐怕时间来不及，翻过……神庙后面的山都是绝壁，我们也没有发现有其他的路可以翻过去，除了……"

马建秋想了想，然后很肯定地说道："除了王之神庙！"

王之神庙！大家围着篝火面面相觑，一阵沉默过后，秦悦首先说道："对，王之神庙像是把山脉劈开一样，只要通过那扇门应该就能前往山的那头，就是它的大门打不开！"

我快速将我们上岛后所走过的路在脑子里过了一遍，如果我们现在位于整个岛的中部，要想在两天时间内到达东海岸，最便捷的路径当然是王之神庙，王之神庙建成城堡样式，便是有军事防御功能，它横在两山之间，一定起到关隘的作用，王之神庙后面应该有路通往山那头……但是拱卫王之神庙的金之神庙、火之神庙等都如此凶险，王之神庙很可能更是凶险异常。更何况现在连大门都打不开……如果绕过去，那还要先原路返回，再一直走回云之神庙，从熔岩大道回到山下，然后再找出路，且不说这一路凶险，也不说能否找到出路，就是时间也来不及。所以不能原路返回……那么还有一条路，就是顺着我们来时的路，继续向北，水之神庙再往下走会有什么？也许还有别的通道可以翻过这座横亘在岛中央的高大山脉，再不济一直走下去，应该会是一条下山的路，先下到岛的北面再说。想到这里，我打定了主意："我们不能往回走，也进不去王之神庙，所以我们继续往北走，你们想想水之神庙再往下会是什么？或许会有别的通道，让我们翻过这座高山！"

"可……"马建秋面露难色，"可我们根本不知道往北走下去，还要走多远才能有路翻过山脉。"

这次我改变了对马建秋的态度，很诚恳地对他说："我们现在只能走一步算一步了。"

宇文肯定支持我，伊莎贝拉和袁帅没有说什么，秦悦犹豫了会儿，也点头赞同我，马建秋见自己人单势孤，似乎还想争辩什么。我站起身收拾行囊，然后凑近马建秋对他说道："你是聪明人，会跟我们一起走吧？"

我说得很诚恳，也带有威胁的意思。既然时间紧张，那么我们就不等天亮了，天色渐渐亮起来，我们收拾好行囊，灭了篝火，便启程上路。我在前面领路，走出水之神庙时，天色已经越来越亮，我终于看清楚那条河缓缓从神庙旁的一座水坝流出，一直蜿蜒流下去，我用指南针定位，发现河流的方向就是北方，就此决定沿着河左岸走下去。

2

清晨，山上又升起薄雾，开始路还比较好走，但沿着河越往下走，树木杂草越是繁茂，最后完全是在浓密的原始森林里前进，我和宇文不断挥舞斧头，砍去藤蔓、树杈，马建秋又在后面抱怨起来："这能不能走下去啊？不对吧？"

我手握利斧，回头瞪了一眼马建秋。我其实心里也没底，这么下去，完全不知道能否走到最后。宇文不声不吭地砍出一条道路，又艰难走了一段，白雾越来越浓，而且我发现我们渐渐离开了河岸，不免心中焦虑起来，再往前走，我感觉地势略微有所升高。终于，在宇文砍倒一片藤蔓荆棘之后，我们又看见了河。只是此时，我们所站的位置明显高于河，探身望去，河水变得湍急起来，河床中凸出许多大大小小的石块，激起湍急的河水，掀起阵阵浪花，发出巨大的响声，升腾起一团水雾。

大家互相对视，指望我能给他们指引方向，我只得暗暗叫苦，谁叫我有地理系讲师的职称。白雾与水雾交织在一起，越来越浓，我和宇文只得继续挥舞斧头，向前开路。

又向前艰难走了五十米，浓雾完全包围了我们，我们只能听到河水咆哮的声音，已经看不到河水，我只得停下来，静静观察，刚才地势一直在微微抬高，水声越来越响！宇文握着斧头，盯着我，我指了指前方，"再往前面探探！"

宇文又挥舞斧头，砍去杂草、树杈与藤蔓，锋利的斧头一下下落下，交缠在一起的树杈与藤蔓应声断开，飞舞的木屑、湍急的河水、巨大的水声、升腾的水雾……突然，我想到了什么，心里猛地一颤，忙叫宇文，"停下来，前面是悬崖瀑……"

我话还没说完，宇文突然脚底一滑，猛地朝前栽了下去。我本能地去拉宇文，却什么都没抓到，我脚底也是一滑，竟也滑了下去，瞬间，我心里一沉，暗叫完了。自己和宇文都要死在这里了。可让我吃惊的是，当我滑下来时，下面竟不是万丈深渊，而是一个不规则的大平台，平台上满是厚厚的落叶、杂草和藤蔓，我重重地摔到巨大的藤蔓上，藤蔓竟很柔软，我的身体在上面还弹了两下，才又落稳。

宇文也躺在藤蔓上，两人的重量将巨大的藤蔓整个压了下来，惊魂未定，马上又想到木之神庙内那些吃人的藤蔓，吓得又在藤蔓上跳了起来！头顶传来秦悦他们焦急的惊呼声，我和宇文一起冲上面喊道："我们没死！下面有个大平台！还有这些藤蔓……"

我们发现藤蔓似乎并没有要吃我们的意思，大难不死，稍稍安心！我关切地在宇文身上摸摸，"吓死我了！你没受伤吧？"

"我迟早要死在你手里。"宇文说这话的时候居然还笑了。

从藤蔓上滑下来，我们仔细观察这里，这个大平明显台是人工构筑的，或者说是人工基于这里的环境改造的，大平台下面是一块突出悬崖的岩石，然后有人在这块岩石上修筑了这个平台，既然是人工修筑的，那么一定有通道上去，果然很快在大平台内侧发现了被藤蔓和杂草覆盖的阶梯，于是我们赶忙冲上面喊道："有阶梯可以通下来！"

秦悦和袁帅很快就用M4的刺刀艰难打开了一条路，从阶梯走了下来，我们都吃惊地观察着这里，首先我们来到大平台边缘，探出脑袋，往下望去，这会儿清晨的白雾渐渐散去，在水雾中，我们看见下面就是万仞绝壁。

"幸亏有这个平台，否则我和宇文要是掉到这悬崖下面……"我冷汗直冒，想起来就害怕。

再看平台虽不规整，却是用黑色花岗岩改造而成的。

"看上去是赤道王朝修的，那些神庙都好理解，这地方建这么个平台是什么意思？"

"难道又是一座神庙，或是某个神庙的一部分？"秦悦也大惑不解。

"这里已经远离水之神庙，应该不是水之神庙的一部分吧。就这么孤零零一个平台，应该也不是一座单独的神庙。"我不停地观察着周围。

"也没有发现黑轴文字。"袁帅查看了一圈说道。

"或许就是赤道王朝的王想来这里看瀑布……"马建秋随口说道。但我却心里一惊，回头盯着马建秋，马建秋忙又说道："我随便说说的啊！"

"你说的也许没错！"大家都被我的话搞蒙了，我慢慢将从昨天看到的一切都连在了一起，"赤道王朝在绝壁上修建这个大平台肯定不易，所以一定有特殊目的，而这个特殊目的很可能是关系到王的需求。"

"王的需求？"

我缓步走到大平台边缘，举目望去，白雾散去大半，水雾依然很大，在瀑布半空中形成了一道彩虹，而就在彩虹后面，一座青山影影绰绰，若隐若现……

3

我盯着对面若隐若现的青山，头脑在快速运转着，一幕幕画面闪现在我脑海中，我忽然全想明白了。

"嗯，王的需求！你们看，从这里能看到什么？"

"瀑布？彩虹？"

"不，是对面那座山，那座若隐若现的山！"我笃定地说道。

"山？"众人困惑，但此时袁帅似乎已经明白了我的意思。

"王来这里不是为了看瀑布，也不是为了看彩虹，而是为了看那座山。"我越说越激动起来，"帅昨天就根据神庙的命名，推断了神庙的排列，只是昨天搞错了王之神庙，但我刚才突然想通了……"

袁帅打断我说："你的意思王之神庙代表地球？"

"是的，就是代表地球。没想到赤道王朝的天文学竟然如此发达，这也再次印证了赤道王朝一定得到了闭源人后裔的帮助。"

我和袁帅两人聊得兴起，其他人依然一头雾水。袁帅赶紧解释道："我们在山上看到的八座神庙，是按照太阳系八大行星排列的，只是在命名上与现代的命名有些区别。第一座云之神庙代表离太阳最远的海王星，第二座风之神庙代表天王星，其后的土之神庙、木之神庙、火之神庙依次代表土星、木星、火星，而金之神庙与水之神庙则分别代表金星与水星。那么，介于火之神庙与金之神庙中间的王之神庙就只能是代表地球。八座神庙代表八大行星，而且排列顺序一模一样，昨天我忽略了地球。这个排列顺序也进一步说明赤道王朝的王权被神化。"

"你们说的这个跟大平台有啥关系呢？"秦悦还是不解。

我一拍秦悦肩膀说："你想啊，太阳系除了八大行星，最重要的是什么？"

"是……太阳。"秦悦还是挺聪明的。

"对，八大行星都是围绕太阳转的，赤道王朝费尽心机，不惜人力、物力、财力在山上建这么宏大的神庙群，肯定不会少了太阳，但是我们已经走到了头，山下就是悬崖峭壁，山后也是万仞绝壁，太阳在哪里呢？"

"就是对面那座山？"宇文和秦悦对我的观点还是持怀疑态度。

伊莎贝拉倒是听出了名堂。

"非鱼，我明白了，你想说那座山很可能就是黑轴吧？"

"对！很可能又是一座黑轴。闭源人建立的不止一处黑轴。"我越说越激动，越激动越要说，"我们已经证明一万年前赤道王朝得到了闭源人后裔帮助，才建立起如此辉煌的文明，那么岛上为何会有闭源人后裔？因为这里有一座黑轴。帅说王不惜劳民伤财建起这么宏大的神庙群，是为了神化王权，那么在这个岛上，甚至在附近很大一片区域内，最神秘、最有力量的就是那座黑轴，王若是得到黑轴的力量，保守黑轴的秘密，便能完成整个神化过程。所以这座岛上还有一座神庙——太阳神庙。"

"太阳神庙？"

"嗯，太阳神庙就在对面那座山里。那里应该隐藏着赤道王朝最后的秘密。"我指着对面那座山大声说道。

"但我们怎么过去呢？或者说赤道王朝那时候如何过去呢？"秦悦问道。

我怔怔地望着对面那座山，摇了摇头。"既然是赤道王朝最后的秘密，不管是当年，还是现在，想靠近那里都是不容易的。"

"所以王修建了这个平台，在这里祭祀……"宇文猜测道。

"不仅仅是祭祀，我觉得更是戒备。"伊莎贝拉说道。

"戒备？"我也吃了一惊。

伊莎贝拉依然保持着淡定的微笑。

"这一路走来，你们没看出来吗？整个山上的神庙体系，除了祭祀，更像是一座庞大的军事堡垒。每座神庙都有实用价值。云之神庙观象，风之神庙观星，土之神庙耕作，三座最远的神庙都负责贮存粮食，而木之神庙伐木，储藏木材，火之神庙冶炼，储藏兵器，金之神庙铸币，储藏财富，水之神庙则负责储水，保卫山上唯一的淡水资源。"

"所以一旦开战，或是发生危险，山上完全可以自给自足一段时间。"我马上明白了。

"不仅如此，帅说王权神化，即便没有危险，王也牢牢控制着祭祀权力，对神的解释权在他手中。其次，他还牢牢控制着王朝所有的财富，这是神化王权和加强控制的必要手段。"伊莎贝拉说着一指奔腾而下的瀑布，"你们再看这里的地形，山前是深涧，两侧则是悬崖绝壁，唯一的通道就是王之神庙前的大石桥。这样的地形易守难攻，完全构成一个封闭的堡垒，又可塑造一种与世隔绝、高高在上的感觉，更有利于王权神化，一举两得，绝佳的设计。"

"可我们昨天早上来云之神庙的那边并不悬崖绝壁啊……"秦悦喃喃问道，但是她马上自己就想明白了，"哦，我明白了，都是拜火山喷发所致！"

"对！如果没有那场毁灭赤道王朝的火山喷发，也就不会有那条熔岩大道，我们今天也就无法登上这座神庙之山。"伊莎贝拉的推断进一步解开了笼罩在这些神庙上的谜团。

此时，天色大亮，两条不大的虎鱼从瀑布跳到了大平台上，马建秋和宇文反应倒是够快。一下子就抓住了虎鱼，我因为刚刚的发现而激动，再加上昨晚吃得够撑，还不饿，但想想今天还不知道要遇到什么，怎么也得吃点。于是，我们就在大平台上生起篝火，又捕捉了几条鱼，开始烤鱼。

马建秋吃了一条烤鱼后，却又忧虑起来。

"虽然我们有了重大发现，但是也证明此路不通，我们现在该往哪里去？"

"太阳神庙……"伊莎贝拉嘴里喃喃说着，但她最后还是否定了自己，"太阳神庙我们先不考虑了，这边也过不去，原路返回也不是办法，我建议还是得去王之神庙想想办法。"

"想什么办法？门打不开。"马建秋也不顾形象，直接用手抹了抹嘴边的油。

大家又陷入沉默，最后袁帅打破沉默说道："想想这些武器和把我们绑到这里的人，再想想几十年前上岛的那伙人，还有恩里克率领的麦哲伦船队与郑和庞大的船队。他们难道都在王之神庙前止步不前了吗？不管怎样，我们都得再回去看看。"

我也没有更好的出路，只得赞同袁帅的建议，大家总算是达成了一致。就在这时，袁帅突然又捂住太阳穴，痛苦地呻吟起来，似乎很是痛苦……

4

面对袁帅的状况，我们束手无策，我和伊莎贝拉只能极力安抚袁帅。直到最后，伊莎贝拉紧紧将袁帅揽入怀中，袁帅才慢慢平静下来……秦悦小声问道："他以前也这样吗？"

我摇摇头，不知该如何回答，眼前的袁帅让我既熟悉又陌生，待袁帅完全恢复过来，伊莎贝拉才缓缓说道："在去荒原大字之前他从未有过这样的情况。"

"可……可我们也去了荒原大字，虽然遍体鳞伤，但后来也都恢复过来，并没什么后遗症。"

伊莎贝拉站起来，将我轻轻拉到一边小声说道："就是这次上岛之后……"

"那你带帅回去继承遗产的时候呢？"

"没有发现，也许那段时间……"伊莎贝拉像是在思考，"那段时间我并没有像这样跟他朝夕相处！所以我并不能……"

"也可能是在岛上疲劳惊吓所致，再加上这鬼天气造成的。"我只好这么安慰袁帅。

袁帅站起来冲我们摆摆手："我没事！赶紧出发吧，我们的时间不多了！"

"你真没……"

袁帅不等我说完，就走上阶梯，头也不回地进了茂密的雨林中，我也只好赶忙跟了上去。我们又回到雨林，不敢乱走，只好按来时的路，沿着河岸又回到了水之神庙。水之神庙还是那么安静地在竹林中，因为是我们已经来过的地方，所以我加快脚步，快速穿过了竹林，就在走出竹林的时候，我忽然在竹林边缘的一株竹子上，发现有些异样，我忙停住脚步，后退两步，一个清晰的符号出现在竹子上。

"这是很新的符号。"我用手摩挲着。

"一个叉！代表什么？"马建秋看看宇文。

宇文摇摇头提出假设："也可能是拉丁字母X。"

"总之，还有人在岛上。想想我们手中的武器。"我推测道。

"问题是他们想干什么？"秦悦死死盯着竹子身上的符号。

"我想这是某种标记。只是不知道他是怕迷路做的标记，还是给神秘人发的暗号。"

"暗号？"我警觉地扫视一遍众人。

"看我干吗？我说暗号不代表我们之中有内鬼。"宇文一脸不爽。

说着之间，就听不远处的雨林里传来一阵声响。

"有情况！"我立马弯腰端起枪，朝声响的地方追过去，我看见有个东西在茂密的林子里快速穿梭，是人还是动物？或是……来不及多想，我喊了一嗓子，紧接着就开了枪，子弹打在那个快速移动的东西周围，但那东西没有任何反应，只是继续在密林里快速穿梭。

秦悦也追了上来，她本是神枪手，就见秦悦追到我的身旁，站定，屏住呼吸，瞄准，射击，动作一气呵成，完美漂亮，但是那个东西微微停了一下，又继续快速往密林里钻去。

"连你都没打中，这东西成精啦！"

秦悦没理我，紧追几步，又站定，屏住呼吸，瞄准，射击……我觉得秦悦这次应该是打中了，可那东西依然没停下来，继续快速往密林深处移动。这东西的速度快得惊人，一般的人或动物，完全逃不过秦悦的这几枪，可是这个东西却……我狐疑地朝密林深处望去，秦悦显然短时间内体力消耗太大，她再次追过去，站定，想要射击，几次瞄准，却又放下了枪！

我也追了过去，站定，却怎么也无法瞄准，那东西在密林里穿行的速度让我吃惊。"究竟是什么东西？"

"不知道啊。要是人类有这个身手……"秦悦喘着粗气，脸色微微泛红。

"如果记号跟这个东西有关，那么肯定是人。"我回想着那个记号。

其他人也都跟了上来，再看密林深处，已经恢复了平静，大家七嘴八舌，我却发现大家已经偏离了原来的路线，想要回去却找不到路。我只好用原始的指南针重新规划路线，回去应该向南走，于是，我们只得在茂密的雨林中穿行，这是我们之前没走过的路，所以大大减缓了我们的速度。艰难穿行了两个小时左右，我们终于走出雨林，居然直接就到了王之神庙大门口。

"没看见金之神庙，就直接回到了这条大路。"我狐疑地观察着周围环境，与昨天下午我们来时并没有什么变化。

我和秦悦并排来到王之神庙那厚重坚固的花岗岩大门前，大门上裹着合金，在初升的旭日映照下，闪耀着夺目的光芒……我仰着头，仰望着这座壮美的大门，不觉有些痴迷，在痴迷中，我们两人伸出手臂，用力去推厚重的花岗岩石门，大门依旧纹丝不动。

宇文、袁帅、马建秋，还有伊莎贝拉也一起上来帮忙，石门往里面动了下，却仍然没有推开。如此三番，我们又累又失望，每个人都深知如果无法推开石门，就只得顺原路返回，那样也就不可能在后天中午之前到达东海岸的班达克湾。

我喘着粗气，瘫坐在大门前的石壁下。宇文也凑过来准备坐在我边上，宇文身后背着一柄消防斧。他坐下来的时候，消防斧刚好蹭到身后的石壁，发出刺耳的声音。我一皱眉，扭头去看，宇文已经靠着石壁坐了下来，身后的消防斧在石壁上划出了一道道长长的痕迹，一直拖到石壁底部。我刚想提醒宇文，却发现消防斧划开了石壁底部的苔藓，原本厚厚的苔藓被蹭掉了一大块，里面隐约现出了一些符号……

好像是字母。我用手抹去石壁上残留的苔藓，一行拉丁字母显露出来，宇文也注意到了石壁下方的异常，他转身看着石壁上的字母，不禁念出了声来："海外……还有……大陆！"

5

"海外还有大陆。这是什么意思？"我吃惊地盯着这行拉丁字母。

"这是西班牙语，这句话出自西班牙国徽上的铭文。早期西班牙国徽上写的是'海外不再有新大陆'，大航海时代之后，西班牙国徽上的铭文就改成了这句——海外还有大陆。"

"这又能说明什么？"可能刚才推门推的有点儿缺氧，头脑转不太动。

"还记得恩里克的警告吗？"

"千万不要进入那条峡谷。还有那座神庙。千万不要！我们付出了航行途中最惨重的代价！上帝宽恕我们，宽恕我们的贪婪。"我马上想起了恩里克的警告。

"神庙，峡谷。当时我们还猜想是指哪，我们现在探索一圈又发现了这句话，结果已经很明显了，神庙就是指的山上这些神庙。至于峡谷的场所，这里地势就像两山被劈开来一样，不就是峡谷吗？"宇文解释说道。

"有点意思，王之神庙建在峡谷中间。"秦悦也听到了宇文的分析。

"恩里克反复警告不要进入，他们显然是进入了，付出了惨重代价，他没明说是什么惨重代价！但从我们在几座神庙遇险的情况看是够凶险的。"宇文进一步解释道。

我想了想却摇头道："不对啊！这一路我们虽然遭受危险，还发现了几十年前探险队的遗骨，却没有见到一具麦哲伦船队的遗骸，如果他们遭遇了危险，怎么会……"

袁帅这时候打断我说："不仅仅是这个，我看了恩里克的刻记，他说的是'千万不要进入那条峡谷'，然后才是'还有那座神庙'，听上去是递进关系，如果这座大门里面是峡谷，那我们则是先经历了神庙，再进入峡谷。还有，恩里克的刻记说的是'还有那座'，他应该是单指某一座神庙，而不是我们经历的那些神庙。"

"我们在好几座神庙都遇到了危险，他说的是哪座呢？"马建秋问道。

"我想……"袁帅沉吟片刻，才又说道，"我想或许我们还没进入恩里克说的那条峡谷和那座神庙！"

"什么？我们经历的七座神庙还不算凶险！"马建秋和宇文都有些吃惊。

我思虑一番后点了点头说："不错，我觉得帅说的对。恩里克说的那座神庙，很有可能是我们还没进入的两座神庙。"

"你是说王之神庙和太阳神庙？"秦悦脱口而出。

"峡谷？很可能指的就是我们眼前这条峡谷。"

想到这里，我又动手扒去附近石壁所有的苔藓，那句"海外还有大陆"旁边又出现一个箭头，箭头的方向正指向王之神庙的花岗岩大门。

"看来恩里克他们进入过王之神庙！"

"既然他们进入过，怎么大门又关上了？"宇文问道。

"有两种可能，其一是有其他人从里面把大门又关上了。还有一种可能是恩里克他们逃出来后，自己从外面将大门关上的。"我推测道。

"这两种可能都不太好。"秦悦小声说。

"是啊，都不怎么样。且不说第一种可能，想想那第二种可能，恩里克的警告说明里面有他们极为惧怕的东西，那么他们为了逃命从外面将大门封死的可能性很大。"

"从外面怎么能把石门关紧？"秦悦不解。

我沉吟许久，然后猛一抬头，此时袁帅眼里正好泛出光芒，我知道我们想到一起去了。

"有办法可以从外面关上石门。"

说着，我站起身，走到花岗岩石门中间，推开手电，手电的光柱正好可以从两扇对开石门中间射入，我紧紧趴在石门门缝往里面望去，借助手电的照射，在一片黑暗中，我依稀看见在两扇石门后面顶着一块长方形青石，青石一端顶在门后的地槽内，而另一端就顶在两扇石门中间，所以我们在外面怎么也推不开。

我心里这下子有底了，回身抄起一柄消防斧说道："他们使用的方法，是顶门石。"

"你有办法？"秦悦问道。

我笑了笑，然后将消防斧从石门门缝探进去，青石还挺大的，消防斧的长度不够，我又拿M4突击步枪探进去，长度还是差点，而且枪头使不上力。于是，我掉了个方向，将枪托探进去，手里吃力地端着枪头，然后对其他人发号施令。

"宇文、帅，你们左边，两位女士和马建秋右边，听我口令，同时往里推。"

众人使劲，两扇石门微微往里去了点儿，我将身子向前探去，终于，枪托抵上了青石，我双手紧紧攥住枪头，然后使出浑身力气往后顶。我几乎耗尽了全力，青石只是微微抬起……我冲着秦悦喊道：

"你快来帮我，两边继续往里推。"

秦悦赶紧过来，脸部贴近门缝，将双手伸进去，四只手握在一起，死死攥住枪头，我们差不多是脸贴着脸，一起用力。终于，M4步枪的枪托将门后的青石板给撬了起来。其他人再一起用力，门缝越来越大，我和秦悦的身子不断靠向前……最后，当我和秦悦双双向前倒地时，门后的青石板终于被我们顶开了。此后，仅仅是宇文和马建秋两个人，没费什么气力，就听吱呀一声沉闷的响声，两扇厚重的花岗岩石门就被很轻松地推开了。

我和秦悦站起来，拍拍身上的尘土，来不及感叹这大门的巧妙设计，以及门轴是多么坚固耐用。我们就被眼前的景象所震撼——经过长长的一段甬道后，门后的世界豁然开朗，两山环抱间有一大块平坦的空地上，一座座恢宏的建筑隐约现出了轮廓。

6

穿过长长的甬道，前方是两山耸峙间的一大块平坦的空地，三座独立的高台建筑坐落在此。正前方的建筑尤为高大，超过我们之前见过的所有建筑，整体建筑像是一座建于层层高台之上的神殿，由巨大的花岗岩巨石严丝合缝地堆砌而成。神殿的屋檐、边角、柱子包着黄金，阳光从峡谷上方投射进来，让整座神殿金碧辉煌，不似人间，犹如天上。

我们都被眼前的景象所震惊，从未想到在这荒岛之上，竟能有如此壮美的建筑，之前的七座神庙已经足够震撼，但这座神殿让我们浑身在微微颤抖。我紧紧握着了秦悦的手，而另一只手则被宇文紧紧抓住……

"这……这就是王的新宫殿，王化身为神之后居住的神殿吗？"伊莎贝拉非常激动。

"而且还不止一座建筑，王之神庙似乎是一组庞大的建筑群……"袁帅微微仰着头，观察着周围。

"看这两边的山，壁立千仞，像是硬生生开凿出来的。"秦悦将目光移到了两侧的绝壁高山。

"我估计两山之间原本就有一片平原，而通过人力打通山口，再在山口搭建城门，就可使王之神庙更加坚固和安全。"我做出了这样的假设。

我慢慢地又将目光移到了距离我们较近的那两座高台建筑上，左手的高台建筑也很高大，规模仅次于正面的神殿，这座建筑的屋檐、边角、柱子同样包着黄金，金碧辉煌。我不禁被这座高台建筑所吸引，只见这座建筑最顶端的巨石上阴刻着铭文，能看出来这铭文是用黄金铭刻的，这还是第一次见到。

我刚要扭头问袁帅铭文的含义，袁帅已经喃喃地读出了铭文的内容："光……明……神……殿……"

"光明神殿？"最顶端这行黄金铭文下面，隔了一段还有一行阴刻的铭文，同样是用黄金铭刻的，只是字体要小一点，"下面那行字体小一些的是什么字？"

"贵族院。"袁帅又读出了那几个字。

"贵族院？"我马上想到了罗马帝国时期的元老院，"既然赤道王朝已经形成了国家，就一定有国家的组织结构，只是我们还不清楚王朝的架构。"

"早期文明并不都是君主制，而是从原始社会发展来的贵族共和体制。我想赤道王朝也是类似的体制，所以我们看到的这座金碧辉煌的贵族院，就体现了贵族共和体制。"宇文推断道。

"如果是贵族共和体制，又怎么会叫'王朝'呢？"我直接否定了这个观点。

"赤道王朝的名字是后人起的……"宇文对我反驳道。

"是后人起的，但一定有其根源，要不为什么不叫赤道共和国呢？"我说着向伊莎贝拉寻求解释。

伊莎贝拉却没有理会我们的争论，她已经缓步迈上了光明神殿宽大而陡峭的台阶。

袁帅也跟着走上台阶，我们也都跟了上去。我注意到每级台阶的边角都镶嵌了黄金，这种踩在黄金上的感觉真是……好极了。台阶的宽大展现着神殿的威仪，陡峭则让人心生敬畏，我加快脚步，很快就走上了最后一级台阶。

眼前是一块巨大的石壁，石壁上密密麻麻用黄金阴刻着黑轴文字，我们这一路还没有见过这么多的黑轴文字，袁帅也很惊喜，他激动地说："我觉得我们现在……我们即将触摸到赤道王朝的秘密了……"

我也抱持同样的观点，我们都聚拢到了石壁周围。这是一整块

307

的黑色花岗岩巨石，这块巨石让我想起了采石场那块没有完全开采下来的巨石，于是不禁感叹道："赤道王朝的采石、打磨技术可太惊人了。"

"是的！而且这么多年过去了，依然如此完好！"伊莎贝拉怔怔地盯着面前石壁上的文字。

袁帅盯着石碑上的刻字出神，久久没有说话，我不免焦急催问道："这上面究竟写的什么？"

"颂词！"袁帅和伊莎贝拉几乎同时脱口而出。

"颂词？"

"没错。歌颂赤道王朝王的颂词……"说着，袁帅就一口气将这篇颂词翻译了过来。

我王两百年诞辰执政百年之际，王与诸神在上，我等匍匐于地，谨颂如下：

我们曾经是那么弱小，那么卑微，那么无知，那么浅薄，那么自私，那么落后。凶猛的野兽袭击我们，暴怒的海洋覆灭我们，野蛮的异族奴役我们，凶残的敌人杀戮我们，可怕的疾病摧毁我们，无情的时间吞噬我们。

然而当那个美丽的午后，风暴洗涤了世间所有的尘埃，我们的王，与我们在森林中相会，您的身材是那么的伟岸，可以战胜所有的野兽与危险；您的头脑是那么的聪慧，可以知晓所有的知识与学问；您的面容是那么的威武，可以震慑所有的部族与敌人；您的见识是那么的渊博，可以通达所有的山川与海洋；您的目光是那么的明亮，可以洞悉所有的善恶与美丑；您的话语是那么的动人，可以感召所有的人心与鸟兽。

是您教会我们驯养与种植，让我们有食物可以果腹；

是您教会我们腌制与烹饪，让我们有美食可以享用；

是您教会我们取麻与织布，让我们有衣服可以蔽体；

是您教会我们采石与建筑，让我们有房屋可以居住；

是您教会我们伐木与造船，让我们有船只可以远航；

是您教会我们采矿与冶炼，让我们有金属可以制造；

是您教会我们锻造与合金，让我们有武器可以御敌；

是您教会我们铸币与商业，让我们有财富可以丰足；

是您教会我们观星与节气，让我们有历法可以占卜；

是您教会我们文字与数字，让我们有铭刻可以通神；

是您教会我们知识与科学，让我们有文化可以传播；

是您教会我们律法与德行，让我们有秩序可以遵循；

是您教会我们团结与协作，让我们有国家可以效忠；

是您教会我们谋略与军事，让我们有军队可以征服；

是您教会我们医病与制药，让我们有生命可以繁衍；

是您教会我们伦理与思想，让我们有文明可以骄傲。

啊！伟大啊，我们的王！啊！光荣啊，我们的国家！您就是神的化身，诸神的宠儿，诸神将您降于我们，给我们恩典，给我们光明，给我们一切！您就是王国万民所敬仰的神！在今年此刻，您两百年诞辰，执政百年之际，王国万民敬献此光明神殿，将您的功勋刻于此，供后代万世瞻仰！

7

当袁帅翻译完这长长的颂词，我们首先惊讶的是开头和最后提到的"我王两百年诞辰，执政百年之际"。我们完全被震慑到了，谁能活两百年，执政百年？不要说远古时代，就是医学发达的今天也不可能做到。

大家面面相觑，袁帅再次辨认了一遍："没错！就是这么写的！"

伊莎贝拉也点头确认："没错，两百年诞辰，执政百年。"

"会不会是夸大的敬语？实际并没有那么久远。"宇文根本不相信。

马建秋则说道："中国史书里记载的上古时期的君王也都活了百岁以上。舜王六十一岁登基，一百岁去世。尧王二十四岁登基，一百四十二岁去世。据说禹王就更厉害了，活了一百五十四岁。这可都是正史上记载的。"

"那些有人认为是夸大的，有人则相信是真实的……"我话说了一半看着袁帅，忽然明白了什么，"过去我一直以为中国史书里对上古帝王的记载都是夸大之言，但是我们已经知道黑轴文明与闭源人后裔的存在。"

"你是说很多文明的开创者都是闭源人后裔，所以才如此长寿？"秦悦也听明白了。

"梅什金的报告和袁正可都认为黑轴文明末期，闭源人随着医疗技术的进步，寿命长达几百岁，甚至千岁，那么试想一下，有闭源人后裔一直相对封闭，没有与我们现代人类的祖先通婚，那么他们活几百岁是有可能的。即便他们与现代人类祖先通婚，寿命也会比较长的。"我推测道。

"如果这个记载没问题，再结合我们在地牢里看到的那幅画，很多东西都明白了。这个王就是闭源人后裔，而后来将其他闭源人后裔囚禁在地牢中，自己独享万民尊崇的就是这个王。"袁帅做出了这样的推测。

"是对应上了。之前我还在猜囚禁闭源人后裔的那个人是他们中的叛徒，还是先民中的王……"

"叛徒？"伊莎贝拉打断我，又沉吟下来，像是在思考什么问题。

"当时我就倾向于王是闭源人后裔中的一个。先民当时还处于蛮荒时代，这个颂词第一段说得很明显，他们是那么弱小，卑微，无知，浅薄，自私，落后；随时可能被野兽袭击，被海洋覆灭，被异族奴役，被敌人杀戮，被疾病摧毁，被时间吞噬。可想而知，以先民当时的那种蛮荒落后是根本不可能建立起这样的文明的，只有掌握远远超越先民技术的闭源人后裔才可能领导他们建立这个王朝。"袁帅解释道。

"会不会现代人类早期的各个文明创造之初，都得到了闭源人后裔的支持？"袁帅的说法拓展了我的思路。

袁帅也表示同意："很有可能。所以各个民族的创世传说都十分接近，同时都将各个文明的祖先神化，因为祖先太过神奇，很多东西先民们无法理解，只能将这些神奇的闭源人后裔神化。"

我激动地两手一拍："这还真是重大发现。现代人类的祖先……各文明的创世神化……闭源人后裔……"

"下面第二段所记载的则完全证实了地牢刻画中的场景。然而当那个美丽的午后，风暴洗涤了世间所有的尘埃，我们的王，与我们在森林中相会。"袁帅眼里闪烁着动人的光芒，继续说，"这些岛屿的先民在暴风雨过后的雨林里，见到了这里的闭源人后裔。"

"这里只提到了王吗？"我向他们两人问道。

"显然是有意忽略了其他闭源人后裔，因为写下这些颂词的时候，王已经执政百年，其他闭源人后裔估计早就不在人世了，他们的历史当然也被王有意抹去了。"袁帅说着又指着第二段，"你们注意这里用了六句话称颂王，这里面不乏溢美之词，但也有重要的信息。比如这句'您的身材是那么的伟岸，可以战胜所有的野兽与危险'，这与我们获悉的情况吻合，闭源人和其后裔的身材明显要高于现代人类。"

秦悦马上想到了风之神庙的那些巨人尸骸："地牢里是空的，而风之神庙的观星台上则摆放着巨人的骨骸。那些闭源人后裔很可能最后被王用来献祭了。"

"很有可能。从我们发现的献祭尸骨推测，先民们的身材男性在一百六十到一百七十厘米，女性在一百五十到一百六十厘米，全世界早期文明先民的身高大多如此，但也有考古发现了一批巨人的骨骸，包括很多古籍上记载有巨人部落，现在想来那很有可能是些闭源人后裔。"我进一步推测道。

"王居然杀害同类。"宇文嘟囔了一句。

"具体怎么回事，还要往下看。"袁帅又继续指着第二段，"第二段剩下几句都是称颂王的与众不同，智慧、威武、知识渊博、洞察人心等等，这些都好理解。因为当时，他们根本不是一个维度的人，所以先民们当然感到震惊，只能将王当神一样供奉起来。当然，先民们也不是一开始就将王当神一样供奉，而是王确实为他们做了很多事，这就是整个第三段的内容，连续用十六句详细讲述王做了什么事，可以说先民什么都不会，但被王这一教，很快就进入了文明时代。第一句说王教会了他们驯养和种植，这句明显说明先民们在此之前处于只会打猎的蛮荒时代。第二句说王教会了腌制与烹饪，这点我们在风之神庙已经知道了，我想香料应该是王朝很重要的一笔财富。第三句有点意思，说王教会了他们取麻和织布，这说明赤道王朝他们穿的衣服是麻布的。"

"这里的气候显然无法种植棉花，更无法养蚕缫丝，所以只能从植物中提取麻，在当时已经算好的了。第四句说的王教会他们采石与建筑，我们已经都看到了，只是没有明说这么巨大的花岗岩他们是如何开采，又是如何打磨建房的。第五句说伐木与造船，这个我们在木之神庙也见到了，赤道王朝很有意思的一点是他们房屋都是石质的，伐木并不是用来盖房子，而主要用来造船远航，这也充分说明赤道王朝是一个航海发达的海洋大国，它的疆域并不止于此，而包括周围许多岛屿，所以他们的航海一定是发达的。"

"所以他们的文明没有延续下去，但文明的火种很可能通过海洋传播开来，既传到了东方，也传到了西方，东亚，南亚，中东，欧洲，甚至美洲……"我感叹道。

"正因为此，各个文明之间会有看似细微，却很重要的联系与共性。第六句说王教会了先民采矿与冶炼，我们没直接看到先民的矿井与冶炼，但赤道王朝的工具非常精良。不过第七句提到了合金，这是我们一直没能破解的东西，正是赤道王朝学会了合金技术，使他们的武器非常先进，在当时可以说是无敌。"

"但依我看，赤道王朝的合金制品都不如这件十六边形手环。"伊莎贝拉轻轻抬起手臂，在我们面前展示出了精美的十六边形手环，"这件十六边形手环很可能是黑轴末期的产品，而赤道王朝因为受限于当时的技术水平，无法造出达到这个标准的合金制品，不过他们的合金也已经很厉害了。"

"还有一种可能是王故意不让赤道王朝造出更坚硬的合金制品。"袁帅说道。

"你为何会这么想？"伊莎贝拉反问道。

"没证据，只是我的感觉。第八句也很重要，王教会他们铸币与商业，金库已经荡然无存，但赤道王朝的商业在当时理应是很发达的，他们通过开矿和商业，获得了巨大的财富。第九句王教会他们观星与节气，注意他们学会了观星与节气，并不是用于农业，或是研究天文，而是为了占卜。"

"很多文明早期观星不就是为了占卜吗？"秦悦问道。

"不错。几乎所有文明早期都对星空感兴趣，但他们大都不是为了天文学研究，而是占卜。这里面就有一个问题，我想闭源人对天文、天体物理很有研究，要知道这座山上的神庙排列顺序可跟太阳系八大行星一模一样，这应该就是王本人设计的。那如果是王教会他们观星和节气，难道仅仅是为了占卜？"

"王很可能是教给他们一些，但没完全传授给他们。"我分析说。

"不错，我也是这么想的，这就要看王的动机。现在还说不好，但我觉得王只是为了达到他统治的目的，并不是想将闭源人的文明和技术传播下去。所以他一方面教授知识，富国强兵，另一方面又将自己神化，采取愚民政策。下面几句就更直接反映了这种矛盾。第十句中的王教会他们文字与数字，却是为了铭刻以通神。所以我们为什么在山上，在岛上其他地方没见到文字，而文字都铭刻在神庙上。"

"我明白了，这也是神化王权的一部分。在黑轴时代承载知识与文化的文字和数字，到了王的手里，却把它作为愚弄先民的工具，他并不将黑轴文字教给王朝所有的人，而只教给少部分贵族与官吏，然后只铭刻在神庙之上，让平民和奴隶都觉得文字很神奇，是用来通神的，而精通文字的王就成了神的化身。"我忽然觉得这个迷雾中的王，闭源人后裔的叛徒肖像越来越清晰起来。

"不错。就是这个意思。再看第十一句中的王教会了他们知识与科学，这就与通神矛盾，我想王的内心也是矛盾的吧。第十二句更加矛盾，王教会了他们律法与德行，是为了建立秩序，第十三句王教

会他们团结与协作，第十四句王教会他们谋略与军事，这几句反复
冲突，有的是为了建立文明，传播知识、文化，有的则是为了深化王
权，维护王的统治。第十五句，王教会我们医病与制药，先民因为医
学落后，死亡率估计不低，寿命很短，所以对长寿的王很是崇拜，那
么王会将什么药传给先民，这个很有意思。至于最后一句伦理与思
想，我们目前还不甚了解。至于最后一段就完全是歌功颂德，值得注
意的就是如我最初推测的——王权神化，臣民们将王与神并列称颂，
甚至称颂王多于神。"

8

袁帅解说完这篇颂词，赤道王朝和王的早期历史已经清晰地展现
出来，这是一篇颂词，也是一篇赤道王朝的历史。我们咀嚼着颂词的
内容，绕过这面巨大的石壁，展现在我们面前的是一座巨大的下沉式
中庭，很像现在的体育馆，也很像老王宫顶上的情形。一层层逐级而
下，最下面是一处正方形的空间，正方形空间顶上则是一个天井，阳
光可以直射进中庭，层层石阶的边角上也镶嵌着黄金，我估摸这里就
是贵族们开会的地方，石阶上就是他们的座位。

我们在中庭内转悠了一阵，并没什么发现，只是在正对着刻有
颂词的石壁对面，也就是中庭的另一边同样有一块一模一样的巨大石
壁。石壁上同样用黄金刻了一段话，这段话看上去不长，只有几行，
伊莎贝拉就直接翻译了这段话：

你等的谦卑、忠诚我与众神已经知晓。我与众神商议后，决定以此光明神殿，作为贵族们商议国是、祈祷众神之所。你等若时时刻刻如此谦卑、忠诚，我与众神必定长长久久护佑你等，保你等平安、富贵。

"这像是以王的口气说的，好似圣旨一样。意思倒是很简单，就是笑纳了贵族、臣民们敬献的这座光明神殿，包括那篇极尽赞美的颂词，然后王命令将此神殿作为贵族议事与祈祷的地方，也就是我们看到的贵族院。"我解释道。

"有价值的信息并不是这些。而是在这篇王的命令里，王完全是以神的口吻在说话，而且处处将自己与众神并列，早期文明大都是信仰万物有灵，多神教。所以王将自己神格化的行为，就是处处将自己与其他众神并列。"袁帅进一步解释道。

我们解读完这面石壁，又绕到后面，后面是一个个房间，但我们勘察一遍，没什么发现有价值的资料，只得重新回到贵族院的颂词石壁前。站在这个位置向对面望去，对面也是一座高台建筑，但却没有贵族院宏大雄伟，更不及中间那座主殿。但我想这座建筑能与贵族院并排，一定很是重要。所以，我缓步走下了贵族院宽大陡峭的台阶，来到对面的高台建筑下。

这座建筑的台阶同样宽大，却不陡峭，因为建筑本身也没有贵族院那么高，所以我们很轻松地登上了不算太高的建筑。仰头望去，建筑顶上的花岗岩巨石上阴刻着几个黄金大字，袁帅直接读了出来——

内官署。

"内官署？你没翻错吧？"我又看看伊莎贝拉。

"对，按意思翻译就是内部官署的意思。"

伊莎贝拉表示没有问题。

"好吧，这不会是大内总管吧？里面都是太监宦官。"我戏谑道。

"也可能是像清代的内务府，管皇宫内部事务……"宇文也胡乱猜测。

"好了！别乱猜了，前面又有一块石壁。"秦悦已经往里面走去。

果然，我也看见了就在进门的位置，有一面花岗岩石壁，看样子这块石壁比贵族院的那几块石壁都要小，但重要的是上面有铭刻，而且是黄金阴刻的文字！我们全都围拢到这面石壁前，袁帅缓缓读出了石壁上的黑轴文字。

内官署职责重大，上承王旨，下控百僚，维系王朝运转，接受各部朝觐，实为王朝之中枢，极为重要机密之所在。因此，各位同僚，身负重任，不论来自七部或是本岛，也不论出自贵胄还是平民，需时时谨记：在这里你们是王选拔的精英，是神忠实的奴仆，所以你们要忘记自己的出身，一心忠于我王！务必做到忠诚、勤恳、谨慎、守职、不贪财、不恋权位。

王储兼内大臣我王最亲爱最神勇的儿弘王子之训示

等袁帅翻译完，我已经理解了内官署是什么机构了。

"我们刚才都猜错了。内官署更像是清朝的军机处，明朝的内阁，唐宋的中书门下省，汉代的尚书台。"

"你说人话。"秦悦显然没听懂。

我说："古今中外，君主一直存在与相权之争，当君主觉得外朝那些由宰相领导的官僚机构不好用时，就会在君主身边，在内廷设立一个新的办事机构，然后逐步扩大这个新的不引人注目的办事机构的权力，逐步架空外朝的宰相。"

"这个内官署也是这样？"秦悦还是没理解透彻。

"鱼说的没错。落款证明这段话是弘王子训示的，弘王子是谁呢？是王最亲爱最神勇的儿子。这就让我想到一个问题，王既然背弃了闭源人后裔，那么他是跟谁通婚，生下这个弘王子的？弘王子又活了多少岁？到目前为止，我们所知道的王只有那一位赤道王朝的开国之王。"袁帅提出了新的疑问。

"弘王子活了多少岁不知道，不过他的身份除了是王子，还是王储兼内大臣。很有意思吧，也就是说弘王子是王的太子——王位继承人，至于他后来当没当上王，鉴于他爸如此长寿，我估计他没赶上！不要说他没赶上，他儿子赶没赶上也未可知。"还有这个内大臣，内大臣我估计就是内官署的最高长官，弘王子不仅是王储还兼任内大臣，足见内官署的重要性。我甚至可以推测赤道王朝的内官署一般都是由储君兼任，这样可以锻炼储君，提前做好接班准备。"

"提前做好接班准备？"袁帅听我这么说，若有所思。

"嗯，内官署的重要性第一句就言明'内官署职责重大，上承王旨，下控百僚，维系王朝运转，接受各部朝觐，实为王朝之中枢，极为重要机密之所在'，这就是内阁的意思，不过下面一句又说'各位同僚，身负重任，不论来自七部或是本岛，也不论出自贵胄还是平民，需时时谨记'。七部和本岛都是第一次出现。"

伊莎贝拉也加入了讨论。

"本岛很好理解，就是我们现在所在的这座大岛。至于七部……"我略作思考又说，"七部应该是周围各岛上七个大的部落。"

"也就是说赤道王朝是由本岛与七大部落组成的喽……"秦悦忽然想到了什么，"这个数字很有意思，似乎又对应我们经历的七个神庙，而本岛可以对应王之神庙。"

"那太阳神庙呢？"

秦悦被我问得一时语塞，我又接着说道："还有下面一句，不论出自贵胄还是平民，我之前说赤道王朝存在大批奴隶，早期文明都是奴隶制国家，但这句没有提到奴隶，我想在赤道王朝做官，进入内官署的人要么是贵族，要么是从平民中选拔的才能出众者。"

"但我想重要职位应该还是在贵族手中……"伊莎贝拉说道。

我摇摇头，回身指着对面的贵族院。

"那里面全是贵族，内官署的建筑虽没有贵族院壮美奢华，但与贵族院相对而立，王储兼领内大臣，实权远高于贵族院。王若是加强权力，肯定要有人制约贵族，而制约贵族的机构就是内官署，所以内官署内贵族与平民出身的官员都有，而且都有资格做到高位，甚至平民出身的人更有机会做到高位。"

"鱼说得对。"袁帅也赞同我，"所以下面弘王子才特别训示王选拔的精英，是神忠实的奴仆，所以你们要忘记自己的出身，一心忠于我王。务必做到忠诚、勤恳、谨慎、守职、不贪财、不恋权位。这训示看似一视同仁，其实是在拔高平民的地位，不管你是贵族出身，还是平民出身，都是王选拔的，都是神的奴仆，所以在这里都忘了出身，只有我王！正如我前面说的，这里所有的一切，建筑、文字、训示等，都是在强化王权。"

"那么奴隶出身的人呢？"马建秋问道。

"他们可能一辈子只能是奴隶。现在我们已经清楚了赤道王朝的社会阶层，王与神高高在上，包括有王血统的王族，是第一等；其次是七部与本岛的酋长贵族们，是第二等；再次是人身自由的平民，是第三等；最后是奴隶，他们是第四等。官吏与将领一般从贵族与平民阶层选拔，能进入内官署的应该是其中的佼佼者，这里很可能也是王朝最有文化的地方。"我如此推断道。

"王朝最有文化的地方？那我们应该会有所发现。"秦悦说着绕过石壁，率先走进了内官署。

内官署内光线有些暗，石壁后是一个厅，厅周围是三条走廊，每条走廊两边都是一间间宽大的房间，但让我们失望的是里面都是空的。

"我总有一种感觉，有人清理过赤道王朝的建筑，我们进入了几乎所有房间，里面都没有东西，之前没太在意，这里竟然也空空如也，这就不太正常了。"

我马上察觉到了问题。

"也许因为年代久远，早就烟消云散了。或者是因为历史上那一拨拨探险者、殖民者、渔民早就来光顾过这里了。"秦悦回道。

我却不这么认为。逛了一圈走廊两侧的房间，唯一的发现大概只有中间那条走廊的尽头，还有阶梯可以通往下面。

9

我们小心翼翼地从阶梯走到了下面，下面的走廊和房间都要局促得多，也不再有黄金装饰。里面依然空空如也。下面的走廊是一个凹字形回廊，当我们走到凹字形回廊其中一头时，我步入了一间有些局促的石屋，整个房间有十多平方米，靠外侧有一扇石栅栏窗，外面的光线照射进来，变得黯淡。

我环视整间房屋，地面落满灰土，靠窗的地方散落着不少落叶。石栅栏窗内也积满了落叶，我走到窗边，仰头透过几乎被灰土和落叶填满的石栅栏往外望去，这间房屋背靠着后面的山崖，光线并不好，现在已是正午，但能照进来的阳光很有限。

秦悦也走到石栅栏窗边上，盯着石栅栏说："这石头房子挺潮湿的。"

"是啊！热带雨林中的峡谷，又是背阴的房间。"我随口说道。

说着，我又将目光移到屋顶，屋顶是坚固的花岗岩，随着目光的移动，我的脚步也慢慢离开了石栅栏窗，突然，秦悦喊住了我。

"非鱼，你看这是什么？"

　　我忙回到窗前，顺着秦悦的目光，我发现在石栅栏窗外的窗台上，从山顶吹来的风倒灌下来，拂起了尘土和落叶，窗台的石板间似乎有些缝隙，我们都意识到这里有些蹊跷。

　　石栅栏之间的缝隙足够我手伸过去，我探出手臂试着用匕首插入缝隙处，轻轻一拨，缝隙变大了，我意识到这块石板不一般。很快我用匕首撬起了这块石板，原以为这石板很厚，但将石板撬起来后，才发现石板比我想象的要薄很多，秦悦也探出右手，去拿这块石板，当她的手拿起石板时，猛地一惊，忽闪着大眼睛看着我。

　　"不是石头的。"

　　"金属的？"我疑惑道。

　　当秦悦将这块长方形石板从石栅栏缝拿进来时，大家都聚拢了过来，我快速地拂去石板上面的灰土，表面平淡无奇，但当我用手接过石板时，我也马上意识到这不是一块石板，手感不对，重量也不对。这块板的重量要轻，比石板轻得多。

　　袁帅和伊莎贝拉几乎同时辨认出了这块板的材质。

　　"这是合金制成的。"

　　"合金？"我更加狐疑，"金属按理应该比石质要重些吧！"

　　"那要看是什么金属了，这显然是赤道王朝时期的一种合金。"伊莎贝拉解释道。

　　"我刚才也检查过别的房间，窗台上并没有发现这样的东西。"秦悦说道。

　　袁帅将这块合金板翻了过来，他轻轻抹去合金板上的灰土，一个个阴刻的黑轴文字显露出来，到最后合金板上竟密密麻麻全是黑轴文字。

"这……这是什么？算是……算是赤道王朝的书吗？"我马上联想到了书。

"各国早期文明都没有纸张，也没有我们后来意义上的书本，书写载体大都是石板、泥板，也有像中国那样的甲骨、竹简、木牍。所以我想这应该是一本赤道王朝的书，只是它刻在了合金板上。"袁帅推测道。

"这是刻上的吗？我记得中国周代的金文就是铸造在青铜器上的，但那是铸造的，而不是刻上的。"宇文说道。

"是啊，金属的东西刻上去多费劲，更何况也刻不好，一般金属上的文字都是铸造上去的。"我也稍加解释道。

袁帅仔细摩挲着合金板上的黑轴文字，皱着眉说："我现在也说不好。先民是怎么将文字弄上去的。我们对黑轴文明与赤道王朝都知之甚少，这块合金牌如此轻便，已经超出了我的预期。"

"我忽然想黑轴文明时期是用什么承载文字的呢？他们应该有纸张吧……"

"纸张太低级了，芯片应该是最起码的吧。"马建秋突然说了一句。

"芯片？"袁帅扭头看了看马建秋，像在思考。

"还是快看看上面写的是什么吧！"秦悦催促道。

袁帅认真翻译起合金板上的文字，随着袁帅的翻译，一段隐秘的王朝秘史缓缓展现在我们面前。

　　我是一名奴隶出身的奉命记录王朝历史的官吏，本来我这一生都没有资格进入王之神庙，没有资格进入内官署，更没有资格得到王的垂爱，可以常伴我王之侧，常蒙召见，委以重任。但是命运无常，造化弄人，让我改变了自己奴隶的命运，也使我得以窥见整个王朝的秘史，所以我觉得我有必要将我看到的一切都记录下来。

　　我父母都是虎部酋长的奴隶，我生来也就是虎部酋长的奴隶。在我年少时，虎部酋长的儿子图被派到王朝本岛来学习，同时作为人质。老酋长担心图被人欺辱，便选几名身强体健的武士和奴隶跟随图来到王朝，我因为水性绝佳，臂力过人而被选中，跟随图来到了王朝。

　　一次，图与一众贵族子弟随王海上狩猎，王孔武有力，水性更是王朝第一，一生仅有记载的狩猎就有：龙七，鲸一百七十六，虎一百六十八，犀二百三十三，鲨四百二十五，其余无数。但不知是因为王年事已高，还是别的原因，那天王在追捕一条鲨时，坠海，几欲死于鲨口。扈从武士数人下海即死于鲨口，众贵族子弟皆不敢下海救。危急之际，我舍身下海救王，并制服此鲨。我一时成为王朝的英雄，但也永远失去右臂。

　　王颇为感动，召见于我，免除了我奴隶之身，将我升为平民，并将我带回王之神庙。我永远忘不了那一天，那是我第一次进入王之神庙，被这里的金碧辉煌所震惊。以往图进入王之神庙，我因为卑贱的奴隶之身，只能陪伴图到石桥止，而那天我不仅进入了王之神庙，还被王带进了内宫，王命医官给我治疗伤口，王又命人教我文字与知识。

半年之后，我伤口愈合，并学会了文字，通晓了知识。王再次召见我，问我志向，我言愿为王驱使。王思虑良久，命我入内官署，为记录王朝大事的史官，又命我暗中监察百僚，特别是王族各王子与七部酋长贵族之间的往来，授我合金牌一面，可随时入各神庙、内宫及王朝各处。武士、官吏、贵族出入宫廷神庙，分持铁、铜、金牌，然合金牌甚少，只有王之最亲近之人才可持有，我备受感动，遂受王命，忠心记事。

眨眼六十年转瞬即逝，我已老朽。然六十年来，我位在中枢，眼见一幕幕悲欢离合，人欲贪婪，贵族争斗，尔虞我诈，同僚倾轧，天灾人祸，国事日颓，不觉愕然叹息，遂在大厦将倾之时，以老迈之躯，愤而将王朝之秘史记于此板，留予后世。众神已经震怒，它从地下喷薄而出，吞噬王朝的一切，这是众神对王朝最严厉的惩罚。

10

袁帅译完之后，我感到浑身的鸡皮疙瘩都起来了，心跳开始加速，从没有想过赤道王朝的秘史会这样慢慢展现在我们面前，我再次仔细打量我们所处的这个房间。

"这……这太让我震惊了。这个房间住的就是这位不知名的史官。"

"看来我们之前的推测是对的。赤道王朝分为王族、贵族、平民、奴隶四个等级，奴隶是不能当官的，但是也有特例，比如这位。"袁帅也有些激动地说，"奴隶只有为王和王朝立了大功，才能被提为平民，再经过学习，才有资格当官。注意能给奴隶改变阶层的特权只属于王。这点非常关键，这样王就可以通过这种手段，培植一批奴隶出身，绝对忠实于他的下属，比如这位不知名的史官。"

"就像在中东许多国家历史上，苏丹最信任的就是奴隶出身的近侍，后来这些近侍成为王国的支柱，甚至建立起自己的王朝，比如埃及的马穆鲁克王朝。"宇文说道。

"中国历史上的宦官也是这样，这些人身份低微，所有的一切都要依靠君主，因此会绝对依附于君主……"

"那什么是虎部？"秦悦问道。

"嗯，之前我们已经知道王朝除了本岛还有七部，虎部看来就是其中之一。这名奴隶出身的史官就来自虎部，文中还提到了一个叫'图'的虎部贵族。从图的经历看，也证实了我们之前的推测，王不放心各部贵族，从七部的贵族和平民中选拔人才，进入王朝当官，所以图这样的年轻贵族就被派到王朝来学习。由此可以看出，王与七部贵族之间的关系，既是合作，又互相防备。"袁帅开口道。

"从第三段看，贵族们还要护卫王狩猎，我想这更多的是一种仪式，也是王对七部贵族的一种震慑，可以展现王朝的强大。但就在一次狩猎中出了事，王险些命丧鲨口。"伊莎贝拉说道。

"有意思的是赤道王朝的狩猎是在海上？"秦悦疑惑问道。

"这不奇怪，这儿周围都是海洋，所以除了森林里的狩猎，很多狩猎活动都是在海上。"这次换我答道。

"奇怪的是王不是天生神力，各种外挂吗？而且文中还特地记载了王狩猎的辉煌战绩，怎么会在这次海上狩猎中出事了呢？"宇文说道。

"文里其实做了推测。无非两个原因，一个原因是王这时候年事已高，你们想想如果按贵族院颂词上的记载，王一百岁登基，此时估计差不多一百五十岁左右，难免要出事的。还有一个原因就是有人企图暗害王，毕竟我们已经知道王朝表面和谐，但并非铁板一块。"我推测道。

"龙七，鲸一百七十六，虎一百六十八，犀二百三十三，鲨四百二十五……你们注意到龙了吗？"伊莎贝拉收起了淡定从容的微笑，一脸严肃地看着我们。

"帅翻译的时候，我就注意到了。鲸，虎，犀，鲨，这几种动物我们现在都能看到，容易理解，这个'龙'不知道是什么，但说明岛上确实有龙。"我环视众人说道。

"我猜是某种爬行动物，比如科莫多龙之类的。"宇文猜测。

"请注意王对这五种动物的狩猎战绩，鲨鱼竟然多达四百二十五，犀牛也达到二百三十三头，老虎一百六十八头，最大的鲸也多达一百七十六头，最难捕获的显然是鲸，但也在三位数的战绩，而龙，王只捕获七条，显然龙的战斗力远超鲸、犀、鲨，你们从中可以想象一下这龙究竟有多强大。如果只是两米多长的科莫多龙，我想应该不会有那么巨大的差距吧。"伊莎贝拉提高了嗓音。

石屋内沉默下来，直到我打破了这种沉默。

"管它呢？即便再强大，王也能捕获七条，我们有枪，还怕它？袋狮不都被我们干掉了吗？"

秦悦一眼瞪我说："首先，袋狮不完全是我们干掉的。其次，你也应该知道，王的战绩显然不可能是他一个人完成的，很可能是集结整个王朝的军队，在狩猎过程中获取的，而我们只有几个人。再者，我是不相信岛上有什么龙。或者说我不相信这世上还有比科莫多龙更大的爬行动物，除非是有人复活的远古巨兽，那么这就有个问题，复活的远古巨兽是否会发生变异，变成更凶残的变异动物。"

秦悦思虑的还挺周全，我只好无奈地说："好吧！我只是想给大家打打气！"

"我们再看第四段，第四段里有一点提到奴隶是没有资格进入神庙的，这也和我之前的推断吻合。那些王朝的文字与知识，那些王朝的精英，全都只在这座山上，与平民和奴隶隔绝，王成功地利用这点，强化了他的统治，神化了自己，而……而这一切都因为他是闭源人后裔，掌握闭源人留下的一些文化与知识，谁获得这些知识和技术，谁就能富足、强大，而掌握这些知识和技术的人，以此来控制各部，谁听话，就让你得到一些知识和文化，让你日子过好些，王也就此满足了自己的欲望。"

"这点和袁正可倒是……"伊莎贝拉话说了一半，没再说下去。

袁帅的脸色变了，但他又继续说道："第五段里又透露了很重要一点，王不但任命这位奴隶为记载王朝历史的史官，还让他暗中监视百官，特别是监督王子与七部贵族之间的来往。"

"这位奴隶就出自虎部，是虎部贵族图的奴隶，他能忠于王，暗中监视他的主人吗？"马建秋问道。

"显然这时候图已经不是他的主人，王是他的新主人，虽然他不是奴隶，还做了官，但他奴隶的出身是不会完全被遗忘的，他只有绝对效忠更有权势的主人，才能获得一些前途。所以我们看到他很卖力地替王做事，王也很信任他，赐给他可以随时出入神庙与内官的合金牌。注意，这地方提到出入神庙与宫廷的武士、官吏、贵族分持铁、铜、金牌。我想武士与官吏大多是平民阶层，一部分是奴隶出身，武士可能地位更低一些，因为奴隶出身的人，没有从小学习，想当官不容易，更多可能是立有战功，成为武士。所以从他们佩戴的牌可以看出身份等级，而合金牌则只给王最信任的人，所以我们完全有理由相信这位史官记载的东西是最可靠的。"袁帅肯定了记录的真实性。

"毕竟他对王有救命之恩，所以王才这么信任他。"秦悦说道。

"合金在赤道王朝比黄金贵重，它的制作一定很困难。"宇文说道。

"不错！所以合金并没作为货币，而只是用在最重要的兵器制作和一些特殊制品上。所以这也从另一个侧面证明他在这块板上记载的东西非常有价值，否则他不会刻在这么贵重的合金板上。"袁帅答道。

"还有一点也可以看出这位史官非常刻苦努力，希望抓住机会改变自身命运。看到这里，整篇都是一部王朝奴隶奋斗史，可是最后一段他却话锋一转，变得非常失望，多是抱怨之词。"伊莎贝拉指着合金板说道。

"最后一段首先就让我震惊，这位史官竟然在王朝待了六十年，就算他二十岁来到王廷，此时也已八十岁，这个岁数在当时绝对是长寿。你们再听这句'遂在大厦将倾之时，以老迈之躯，愤而将王朝之秘史记于此板，留予后世'，讲得很清楚，他将这些刻在合金板上的目的，不是给王朝记史了，而是自己写下来，想留给后世。再有，他目睹了王朝最后的覆灭，还特别提到'众神已经震怒，它从地下喷薄而出，吞噬王朝的一切，这是众神对王朝最严厉的惩罚'……"

"他居然看到了火山喷发！"我惊道。

"对！他正是在火山已经喷发，王朝的最后岁月里，写下这些的。所以他记载的东西绝对真实。"袁帅笃定地说道。

"最后岁月？那么他的尸骨呢？"秦悦始终不忘本职。

我们面面相觑，又看了一遍这个房间，没有尸骸，连一点痕迹都没有。宇文忽然说道："他在王廷待了六十年，那么王难道一直活到了最后王朝覆灭？"

"这就要往下看了。"袁帅翻了翻这块合金板说，"这块就这么多文字，应该还有其他的合金板。"

我噌地又冲到石栅栏窗边。果然，我发现就在取出的这块合金板旁边，石板之间也露出了缝隙……于是，我和秦悦都将手伸过去，又翘起来六块板，抹去灰土，六块都是一模一样的合金板，上面密密麻麻刻满了黑轴文字，我按照原来在窗台上的摆放顺序排列。通过袁帅的仔细辨认和翻译，一部波澜壮阔的王朝史诗在我们面前徐徐展开。

第六章　王朝史书

1

一百多年前，没有王朝，更没有王，鹰、虎、蛇、鲨、龟、蝎、犀七部，互相杀戮，各自为战，刀耕火种，一片蛮荒。后有人发现本岛，对七部言：本岛宏大深远，物产丰富，但岛上有巨龙，无法久居。于是，七部酋长觊觎本岛，皆言谁能杀龙，则为英雄；谁能驯龙，则为王。

当此之时，七部之中，以鹰、虎两部实力最强，两部对本岛觊觎之心尤甚。某日，虎部酋长带人登岛，鹰部闻之，酋长亦带人入本岛。虎部于岛上遭遇巨龙，伤亡惨重，虎部酋长亦受伤，败退之际，又遇鹰部，恰在此时，巨龙追至。

就在虎、鹰二部酋长皆以为要命丧于此之时，一群本岛居民出现在他们面前，巨龙皆被他们驯服，二部惊异，之前有闻本岛居龙族，皆不信，今日始信。本岛居民与我们长相有异，其中有一人气度不凡，聪明智慧，便是王。王领两部酋长至本岛中，这里恍如隔世，处处异之，令两部大开眼界。

虎部酋长返回本部后，思本岛居民甚少，只有百余人，远少于七部，于是心生不轨，串联蛇、鲨、蝎几部，欲阴谋夺本岛。然其数万战士，虽勇而落后，皆不是王之对手。鹰、犀、龟三部闻之，亦率数万人静观，见虎、蛇、鲨、蝎数万人大败，遂心悦诚服，欲奉我王，并将女嫁于王，然王以年岁高推辞。鹰部酋长于是又说服虎部酋长，率七部朝觐，王始登位，七部皆言本岛居民为神族。

王创立文字与制度，教会我们一切，带我们走出蛮荒，王朝开始的二十年，一切都欣欣向荣，原本相互杀戮的七部停止了杀戮，团结在王的周围，一致对外，我们的疆域越来越辽阔，我们的人口越来越繁盛，我们的生活越来越富足，我们的文明越来越发达。

"以上是第二块合金板上的内容。"袁帅翻译完，缓缓放下手中的合金板，又说："这篇解释了我们很多谜团。比如七部原来是鹰、虎、蛇、鲨、龟、蝎、犀七部，我想这些部落之所以用动物命名，可能与他们各自的图腾有关。而本岛上则特别提到有龙。正因为此，本岛才没有居民，但也正因为本岛宏大深远，物产丰富，引起了七部的觊觎。"

"这篇文章还提到鹰、虎二部最强，那位史官就来自虎部。最有意思的是下面……"我看看众人，"下面提到了他们的会面，这里的记载比之前我们看到的刻画与颂词，都要详细，两个最强部落的酋长带着大队人马竟打不过龙，可见龙的战斗力还是……"

"你刚才不还说我们有枪，不怕。"秦悦冷笑两声。

"但是本岛居民却很轻易地制服了巨龙。注意，这里提到了龙的个头巨大，那就绝非科莫多龙可比。"伊莎贝拉提醒我们。

"我觉得有意思的是本岛居民这个称呼，你没翻错吧？"我向袁帅问道。

"没有。就是这么说的！"袁帅和伊莎贝拉都肯定道。

"本岛居民能够驯龙，就该称龙部才对……"

"这恰说明问题，史官也写到了七部传说岛上有龙族，但那是七部的传说，显然王和他的族人并不这么认为，所以史官才只说本岛居民。再看下面'王领两部酋长至本岛中，这里恍如隔世，处处异之，令两部大开眼界。'很明显，这个恍如隔世的地方应该就在我们在瀑布边远观的那座山里。"袁帅打断我说道。

"太阳神庙，黑轴。"

"没错。所谓本岛居民就是闭源人后裔，不知什么原因他们并没有留下来关于他们族群的名字。"袁帅说道。

"因为他们人数太少又分散，后来逐步杂居并与我们的祖先通婚了。"我解释道。

"就算是吧。接下来文中提到虎部见本岛居民人数少，还想偷袭！本岛居民只有百余人，确实太少了！而七部我估计每部人口至少在数万人，像鹰部、虎部这样的大部估计人口至少在十万以上，所以虎部纠集另外三个部，就能拼凑出数万大军，可惜他们数万人也打不过百余闭源人后裔。"袁帅说到这，嘴角挂着一丝奇怪的笑容。

"他们根本不在一个维度上，所以闭源人后裔只需几十人就能战胜几万原始的部落大军。"我也冷笑了两声。

"然后七部就都服了，以为遇到了神人，这时候，他们称呼这些本岛居民为神族了。王朝也是这个时候建立的。"伊莎贝拉说道。

"最有意思的是这个实力最强的鹰部，虎部和王打的时候，鹰部带着另外两个部坐山观虎斗，然后心悦诚服，赶紧尊奉王，还要嫁女儿。我算算，如果按颂词上记载，王朝开创的时候，王已经百岁了，还能结婚？"我摇着头，觉得不可思议。

"王不是推辞了吗？"秦悦说道。

"我还是那句话，闭源人的世界我们知之甚少。总之，王出山了，教会了还处于蛮荒时代的七部许多东西，王朝建立，文明便开始了。"

"我们接着往下看吧。"说着，伊莎贝拉拿起了第三块合金板，开始翻译起来。

2

王朝的第二个二十年，一切仍然朝着好的方向发展，我们建起了宏大的城市，学会了越来越多的东西，王依然简朴，居住在西山上的简陋王宫内，然而后来发生的一件事，改变了这一切。

王的妻儿在某天神秘消失了，神族也在一夜之间消失了，只有大祭司仍在。王对大家说他们被诸神召唤，陪伴天上的诸神去了，自己与大祭司本也应该去陪伴诸神，但实在不忍王朝百姓，于是恳请诸神将王与大祭司暂留人间。恰在此时，大祭司观测到天空中出现了九星连珠之奇观，而在神族最初居住的地方亦发生了奇事。于是，众人愈发崇拜王与诸神，并在东山上开始大规模建筑神庙，八座神庙与神迹之处连为一线，可保王朝万年平安。

不久之后，鹰部老酋长病逝，新的鹰部酋长再以妹妹欲嫁于王，王虽然百岁高龄，欣然允之，婚后不久，弘王子诞生。王朝草创之时，各官多由贵族担任，王选拔贵族与平民子弟同入学校，贵族子弟多依仗家世可以做官，不安心学业，而平民子弟多努力好学。掌握文字与文化后，平民子弟逐步进入中枢，王于是立内官署，以掌控百僚，抑制贵族。并以弘王子为内大臣，开王储兼领内大臣之例，内官署权势日大。

又过了二十年，王朝国力达到鼎盛，弘王子也已成年，英武非凡，众人所望，弘王子娶鹰部贵族之女为妻，生王长孙宓。此时，本就强大的鹰部两代与王室联姻，权势日隆，王深虑之，便又以虎部贵族之女嫁于弘王子，生王次孙琉。王朝之祸，始于此时，表面上王朝强大富足，然暗处已生危机。我亦此时入朝，得以目睹王朝由盛转衰之内情。

伊莎贝拉翻译完第三块合金板，我猛拍了一下身边的宇文.

"神族在一夜之间消失了？！"

伊莎贝拉冲大家点点头说："和我们看到的一样，对面西山上那座旧官就是起初王居住的王官，而王原来是有妻儿的，如果除了王，其他闭源人后裔都消失了，那么，他的妻儿也……"

伊莎贝拉没有说下去，秦悦接着说："也就是说这个王为了自己的私欲，不但囚禁了族人，还囚禁……甚至是杀死了自己的妻儿。"

大家一阵沉默，袁帅若有所思地说："这里面的原因或许很复杂。高维度的闭源人后裔坚持多年后，居然降维来当这个原始王朝的王，也可能他有难言的苦衷。闭源人后裔当时只有百余人，还怎么繁衍下去，任何伟大的文明，就是科技再先进、文化再发达，但如果没有人了，还怎么延续下去？"

"所以王很可能出于这个考虑，与七部通婚，下面就提到当神族一夜之间消失后，王就娶了鹰部酋长的妹妹。注意，是以一百二十岁高龄。"我接着说道。

"王也可能是出于这个考虑，将闭源人的文明传给七部，至少是部分传给了七部。"袁帅补充道。

"因此与其他闭源人后裔产生了分歧，其他闭源人后裔反对王将闭源人的技术与文化传给七部。他们之间的矛盾进而越来越深，就发生了一夜之间消失的事。"伊莎贝拉说道。

"可是，王一个人怎么在一夜之间让闭源人后裔都消失呢？"秦悦问道。

"注意文中还提到了一个大祭司。从文中记载来看，大祭司应该也是闭源人后裔。"伊莎贝拉说道。

"也就是在大祭司的帮助下，王将包括妻儿在内的人都被关进了地牢，后来恐怕都凶多吉少。"我说道。

"更重要的是王和大祭司利用此事，编造神族升天的鬼话来神化自己。"伊莎贝拉冷笑两声接着说道："就在此时，大祭司还观测到天空中出现了九星连珠之奇观，神族最初居住的地方亦发生了奇事。更加印证了神族升天的说法。"

"九星连珠？这样的现象确实很少见。"我嘟囔着盘算道，"这样其实可以从天文学的角度判断出来，那是哪一年。"

"行了，这个以后慢慢算，我在想什么叫神族最初居住的地方亦发生了怪事？这怪事和九星连珠有啥关系？"伊莎贝拉若有所思。

"那就是黑轴喽。黑轴发生了什么，记载不详。不过王在用这些鬼话骗过众人后，就娶妻生子了。我们之前看到的那个弘王子就是王与鹰部贵族女子生的。这个岁数相差得可有点惊人啊。"我冷笑道。

"王是闭源人后裔，寿命长，弘王子估计就没那么长寿了……"马建秋嘟囔道。

"这里关于内官署的设立与王朝的政治架构与我们之前推断类似。弘王子长大成人后，管理内官署，很得人望。但寿命是个问题，最后提到弘王子先与鹰部贵族女子结婚，生王长孙宓，又与虎部贵族女子结婚，生王次孙琉。估计他们都没王长寿，如果弘王子早点接班，估计王朝后面会平稳些。"袁帅继续说道。

"没错，寿命是个问题，但更重要的是欲望的问题，王活得长，还贪恋权位。弘王子的两个婚姻都是由他主导，是为了平衡。鹰部本来就强大，又首先拥戴王，再加上与王族两代联姻，权势在七部中最大，所以王对鹰部处处防备，又用弘王子与虎部联姻，这位史官就认为王朝的祸患就是在这儿埋下的。"我说道。

袁帅呵呵一笑："王朝之祸并不始于此时，而是在王囚禁妻儿、杀戮闭源人后裔时就开始了。"

"对！当个人的野心不断膨胀，闭源人的戒律不再重要，妻儿同胞也不再重要，所有的一切都只为个人的野心。人类文明几乎从一开始就充斥着这些。"伊莎贝拉喃喃说道。

"接下来就该上演两位王孙的宫斗大剧了吧？"秦悦问道。

"是啊。按这架势两位王孙的争斗不可避免。"伊莎贝拉说着，翻译起第四块合金板。

3

当王朝进入第四个二十年时，弘王子病故，王悲痛之余，短暂代理内官署，后便以王长孙宓为王储兼内大臣。王次孙琉不服，在虎部挑拨下，与宓渐生嫌隙，我最初的主人，图即经常诱惑琉，挑拨其与宓之间的关系。

宓为王储的初几年，虽与琉不和，但王在，两人表面依然和睦。后王出于平衡考虑，多委以琉重任，宓虽贵为王储、内大臣，人望渐失。此时，蝎部首长接近宓，蝎部长期受王压制，发展较慢，对王多怀不满，故蝎部暗中鼓动挑拨，宓愈发认定琉与虎部密谋害他。宓与其母家鹰部商议自保，然鹰部自开朝以来，就以开国元勋，第一功臣，最为忠诚自居，并不赞同宓的建议，宓便更受蝎部蛊惑。

后宓利欲熏心，企图发动政变，先杀琉，后夺权，进而架空王。事泄，王发雷霆之怒，当机立断，废宓囚之，又软禁宓之子子丹，其余参与者皆被诛杀。蝎部惊惧，于王面前嫁祸于宓之母家鹰部，王愈发愤怒，联合诸部，讨伐鹰部。王朝大军，虽只万人，然皆本岛与各部选拔精壮，装备精良，战力远非七部所能比，七部所以臣服，此为主因。鹰部虽为七部最强，遇王朝大军亦如累卵，一战即溃，鹰部武士号称最勇，在王朝大军前，竟战栗不止，可知王朝大军之威力。

鹰部战败，几被灭族。王废宓后，犹疑再三，终立琉为王储兼内大臣。数年之后，王又觉琉不恭，对琉日益不满。琉忌惮王不杀宓，遂遣人暗杀宓，王怒而不发。琉也在集结力量，以图自保，琉暗中联合各部，各部此时对王有诸多不满，但惧于王的威势，不敢公然反抗，王亦深知，于是王暗中毒死王次孙琉。就在这一年王朝进入第五个二十年。

伊莎贝拉翻译完第四块合金板，秦悦率先说道："怎么样，果然是一幕宫斗大戏。"

"宫斗剧不是我们要了解的，我们最需要了解的是黑轴文明的秘密。"我继续说，"首先，这个弘王子果然命不长寿，按照之前的记载，弘王子应该是王朝建立的第二个二十年出生的。而这篇记载说当王朝进入第四个二十年的时候，弘王子病故，这么算起来，弘王子的寿命应该在三十五到四十岁之间，这倒是符合那个年代一般男性的寿命，甚至可以说在那个年代已算健康长寿了。"

"所以关于闭源人后裔长寿都是真的……"伊莎贝拉喃喃自语。

"可弘王子毕竟有一半基因来自王啊？"秦悦问。

马建秋扶了扶眼镜说："这就不好说了。一个人遗传父母的基因，有些部分是遗传父亲，比如身高、体型，有些则遗传母亲，比如嘴巴、鼻眼。遗传疾病和基因缺陷，也是有些遗传父亲，有些遗传母亲，就比如这个弘王子，他可能带有长寿基因，但是他也可能带有来自母亲的遗传疾病和基因缺陷，而不巧母亲带给他的某种遗传疾病，或是某种基因缺陷，导致了他在壮年死亡。"

"所以除非是两个都长寿的闭源人后裔通婚，才可以大概率保留他们健康优秀的基因，子女长寿的概率就很高。所以我推测赤道岛的这支闭源人后裔在黑轴文明毁灭后，一直保持着独立性，他们尽可能不与现代人类的祖先通婚杂居，直到王这一代，他们的人口已经非常少，这恐怕也是王背叛闭源人传统的原因。而其他闭源人后裔则在此之前，就逐步与现代人类祖先通婚杂居了，这样虽然闭源人的基因还在我们当中传承，虽然我们这些闭源人基因携带者具有某些闭源人的特性，但已经不可能重新再创造出闭源人了。"袁帅做出了合理的猜想。

"袁教授还幻想让你和……"我话说一半，赶忙打住，还是不要再提夏冰，勾起袁帅的伤心往事。

袁帅怔了一下，随即说道："那是痴心妄想！我们这些人只能算是闭源人基因的携带者，而不是闭源人，也不是闭源人后裔。这个星球上再也不会有两米多高、智商超群、寿命长达几百岁的闭源人了，也不可能再复制或创造出来。"

"复制？"袁帅嘴里的词让我心里一惊。

"帅说得对。不可能了，从黑轴文明毁灭的那刻起，闭源人就不可避免地走向消亡，赤道王朝的这支闭源人后裔可能算是坚持最久的了，但还是不可避免……"伊莎贝拉说道。

"那如果王不是为了私欲而囚禁甚至杀死同胞呢？"秦悦问。

"那也是不可能的。这位史官的记载已经很明确了，岛上闭源人后裔只有百余人，任何物种如果只剩百余人，是没有办法继续繁衍下去的。所以我觉得……"袁帅说到这里，若有所思，过了好一会儿才又说道，"所以我觉得王虽有私欲，但他也经过了内心的矛盾斗争，在七部的人看来，他们是高高在上的神族，但只有闭源人后裔知道，他们已经岌岌可危，这时候摆在他们面前的只有两条路，将入侵的部落赶出去，继续封闭生活，直至灭亡。另一条路就是利用他们手里还掌握的技术与知识，神化自己，建立国家，成为新国家的王，甚至是神。"

"王选择了后者，满足了自己的私欲，却加速了闭源人后裔的灭亡。"秦悦说完，石屋内陷入沉默，秦悦只好继续说，"弘王子死后，王还没有马上将内大臣位子给他的孙子，也没有马上立储君，而是自己代理了一段时间内官署，可见王是多么不放心，多么贪恋权力。"

"还有一个原因，就是王在两个孙子间不知该如何选择。这点从后面的记载中就看出来了。当他把王储之位给王长孙宓时，王次孙琰就开始了与宓的争斗。包括这位史官原来的主人图，因为是虎部贵族，所以也积极支持母家同样出自虎部的王次孙琰。"

"第二段里，又出现了一个部落蝎部，特别提到蝎部长期受王压制，所以发展缓慢，进而对王心怀不满。这说明王一直在利用他手中的闭源人技术和知识，控制各部，也可以说是在平衡、挑拨各部之间矛盾。这个蝎部可能不太听话，所以王对他们就不太好。"我和袁帅一问一答地讨论起来。

"王不但对七部搞平衡，对自己的孙子也搞平衡，本来立了宓，就该加强宓的权威，王却故意对琰委以重任。王大大低估了这些落后部落的反击，蝎部正是参透了王的平衡之术，便开始利用王族内的裂痕，接近失落的宓，鼓动宓，让宓觉得琰要害他。"秦悦也加入了讨论。

"这时候鹰部的选择就很关键，他们是实力最强的一个部落，又是宓的母家，看起来鹰部还算有操守，在宓拉拢时保持了对王的忠诚。"我话锋一转又继续说道，"但很显然都是徒劳的，鹰部的位置已经决定了他们难以置身事外，王之所以压制宓，在我看来，多是对鹰部的忌惮与不满。"

"所以不管鹰部怎么做，大祸都临头了？"宇文问道。

我点点头说道："没错！大祸很快就来了。宓虽然没有得到鹰部的支持，而且在蝎部的挑唆下，企图发动政变，要知道毕竟他血管里流着王的血，对权力的渴望超过任何人。结果宓当然失败了，不但他被囚禁，参与的人全部被杀，就连他的儿子也被软禁。注意，这地方出现了王的第四代，也就是他的曾孙子丹。"

"估计这时候子丹还是个孩子。"伊莎贝拉叹了口气，继续说道："下面这句又蕴含了很多信息，'王朝大军，虽只万人，然皆本岛与各部选拔精壮，装备精良，战力远非七部所能比，七部所以臣服，此为主因。'这句话说明七部臣服的很大原因就是王朝有一支直属军队，这支军队虽然只有万人，但战斗力却很强，除了是选拔的精壮外，最重要的原因还是兵器。下面的记载可能会觉得夸张，'鹰部虽为七部最强，遇王朝大军亦如累卵，一战即溃，鹰部武士号称最勇，在王朝大军前，竟战栗不止……'可我却觉得这些记载不差，只有万人的王朝直属军队，可以威震七部，说明这支军队的战力至少十倍于七部军队，甚至更高。"

"可我好奇的是，这支直属军队中很多武士也是从七部选拔的，妻儿老小很多还在七部，他们会愿意与本部作战吗？"秦悦问道。

"直属军队多是由平民阶层出身的武士组成，也有不少是奴隶出身的，但也都升为平民，所以这支军队的武士对王是感激的，对原来的酋长就不好说了，估计他们也都把自己的家眷接到本岛来居住，我们在城里看到的很多民居，应该就是他们的房屋。他们一定为王而战感到自豪，而对部落则没什么感情。"我推测道。

伊莎贝拉接着说道："但七部是王朝的基础，虽然这支军队可以对七部所向披靡，但内战最终消耗的是王朝的力量。这场大战后，七部实力最强的鹰部几被灭族，可想而知这场战争对王朝的伤害。而王并没有吸取教训，休养生息，在立了琉为王储兼内大臣后，又开始怀疑琉。琉也疑虑王为何不杀掉叛乱的宓，两人间隙越来越大。"

"王不杀宓，我很好奇，王的这些权术是闭源人在黑轴文明时期就有呢，还是后来王自己慢慢琢磨出来的？"

我的问题让大家面面相觑，宇文猜测说："黑轴文明比我们先进，可能这方面也先进吧！所以在权术上，七部也不是王的对手。"

袁帅却摇摇头，"王的权术虽高，但于政治而言，并不高明，相反是一种落后的方式，闭源人绝不会如此。"

"梅什金在报告里推测说闭源人只重技术……"

我正说着，袁帅却粗暴地打断了我。

"别老提那个梅什金，我们对黑轴文明和闭源人所知道的一切都来自他的报告，但他的报告就一定准确吗？"

"可……可我们现在的发现基本上证实了梅什金的报告是很有价值的。"我也争论道。

袁帅没料到我会与他争论，怔怔地看着我，一时语塞，伊莎贝拉忙出来打圆场。

"还是回到这上面来吧。显然王与他的另一个孙子又发生了矛盾，琉派人杀了被囚禁的大哥宓，并暗中联合各部落，这次王已经不等他们动手了，直接派人毒死了亲孙子琉。"

"这时虽然王把自己搞成了神，但人们已经从最初尊敬、崇拜王，变成了惧怕王，琉虽然死了，但是王朝的大祸也不远了。"秦悦说着将第五块合金板递给了伊莎贝拉。

4

琉有两子，子昊与子赫。子昊心高气傲，好发空谈，爱文艺，不食人间疾苦；子赫颇似王，野心、胆识、手段、谋略皆有。此时王年岁已老，王欲传位于子赫，但子赫深知王毒死父亲琉，王又虑传位于子赫，自己不得善终，然传位于子昊，王又虑子昊夸夸其谈，为人懦弱，难堪大任，王朝有倾覆之险。

王于是问臣，臣一片赤心，建议王考虑子丹，子丹光明磊落，类英雄；母家又被灭，没有依靠，只需磨炼数年，即可担大任。但王依然顾忌废其父又软禁子丹，子丹仇恨自己，最后，王下定决心，还是立子昊为王储兼内大臣，并同时给子赫与子丹送去毒药，但子丹在鹰部余党帮助下逃出本岛。子赫直接发动兵变，险些杀子昊，当此之时，有女孟冬挺身而出，救子昊。

子赫兵败，失一目，潜逃蝎部，联合蝎、蛇二部及虎部部分起兵造反，王不顾年岁高，亲率大军镇压，终取胜。在我看来，实属勉强、侥幸，此时王朝大军虽装备精良，然士气低落，武士厌战。眼见王朝在无休止的权力争斗中不断内耗，实力大损，王却愈发好大喜功，大兴土木。我数次进谏忠言，为王所不喜，为王所恶，不得见王，王被小人所包围。

当王执政百年之际，王朝普天同庆，重修光明神殿，歌功颂德。王依然康健，众人皆言王万寿。然数日后，王即患病不起，急急安排后事，王朝于是人心浮动，议论纷纷，甚至有言大祭司觉王死蹊跷。王弥留之际，召贵族与大臣，言自己将要去天上追随诸神，命他们辅佐王储子昊，子昊就是神族在王朝的代言人，贵族与大臣皆匍匐于地，亲吻子昊的脚面。

后事已毕，王独召大祭司，一夜之后，王死。大祭司言王遗命重铸合金棺，葬太阳神庙。合金极为珍贵，制造极费工时，众人皆不解王为何遗命重铸合金棺。子昊孝，不惜工本，半月铸成新棺。之前，王早已备好合金棺，小臣曾有幸得以瞻仰，下葬之时，臣观之，新棺与原棺并无二样，甚至做工不如原棺，唯一不同，在新棺两侧各嵌有两个十六边形器，貌似合金，但其做工之精细远超一般合金，其造型更是王朝不可企及，我甚奇之。

太阳神庙为王朝禁地，王葬，不论王族还是贵族，皆不准跟随。大祭司携十六名健壮奴隶送之。七日之后，大祭司返回，奴隶莫见，众人皆不敢问。

伊莎贝拉翻译完第五块合金板，便说道："第五块板提到了琉的两个儿子，子昊与子赫，两人性情禀赋完全不同，王喜欢子赫，又惧怕子赫，他又开始矛盾起来。所以他在这个时候咨询了这位史官，史官却推荐了另一个人，宓的儿子——子丹，王心里知道子丹是最合适的，但他同样害怕子丹会对自己不利。于是王最后下定决心，立懦弱又好夸夸其谈的子昊为储君，同时想毒死子赫与子丹。这次两个小子都学精了，没等毒酒到，一个跑了，一个被逼起兵了，子赫这个人果然是有手段，即便是仓促起兵，他也知道要直奔要害，险些杀了子昊，这个时候有个叫孟冬的女子，在关键时刻救了子昊。"

我看了秦悦一眼，继续说道，"子赫失去一只眼睛，跑到蝎部，这个蝎部真是能搅事，上一代恩怨有他们，这代又是他们。所不同的是，这个时候，蝎部已经不怕王了，子赫联合蛇、蝎二部，加上虎部部分力量，公然起兵造反。"

"是啊，这才过了多少年，蝎部已经敢公然对抗王了。可见王的威势在急速下降，鹰部失败后，虎部应该是七部中力量最强的了，估计王对虎部也是猜忌，所以虎部也有部分参与了子赫的叛乱。"宇文对当时的局势进行了分析。

"所以史官记载王朝大军装备虽依然精良，却士气低落，勉强、侥幸平定了这次叛乱。甚至连叛乱的主角子赫都没抓住。而且请注意，这里史官记载的是王不顾年岁高，御驾亲征，若不是御驾亲征，估计悬。"我说。

"王的种种错误政策，导致王朝每况愈下，人心尽失，但是王依然大兴土木，好大喜功，史官为此多次进谏，结果王反而疏远了他。就在这样的氛围中，王朝迎来了百年庆典，也是王执政百年，文中也提到光明神殿上的颂词，这时候王依然很健康，大家都说王能万岁。但是就在庆典后没几天，王突然就病倒了，之后的一段记载可谓信息量很大……"伊莎贝拉环视众人，最后将目光落在了袁帅身上。

袁帅像是在想什么，直到伊莎贝拉将目光落在他身上，袁帅才缓过神来说道："是的，首先是王突然病倒，大祭司觉得蹊跷，但是并没有什么证据。注意史官是这么记载的'甚至有言大祭司觉王死蹊跷'，也就是说史官也是听人转述大祭司的怀疑；其次，就是王召见贵族群臣，托付后事之后，又单独留下大祭司，两人说了什么，不得而知，反正次日王就死了；这时候有意思的事出现了，史官特地用了一段文字来说这件事，大祭司告诉众人，王弥留之际留下遗命，要重新铸造合金棺，史官特别交代说合金棺极为珍贵，制造极费工时，所有人都不理解王为何最后要重铸合金棺？"

"我想这可能与王最后与大祭司的交谈有关。"我推测道。

伊莎贝拉点点头："按逻辑说，应该如此，因为在前一天王最后召见贵族和大臣时，都没有提这事，却在最后与大祭司交谈后……"

"也可能是大祭司假传王的遗命。"秦悦忽然说道。

"这……这就不知道了。反正新王，也就是孝顺的子昊这么做了，不惜工本，半个月做好了新棺。但让我感兴趣的是接下来史官说的。"袁帅说到这里，看了伊莎贝拉手上的那个十六边形手环一眼，"接下来，史官特别强调他曾经见过王早就预备好的合金棺，毕竟王年岁大，应该早就预备好了棺材，但是当史官在王的葬礼上看到新做的合金棺时，他感到奇怪，新棺和旧棺并没什么不一样，甚至因为匆忙赶工，也可能因为王朝这时候国力下降，新棺做得明显不如旧棺，这就让人很奇怪了，为何要做这个新棺？他注意到这个新棺和老棺相比，只有一个不同，他说'在新棺两侧各嵌有两个十六边形器，貌似合金，但其做工之精细远超一般合金，其造型更是王朝不可企及，我甚奇之。'"

"十六边形器？"我们将目光都投向了伊莎贝拉手腕上的手环。

伊莎贝拉缓缓抬起右臂，用左手取下十六边形手环。

"看来就是这个东西了。它……并不是手环这么简单。"

"我一开始在地牢看到这个手环时，就觉得这东西怪异，不是一般的装饰品。"我不忘的是我最先发现的这个十六边形手环。

"从此文记载看，这个十六边形器是镶嵌在王的新合金棺两侧的，一边两个，也就是说这东西至少有四个。"宇文说道。

"关键是史官也认为这四个十六边形器，很像赤道王朝的合金，但其做工远超一般合金，造型更是王朝不可企及。关于造型，我一开始就说过这种造型赤道王朝是绝对做不出来的，只能是黑轴文明的产物，我推断文中提到的这四件十六边形器应该是闭源人后裔保留下来的。"

我们都赞同袁帅的这个推论。

"可是王为何在最后要将这四个十六边形器镶嵌到棺材上，这有什么用意，或者说有什么目的？"我依旧大惑不解。

"这就要先看最后一段了。'太阳神庙为王朝禁地，王葬，不论王族还是贵族，皆不准跟随。大祭司携十六名健壮奴隶送之。七日之后，大祭司返回，奴隶莫见，众人皆不敢问。'这里面提到了王的葬地，也就是我之前推断的太阳神庙，我们一直没找到的太阳神庙，这四件十六边器应该随着王的合金棺一起被送到了太阳神庙内。至于它们之后的踪迹就不知道了。"

伊莎贝拉晃动手中的十六边形手环说："这件手环就是那四件

十六边形器中的一件，那么就说明后来有人进入了太阳神庙，拿走了这十六边形器。"

"太阳神庙可是王朝的禁地啊。如果按照我们的推测，太阳神庙就是黑轴，那么一般人根本是不可能进入的。"

"所以不论王族，还是贵族都不准靠近太阳神庙，也不让他们送葬。大祭司带了十六名健壮的奴隶，然后只有大祭司一人回来了。估计那十六名奴隶都死在太阳神庙内。"

"还说明大祭司也是闭源人后裔！"我敏锐地抓住了这点，跟着大家讨论起来。

"是啊。这个大祭司挺奇怪的。闭源人后裔消失的时候，只有他和王两个人留下来，他应该是王在闭源人后裔中最信任的同盟者。"秦悦说。

"而且他的寿命也很惊人。"我接着说。

"那么他和王在最后仍念念不忘的四件十六边形器一定是非常重要的东西。只是……这里面究竟隐藏着什么秘密呢？"袁帅提出了我们至今都最在意的谜题。

"我们接着看下一块合金板吧。"伊莎贝拉说着又拿起第六块合金板。

5

王死之后，子昊继承王位，那个曾经救过子昊的美丽女子孟冬成为王后。孟冬此女来历不明，幼时养于宫廷，大祭司便与王言：此女不吉，会召唤地下的魔鬼，当除之，否则王朝将因此女倾覆。王默而不语。然见过孟冬之人，皆言孟冬美丽不可方物，又异常聪慧，是王朝少数掌握文字与知识的女子。臣于王逝前，最后求见王，王不见，却在无意当中，听见王命大祭司除孟冬。然不知是何原因，孟冬并未被除，反而成为新王后。

王朝已存裂痕，但子昊不以为然，整日与孟冬饮酒作乐，处处听命于孟冬。孟冬与子昊尤喜园林，孟冬言当凿通神庙山，在山后建园囿，豢养珍禽异兽，移植奇花异木，诸多大臣反对，但子昊执意，孟冬更是命武士击杀抗命大臣，诸大臣再不敢言。

人心尽失，而七部磨刀霍霍，鹰部在子丹率领下，强势复兴，虎部在子赫暗中帮助下，快速恢复元气。屡屡有人进谏于子昊，然子昊顾念亲情，置之不理，言不愿轻启战端，涂炭百姓。孟冬亦言若他们自不量力，以卵击石，我王朝大军再出，师出有名。

最终，王朝陷入分裂，复兴的鹰部、鲨部、犀部支持子丹，恢复元气的虎部、蛇部、蝎部支持子赫，只有一个龟部最为弱小落后偏远，态度不明。直到子赫率领三部大军杀到本岛来时，子昊始重之，依仗王朝最后的精锐与之大战，初战，王朝大军依然优势明显，子赫败退。此时，臣建议子昊挟初胜之威势，招抚子丹，则可两全，子昊犹豫，孟冬却言我曾保子丹为储君，必有异心。

子昊不听我言，并将我软禁。自以为胜券在握，子昊又命大军征讨子丹，子丹暂时败退，保存实力，待王朝大军退，子丹与子赫又各自领军骚扰本岛，如此三番，王朝大军疲惫不堪，而子丹与子赫羽翼渐丰，七部之地，尽皆瓜分，本岛之人，也多有投奔，甚至王朝大军亦有武士逃散。

而子昊以为大军每次征讨，皆得胜回朝，子丹、子赫早已逃遁无影，终日与孟冬游乐于园囿，神庙挖通，园囿日益广阔宏大。此时，王朝日益崩塌，已到不可挽回的地步，我已经听到地下魔鬼的低吼，我日日求见子昊，皆不得见，只得记录下这些文字。

终于，在子昊执政也快二十年的时候，王朝的末日来临了，地下的魔鬼喷薄而出，巨大的黑烟笼罩了整个王朝，天空中不断降下黑雨，风中都是黑色的灰土。而就在这时，子赫与子丹的大军一起杀到了本岛，他们显然是有备而来。

伊莎贝拉翻译完了第六块合金板，我先开口说道："这个孟冬果然不简单。美丽聪慧而又祸国殃民。"

"我觉得这位史官越写越俗了。怎么跟中国古代那些论调一样了，国家出问题了，就说是女人的责任。"秦悦越说越不忿，"你看中国古代历史上记载的美女，几乎都是祸国殃民的主儿，现在这个赤道王朝也是亡在美女身上。"

"哼！看不出你还是个女权主义者啊。"我调侃道，但我马上换了一副严肃脸，"这史官说的也是有理有据。你看史官说这个孟冬的出身就很奇怪，来历不明，但却养于宫廷，小时候大祭司就说这个女孩不能留，将来会召唤地下的魔鬼让王朝倾覆。"

"这就吹得更神乎其神了。哪有这样的人？小女孩从小就遭诅咒，这哪像是正规史书记载的东西。"

伊莎贝拉却摆了摆手说："你要整体来看这段记载，光看那段是有点神乎其神，但是你联系到'孟冬美丽不可方物，又异常聪慧，是王朝少数掌握文字与知识的女子'，再看后面王临终时，命大祭司除了孟冬，你们注意到没有，所有这些都只是王与大祭司两个人在讨论，所以我认为这个孟冬很可能与闭源人有某种关系。"

"闭源人后裔不都被王和大祭司给除了吗？"马建秋问道。

"我也认为这个孟冬的身份很特殊。所以当她小时候大祭司让王除掉孟冬时，王很犹豫，以王的杀伐果断，一个不知来历的小女孩怎么会让王如此犹豫？而当最后临死前，王才下决心要除掉孟冬。"袁帅开始推测孟冬的身份。

"可是孟冬后来并没有死……"宇文说道。

"我想王开始不忍临死又要除掉孟冬，还有孟冬最后没有死，应该都和新王子昊有关系。这或许就是爱情的力量。不管这个孟冬出于什么目的，她曾经救了子昊，子昊显然对她一见钟情，而且从后面的记载看，子昊一直钟情于她，可见这个孟冬真的很有魅力。所以王最后觉得孟冬如果成了子昊的王后，就能影响王朝，所以才下决心杀她，但估计王很快就死了，大祭司要去杀她时，被新王子昊阻止。"

"总之，这个孟冬非但没死，还成了王后。第二段说子昊对王朝的分裂视而不见，整日与孟冬饮酒作乐，他们提到了他们不顾大臣反对，大兴土木，凿空神庙山，建了一座宏大的园囿。我在想……"

伊莎贝拉停了下来，思虑片刻才又说，"我在想这个凿空神庙山。我们现在看到的这几座高台建筑显然是老王在位的时候就修筑的，那也就是说老王在位时，这条峡谷并没有凿空，而是在孟冬鼓动下凿空的……"

"这又说明什么？"我不解。

"前面说了孟冬这么多不吉之言，现在又说他们不顾大臣反对，劳民伤财凿空神庙山，显然孟冬是有特殊目的的。绝不是修建一座园囿那么简单。"伊莎贝拉推断道。

"特殊目的？会是什么特殊目的呢？"

"继续往下看，紧接着王朝就公开分裂了，天下大乱，子赫与子丹各自联合不同部落，杀向本岛，虽然王朝凭借那支强大的直属军队，屡次击败子赫和子丹率领的各部军队，但显然王朝没能真正击败他们，而只是在疲于奔命，子赫与子丹的军队不但没有什么损失，反而越来越强大。当这位史官给子昊提出正确意见时，孟冬又出来诋毁他。并将史官软禁，他也就是在此时开始在这几块合金板上记录这些历史的。"

伊莎贝拉说到这，我们都不约而同地望向周围，想象着当年这位只有一只胳膊的史官如何在这里奋笔疾书。

袁帅继续说道："子昊还以为王朝强大，但是子赫与子丹都已羽翼丰满，他们在等一个机会，很快这个机会就来了。火山爆发了，就像大祭司所说，孟冬召唤出了地下的恶魔。"

秦悦摇着头说："火山喷发是孟冬召唤来的？这也太不靠谱

了吧！"

"我在想孟冬不顾群臣反对，执意鼓动子昊凿空神庙山，是不是就与召唤地下恶魔有关？"我大胆推测起来。

我的推测让大家都有些吃惊："这……这怎么可能呢？"宇文怔怔地看着我。

"我们应该能看见的……"说这话时，我眼前又闪出了恩里克刻在石墙上的警告。

"我倒是想到子赫与子丹大军来得挺是时候，孟冬是不是与他们有什么联系？"秦悦猜测。

"也许会有，这还是要看孟冬究竟有什么目的了。显然以现代科学来看，子赫与子丹在火山爆发时，带大军前来，并不是一个好的选择。"

"是啊，看起来是一个绝佳的击败王朝大军的时机。但这不也是找死吗？"宇文皱着眉头，大惑不解。

"或许这就是有人期盼的结局……"秦悦喃喃说道。

"你是说……"我吃惊地看着秦悦，"你的意思子赫与子丹的大军也是孟冬引来的，她的目的就是希望王朝所有人都……"

秦悦耸耸肩表示自己也不知道。

"显然，子赫和子丹的大军也没能胜利地活下来。"

伊莎贝拉若有所思地说："是的！秦悦说得对！如果子昊、子赫、子丹，有一支力量幸存下来，赤道王朝的文明或许就不会灭亡，就会有下一个二十年，很多个二十年。"

"二十年？史官都是按二十年来叙述的，有意思啊。可惜呀，王朝只有六个二十年，一百二十年的历史。看看最后一块上写的什么吧。"说着，我把最后一块合金板递给了伊莎贝拉。

6

灾难降临的时候，子赫与子丹的大军也在本岛登陆。此时王朝上下人心惶惶，昔日装备精良，无坚不摧的王朝大军早已军心涣散，一战即溃。子赫气势汹汹，控制全城，子丹稍晚，但此时，火山的喷发已经超出了他们的预期，他们只得携城里的贵族与平民撤到神庙山上，并毁弃大石桥，奴隶们则自生自灭。

数万人涌入王之神庙，人满为患，可怕的火舌融化了神庙山南部，从城东南缓缓流淌进来，火舌很快吞噬城市，漫天飞舞的黑灰覆盖了整座城市，但王之神庙依然坚固，足以抵挡火舌与黑灰，可血腥的杀戮却很快到来。子昊已经完全失去了对王朝和军队的控制，王朝军队分别倒向了子赫与子丹。

以往，平民没有王的诏令，是没有资格进入王之神庙的。子赫突然带领武士冲进王之神庙，以平民非诏进入王之神庙，违反王朝制度，众神会震怒为由，大肆屠杀平民。贵族开始还有劝阻，但子赫对贵族们直言山上没有足够的食物与水源。于是贵族们也加入子赫的屠杀，仅仅一个下午，几万平民被屠戮殆尽。子昊目睹此景，几近崩溃。

子丹反对子赫如此血腥杀戮，子赫又以议事为由，将子丹诱至密室，杀之。子丹手下亲信及三部贵族不甘为子赫刀下冤鬼，于是奋起反击，即便子赫许诺他们，他们也无法再信任子赫，双方在寝宫内大战，几乎全军覆没。子昊见状，完全疯癫。

黑灰漫天飞舞，覆盖了神庙山，孟冬最后杀死子赫，又亲手杀死了疯癫自残的子昊。大祭司与孟冬在密室发生激烈争执，随后大祭司亦自杀。王朝覆灭，孟冬率领最后几百人，抬着子丹、子昊、子赫和大祭司的尸身，向太阳神庙进发。我没有跟去，我该结束自己的生命了，我真该早点死去，竟让我看到王朝覆灭。

或许在权力的宝座上，只有大祭司是真正爱王的。所以大祭司也以自杀结束这一切。神族终究并不是神，当我推开密室大门，听见孟冬说复仇，大祭司挥刀自杀的时候，神族的传说才终于在我心中崩塌，我曾经将王当神一样侍奉，他让我从卑贱的奴隶变成受人尊敬的高官，又让我掌握了神秘而充满力量的知识文化，可最后神还是崩塌了，我也该追随王去了。

伊莎贝拉终于翻完了最后一块合金板，我们都有些恍惚，过了好一会儿，我才缓过神来，喃喃说道："怪不得我们在城里，包括这一路都没有发现尸骨呢……除了献祭的人……"

"王朝覆灭最后竟这么血腥。"宇文不禁轻叹道："最终全死了，没有一个胜利者。"

"似乎……似乎那个孟冬是最后的赢家。"马建秋说道。

"最后两块合金板，关于王朝的覆灭，讲得很清楚了，可是关于这个孟冬却还是扑朔迷离。"

"不过最后一块板还是有很多重要的线索，比如它隐晦地证实了我们之前的推断，王和大祭司，还有这个孟冬，似乎都是闭源人后裔。"秦悦和袁帅把焦点放在了两块合金板上的记载。

"孟冬？"

"嗯，史官说得很隐晦，最后他提到大祭司与孟冬在王朝覆灭时，在密室发生了激烈争吵，而且是他推开密室的大门，听到了孟冬说复仇，大祭司就挥刀自杀了。然后史官又隐晦地说神族的传说在他心中崩塌了。"袁帅像是陷入了沉思，许久才接着说，"我想最后史官应该是知晓了关于神族的秘密，特别是所谓神族一夜之间升天的谎言。"

我点点头表示认可说："可是这个'复仇'是指……难道是孟冬为那些闭源人后裔复仇？"

伊莎贝拉也表示认可地点点头说："看来是这样的，她并不爱子昊，只是拿他作为复仇的工具，她所做的一切都是在复仇，我们并不知道她的来历和出身，但是她一定是在为那些一百年前被王和大祭司害死的闭源人后裔复仇。"

"这……这个孟冬也够残忍的，她要复仇针对王和大祭司就好。为何要针对整个王朝，那么多无辜的人。"宇文不解。

伊莎贝拉缓缓说道："恐怕孟冬不是这么想的。她很可能带有很强的优越感，她认为她是高维度的人……"

"所以她根本不把王朝这些普通居民，甚至是王族当人看。"

"至少是不当和她平等的人看。就像王朝的贵族看待奴隶一样，这样就好理解了。"在伊莎贝拉和我讨论的过程中，我感到后背有些发麻。

"恐怕还有一个原因，就是闭源人的传统不允许闭源人的技术和知识外传，所以孟冬的复仇不仅仅针对王与大祭司，还要摧毁他们建立的整个文明。"袁帅补充说道。

"所以赤道王朝覆灭后，现代人类又经过数千年的漫漫长夜，等来古埃及的辉煌文明。"我再次感到浑身发麻。

"还有史官最后怎么说……只有大祭司是真正爱王的。这是什么意思？大祭司是女的？"秦悦诧异地看着我。

我也很懵，只能猜测说："或许男人之间也可以……"

秦悦瞪我一眼，宇文倒是说道："大祭司很可能是女性，因为早期文明的神职人员多是女性。"

"那也就是说……"秦悦捂着脑袋，陷入混乱，"我头脑有点乱，王在与闭源人后裔意见不一，发生冲突时，囚禁并杀了自己的妻儿，他其实并不爱自己的妻儿，所以……而后来又为了王朝稳固，娶了实力最强的鹰部酋长妹妹为妻，这也是政治联姻，更何况王心里认为他是高维度的闭源人后裔，也不可能真正爱这个妻子，而王一直爱的是……是大祭司？"

"我说，这个很重要吗？你们女人就是对……"我正说着，看见秦悦瞪着我，立马改口："对！对！王和大祭司才是真爱。"

"男人真可怕！"秦悦最后来了这么一句。

"好了。不管这些了，还是想想下一步该怎么走吧。现在基本可以确定孟冬让子昊凿空神庙山，修建园囿，一定与她的复仇大计有关。"我又想起了恩里克的那句警告，"你们还记得恩里克那句话吧，不要进入那条峡谷，还有那座神庙。"

"所以峡谷应该就是我们现在所处的这条峡谷，当然更危险的很可能在后面，在孟冬让子昊修建的园囿内；而那座神庙也并不是我们之前看到的七座神庙，也不是这座王之神庙，而是……那座太阳神庙。"秦悦终于把思路拉了回来。

"也就是黑轴。"伊莎贝拉斩钉截铁地说道。

"我……我觉得前面会更加凶险，我们应该撤回去，至少还可以等待救援。"宇文打起了退堂鼓。

"是啊。就算错过了后天中午的救援，还可能有新的救援。"马建秋也说。

袁帅似乎还沉浸在思考中，一直低头不语。我的目光转向秦悦，秦悦像是要做出重大决定，紧锁眉头，轻咬嘴唇，就在这时，伊莎贝拉却站起来，说道："我们不能半途而废！既然已经来这儿，经历了那么多，还有什么可怕的……"

"不！我们还是要先保证安全！"秦悦打断了伊莎贝拉的话。

伊莎贝拉有些意外，她没料到秦悦这个小妮子竟有如此魄力，秦悦像是下了很大决心："我们已经精疲力竭，又已知道前面的险恶远超之前，继续前进，凶多吉少。"

伊莎贝拉还要争论，但秦悦已经快速将地上的七块合金板收起来抛给我。

"你背着。"

"凭什么我……"秦悦给我一使眼色，我只好改口说，"好！好！我背。"

"事不宜迟，我们赶紧离开这里。"秦悦用命令的口吻说道。

"不！我还是不能同意，我们好不容易打开了王之神庙大门……"

伊莎贝拉继续说着，秦悦加快脚步，走在前面，伊莎贝拉紧跟其后，一路找她理论，我们几个男的只好跟在后面。我们很快又从阶梯走上了内官署最上面那层，然后绕过大门口有弘王子训词的那块石壁。突然，走在前面的秦悦和伊莎贝拉都停住了脚步，两人怔怔地站在阶梯上，伊莎贝拉也不再说话，一切都像是瞬间静止了。我疾走两步，赶到秦悦身旁，吃惊地发现，刚才被我们打开的王之神庙大门，此刻却又被关上了……

7

我们所有人都在内官署的台阶上怔怔地看了很久，然后不约而同加速，跑下内官署的台阶，奔到王之神庙大门后。那块原来用来抵门的青石板还在地上，我心里稍稍安心，本能地伸出双手，去推花岗岩大门，印象中门轴非常灵活的石门却没有动.我的心猛地一沉，我扭头看看大家，直到宇文、秦悦、袁帅、马建秋，包括伊莎贝拉，全都冲上来，使出全身气力去推花岗岩大门，大门纹丝没动，就连门缝都没推开一点。

我们面带惊恐地互相对视。我不信邪，又使劲推了一下，都是徒劳。

"就算是有人在外面把门关上了，也应该能推开点门缝啊！"马建秋嚷道。

"显然，这次用的不是顶门石！"秦悦说道。

我透过细微的门缝向外望去，除了透过来一些光亮外，什么也看不清。我绝望地对大家嚷道："往后退！"

说罢，我举起M4突击步枪，猛地朝花岗岩大门的门缝射击，子弹打在门缝上，除了击起一些石灰和金属皮，大门依然纹丝不动！我恼羞成怒，直接掏出一颗手雷，秦悦见状一把抓住我说："没用的。节省点弹药。显然有人不想让我们出去。"

"那一定是绑我们来的人。"宇文警觉地注视着周围，小声说道。

"我预感这人就要现身了。"我嘟囔着，双眼死死盯着大门周围，慢慢地我将目光投向远处，贵族院，内官署，静寂无声，不见一人，甚至连一只鸟儿都没有。

"看来我们只能继续前进了。"伊莎贝拉平静地说道。

我斜着眼，看着伊莎贝拉，或许伊莎贝拉……我没继续想下去，现在已是午后时分，如果继续前进，得加快速度了。想到这里，我手里紧紧握着枪，走在最前面，向远处那座最高大辉煌的高台建筑走去，那应该就是王宫了。

我们愈加小心，六个人都拿起了武器，排列成战斗队形，一点点向王宫靠近……当我们走到王宫底下时，才真正感受到了这座高台建筑的宏伟。这座建筑比光明神殿要高得多，也比光明神殿广阔得多，我们身处高台之下，根本看不清上面究竟有多大，只觉得殿宇相连，蔚为壮观。

我们轻手轻脚地走上台阶，直到我们迈上最上面的高台，才看清楚整个殿宇由三个相对独立又相连的宫殿构成，呈品字形。宽广的高台上寂静无声，让人产生一种诡异的感觉，这种感觉很奇怪，既有一直笼罩我们的紧张和恐惧，也有些兴奋和激动，各种感觉交织在一起，让我们的动作呈现出一种怪异的模样。

我们首先走到了大殿前面，抬头望去，却没有发现大殿上方的黑轴文字，仔细搜寻，大殿屋檐下面也没有，神庙山上的主要建筑上都刻有用黑轴文字书写的铭文，而这最宏伟最重要的一座大殿上却没有，我们面面相觑，目光都落在袁帅和伊莎贝拉身上。伊莎贝拉也觉得奇怪："竟然没有铭文？"

袁帅观察了一周后，却一直沉默，率先向左侧的大殿走去，我们互相看看，不知袁帅什么意思，只好跟了上去。左侧的大殿上方也没有铭文，进入大殿内部，也未发现铭文。越往大殿里面走，光线越昏暗，外面的阳光照射在大殿内的根根石柱上，在大殿地面上投下了长长的影子……突然，走在前面的袁帅停住了脚步，我紧随其后，急走两步，很快，在昏暗的光线投射下，我看见前方，也就是大殿的中心是一个巨大的正方形下沉式中庭，而在中庭内，密密麻麻，层层叠压，堆积着大量的黑色物质。

"这是什么？"宇文在我身旁问道。

我怔怔地注视着中庭下的这些黑色物质，像是腐败的烂泥，其间，夹杂着一些白色的物质，那些白色的物质似乎还保留着原来的形状，胫骨，肋骨，股骨，尺骨，头骨，完整的脊椎骨……

伊莎贝拉最后走过来，却突然被惊吓得失声尖叫，我们循声望去，原来在伊莎贝拉站立的地方，一只完整的手臂骨头正扒在脚下台阶上。"这就是最后被子赫屠杀的平民。"我小声说道。

"看上去有好几万人，只是年代久远，大部分都化成了那种黑色的物质。"秦悦说道。

"这说明合金板上记载的都是真实可信的。"伊莎贝拉喃喃说道。

袁帅还是保持着沉默，他绕着下沉式中庭走了大半圈，眉头紧锁，当我们跟上他时，发现有条宽大的阶梯走廊与中央那座大殿相连。袁帅继续走在前面，我们跟随他走上宽大的阶梯，登上这条宽大阶梯，恢宏的中央大殿展现在我们面前。我们如痴如醉，像是沉浸在神话世界，大殿的外侧是两列各二十一根巨型方柱，方柱的下部和顶部，雕刻着精美的纹饰，纹饰上镶嵌金边，大殿两侧各有两列同样的方柱，后侧也是如此。而大殿的中央则是一座略微下沉的正方形中庭，比刚才我们见到的那个中庭大三倍，让我们吃惊的是大殿中间宏大的空间竟然只有中庭四周四根巨型圆柱支撑，这四根圆柱直径约在三米左右，高至少在三十米以上，整根圆柱上都雕刻着精美的纹饰，同样用黄金装饰，人走到其下，顿觉渺小。

我们走到大殿正前方，发现正方形中庭上有一条长长的通道，通道上隐隐闪烁着金色的光芒，这条通道一直向大殿内侧延伸，然后是同样闪烁着金光的二十一级阶梯，阶梯又分为三段，更衬托出阶梯之上那宝座的威严。

"这……这条通道难道是黄金铺就的？"秦悦被眼前的景象震惊。

"是黄金！都是黄金！"我肯定地说道。

"可是……可是黄金阶梯之上的宝座却好像没什么光芒……"

秦悦指着大殿最深处的高台之上，我也正疑惑地望着那里，隐约可见，高台之上，是宽大的宝座，可与这金碧辉煌的大殿，还有黄金铺就的大道相比，那座宽大的宝座却显得毫无光彩。

8

我们怔怔地盯着高台之上的王座看了半天，最后我低声说道："显然王座不是黄金的。"

"我还以为会是一座黄金宝座呢？"马建秋喃喃说道。

袁帅率先走上了下沉式中庭上的那条通道，这条覆盖着黄金的通道像是一座长桥，架在下沉式中庭上。袁帅过去拂去了黄金大道上的些许灰土，当我跟上去时，忽然觉得眼前一阵眩晕，被脚下的金光闪得眼晕，过了好一会儿，才适应过来。这时，我发现袁帅已经走到了这条黄金大道的中央，也就是下沉式中庭和整个大殿的中心。袁帅仰着头痴痴地望着大殿的顶部，我也仰起头向大殿顶部望去，群星璀璨，宛若天河，我半张着嘴巴，含糊不清地说道："这……这是……"

"这是从地球观测的星座，八十八星座。"伊莎贝拉也仰头望着。

"对。是星座，几乎与我们后来划分的八十八星座差不多。你们想想，赤道王朝航海发达，他们天文学也一定发达，古代航海就是要靠星座来判定方向的。"宇文说道。

"可……赤道王朝就能……"我话没说完就反应过来了，"看来这又是黑轴文明闭源人流传下来的知识。"

谁料，一直沉默的袁帅突然反驳道："不可能的，我想这不是闭源人的知识范畴。星座只是古人从地球的角度去看待宇宙，在古代也与神秘的占星术结合起来。而我认为黑轴文明后期，闭源人的知识与技术是极其发达的，他们应该完全有更高明的手段观察、认识宇宙星河，而不会使用或者说是摒弃了星座。至于赤道王朝的星座，我推测很可能是折中的产物。"

"折中的产物？"我们都很费解。

"是的。王很可能从闭源人那里继承下来了丰富的天文学知识，包括对宇宙与星河的认识，但是基于当时的技术和知识局限，他没有办法用闭源人的方式表述出来，于是，他与大祭司创造了一整套适合表述，同时又便于王朝臣民学习、认知的星座理论。这样做还可将天文学神秘化，有助于神化王权。"

袁帅说了一大通，除伊莎贝拉点头外，我们都听得一知半解，似懂非懂。伊莎贝拉补充道："这又从另一个角度说明黑轴文明与闭源人的科学技术很难保存下来，即便少数闭源人在黑轴文明毁灭后，幸存下来，也无法继续曾经辉煌的黑轴文明。"

我似乎听懂了，说："但这些知识和技术，会作为文明的火种，在经历了大冰期后，潜移默化地在这个星球上重新萌芽，我们今天文明溯源，各个早期文明多多少少都受到了黑轴文明的影响。"

见袁帅又恢复了沉默，秦悦忽然蹲下来问："这下面是什么？"

我循着秦悦的目光，就在我们站立的黄金大道下面，下沉式广场隐约现出了金光，仔细辨认发现是些符号："阴刻的黑轴文字，上面还用了黄金。"

"黄金大字？"秦悦仰起头看着我。

"没错。这个下沉式广场原来应该是注满水的，当人走在黄金大道上，两侧波光粼粼，水下也泛着金光。只是这字……"我说着将目光移向伊莎贝拉。

伊莎贝拉仔细辨认后，读出了下面的文字——"诸神至高，我王伟大。"

我还在等着伊莎贝拉继续说下去，她却停了下来，我看看伊莎贝拉向她确认："完啦？"

伊莎贝拉点点头，"是啊，完了。下面密密麻麻全是这几个黑轴文字。"

"像是口号……"秦悦疑惑地看着我。

我忽然明白了什么。

"王座隐藏在昏暗的光线中，或许是有意为之。"

"有意为之？"秦悦惊道。

"王不想让臣民轻易看见自己的真容，所以王座也不用黄金。"我推断道。

"为什么？难道王的真容有什么问题吗？"秦悦又问。

"或许是……也或许王的容貌没有任何问题，只是……只是为了显得神秘，神秘往往可以衬托出高贵。"

袁帅像是在思考，然后又继续向前走去，我也赶忙跟上去。黄金大道的尽头就是那分为三段的二十一级台阶，我仰头忽然发觉原本光线昏暗的王座，却闪烁着异样的光芒，那种光芒不是黄金的金黄色，也不是任何一种单一的色彩，幽幽的蓝光——冰冷，一种深入骨髓的寒冷，但这种蓝光似乎又透着如翡翠般晶莹的绿光，熠熠生辉，我似乎被某种强大力量吸引，跟着袁帅，亦步亦趋，走上了第一段七级台阶。这时，宽大的王座又闪耀出银色的光芒，粗看上去以为并没什么，王座似乎就是银灰色的石材制造，但细看顿觉王座美轮美奂，晶莹剔透，如同披着一层银光。

9

我跟着袁帅走上了第二段七级台阶，恍惚间，我又往前迈步，当我踏上第三段台阶时，刚才还美轮美奂的王座，突然失去了光彩，既没有银光，也不见冰冷蓝光和翡翠般晶莹的绿光，一切都变得平淡无奇！整个王座除了比旧宫里那个王座更宽大外，似乎并没有什么特别之处，甚至在金碧辉煌的宫殿里，显得有些突兀。

我猛地晃了晃脑袋："刚……刚才是怎么了？"

"那绿光……还有蓝光，好奇怪……"秦悦也吃惊地看着眼前的王座。

伊莎贝拉则仰着头，观察着王座周围的环境，我冷静了一下，也开始观察周围的环境，观察一周，却觉得王座周围的环境平淡无奇，看不出任何特别或是尊贵之处，甚至没有黄金装饰。我不禁又说道："这间大殿可能是整个王朝最恢宏、最重要的大殿，到处都是黄金装饰，但是最重要的王座，却没有任何装饰，平淡无奇，这太不正常了。"

"没有什么不正常的，王座一定会比那些黄金更贵重，只是你们不能理解。"一直沉默的袁帅终于开口了，我却注意到他说的是"你们"。

"你看出来什么……"我话音刚落，忽然发现袁帅眼神迷离，身体微微颤抖，似乎整个身体就要栽倒。"你……怎么了？"我关切地问他。

就见袁帅身体朝前一倾，就在要栽倒之时，他探出左手扶住了王座，右手则猛地摁在太阳穴上。我们忙聚拢过来，袁帅额头渗出了豆大的汗珠，滴落在王座上，汗珠滴落的地方再次散发出奇异的蓝光。

"又头痛了？"伊莎贝拉扶住袁帅问。

过了一会儿，袁帅似乎好了些，倚着王座坐在了地上，吃力地说道："这次……这次比之前的都……都要痛……"

我一时手足无措，伊莎贝拉也忧心忡忡，眉头紧锁，就在我们都不知所措的时候，袁帅忽然小声说道："王座……王座是用龙骨制成的？"

"龙骨？"我惊诧地再次观察起王座，此刻却黯淡无光。

"你怎么知道是龙骨？"秦悦关切地问。

袁帅的眼神依然迷离，像是在半睡半醒间，"背……背后……有字。"

"背后？有字？"我愣了一下，然后马上意识到什么。

伊莎贝拉和秦悦也明白了，我们仨赶忙绕到王座后面，秦悦推开手电筒，果然，在宽大的王座背后，隐隐现出了黑轴文字，伊莎贝拉断断续续翻译出了这些文字——"王朝草创……猛兽伏没……有龙横行……臣民恐惧……诸神不忍……我王降临……杀龙有七……王朝始兴……臣民称颂……大祭司言：当以龙骨为王之宝座……可保王朝万年！王座制成……七色流光……神迹频现……海天之内……无不宾服……刻铭记之……"

"又是将王神化……"秦悦说道。

"关键是杀了七条龙。"我惊道。

"这倒是跟那位史官的记载吻合。"秦悦说道。

"神迹……七色流光，"我喃喃自语着，忽然有些明白了，"所以刚才我们看到了不同的光，所以龙骨制成的王座，要比黄金贵重得多。可……可是龙骨为何可以发出七色流……"

我话还没说完，一直沉默不语的伊莎贝拉突然又转回到袁帅身旁，猛地抓住袁帅的肩膀，"帅，你怎么知道后面有字？你刚才并没有绕到后面啊。"

伊莎贝拉的话也提醒了我，袁帅刚走到王座近前就头痛欲裂，还没有绕到王座后面。他怎么知道王座是龙骨制成？又怎么知道王座后面有字？在众人关切的目光注视下，袁帅微微睁大迷离的眼睛，看看我们，然后有气无力地说道："从……从进入这座大……大殿……我就感觉……感觉这里好熟悉。似乎……似乎我曾……曾经来过这里……"

"来过这里？"我们面面相觑，既不解又诧异。只有伊莎贝拉一直死死盯着袁帅，默不作声。

我回想起袁帅从进入这座大殿就一直沉默不语，也许他真的来过这里。气氛有些尴尬，就这样大家僵持了足足有两分钟，袁帅又说："好像……好像是梦里，曾经来过这……"

"梦里？"我细细想来，这梦也太精确了吧。

我正胡思乱想呢，袁帅突然又说了一句："而且……梦里……梦里我记得王座……后面还有条地道。"

"地道？"这下更让我们吃惊。

我和秦悦赶忙王座后面，左看右看，上看下看，却什么都没发现，王座后面是一面坚固的石壁，我用手使劲推了推，石壁纹丝不动。秦悦又用脚使劲跺着地面，也没有什么异常。折腾好一会后，我们失望地回到袁帅面前。

"没发现有地道啊！"

"有的。"袁帅笃定地说道。

"又是梦里见过？"我问道。

袁帅沉默下来，三分钟后，我见袁帅眼里重新闪出光芒，他似乎渐渐缓了过来，袁帅支撑着重新站起来，缓步走到王座后面，对着王座后面的铭文看了一会儿，然后闭上了眼睛，他像是在冥想，又像是在回忆，我们全都怔怔地注视着他，直到袁帅猛地睁开眼睛对我们说："没错，把这段铭文里的每一个'王'字都按下去。"

我将信将疑地往左右看看，伊莎贝拉冲我点点头。于是我找到王座后面，在伊莎贝拉指点下，使劲按下"王朝草创"的"王"字，果然，阴刻的"王"字竟然陷了进去，我惊异地看看伊莎贝拉，又看看袁帅，袁帅脸上露出一丝不易察觉的微笑。紧接着，我又按下第二个"我王降临"的"王"字，同样陷了进去，然后是第三个"王朝始兴"的"王"，第四个"当以龙骨为王之宝座"的"王"，第五个"可保王朝万年"的"王"，第六个"王座制成"的"王"，一共六个"王"字按下去，我静静地等了会儿，并没有什么动静。

我再次求助伊莎贝拉，伊莎贝拉也在侧耳倾听，袁帅则瞪着双眼，直直地看着王座后面光滑的石壁，我又看着秦悦，秦悦给我使了个眼色，意思是一起去推石壁。我刚迈步，突然，有个极其沉闷的声音从遥远的地方传来，像是在从地下，又像是在石壁后面很远的地方。

我完全愣在了石壁面前，那个声响越来越响，紧接着我面前的石壁有了变化，巨大的石壁中央一块长方形空间缓缓向内凹了进去，这个长方形空间正好是一个门的大小，但这石门凹进去大约半米后，却停了下来……

10

我怔怔地盯着眼前凹进去的石门，三十秒后，石门突然向内倾倒，速度越来越快，我惊得向后退去，一下撞在秦悦身上。秦悦瞪着大眼睛，没有向后退。石门轰然倒地，掀起巨大的尘土，待尘土缓缓散尽，一个黑漆漆的洞口显露出来。

"果然有地道。"秦悦喃喃说道。

我们全都将目光注视到袁帅身上，袁帅怔怔地盯着洞口，向前走去，我赶忙拉住袁帅，却被袁帅一把挣脱。我只得推开手电筒，跟着袁帅进入漆黑的地道。

地道开始很窄，只容一人独行，但向内走出十米多后，地道便宽敞了许多，可以容下三人并行，我和秦悦与袁帅并肩而行，手电筒的强光照向前方，却被无尽的黑暗吞噬。我又用手电照向周围，巨大的花岗岩石块，严丝合缝垒砌，坚固异常。

我们在地道内走了百余步，这里让我想起了溶洞通往地牢的那条甬道，但不同的是那条甬道像是天然形成，人工略加改造，而这条则完全是在巨石建筑里特意开凿的，这个结构也让我想到了埃及金字塔里的大走廊。

"这条地道应该是王的逃生通道吧？"身后传来宇文瓮声瓮气的声音。

"看来王毕竟不是神，还是怕七部有人造反啊。"我说。

我的声音在地道内传来回声，秦悦赶紧发出警告："这里面缺氧，你们还是省着点气力。"

地道内又恢复了沉默，走出两百多步，四周依然是严丝合缝的巨石，前方依然看不到尽头，不知道前方会通向哪里，是寝宫还是……地牢！我胡思乱想着，感觉空气越来越稀薄，不觉加快了脚步，走在前面。手电筒光柱晃动，依然看不到尽头，突然，我脚底一滑，身体完全失去了重心，整个人朝前方栽下去，我暗道不好，这是遭遇了机关，还是栽进了深坑？我的心里猛地一沉，根本来不及呼救，就感到一阵剧痛。

"怎么回事？"最后我还是喊了出来，伴随着剧痛，我的心忽然又踏实了许多，我并没有坠入深坑，身上似乎也并没有什么伤口，我赶忙去摸摔落的手电筒。这时，秦悦的手电已经照射过来，我这才发现刚才自己没注意脚下的斜坡，斜坡上满是青苔，显然自己刚才是踩到斜坡上青苔滑倒的。

我终于摸到了手电筒，坐在地上朝四周照去，斜坡下是一个颇大的正方形空间，这个空间每边的长度都是十米以上，就在这个正方形空间正中，是一座花岗岩基座，而基座上陈列着一台外形奇特的仪器。

我刚才摔得也不轻，屁股和左侧大腿疼得我怀疑是不是骨头断了，手臂也有擦伤，秦悦却对我不理不睬，一脸困惑地盯着眼前这台仪器。我摇摇头，只好一把抱着秦悦的大腿，才支撑着站起来，秦悦看看我，又盯着眼前这台仪器，问道："你知道这是什么？"

我揉着腰，龇牙咧嘴，疼痛让我大脑仍然处于短路状态，面前这台奇怪的仪器让我完全发蒙了，"这……这像是一台仪器？"

"仪器？什么仪器？"秦悦吃惊地看看我。

"什么……仪器，呃……像是合金制成的。"我进一步推测。

"你凭什么说这是台仪器？"秦悦又换了个角度问我。

"因为这造型让我想到了一些古代的天文仪器。"

"天文仪器？天文仪器不是应该放到外面吗？最好是在山上，云之神庙顶上不就是赤道王朝的观星台吗？"秦悦连珠炮似的问道。

"我……"

就在我被秦悦追问得哑口无言时，袁帅开口确认了这是台仪器。大家把目光落到袁帅身上，袁帅绕着这台仪器缓缓地走了两圈，又用手在这台仪器上轻轻摩挲，然后才说："不过这并不是天文仪器，而是一台监测地下活动的仪器。"

"地下活动？你是说火山？"宇文惊道。

"有可能吧。"袁帅并不十分肯定。

"也可以监测地震？"我问道。

"也有可能！"袁帅的回答模棱两可。

这时候，伊莎贝拉观察良久后说："我认为这就是一台监测火山活动和地震的仪器。"

"那么，这是赤道王朝铸造的仪器，还是……"秦悦看着伊莎贝拉，话没说完。

我们都明白秦悦的意思，伊莎贝拉摇摇头说："从这种合金的工艺上看，和我们之前在神庙发现的合金制品相似，所以这台仪器应该就是赤道王朝的作品，但这台仪器的科学原理和一些制作工艺很可能来自闭源人流传下来的技术。"

"看来这条地道并不那么简单……"宇文盯着眼前的仪器说。

"不仅仅是王的逃生通道，这里还有个更重要的使命，就是监测整个本岛的火山和地震情况，毕竟这里有火山，又多地震和海啸。从那位史官的记载我们已经知道王朝最后毁于火山喷发，那么王肯定不会对此完全没有准备。"我推断道。

"那个叫孟冬的女人究竟是用什么方法让火山喷发的呢？"秦悦问。

"按照史官的记载，孟冬鼓动子昊凿开了神庙山，在后面修建园囿，火山因此而喷发。"我略作思考，"不过这里还是语焉不详，我想孟冬这么做都应该跟黑轴的能量有关。"

"难道这条地道会通往王之神庙后面的园囿？甚至是……"秦悦看着这台仪器，喃喃说道。

"什么人？"袁帅突然喊了一声，然后疾走几步，赶到了正方形空间另一头的地道口。我们猛地一惊，循声望去，另一头的地道口一片漆黑，袁帅没有打开手电筒，当我们几个手电筒照向那里时，并没有什么异常。

"怎么了？你看到了什么？"我走到袁帅身旁问道。

袁帅并不回答我，只是痴痴地望着前方黑洞洞的地道，我不明白袁帅在看什么，那里究竟隐藏着什么？我小心翼翼地向前迈步，将手电照向前方地道内，强光刺破重重黑幕，除了一些飘舞的灰尘，还是黑暗！就在我细细观察时，突然，袁帅猛地迈开大步，径直走进了地道内，我一把没抓住他，只好疾走两步，追了上去！

袁帅的速度变快了，我几乎是一路小跑，才能赶上他，"帅，你看到了什么？"

袁帅依然不说话，继续向前，越走越快，我一边扭头看着袁帅，一边用手电观察着前方，但袁帅的速度太快，我根本来不及观察前方……我又回头望去，还好，秦悦他们都跟了上来，我注意到秦悦已经将手电安装在M4突击步枪上，手里端着枪，做好了随时战斗的准备。

我不知是因为恐惧，还是因为好奇，还是不停地问着袁帅，"你究竟看到了什么？"

"我不知道那是什么，就……就是有个东西。"袁帅终于回了我一句。

"人还是动物？"

袁帅又不作声，前方在我看来是一片充满恐惧的黑暗，而对袁帅，却像是有什么东西深深吸引着他，我的心跳越来越快，脚步越来越杂乱，地道内潮湿腐烂的气味让我几乎窒息，我不停地恶心，但我还在极力控制，控制自己的大脑，地道究竟会通往哪里，我不知道，只是感觉地势越来越低，我们像是在走下坡路，直到一面巨大的石壁迎面而至。

11

我和袁帅速度太快，最后几乎是跑着一头撞上石壁的，石壁上潮湿的青苔蹭了我一脸。难道这就是地道的尽头？既没有发现人，也没有尸骨，就这么一面长满青苔的石壁。我退了两步，秦悦他们正赶上来，大家面面相觑，袁帅伫立在石壁前，盯着面前的石壁默默无语，我不知道他在想什么，我只觉得此刻空气已经凝固了，窒息，潮湿，闷热，缺氧，大口地喘气，一种绝望的感觉。我不知道面前的石壁能否推开，如果这是一条死路，难道我们还得原路返回？

就在这时，秦悦突然对我做了个噤声的手势，我们都屏住呼吸，侧耳倾听，似乎有声音传来，脚步声？喘息声？这声音像是从我们身后传来。除了袁帅，我们一起转身向身后望去，可是那声音又消失了，我们瞪着惊恐的眼睛，面面相觑。前有石壁，后有……我不敢想下去，就在我们的注意力转向身后时，袁帅突然低声喊了一嗓子，紧接着石壁动了一下，竟转了起来，我们忙又转过身，吃惊地望着前方，这面石壁就像是旋转门一样，慢慢转开，外面刺眼的光线照了进来……

袁帅侧身走出了石门，我们互相看看，也都快速走出石门，石门外的世界一片狼藉，满地的尸骸、兵器，还有一些杂乱的物件，明显一副远古战场的遗迹。我半张着嘴小声说道："这就是最后子赫与子丹两派的末世大战。"

我也不知我怎么脱口而出"末世大战"这个词，袁帅接着我的话说道："对！就是一场末世大战！"

说着，他用脚踢了一下两具交织勾连在一起的尸骨，宇文不禁一皱眉。

"最后这场大战一定很惨烈！"

"他们在重复黑轴文明的历史……"伊莎贝拉小声说道。

我心里一惊，扭头看着伊莎贝拉："你是说闭源人和开源人最后的战争？"

伊莎贝拉沉重地点点头，说出了一句饱含哲理的话。

"毁灭文明的并不是灾难，而是人心！"

毁灭文明的并不是灾难，而是人心。我细细咀嚼着这句话，又抬头打量起周围的一切，这个巨大的空间并不是园囿，更不是太阳神庙，看样子依然是在王之神庙里。

"这里应该就是寝宫吧？"我猜测道。

"对！最后子赫与子丹两派就是在寝宫大战的。"宇文点点头说道。

袁帅放慢了脚步，却依然不说话，注视周围，他像是在观察着什么。难道刚才在地道中真的有人？几分钟后，袁帅就像是重新判定了方位，径直朝一个方向走去，我们无奈地看看，只好跟上去，袁帅的步伐又开始快起来，他丝毫不在意脚下的尸骨和兵器，踏着这些尸骨与兵器，一直向那个方向走去，有的尸骨和铁质兵器年代久远，当袁帅的脚踩上去时，瞬间化为齑粉。

从寝宫外面，有微风吹进来，给我们带来了少许凉意，我们也从刚才的闷热潮湿中恢复过来。我不知道袁帅又发现了什么，他要把我们带往何方。我注意到秦悦一直托着M4，没有一丝放下的意思，我也从身后端起了M4突击步枪。

终于，袁帅领着我们走到了寝宫的边缘，我这才注意到寝宫也坐落在高台之上，可能与前面的大殿是连在一起的。此刻，我们已经走到了王之神庙后部，向下的阶梯上，依然满是尸骨。我又向周围望去，此处群山环抱，风景颇为优美，实在与满地尸骨和我们所处的险恶环境格格不入。

袁帅似乎无心观察周围的环境，他飞快地走下了阶梯，我们也只好跟着他走下阶梯，高台后面就是一些低矮的山丘，袁帅绕过面前的低矮山丘，很快我们走进了一个小山谷。袁帅终于停下了脚步，我四下望去，这个小山谷三面环山，前面应该是一条死胡同，当我走到袁帅身旁，惊异地发现就在山谷最深处，隐隐现出了一个洞口，洞口周围几乎被茂密的植被完全覆盖，我和秦悦对视一眼，警觉地慢慢靠近洞口，向里面望去，黑漆漆看不到头。

"这难道就是孟冬鼓动子昊挖开神庙山的位置？"秦悦狐疑道。

我没法回答秦悦的问题，只能看着袁帅，袁帅的目光又有些迷离，我忙问道："你在梦中也来过这里？"

袁帅茫然地点点头，却又很笃定地说："是的，来过这里！我的记忆越来越清晰。"

"记忆？"我看看袁帅，又看看伊莎贝拉，伊莎贝拉似乎若有所思。

"我们现在该怎么办？"马建秋在后面问道。

我又靠近那个洞口，抽出消防斧，砍去洞口附近的藤蔓和树杈枝叶，洞口渐渐变得大起来，拱券式的结构，很明显这个洞口是人工建筑的。我又向前探身，仔细观察了一番，里面幽深看不到尽头，也没有一丝光亮。

"这个洞口可能就是王之神庙的后门，与前面那座城门相对。"我推测道。

"与前面的大门相比，也忒小了。"马建秋嘟囔道。

"小吗？我看里面很幽深。"我也嘟囔了一句。

"既然这里开了这个洞，就肯定是挖通了后面这座山。"伊莎贝拉仰头望着面前的山。

"可……可是却看不到亮光。年代久远，这个门洞还通吗？"我狐疑地又朝里面看看。

秦悦观察了一番后说："太阳已经要落山了，我们现在只能回到寝宫去过夜。"

"回寝宫？"我回头向阴森巨大的寝宫望去。

"那里都是尸骨……"宇文也有些犹豫。

"那也比贸然进入这个黑洞强。"秦悦坚定地说道。

大家沉默下来，最后伊莎贝拉盘算一番说："听秦悦的吧！先在寝宫内住一晚，明早再说。"

"可是我们饿一天了，这里没有任何食物，连水都没有。"马建秋抿了抿干裂的嘴唇说道。

我们还是早上吃的烤鱼，带的一点河水也早已喝完。此刻，我们又渴又饿，看遍全身，似乎只有手里的枪，还能给我们带来安全感。

袁帅终于转过身，喃喃地说道："我绝对来过这里，来过这里……"

我们面面相觑，从进入大殿，袁帅就变得有些奇怪，他真的来过这里吗？我走到伊莎贝拉近前，压低声音问她："帅怎么……"

话没说完，伊莎贝拉就说道："或许我们已经接近那个谜底了。"

已经接近那个谜底了，什么意思？我一脸发蒙，这个女人也是个怪女人。伊莎贝拉说完，就尾随袁帅向寝宫的阶梯上走去，马建秋急急跟了上去，我和秦悦、宇文互相看看，无奈地只好跟了上去。

12

我们又趁着天没黑前，将寝宫搜了一遍，没有什么新发现。没有人，也没有动物，甚至连昆虫都很少见。我们饥渴难耐，为保存体力，找了一个比较干净的石屋坐下来休息。袁帅坐了一会儿，又站起来，他像是想起什么，径直走了出去，我们只好又跟上去。

"怎么了？"我追上去问袁帅。

"我记得有一间密室。"袁帅小声嘀咕道。

"密室？"我心里一惊，"又是在梦里？"

"我的梦已经都一一对应了！"袁帅说着加快了脚步。

我狐疑地看看伊莎贝拉，伊莎贝拉也像是想起了什么说："史官在记载王朝覆灭的那块合金板上曾两次提到密室，一次是子赫引诱子丹到密室，然后杀了他；第二次是他最后推开密室的大门，听见孟冬说复仇，大祭司自杀。"

"这两次是同一个密室吗？"我问。

"我想应该是同一个吧。"伊莎贝拉说。

"那会不会是我们在地道中见到的那个放置仪器……"秦悦问。

伊莎贝拉停下脚步思索片刻做出回答："不，那个不像密室，既然是密室，一定是私密的空间。"

前面的袁帅来到了我们走出地道的位置，这里我们刚才又检查过，没有发现异常，回想起袁帅在地道里不停地追逐，那是袁帅的幻觉，还是真的有什么？袁帅在打开的地道口怔怔地站了一会儿，然后又冲进了地道，我们赶忙也跟了进去。

旋转石门半敞着，袁帅进去后并没有继续往地道里走，而是怔怔地盯着石门后面看，旋转石门两侧都是坚固石壁，我和秦悦用枪托敲击，并没什么异样。袁帅推动石门，又将石门关上，地道内漆黑一片，我们不明白袁帅想干吗，他径直向地道另一头走去，走出几十步，然后猛地转身，袁帅再次快步向旋转石门冲去……我们几个只好陪他玩下去，很快，我跟在袁帅身后冲到了地道尽头，也就是旋转石门后面，就见袁帅猛地探出手臂，去推石门，我想上去帮他，可石门很灵活，根本不需要我的帮忙，袁帅就推开了石门，只是这次让我们诧异的是旋转石门后面并不是寝宫那间宫殿，也没有阳光照射进来，而是一间漆黑的密室。

我们所有人都惊呆了，同一扇石门推开却是两个不同的空间。

"这是怎么回事？"我茫然地半张着嘴巴。

"刚才推开旋转石门，是寝宫的宫殿，这次推开石门却是一间……密室？"秦悦始终端着枪。

我小心翼翼地走进这间密室，腐烂潮湿的气味扑鼻而来。在宇文不停的咳嗽声中，我看清了这间长方形密室，差不多有七八十平方米，里面空空荡荡，粗看似乎什么都没有，但细看后我却发现，在整个密室中间，地面上满是乌黑像烂泥一样的物质，难道是又是人的骨骸？我想到了史官的两次记载，子赫在此诱杀子丹，孟冬在此与大祭司最后的对话，但同样是史官的记载，王朝覆灭时，孟冬率领最后几百人，抬着子丹、子昊、子赫和大祭司的尸身，去了太阳神庙。所以这里并不会有他们的尸骨。

我用手电仔细查看，密室四周地面是干净的，只有中间有一块……我用手小心翼翼蘸了一点，观其形，嗅其味，忽然明白了。

"这间密室中间原先陈设着一张床。"

"木制家具？"

"是的，或者说是木榻，我们一直没发现赤道王朝的木制品，木之神庙里只说木材用来造船，其实他们也用来制造家具。"我推测道。

"但……我怎么还是发现了这个……"说着，秦悦从这堆腐烂物质中拾起了一块包裹着黑泥的白骨。

我心里一颤，仔细观察，这块盆骨已经只剩一小块，但依然能辨认出是一块人的盆骨，秦悦丢掉骨头，在我身上擦了擦手，我完全没理会那些脏东西，难道孟冬最后没把王族的尸骨运往太阳神庙，或者史官的记载有误……我想着想着抬头瞅见伊莎贝拉，伊莎贝拉皱着眉，缓缓念出了一段，"我没有跟去，我该结束自己的生命了，我真应该早点死去，竟让我看到王朝覆灭。"

我马上想起了这句话："这……这具尸骨莫不是史官？"

伊莎贝拉点点头说："我想是的。这间密室承载了王朝很多秘密，一般人是不能进来的，甚至不知道这间密室的存在，而史官有合金牌可以自由出入神庙。其次，史官最后记载他就是在这里听到了孟冬与大祭司的对话，支撑他的信念全都崩塌了，他也在这里见证了大祭司的自杀。所以我推测当孟冬和少数幸存者将王族的尸体运往太阳神庙后，史官记下最后一笔，来到这间密室，在此结束了自己的生命。"

"可……"

我还想说什么，袁帅却突然打断我："别管那些了，他的死活不重要。看，看这里。"

在这封闭、黑暗、令人恐惧的密室内，袁帅这突然一嗓子，让我们全是一惊。只见袁帅在密室内侧的石壁上来回摩挲，他用双手抹去了石壁上的青苔，一个个黑轴文字再次显露在我们面前。只是这次，我发现这些文字有些模糊不清，用手电仔细照射，上面明显有金属刻痕。

"这是怎么回事？"我用手摩挲着黑轴文字上面的金属刻痕。

袁帅瓮声瓮气地说道："显然这是后来有人在黑轴文字上面划的。"

"划痕在青苔之下，应该是很早之前就留下来的。"

袁帅点头认可了我的观点："不错。有可能就是那史官划的。"

"为什么？"

"因为他无法接受现实，接受王并不伟大，更不是神族的现实。"袁帅斩钉截铁地说。

"就因为这篇铭文？"我疑惑地盯着面前石壁上的文字。

"没错！因为这篇铭文是王的忏悔。"袁帅的声音在密室内传来了阵阵回音。紧接着，伊莎贝拉缓缓地读出了石壁上的铭文，王的忏悔——

13

我们曾经血统高贵，为了一个神圣的使命，我们汇聚在此。几万年来，忍辱负重，深居简出，共同的命运将我们紧紧联系在一起，没有人敢离开，没有人敢背叛，没有人敢放弃我们最初的理想，因为我们深知自己的使命。不论这个星球如何变幻，我们始终保管着世界上最珍贵的秘密，我们始终祈盼着我们的文明可以复兴。

我身为领袖，深知我的父辈、祖辈为此付出的辛劳、汗水、尊严、鲜血，甚至是生命。我也听说我们的同类大都已经分散，与当地土人通婚生子，融入土人。我的父亲在与那条龙的搏斗中死去，当年轻的我接过领袖的位置，我们的族群内亦是人心浮动，只剩下百余人，还有年轻男女不断逃散。

我发誓要在我的手中改变我们的命运，重现我们曾经高贵的身份，复兴我们曾经伟大的族群。正在此时，有一对少男少女，逃离了我们的族群，在追捕他们的行动中，男的被打死，那个少女也被禁锢，他们没有泄露我们的秘密，也没有背叛我们高贵的出身，更没有亵渎我们神圣的使命，只是乔装改扮，打扮成了土人的模样，想去开始新的生活，这个少女的名字叫阳。

我思前想后，我们的族群太小，如果再封闭下去，只能逐渐消融。我决定改变这一切，开始试探着与当地土人接触，我杀了那条龙，用龙的骨头制成王座，又教会了土人种植、采矿、烹饪、建筑、织布、造船、冶炼、观星、文字、知识、律法、谋略等等，七部土人共同奉我为王，我觉得我找到了一条复兴我们文明的道路，也让我享受了无上的荣光。我们不用再隐藏在暗无天日的地下，我们可以被当作神一样接受崇拜，我们可以随意支配那些低级的土人，慢慢地，当我习惯于享受这一切，我也意识到我们的文明恐怕再也不可能完整复兴，只能以这样一种形式重新萌芽。

但是，我的做法却遭到了族人激烈反对，他们认为我身为领袖，背叛了我们的神圣使命和高贵血统，当我们之间的矛盾无法调和时，我狠心囚禁了他们，并最终失去了他们。只有阳理解并支持我，我让她成为王朝的大祭司，和我一样享受无上的荣光，她的经历让她比我走得更远，更极端！

现在我快要死了，我在这里刻下这些文字，权当是忏悔。我们的祖先，请你们谅解我。不管我的出发点如何，但当我迈出第一步时，就已经踏入了深渊。我虽可享受俗世的荣光，却摒弃了自己的族群，也包括自己的妻儿。我亲手建立的王朝表面繁荣，却已千疮百孔，但阳说我们别无选择，她说孟冬必将危害王朝，建议我杀了孟冬，可此时的我，却再也狠不下心来，她是我们的孩子啊。如果王朝真的有一天倾覆，那就当是我的尝试彻底失败，就当一切都是强加给我的报应。

伟大的祖先，请你们相信我，我自始至终没有背弃你们，我仍然保守了你们最伟大的秘密，如果我死了，如果我们确实无法恢复你们的荣光，那么就将这个秘密彻底埋葬，绝不会留给俗世的那些低等级人类。我知道在临终前写下忏悔，是你们曾经的传统，就像你们给每一个新生的孩童以祝福，那么，也请你们接受我的忏悔，允许我重回你们的怀抱。

伊莎贝拉翻译完石壁上的铭文，镇定地说：“看来我们之前的推断全都是正确的，这篇铭文印证了史官的记载。”

“但也有些新的线索。”袁帅接着说道。

“首先，最重要的就是王在忏悔中几次提到的‘神圣的使命’。忏悔中提到他们的族群，就是一直生活在这里的闭源人后裔，那什么是他们‘神圣的使命’？”

“忏悔中还几次提到他们‘始终保管着世界上最珍贵的秘密’，我想他们的神圣使命一定和他们保管的秘密有关。”袁帅推断道。

“我们几乎已经完全了解了王朝的秘密，还有什么秘密？”马建秋不解。

"关于赤道王朝还有一个最大的秘密。这篇忏悔文第一和第二段叙述了这支闭源人后裔之前的情况，其中在第二段提到'我也听说我们的同类大都已经分散，与当地土人通婚生子，融入土人'，这个就是王朝最大的秘密，我们已经知道黑轴文明毁灭后，少数幸存的闭源人大都分散，与现代人类的祖先通婚，但是这里，这支闭源人后裔为何始终没有分散？而且他们坚决不允许族人离开？"

"就是因为他们神圣的使命，保守的秘密……"秦悦听明白了。

"是的，一定是这样。所以第三段说的就是这支闭源人后裔强行抓回逃离的族人，哪怕他们并没有说出'使命'和'秘密'。因为这个秘密太重要了，比高贵的出身和所有人的生命都重要。"我解释道。

"也因为这个秘密可以让黑轴文明复兴。"伊莎贝拉突然说道。

宇文和秦悦几乎同时想到了什么，我也明白了伊莎贝拉的意思。

"那么……那么，后世的人如果得到这个秘密……"

我明显很激动，伊莎贝拉冲我点点头，这时马建秋突然问道："那你们蓝血团知道这个秘密吗？"

伊莎贝拉扭头看着马建秋，沉吟了半分钟才说："我们蓝血团中的有些人就是为了保守这个秘密而生。"

伊莎贝拉这句话有些拗口，有些人？保守这个秘密？我正在胡思乱想，马建秋又问道："那你和袁帅是吗？"

密室里忽然沉默下来，伊莎贝拉盯着马建秋，却没说话，过了许久，袁帅打破了沉默，"如果我真的知晓这个秘密，那才可以谈保守这个秘密。"

袁帅的话同样有些拗口，真的知晓这个秘密？才可以谈保守这个秘密？马建秋不再说什么，密室里又陷入了沉默，我只好问袁帅："也就是说蓝血团现在也不晓得这个秘密？"

袁帅没有回答我，秦悦反问道："不知道这个秘密，却要保护这个秘密？"

袁帅的目光移到秦悦身上，我注意到袁帅的眼神，似乎是肯定了秦悦的问题，随即袁帅又指着石壁上铭文继续说道："这个忏悔还告诉我们一点，就是那个大祭司的出身，她是一个叫'阳'的女人。她曾经想逃离闭源人后裔的族群，显然这个时候闭源人族群已经难以为继，即便他们肩负着神圣使命，也无法控制人性。于是，王和阳改变了这一切，七部酋长以为是他们在丛林中遇到了神族，其实是王有意与他们接触，王可能开始也没料到会与全族为敌，但最后的结果就是他越走越远，与全族为敌。他和阳毫不犹豫地囚禁了族人，因为这个时候支撑他们的已经不仅仅是改变闭源人后裔状况，复兴黑轴文明的理想，而是贪婪的欲望，也可以将这种欲望理解为人性。"

"王这个时候也意识到黑轴文明是不可能复兴了，所以他可以尽情享受对低维土人的统治。而这个阳则从一开始就抛弃了什么闭源人的理想和使命，她因为爱人的死，很可能仇视自己的族人，所以王说她走得更远更极端。"我推断道。

"更极端的是最后她鼓动王杀了孟冬，而孟冬是他们的孩子。"秦悦说道。

"这……这让我实在不敢相信，这差着辈分呢……"我思虑着。

"或许……'我们的孩子'并不是指孟冬是王和大祭司的孩子，而是指她是这支闭源人后裔唯一的孩子了。"宇文合理地推测道。

"总之，不管是哪种情况，孟冬是闭源人后裔无疑，这也就能理解她后来的所作所为，她所做的一切都是为了复仇，为死去的闭源人后裔复仇，为此她不惜让整个王朝倾覆，成千上万人陪葬。"

"最让我震惊的是最后两段，大祭司竟然要杀了孟冬，连一生杀伐果断的王都不忍，而孟冬最后也如此冷血，这让我想起了梅什金关于闭源人的报告。闭源人的理性程度远超我们现代人类，情爱在他们的世界内是可以被理性控制与支配的。"宇文说道。

我又一次观察这间密室，忽然明白了什么。

"王最后的岁月就是在这里度过的，他在石壁上留下忏悔，并在这里对后事做了安排。我估计当时王面临着两难的抉择，一方面杀了孟冬，让自己亲手建立的王朝千秋万代，另一方面留下孟冬，是不忍，或是赎罪，也可能是为了向闭源人祖先忏悔。"

"王显然选择了后者，在最后时刻王朝万千臣民，都不如闭源人重要。"宇文感叹说道。

"可他为何当年又那么冷血绝情，杀了包括自己妻儿在内的闭源人后裔？"秦悦皱着眉头。

"这或许就是……人性的贪婪和复杂。"伊莎贝拉说了句模棱两可的话。

"你们不觉得最后一段最有意思吗？"马建秋忽然说道，"王前面做了那么多忏悔，可最后一段他又强调自己自始至终没有背弃闭源人，始终保守了闭源人最伟大的秘密。"

"是的，刚才我翻译时就觉得奇怪，也就是说王虽然做了那么多不符合闭源人传统的事，但那个最大的秘密，他仍然没有泄露。这会是什么秘密呢？"伊莎贝拉小声说着。

"你们再听这句'如果我死了，如果我们确实无法恢复你们的荣光，那么就将这个秘密彻底埋葬，绝不会留给俗世的那些低等级人类！'这像是诅咒，这个秘密有多重要，还要王最后发出诅咒。"马建秋说道。

"王之所以仍然保守了这个秘密，是因为他不敢，他作为王也不敢泄露这个秘密。"我推测道。

伊莎贝拉像是想起了什么，猛一抬手，我们又看到了她手腕上的十六边形合金手环。

"这个伟大的秘密，应该与这件十六边形手环有关，史官记载王在最后重新制造了合金棺，特地将四件十六边形手环带入了他的坟墓，也就是太阳神庙。"

我也茅塞顿开，觉得一定是这样。我们已经判断十六边形手环不是赤道王朝的作品，是黑轴文明流传下来的。王临死前觉得无法恢复闭源人的理想了，所以发誓将这个秘密彻底埋葬，也就是把十六边形手环一起埋葬。

"可这个手环却……"秦悦盯着伊莎贝拉手腕上的手环说道。

"太阳神庙？"我喃喃自语着，"这里应该就是闭源人后裔原来生活的地方，它在哪里呢？"

"注意这句'我们不用再隐藏在暗无天日的地下'，太阳神庙很可能在地下某处。"伊莎贝拉推断道。

说到这里，我心里已经明白无误地知道我们的目标——太阳神庙！那里隐藏着闭源人最大的秘密，这个秘密会是什么呢？我怔怔地盯着面前的石壁，石壁上那些晦涩难懂的黑轴文字如咒语般不断冲击着我的视线。我的眼前渐渐浮现出当年，王自知灵魂难以回归闭源人，于是根据闭源人的传统，在临终前写下忏悔……而当王朝倾覆时，史官撞进密室，看到大祭司自杀，又看到了这篇忏悔，自己一生为之奋斗的事业崩塌了，史官用兵器在石壁上留下了划痕，但这些都是徒劳，他无法改变这一切，只能关上石门，用手中的兵器结束了自己的生命……

第七章　寻踪袁帅

1

我们从密室中退了出来，然后推上旋转石门，袁帅似乎已经悟透了旋转石门的原理，只见他猛地又推了一下旋转石门，当石门再转开时，一束光亮照射进来，我们又回到了寝宫中。

已经精疲力竭的我们，没有水也没有食物，为了节约体力，我们只能原地休息，我和秦悦将石门重新关上，就瘫坐在石门旁，如果有外人进入，也必定会从这儿出来。

深夜，我跟随袁帅走在一条漆黑的甬道内，也不知走了多久，我注意到这条甬道越走越宽，越走越高大.

"我们这是去哪儿？"我问袁帅。

袁帅没回答，只是继续朝前走，他的步伐越走越快，我只能匆匆赶上，巨石垒砌的甬道慢慢改变了模样，我恍恍惚惚无法确定甬道两边是什么材料构成的，像是黑色玻璃，又像是某种合金。终于，当我们走出甬道，前面豁然开朗，我们瞬间置身于一个巨大的三角形大厅，没错，是三角形大厅，外形奇特的三角形大厅。

三角大厅呈等边三角形，像是由黑色玻璃建成，但又透不进一丝光亮。大厅内，空无一人，也没有任何家具陈设，不过我注意到三角大厅三边各有一扇门，我们就是从其中一边的门内走出来的，三边靠墙的位置各有几排矮凳模样的东西，呈阶梯状，粗粗计算，约有百余个这样的矮凳。

而在三角大厅的三个角上，离地面十米左右的地方，各伸出了一个呈扇形的小阳台，我实在没有词汇可以形容那究竟是什么？只是从外形将它命名为阳台，整个三角大厅从平面上看，就是一个等边三角形，三个角各呈六十度。小阳台上并没有人，隐匿在黑暗当中。可是三角形哪来的光？我仰头望去，竟无法看清三角大厅顶部的模样，只是感觉到有柔和的光从顶部投射下来，这种光很奇怪，不像是我已知的任何照明工具发出的，就在我胡思乱想的时候，我和袁帅已经缓步走到了三角大厅的正中。

就在这时，我听见一声清脆的声响，紧接着我听到了脚步声，在这无人死寂的大厅内，传来了清晰的脚步声，像是一个女人的脚步声，我忙扭头向三角大厅每边的大门望去，三扇门都没有开，就连我们进来的那扇门都关上了。此时，我才注意到每扇门上都雕刻着精美的几何纹饰，这几何纹饰散发着迷人的气息，吸引着我，我怔怔地注视着……突然，从我前方，又像是从头顶传来了声音，那是一个女人的声音，女人说的是英语："你怎么找到这里的？"

"我们正处于巨大的危险中。"袁帅似乎答非所问。

"那都是你们咎由自取！"女人的声音优雅悦耳，却很难判断出她的年龄。

"不，我们需要帮助！"袁帅也用英文回道。

"你还带了一个人？"

"他是我的朋友，值得信赖！"

袁帅和女人对话时，我好奇地观察着周围。终于，我发现在三角大厅面对我们的一角小阳台上，不知何时站立着一个女人，女人高鼻深目，金发碧眼，精致的妆容，身着一袭优雅的长裙，看上去和伊莎贝拉差不多年纪，又似乎比伊莎贝拉年纪要大些，就像从声音我无法判断这个女人的年龄一样，从外貌我依然无法判断她的年纪。

我怔怔地望着这个女人出神，女人也看着我许久，我首先发问道："你是谁？"

袁帅却拉了拉我的衣襟，给我使了个眼色，意思是责怪我的不恭与冒犯，我还从未见过袁帅对一个人如此谦卑，那女人却似乎并没生气，停顿片刻说道："我是你一直想见的人！"

我一直想见的人？搜索脑海，我可没想见哪个女人，而且还是这么个金发碧眼的外国女人。细细琢磨，这女人言下之意，似乎她早已认识我，可我……我却并不认识她。我狐疑地又问道："这是哪里？好奇怪的建筑……"

"这是世界上最稳定的建筑形式。"那女人的话语我都能听懂，可却很难理解。

世界上最稳定的建筑形式？我狐疑地再次环视整个三角大厅，突然，我的头顶一片大亮，整个三角大厅瞬间坍塌下来，可却没有尘土，也没有声响，无声无息地灰飞烟灭，我惊慌失措，想要惊呼，却根本喊不出声，周围的一切都是无声的……很快，三角大厅消失了，我和袁帅一晃已经置身于一片广袤的原野上。

一个穿着长袍斗篷的人从远方走来，我和袁帅互相看看，本能地向后退去，却发现那个人又出现在我们身后，那人戴着斗篷，看不清面容，这人是谁？还是那个女人吗？我想摸身后的枪，却只摸到了一个冰冷坚硬的东西，是消防斧，我忙将消防斧紧握在手中，那人的面孔完全隐藏在斗篷内，可我却感到了那人脸上带着的冷笑，他离我们越来越近，却又始终没有走到我们面前。

就在这个时候，在这片广袤原野周围，是成片的漆黑森林，从森林里走出了一只只外形奇异、硕大的野兽。

"那是什么？"我吃惊地问道。

"像是已经消失的史前巨兽。"袁帅也紧张地注视着周围。

"我去！又看到我们的老朋友袋狮了。"就见几头凶猛的袋狮冲在最前面。

这些史前巨兽从不同方向逼近我们，它们似乎都在受那个人操控，我感到了窒息，前面的袋狮离我们越来越近，我紧握消防斧，准备做垂死挣扎。我感到了一种濒死的体验，一声低沉的嘶吼，一头体形健硕的袋狮扑了上来，我已完全挪不动步，只是出于本能，挥舞利斧，袋狮被利斧砍中，流出鲜血，却并不躲闪，依然将我扑倒，袁帅上前，帮我劈翻袋狮，拉我起来，撕心裂肺地喊道："快跑！"

我完全辨不清方向，只能跟着袁帅，一边劈砍，一边玩命奔跑，左突右闪，竟然奇迹般地突出了猛兽的包围圈，我们从原野跑进了森林，袁帅身形敏捷，不断躲过迎面而来的树木、藤蔓和一些不知名的小动物，身后是凶猛的史前巨兽，只是茂密的森林迟缓了它们的速度。我跟着袁帅，也不知跑了多久，当我们跑出森林时，消防斧已经不知丢在了哪里，满身都是伤口与血迹，这血迹完全分不清是我们的鲜血，还是那些野兽的。

我俩冲出了森林，前方却是一片无边无垠的大海，没有船只，也没有人。我侧耳倾听，身后的野兽似乎并没有跟上来，我精疲力竭地瘫倒在沙滩上，大口喘着粗气，可就在这时，一阵浓烈的腥臭味传来，我向海滩上望去，几头巨大的爬行动物向我们爬来，那是什么？蜥蜴，鳄鱼，科莫多龙？我惊恐万状，再看袁帅，却不见了踪影。

"帅！"我大声呼喊，袁帅的身影始终没有出现，只有那几只巨大的爬行动物向我缓缓逼近……

2

"帅！"当我嘴里不停喃喃自语，从这个漫长而离奇的噩梦中惊醒过来时，秦悦美丽的脸庞出现在我面前。我意识到自己做了一个噩梦，不觉轻舒一口气，但秦悦一脸严肃地盯着我，我马上又意识到发生了什么，忙问："怎……怎么了？"

秦悦伏在我的耳畔，小声说道："袁帅不见了！"

我浑身一惊，忙站起身望去，石门那侧伊莎贝拉、宇文、马建秋还在酣睡，而这一侧只剩下我和秦悦，我记得昨晚袁帅睡在我边上。往外看看，天色已经有些泛白，这一觉睡得真长。我张望一圈，不见袁帅踪迹，心中一沉，嘴上却喃喃说道："帅也许就在附近……"

"昨晚太累，大家都睡着了，我睡得比较轻，半夜时我听到一些响声，醒来查看，却没有发现什么异样。"秦悦将我拉到一边小声说道。

"帅那时还在？"我问道。

秦悦冲我微微点头说："当时你嘴里还念念有词！"

"我说啥了？"

"听不清。后来我又睡着了，就在刚才再次听到一些响动，醒来就发现袁帅不见了。"

秦悦说到这里，又向周围望去，天色即将破晓，四周一片死寂。我指了指寝宫外侧的台阶，于是，我俩来到寝宫的台阶上，从这里可以观察整个寝宫外面，依然是一片死寂。

"刚才我做了个奇怪的噩梦……"我喃喃说道。

"噩梦？我也做了个梦……"秦悦也喃喃说道。

"是噩梦吗？"我问道。

秦悦愣了一会儿，摇摇头说："不知道，不知道算不算噩梦。"

我从未见秦悦如此犹豫："梦见了什么？"

"梦见了我父亲！"秦悦小声说道。

"父亲……"

我刚想说什么，秦悦却打断我："说说你的噩梦吧，你不是和袁帅总是心灵相通的吗？"

"我……"心灵相通？我做的那个奇怪噩梦，与袁帅失踪难道有什么联系？我仔细回忆着那个噩梦，将断断续续的画面慢慢连在了一起，"先是……先是我跟着袁帅来到了一个奇怪的地方，一个三角形的建筑里。"

"是跟着，而不是你主动？"秦悦问。

"对。是跟着，因为后来我们在三角大厅里遇到一个女人，这个女人还问袁帅为何把我带来。"我努力回忆着。

"女人？"

"一个金发碧眼的女人。"

"外国女人？"

"似乎比伊莎贝拉年纪要大些，但是我不能确定，那女人似乎有一种魔力，可以看穿我的内心，我却无法从她的声音与外貌判断她的年纪，更别说其他的信息了。"

"这么神？"

"是的。那个建筑也很神奇……"我不放过回忆起来的每一个细节。

"三角形建筑……难道是金字塔？"

"金字塔？"我细细回忆着说，"像金字塔，但是……不，金字塔底边是正方形，而那个建筑底边就是等边三角形，但是我无法看清楚这个建筑的顶部……"

"你刚才提到一个细节，你说袁帅对那个女人毕恭毕敬？"

"嗯，这很奇怪，从小到大，袁帅都是天不服地不怕的主儿，很少能有让他尊敬佩服的人。或许……或许这只是个梦，不能代表什么……"我有些沮丧，实在无法将梦境与现实联系起来。

"不，我觉得这个女人不简单。"

秦悦想了想又说，"能让袁帅敬服的人，还是个女人……除非是他母亲，可他母亲不可能是金发碧眼的外国人，更何况桂颖早就死了。但是结合袁帅的身份，这里面就有意思了。"

"袁帅的身份？"我不解。

"蓝血团。"秦悦说这三个字时很轻，却如三下重锤敲击在我心头，"这也是我想到的，那么科幻的建筑，或许只能是蓝血团。"

"所以能让袁帅如此毕恭毕敬的人，一定是蓝血团的人，而且我推测应该是蓝血团的高层，比伊莎贝拉的地位还要高。"

"蓝血团高层？"我晃了晃脑袋，"算了，别猜了，这些都是基于我的噩梦！"

"或许可以问问伊莎贝拉。"秦悦说着回头望去，吓了一跳，因为伊莎贝拉就静静地伫立在我俩身后不远的地方。

我无法确定伊莎贝拉是何时醒的，又是何时走到我和秦悦身后，也无法确定她是否听到了我和秦悦刚才的对话。此刻，不知是光线昏暗，还是别的原因，伊莎贝拉面色阴沉，怔怔地伫立在离我们不到五米的地方。

"您……醒了？"我心里有一丝慌张。

"袁帅好像不见了。"伊莎贝拉的话语也透着阴沉。

"是……是的。"我的内心充满慌张，"不过，也许……也许帅就在附近。"

"你们不觉得昨天一天帅都很奇怪吗？"伊莎贝拉突然问道。

我和秦悦都是一愣："是，是有些奇怪！"

"还有上岛后他总是头疼……"我不知道伊莎贝拉要说什么，只好点点头，伊莎贝拉又接着说道，"还记得上岛第一天夜里我跟你说的吗？"

"你说袁帅似乎有些奇怪，之前跟你回去继承遗产的袁帅，与这个袁帅不太一样。"我回忆着说道。

"你也曾发现过问题……"伊莎贝拉像是陷入了沉思。

我在思虑着，我不知道这几个月袁帅身上究竟经历了什么，但我想他一定经历了许多我们难以想象的事，他也一定比我们知道的都要多。我感到有些头晕，我望向寝宫后方的山峦，太阳即将升起，那就是东方，我们翻过山去，就可以走到东海岸。

"您见过一个三角形的建筑吗？"秦悦突然向伊莎贝拉问道。

我一惊，看看秦悦，又看看伊莎贝拉，伊莎贝拉也是一惊："三角形建筑？"

"对！不是金字塔那样的，底边是等边三角形的建筑！"秦悦进一步问道。

秦悦的目光咄咄逼人，一向镇定自若的伊莎贝拉竟有些底气不足："见过又怎么了？"

"是蓝血团的什么建筑吧？总部？"秦悦步步紧逼。

"蓝血团没有总部！"伊莎贝拉似乎恢复了镇定。

"没有总部？那您见过的三角形建筑是……"

伊莎贝拉沉吟片刻，才说："蓝血团组织相对松散，所以一直没有总部，也没有什么固定设施。不过我在欧洲某国曾经见过一座外形奇特的三角形建筑，这座建筑目前也可以算是蓝血团的总部吧。"

"您不是说蓝血团没有总部吗？"

伊莎贝拉笑笑回道："呵呵，我说了那座三角形建筑，只是目前可以算是蓝血团总部。你们已经知道，蓝血团历史很悠久，在历史上，蓝血团就从来没有过总部，也没有什么固定设施。但蓝血团行事又很隐秘，一般小范围聚会或者开会，会由骨干成员选择一处较为隐秘的地点；如果是大范围聚会，或者全体大会，则一般会在领袖的居住地选择一处可靠隐蔽的地方，而我所见的三角形建筑即是在某次蓝血团大会时。"

领袖、总部、大会！我忽然觉得伊莎贝拉刚才这段话信息量有点大。

"领袖？您不是说蓝血团组织松散吗？"

"请注意我的用词，我说的是'相对松散'，或者说看上去组织松散。蓝血团是有自己一套组织架构的，最高领导人我们称为'领袖'。"伊莎贝拉解释道。

"那这座建筑具体在哪？"秦悦继续问道。

伊莎贝拉轻轻抬起手，又放下："不，我不会告诉你，只有蓝血团的成员才可以去那里。"

"我觉得您应该将蓝血团的事告诉我们，您难道不觉得我们遭遇的这一切都与蓝血团有着千丝万缕的联系吗？从最早荒原大字的照片到现在，所有的一切似乎都与蓝血团有着……"

"不！蓝血团有蓝血团的纪律。蓝血团也有蓝血团的解决方式。"伊莎贝拉明显激动起来。

"可蓝血团的纪律与解决方式，不能帮助我们摆脱困境？"秦悦也分毫不让。

我眼见两人越说越僵，越来越对立，只好赶紧打圆场，但谁料，我还没开口，伊莎贝拉突然又质问秦悦："你是怎么知道三角形建筑的？"

"他！他说梦里袁帅带他去的。"秦悦指我说道。

伊莎贝拉也扭头盯着我，这下可好，两人又一起针对我了，我一脸无辜，"我就是……就是刚才做了一个很奇怪的噩梦。袁帅带我去了一座三角形建筑，然后……然后出现了一位金发碧眼的外国女人……"

"外国女人？"伊莎贝拉喃喃道。

"您认识？"秦悦还是一副咄咄逼人的样子。

"你还梦到什么？"伊莎贝拉不理睬秦悦。

"后来……后来我们突然就出现了一片荒原上，各种凶猛的史前巨兽要攻击我们……"我努力回忆着梦里的每一个细节。

伊莎贝拉不再说话，她听完了我的叙述，只是淡淡地说："好奇怪的梦。"

3

我们的对话声也吵醒了宇文与马建秋，此时天已放亮，袁帅仍没回来。大家都不免焦急起来，我们决定分头搜寻，安全起见，大家分成两队，我、伊莎贝拉一队，秦悦、宇文、马建秋一队，我和伊莎贝拉从地道又重新回到了金碧辉煌的大殿中，不见一人。

接着，我们又搜寻了贵族院和内官署，不见人，也没有袁帅的痕迹，一切都与我们昨天见到时一样。我和伊莎贝拉又来到王之神庙的大门后，巨大的花岗岩包金大门依然紧闭，昨天这扇已经被我们推开的大门，又从外面被关闭了。此时，我看着面前紧闭的大门，心里又升起了一丝希望，或许这会儿大门只是虚掩着，只需轻轻一推就可以打开。

可当我探出双臂，使出浑身气力，猛推大门时，大门只是微微动了一下，便纹丝不动。我让伊莎贝拉也上前一起推，最后她失望地摇头说道："和昨天一样，推不开。"

"帅不大可能从这儿出去。"

伊莎贝拉失望地点点头，无奈之下，我们只得放弃打开这座大门，回到大殿。这次我们没有进入大殿，而是从大殿旁的高台上向后搜寻，进入寝宫，满地都是尸骨和兵器，一片狼藉，我仔细搜寻着地面，生怕袁帅就躺在某个不引人注意的角落里。

此时，已经焦急万分的伊莎贝拉竟冲周围喊出了声："袁帅！袁帅！"

我也站在高台之上，释放出这些天的压抑，高声喊出袁帅的名字，可是回答我们的只有周围群山的回音。终于，我们也听到了同样的呼唤声，显然那是秦悦和宇文的声音，但回答他们的同样只有群山的回音。

我和伊莎贝拉循着秦悦和宇文的声音，从寝宫后的台阶下来，发现他们三人此刻就伫立在昨天下午我们发现的那个洞口前。此刻，我们都停止了呼喊，秦悦回头看着我，招呼我过来，我和伊莎贝拉赶忙也来到洞口前。

我看了一眼他们，三人都面露惊异之色。秦悦指了指洞口，示意我过去，我和伊莎贝拉小心翼翼地走过去，在洞口外向洞内望去，里面阴风阵阵。突然，我猛地睁大了眼睛，因为我看见了亮光，从甬道里面，或者准确地说应该是甬道另一头传来了亮光，那边是什么？是导致赤道王朝灭亡的另一个世界，还是引诱我们进入的幻影？

许久，我使劲晃了晃脑袋，确确实实，真真切切，有亮光从甬道另一头传来，我吃惊地看看身旁的伊莎贝拉，伊莎贝拉也面露惊异之色。

"昨……昨天看时，还没有亮光。"

"也就是说一夜之间……"

"太可怕了……"宇文说，"这里看似平静，却处处隐藏杀机。"

"一切都像是有人给我们安排好的。昨天关上了王之神庙大门，今天就给我们打开了甬道内的门。"秦悦的话让我不寒而栗。

"你确定里面是门？昨天看上去只是一片漆黑。"马建秋反问道。

"会……会不会是帅打开的？"我猛然想起了失踪的袁帅。

我的话让大家都陷入了沉思，伊莎贝拉摇着头说："袁帅，他为何要脱离我们，独自打开这扇门？"

"好了，别管那么多。我们都没有找到袁帅，王之神庙大门也被人关上出不去了，现在我们只能从这走了。"马建秋说道。

这儿？我马上想到了恩里克的警告，还有关于王朝覆灭的记载，这条甬道后面会有什么？我从未像现在这样茫然无措，我想征询秦悦意见，只见秦悦皱着眉头，也是犹豫不决，最后伊莎贝拉像是下了很大决心说："不管怎样，我们必须找回袁帅，也只有这条路了。"

秦悦冲我点了点头，我也无可奈何地耸耸肩说："看来只能如此了。"

就在这时，秦悦身上的铱星电话又响了，在这个诡异死寂的地方，突然有铃声传来，本身就是一件诡异的事，我们被吓了一跳。秦悦接电话的双手都在颤抖，电话那头断断续续传来一阵外文，我仔细倾听，貌似是英文，但却没听懂，接着又突然冒出几句中文"疏密""达人"。这两个词以前就曾经听过，这究竟是什么意思呢？

我们每个人都接过铱星电话听了听，面面相觑，不明所以。最后伊莎贝拉接过电话，听了一会儿，然后电话就断了。秦悦问道："您听出来什么？"

伊莎贝拉摇摇头说："里面杂音很重，又断断续续，实在听不出什么。"

"甭管那么多了，赶紧走吧。"马建秋催促道。

伊莎贝拉将铱星电话塞给我，我手里握着电话，看看闪动着亮光的洞口，心里一阵紧张。也许进入这个洞口，就不会再有信号，我又看了看手中的铱星电话。此刻，信号几乎没有，刚才那是怎么回事？

狐疑之中，我和宇文在前面开路，砍去恣意生长的藤蔓，缓缓走进了甬道。让我们大感意外的是进入甬道没多久，里面就出现了许多碎石和沙土。我和宇文费力地一点点铲去碎石和沙土，让我们更意外的一幕出现了，甬道在清理掉部分碎石和沙土后，变得高大起来。

"这些碎石和沙土是人为堆砌在甬道内的。"宇文如此判断道。

"这条甬道很高大……"我吃惊地观察着这条甬道，高达近五米的拱券式结构，让我不得不再一次被赤道王朝的建筑工程所折服。

"根据史官的记载，这条高大的甬道就是孟冬鼓动子昊挖穿了山，那么碎石和沙土就是在孟冬他们去了太阳神庙后，有人又将甬道给堵上了。"秦悦推测说道。

伊莎贝拉点点头说："所以山上的神庙没有完全被毁！"

"可最后王朝的人大都死了……"

我打断秦悦的话："不，肯定有人没死，所以文明的种子才会传播出去，只是这些文明的种子太微弱了，需要很多年孕育后，才慢慢萌芽。"

"我在想……"宇文观察着甬道四周，"我在想这些碎石和沙土会不会是袁帅挖开的。"

"袁帅？"

"你们看甬道内并没有门，我们昨天从甬道那头看不到亮光，而今天袁帅失踪了，甬道内现出亮光……"

"再往前走走就知道了。"

我说着加快脚步，很快走到了甬道另一头，仔细观察，这一头也并没有门，所以我忽然觉得宇文的推断是正确的，那袁帅不辞而别，进入的会是一个怎样的世界？

4

甬道这头也是一个小山坳，杂草、灌木交织着藤蔓，我和宇文用斧头开路，走出小山坳，展现在我们面前的是一片茂密的森林，我不禁有些恍惚，又想起了昨晚那个梦。

"这里就是史官记载的'园囿'？"

"应该是吧……"宇文仔细观察着周遭的环境。

"貌似也没什么神奇之处。"秦悦的双眼就像雷达一样扫描着周围。

"别说得太早。"伊莎贝拉小声说道。

我们走进了森林，让我们吃惊的一幕出现了，这里竟然传来了鸟叫，漂亮的犀鸟不停地在树杈间飞翔，各种小动物穿梭在林间，与神庙山上的肃杀环境恍若隔世。突然，马建秋被前面窜出来的猴子吓了一跳，竟撞进秦悦怀里，一看是秦悦，马建秋又猛地抱住了我。

我怒斥道："你还能有点出息不，小猴子就把你吓成这样，你不就是搞生物的吗？"

马建秋这才放开我，战战兢兢地说："自从上次那疯猴子，还有吸血的鼯鼠，我就……"

我见马建秋那尿样，冷笑两声："我看您这个生物学副教授从此也就告别本专业了。"

"哼，那我们也得先回去再说吧。"马建秋的话怼得我也无话可说。

秦悦瞪了我俩一眼，依然保持着警惕，我们很快走出了这片森林，竟是一大片绿油油的草地。如果不是一遍遍告诫自己这是哪里。我真的对这里心驰神往了。

"这里太美了，简直是鸟语花香啊。"

"小心！在这种诡异的地方，我的经验告诉我，越美的东西越有可能是陷阱。"秦悦叮嘱说道。

"那你也是陷阱吗？"我突然盯着秦悦问道。

秦悦愣了一下，随即脸颊泛起一丝红晕，嗔怒道："对！我也是陷阱！你要小心！"

我们走到了草地中央，没有发现什么陷阱，也没有任何异常，倒是发现不知从哪流淌过来一条涓涓细流，秦悦仔细查看这条溪流，水质清澈，粗尝一口，倒也甘甜。于是，秦悦卸下背包和装备，"在这儿休息一下吧，吃点东西，已经整整二十四小时没吃东西了。"

"吃东西？我们哪有东西吃？"我沮丧道。

"这里能吃的东西非常多。"秦悦说着举起枪，砰砰两枪点射，就打下两只体形颇大、外表艳丽的犀鸟。

"怎么可以吃这么漂亮可爱的鸟？" 我说着就去林子里捡拾了

不少树杈。

我们几个已经饥渴难忍，马建秋和我很快生起了一堆篝火，秦悦却一脚踢翻了我们的篝火，怒道："你们这点野外生存经验都没有吗？在这鬼地方升篝火，就是暴露自己。"

"那你的意思……"我忽然有些木讷。

"生吃。"秦悦斩钉截铁地说道。

"不至于吧。"马建秋嘀咕道。

"是啊。我们前几次不都点篝火的吗？"宇文皱着眉头，对外表艳丽的犀鸟不忍下嘴。

"而且生吃还会吃坏肚子。"我附和道。

"吃坏肚子也比暴露位置好。前面几次不同于这里，我有一种预感……"秦悦停下来，环视周围，"危险正在向我们靠近！"

秦悦利用草地上的涓涓细流，简单处理了一下犀鸟，就生吃了一口，我看着秦悦这个女孩子生吃一只同样漂亮的犀鸟，不觉浑身泛起鸡皮疙瘩，但为了填饱肚子，我、宇文和马建秋也都开始生吃犀鸟，只有伊莎贝拉静静地伫立在草地中央，皱着眉头，凝望我们。当我招呼伊莎贝拉也勉强吃点时，伊莎贝拉却将头扭向了一边。自从发现袁帅失踪后，这个女人也变得古怪起来，我心里不禁泛嘀咕。

吃了两只美丽的"犀鸟刺身"以后，我们挖坑掩埋了犀鸟的骨头、羽毛和内脏。这时，我发现就在我们的东南方向，森林里冒出了缕缕白烟，我一把拉住秦悦。

"你让我们不要生篝火，你看那……"

秦悦也吃惊地望着白烟冒起的地方，宇文突然提醒道："会不会是袁帅？"

伊莎贝拉第一个掏出了那支格洛克17手枪。

"对！有可能，我们赶紧过去！"

我还没背好背包，伊莎贝拉就向冒白烟的地方奔去，我们只好赶紧跟上去，我将宇文的斧子递给马建秋。

"要是打起来，可没人管得了你！"

我们散开再次进入森林，伊莎贝拉虽然上了年纪，可却保持了让我们吃惊的体力，我们竟然都没有追上她。当我们接近冒白烟的地方时，伊莎贝拉才放慢了脚步，示意我们警戒，我透过高大的树木向森林外望去，那里不断有浓浓的白烟冒出，这个冒烟量已经远远超出了一般篝火发出的烟量，并且我已经嗅到了一股刺鼻的气味，显然这不是袁帅，也不是谁点燃的篝火。

我看看身旁的几个人，显然他们也觉察出了异样，秦悦示意我们聚拢。于是，我们聚集到秦悦身旁，秦悦悄悄地说："显然不是篝火，空气中弥漫着刺鼻气味，可能有毒。"

"有可能是地热。"宇文也提醒道。

"没错，这下面可能有火山活动。"

我也提醒大家说道。

"这样，我和非鱼过去看看，你们几个留在这里。"秦悦说完就对我发号施令，"跟我一起行动，速度要快，撤回来之前别说话，用手势。"

　　我点点头，秦悦倒数了三个数字，然后猛地向冒白烟的地方冲了过去，我也赶忙跟着往前猛冲。越往前面走，白烟越浓烈，刺鼻的气味让我根本无法呼吸，我只能屏住呼吸，紧紧跟着秦悦，闯进了白烟中。

　　这里已经看不清周围，我心里忽然生起一种感觉，从没有像现在这样怕失去秦悦，我竟一把抓住了秦悦的背包，秦悦回头示意我跟上。我俩终于闯入了白烟的中心，绕到上风口，这里的白烟和气味都淡了些，我才看清原来我们面前是一处深潭，深潭里似乎还有水，不过水位很低，浓烈的白烟就是从这个深潭里冒出来的。

　　我已经感到难以支持，伴随着耳鸣眩晕，流泪不止，阵阵反胃，差点把刚才吃的生犀鸟肉吐出来。秦悦也支撑不住，身子竟微微有些晃动，我一把抱住秦悦，赶忙架着她往外撤。我本已自身难保，此刻忽然觉得秦悦的身子好沉。还好我在失去知觉前，从上风口撤进了森林里。

　　我和秦悦并排躺在森林里，大口呼吸着还算干净的空气，眼泪不断流出来，干咳不止。

　　"你……你咋这么能逞强……差点……差点死在里面……"我断断续续说着。

　　秦悦没有声音，我扭头看，秦悦睁着美丽的大眼睛，两行眼泪流淌下来，我第一次看见秦悦流眼泪，一时有些不知所措，不知她是因为刺激气体流泪，还是别的什么原因？

5

我和秦悦在森林里静静地躺了很久，直到宇文、马建秋和伊莎贝拉找到我们，宇文焦急地问："你俩进去就没影了，我还以为你们出不来了。"

宇文急得都快哭了，我猛地坐起来，一拍宇文："我是不会死的。还没有让哥把小命交出来的东西。"

"你就吹吧！"宇文看我没事，总算放下心来。

秦悦躺在地上，擦了擦眼泪，才缓缓坐起来。

"算你救了我一命。"

"你刚才看到了什么？"我问道。

"你没看到吗？那下面有尸骨……"秦悦怔怔地盯着我说。

"尸骨？"我努力回忆着刚才那一幕，深潭之下不断散发着刺鼻的气体，隐隐现出了白骨……

"而且……"秦悦环视我们，"而且还有动物的骨骸。我想……顺着下风口走下去，恐怕……恐怕会发现更多的尸骨。"

秦悦的话让我们心悸不已。

"这……深潭难道也是当年孟冬计划的一部分？"

"这我就不知道了。"秦悦摇摇头，然后支撑着站起来，又观察了一圈周围的环境，指了指下风口的方向，"往这走。"

我看秦悦跌跌撞撞的样子，赶忙扶住她，就这样我们互相搀扶着，往下风口走去，我用指南针又判断了一下方位，下风口的方向就是正北方，我们现在处于神庙山背后，在山的另一边，正北方向就是金之神庙与水之神庙的方向，也是太阳神庙可能的方向。

果然不出秦悦所料，我们往下风口方向走了一段，就在林子里见到了骇人的尸骨，尸骨散布在林间，这片美丽的伊甸园瞬间变得阴森恐怖起来。突然，我脚下被一个坚硬的东西绊了一下，我用脚拂去地面的落叶和藤蔓，一个锈迹斑斑的铁家伙冒了出来。

秦悦用匕首扒去铁家伙身上潮湿的泥土和植物根茎，一支枪的形状显露出来。

"又见到我们的老朋友了。"秦悦喃喃地说道。

我也辨认出来这是一支S国制AK-74突击步枪，我们在荒原大字曾经使用过的老朋友。我不觉一惊。

"看来S国人曾经来过这里。"

很快，我们又在附近发现了一些物品，都是二十世纪七十年代的S国装备。特别是一把外形小巧的手枪，吸引了秦悦的注意，"这是一支紧凑型半自动手枪，五点四五毫米口径，备弹八颗，这种枪一般是S国情报机构特工喜欢用的枪。"

"也就说格林诺夫他们曾经来过这里？"我说出了早已笼罩在心里的疑问。

森林里顿时陷入了沉寂，大家似乎都在思考着格林诺夫与这里的关系，宇文率先打破沉默。

"如果这里又是一个黑轴，那么，格林诺夫他们一定会对这里感兴趣……"

"更何况是一个很特别的黑轴……"我见大家都看着我，又进一步解释，"我们已经知道赤道王朝是得益于闭源人技术建立的，这是因为守卫此处黑轴的闭源人没有分散，而他们之所以一直没有分散、苦苦坚持就是因为那个'神圣的使命'。"

"神圣的使命……地球上最重要的秘密……"秦悦喃喃自语，"所以格林诺夫也曾经来这里探险，木之神庙门口没逃出去的尸骨很可能就是他们的人，还有这里的尸骨。如果格林诺夫的科考队曾经进入了王之神庙，那么为何王之神庙的门是关上的，神庙后的甬道也是堵上的？"

"所以我们有必要重新思考这一切。"伊莎贝拉突然说道，"恩里克的船员也应该曾经进来过。"

"难道一直有人守卫在这里，不让外人踏入？"我忽然想到了一个可怕的可能。

"或许不是人……"马建秋说道。

我们都是一惊，目光不约而同落在马建秋身上，马建秋忙摆手道："我就是随口一说。"

"好了！我们还是小心为妙。再看看有没有别的发现。"秦悦说着，又继续在附近搜索。

我们分散开来，边向前走边搜索。大约一刻钟后，地面上就没什么尸骨，也没什么遗迹出现了，我们重新聚拢在一起。

"再往前似乎已经没有什么发现了。"我依然仔细观察着周围。

"看来格林诺夫的科考队在木之神庙和这里都遭受了重大损失。

也可能是在这里……"秦悦环视众人，"也可能是在这里全军覆没。"

全军覆没？我向前方望去，已经没有任何人类活动的遗迹，可是就在前方，密林之间，影影绰绰，有一个黑色物体现出了形状。

我们都看见了那个黑色物体，愈加小心。秦悦端着枪，示意我们散开。我也举起了枪，从秦悦右侧缓缓靠近那个黑色物体，我隐约辨别出这个黑色物体像是一座用黑色花岗岩制成的亭子。凑近一看，是一个造型奇特的石质亭子。

"这是……一个凉亭？"宇文仔细观察着。

"凉亭？"我再次仔细观察眼前这个造型奇特的凉亭，八边形底座，上面又叠加着一个八边形底座，十六根石柱支撑着沉重的顶部，"这个亭子如果是赤道王朝建造的，能屹立到现在不倒不算是个奇迹了。"

"看！里面又躺着一具尸骨。"秦悦已经走进了凉亭。

我紧接着走进凉亭，果然在凉亭一角，一具骸骨斜倒在地上。从骸骨的情况看，可能是近几十年内的，而且是欧罗巴人种，毫无疑问又是格林诺夫科考队留下来的。秦悦蹲下身子，仔细查看，当她将这具骸骨翻过来，身子微微一震。我马上注意到这人右侧的肱骨，左侧的胫骨都呈一种怪异模样，从中间呈九十度折断。

"这……像是被折断的！"我惊叹道。

秦悦又掰过来骸骨的头颅加以说明："头颅后侧明显遭受过重击，呈粉碎性骨折。"

"这会是什么东西造成的？"宇文像是在思考。

"猛兽……应该是某种猛兽。"马建秋喃喃说道。

"龙?"我不禁脱口而出,那个沉闷而凄厉的叫声已经许久没传来了。

"龙不是应该在山下吗?我们上山来之后就没听到那个叫声,也没遭遇……"

宇文说着,突然吹过来一阵风,风势越来越大,卷起了地上的落叶、灰土,还有砂石,甚至还有一截不知从哪吹过来的骨头,正打在我身上。宇文赶忙闭上嘴巴,蹲了下来,我们也都蹲下来,躲避这股阴风。

五分钟后,这股风渐渐停息,我探头观察周边,一切都平静下来,寂静无声。没有可怕的东西出没,秦悦观察良久催促道:"在附近搜一下,看有没有别的东西。"

宇文从石亭外找到一个已经高度腐烂的帆布包,将里面的东西都抖落在亭子地面上,军用望远镜、皮尺、卡尺、铅笔、手电筒、绳子、放大镜、罗盘、圆珠笔、测距仪、地质锤……不过所有东西都已经朽烂。

"看来这个人是科考队的一位科学家,而且应该是位地质学家。"

宇文说着看向了我,我冷笑道:"看我干吗?野外考察……我靠这个……"说着,我端起M4突击步枪晃了晃。

秦悦笑道:"他们当年也有这个。"

我无言以对。秦悦和伊莎贝拉详细在这堆东西中寻找,却一无所获,伊莎贝拉最后拍拍手站起来说:"看来不会有什么发现了。"

"不！"秦悦叫住众人，"你们发现没有？这些装备中没有笔记本，有笔就应该有笔记本。"

"也许早丢在什么地方了。这人骨头都那样了，可想而知，他最后遭受了怎样的痛苦，哪还能顾得上笔记本。"我嘴上那么说，但又蹲下来，仔细搜索了一遍，确实没有。

就在我要放弃之时，秦悦突然拉住我，我顺着秦悦的目光，惊奇地发现就在这具骸骨身下，正好是两块花岗岩石板的接缝处，而这个接缝处却显得有些异样，明显要比其他接缝处要大。

6

秦悦俯下身子，脸几乎要贴到这具尸骨，观察了一会儿，秦悦说道："里面……里面有什么东西。"

我听后也是一惊，赶忙趴下来，探身看去，果然这道缝隙明显要宽。

"这……这应该是人为撬开的。"

"嗯，是这人临死前，逃到亭子，用什么工具将石板缝隙撬大。"秦悦推测道。

"可他的工具都丢在了帆布包里……"我疑惑不解。

"他用的是这个。"秦悦说着，缓缓举起了一小节柱状物体，那东西在阳光下发散出奇异而诱人的光芒。

"黑色玻璃！"我和宇文几乎同时脱口而出。

"没错！这东西的强度很高，黑轴……还有那座巨大恐怖的中央试验室就是用这种材料建造的。"秦悦说着，扭头看看伊莎贝拉。

"你们蓝血团知道这是什么材料吗？"

伊莎贝拉脸上露出复杂的表情说："我见过这种材料，据说这是一种比金刚石硬度还高的材料。"

"比金刚石硬度还高？"我快速在头脑内搜索，这世界上比金刚石硬度还高的东西，会是什么？

宇文显然要比我更快想到了，他猜测说："会不会是碳化氮？"

"碳化氮？"我狐疑道，"我似乎听说过，可是碳化氮是近年来才发现的。"

"所以这种东西厉害啊，闭源人的技术。"宇文说着将目光转向伊莎贝拉。

伊莎贝拉却不置可否，岔开话题："快看看那里面有什么？"

秦悦看了看手中的那一小节黑色玻璃，她决定用这个东西试试。这节黑色玻璃果然神奇，秦悦很轻松地就将黑色花岗岩又凿开了一点，里面隐隐露出一件黑色封皮的笔记本，秦悦将右手伸进缝隙，掏出了这件已经部分朽烂的笔记本。

秦悦费了很大劲儿，才翻开几乎粘连在一起的笔记本。

"花岗岩还是保护了这个笔记本，否则它早就灰飞烟灭了。"

虽然笔记本曾经被雨水反复浸湿，又霉变腐烂，但依然有些文字可以辨识。秦悦将笔记本递给宇文，宇文用一刻钟时间快速翻看了一遍。

"这笔记本已经有很多地方字迹不清，无法辨识了。不过从还能辨识的部分看，笔记本记载的内容分为两部分。从正面翻看，记载的是这次行动的起因、过程、经历，当然最后没有结局。从反面翻看，记载的是笔记本主人对一些东西的研究，其中有材料科学方面的，也有生物学方面的，还有建筑学方面的，这人看上去是位全才，什么都懂。"

"那这人会不会是格林诺夫？"我惊异地扭头看着这具已经扭曲变形的骨架。

大家也都吃惊地盯着这具骨架，最后又将目光落在宇文身上。

"笔记本上并没有主人的姓名。"宇文遗憾地否定了，随即又说，"但是却有时间。"

"什么时候？"

"笔记本正面开头部分已经模糊不清，最早能看清的记载是在第十一页，第十一页出现的日期是一九七九年十月十四日。他们是在这一天登岛的，登岛之前同样遭遇了一次风暴，而且他们登岛的位置也是在郑和灯塔附近。"宇文指着笔记本上说道。

一九七九年十月十四日？我反复在脑海中搜寻这个日子，似乎并无什么特别。

"他们在登岛前也遭遇过一次风暴，再次说明此地天气多变、反常。至于同样在郑和灯塔附近就是巧合了。"秦悦说道。

"上面还说了什么？"我催问道。

宇文摇摇头说："这页下面的字迹被浸湿，已经无法辨认了。可能跟我们一样，他们也破译了灯塔的碑记吧。后面几页字迹也很不清楚，估计记载的都是他们上岛之后的情况，直到第十六页，记载他们发现了市场后面那座二层小楼，也发现了恩里克刻在墙上的警告。"

"他提到龙了吗？"我问。

宇文又摇摇头说："没有，看上去很正常，记载的字迹也很正常，甚至可以说书写得很优美，可见他们一直到神庙山上都没有遇到危险。"

"那比我们幸运。"马建秋嘟囔了一句。

秦悦却说："中间几页看不清了，虽然他们登岛位置与我们相同，也到了那座二层小楼，但我觉得他们走的路线和我们不同。"

"是的。否则发现这个十六边形合金手环的就是他们。"伊莎贝拉看着自己手腕上的十六边形手环，喃喃说道。

"不管他们怎么进入古城的了，看看下面，神庙？"我催问宇文。

"接下来跟我们的路线几乎相同，第十七页至第二十七页记载的基本上就是他们从云之神庙到水之神庙的过程。"宇文说到这里，顿了一下，翻看了好几遍笔记本，才又说道："其中值得一说的是第二十一页，他们在木之神庙遭遇了藤蔓的袭击。"

"果然那几个遇难的是科考队的人。"秦悦小声说道。

"那他们在其他几座神庙遇险了吗？"马建秋问。

宇文仔细翻看着笔记本。

"没有，火之神庙的记载不太清楚，再值得一提的就是第二十六页，他们在金之神庙。"

"对呀！我们在金之神庙的地下金库里发现了一枚弹壳，应该是他们留下来的。"秦悦马上想起了那枚弹壳。

宇文摇摇头说："我之所以说第二十六页值得一提，恰恰是因为这页关于金之神庙的记载很简单，既没有提金库与黄金，也没有提遭遇太攀蛇，更没有关于枪战的记载。"

"这……怎么可能？"秦悦不敢相信。

"他们……他们似乎就没有找到金库，否则不会一句不提……"宇文死死盯着笔记本说。

"没有找到金库？那金库里怎么会有S国情报部门人员使用的弹壳？"我们都陷入沉思。

最后还是伊莎贝拉打破了沉默："那二十七页之后呢？关于王之神庙呢？"

宇文失望地双手一摊，将笔记本摊开给我们看。

"第二十八页后面几页都已经难以辨识，只是依稀可以看到……看到最后他们也是从甬道进入了园囿。"

"那这么说甬道里的砂石是他们撤离时匆忙堆进去的喽……"我的头脑里瞬间出现了恩里克和格林诺夫两支相隔近五百年的科考队在这里面遭遇了巨大的危险，狼狈逃窜。"不要进入那条峡谷"，恩里克的警告，格林诺夫他们最后又遭遇到了什么呢？

"第三十五页，详细记载了那个冒白烟的深潭，并且对深潭喷出的气体进行了收集采样，而且他们也推测这些气体来自火山运动。但他们很小心，装备了防毒面具，并没有人在那里遇害。"宇文继续翻译道。

"那这些尸骨是怎么回事？"马建秋惊道。

"那就只有一种可能。他们继续前进进入了恩里克所说的那条峡谷，然后在那遭遇了危险，在撤退途中，惊慌失措，慌不择路，或者是迷失了方向，有人奔到了深潭附近……"秦悦说道。

他们是遭遇了怎样的危险？才能让全副武装的科考队惊慌失措，慌不择路？我们面面相觑，不约而同地想到了这一层。

7

我从宇文手里接过笔记本翻了翻，第三十五页后面只有一页有文字，记载的应该就是他们继续前进的情况，不过这页纸大部分都已经模糊不清，难以辨识，我不死心，将笔记本递给宇文，问他："这一页写的是什么？"

宇文盯着第三十六页看了很长时间，最后依然摇摇头，"除了几个单词，其他的我根本无法翻译。"

"这页最重要！"我强调。

宇文无奈地耸耸肩说："我也知道，可怎么办呢？"

"什么单词？"伊莎贝拉问道。

"巨石……迷失……叠加……宝库……丰富……毒菌……"宇文断断续续，艰难地辨认出这些单词。

"都是些奇怪的词。不过我注意到了'宝库'。"我嘀咕道。

"你就对宝库感兴趣。"秦悦白了我一眼，从宇文手上又拿过笔记本，最后翻到了后面，"你刚才不是说笔记本分两部分，另一部分是从后往前记载的。"

宇文点点头表示确认："没错。我觉得这本笔记本最有价值的可能就是这第二部分。第二部分是笔记本主人对几个问题的研究心得，更重要的是第二部分没有被水浸透，大部分内容依然可以辨识。"

"几个问题的研究心得……跟黑轴有关吗？"秦悦问道。

宇文又翻看了笔记本回复道："是的，都与黑轴有关。"

"都与黑轴有关？"我忽然来了兴致。

"首先，笔记本上就谈到了这种黑色玻璃。"宇文说着拿起了那一小节黑色玻璃，"我们一直不知道这种黑色玻璃的成分，而在这里，笔记本的主人给出了一个大胆的假设，当然这个假设都是建立在他的研究和计算基础上的。他将这种黑色玻璃称为——碳化氮。"

"碳化氮！就是那种比金刚石还要坚硬的材料？"我马上想到了之前宇文的推测。

"不错。这位和我刚才想的一样。"宇文有些激动。

"可是……"我努力在自己大脑中搜索着碳化氮，"可是据我所知，人类……呃，或者说是现代人类第一次得到碳化氮晶体是在二〇〇〇年，由莫斯科大学的一个研究小组用极其巧妙的方法，才得到直径五毫米、长度三毫米的碳化氮晶体。这一下子就有好几个不可思议的问题，首先，在一九七九年时，格林诺夫他们就知道碳化氮的存在，这也太……其次，即便是现代最尖端的科技，也只能得到极小的碳化氮晶体，而黑轴文明时期，竟然可以用这种材料大规模建造黑轴！这得需要多少碳化氮？这更不可思议。"

"黑轴的事只能有更多的不可思议。"伊莎贝拉忽然说道。

我转脸看着伊莎贝拉,刚才当我和宇文询问伊莎贝拉碳化氮时,她岔开了话题,这会儿她似乎愿意说说了。

"非鱼,第一个问题我无法直接回答你;至于第二个问题,请你想想格林诺夫他们曾经在荒原大字的黑轴上钻探,虽然损坏了他们很多钻头,但还是能打进去一些的,如果真的是比金刚石更坚硬的材料,恐怕格林诺夫的钻头是打不进去的吧?"

我心里暗自寻思,这女人看来什么都知道。

"那您的意思是……"

"我推测所谓的黑色玻璃并不是纯粹的碳化氮,也不是单纯的一种物质,它们外表相近,而里面的特质并不相同。有可以作为工具的,有可以作为建筑材料的,等等,但它们的结构与碳化氮应该十分接近。"伊莎贝拉推测道。

"这……"我没有马上理解伊莎贝拉的话,"我是否可以理解为闭源人的这种工艺,比我们现代人类取得的碳化氮,要复杂得多。"

伊莎贝拉点点头说:"理论上是这样的。闭源人掌握的技术不是我们现代人类所能理解的。"

"确实很难理解。"宇文接着又说道,"同时,笔记本的主人也在岛上得到了一块合金的样本,他推测这种合金是纳米级层状结构的钪合金。"

"纳米级层状结构的钪合金?这么拗口。"我嘟囔道。

"当然笔记本的主人也注意到了岛上出现的不同合金，特别是某种超级合金……"

"超级合金？"伊莎贝拉打断宇文，"你确定他是这么说的？"

"确定。"

"看来他所指的这种超级合金就是制作十六边形手环的合金喽？"秦悦说道。

"也就是黑轴文明的合金。"我说道。

宇文继续说道："总之，笔记本主人认为这些合金多是含有稀土金属的合金，他推测还可能有超级耐高温的铪合金，超级坚硬的钪合金，铖合金等，与黑色玻璃类似，不同的合金被用作不同的用途。"

"看来闭源人在材料方面的研究远远超出我们现代人类。而赤道王朝的这些技术也永远失传了。"

宇文紧接着我的话就说道："接下来的十多页，笔记本主人详细研究了某些古生物，特别是生活在更新世的某些动物，包括我们已经熟知的袋狮、猛犸象、短面熊、剑齿虎，还有一些巨型爬行动物，比如巨大的古巨蜥。"

"古巨蜥？"我拿过笔记本，在其中一页用圆珠笔简单画着一头巨大的蜥蜴，旁边还画着一个人形，两者相较对比，这头古巨蜥如果站立起来足有六个人的身高。看到这里，我更加心悸不已。就在这时，宇文却又说道："但是笔记本主人提到的最为至关重要的还不是这些。"

8

宇文指着笔记本的最后几页，说道："这里提到他们在峡谷内采集到一种超级致命的毒菌……"

毒菌？我们都瞪大了眼睛，秦悦马上想到了什么。

"峡谷？根据我们已经掌握的情况，前面就已经是恩里克警告的峡谷，笔记本的前半部分他们继续往前的记录无法辨识，而这里却透露出格林诺夫他们在峡谷内遭遇了毒菌。"

"不，笔记本上的用词是'采集'，并不代表他们是因为这种毒菌才慌不择路，逃散出来。"宇文强调说道。

"但这是一种可能。"秦悦也强调。

"这……这我们还能前进吗？"马建秋显然感到很恐惧，"超级致命毒菌，我们很可能会在不知不觉中感染，然后神志模糊……"

我瞪了马建秋一眼，在没弄清楚之前，我不希望他扰乱军心。

"笔记本上关于这种毒菌具体怎么说的？"

宇文开始翻译："我们在此地发现并提取了一种毒菌，经初步检测，其只需一纳克，也就是一粒灰尘大小的量，就可以致人死亡。这种毒菌，远超世界上现有的已知毒素，而且很难被抑制，目前没有有效方法……"

"一纳克就能致人死亡……这比砒霜和氰化物要高上万倍，如果他们没搞错，那真的可以算是世界上最毒的病菌了。"马建秋忧心忡忡。

我抬头向周围望去，此刻四周很平静，竟看不出任何危险。但大家心里面都知道此刻的平静都只是暂时的。我们面面相觑，心里面都在思虑下一步的行动，宇文又接着说道："笔记本最后还有一部分是讲建筑的。"

宇文说到这里停了下来，半天没有言语。

我急了，使劲一拍宇文催他继续。

宇文眼里露出怪异的眼神盯着我说："这部分讲建筑的，都是在讲三角体建筑，就是你梦里梦见的……"

"啊——"我惊得半张着嘴巴，想要说什么，却又没说出来。

伊莎贝拉一把夺过笔记本，快速翻看，嘴里不禁喃喃自语道："不，这不可能！"

秦悦和马建秋也翻看了笔记本，最后递给我，我见笔记本上用圆珠笔画出了一个三角体建筑的草图，翻过一页又是一张，再翻过一页还是，几张草图的式样并不完全一致，但基座底边无一例外都是等边三角形。

我努力回忆着梦中的那个三角大厅。

"我梦里的结构就和这个一模一样，顶部我没什么印象了。"

"可………笔记本上，你们注意看这里。"宇文指着第一张草图继续说，"看，这边上写的是'太阳神庙'，然后后面打了个问号。"

"太阳神庙？难道太阳神庙就是三角体建筑？"秦悦惊道。

"我梦到了太阳神庙……"我不敢相信。

伊莎贝拉也摇着头："不，我所见过的三角体建筑不在这里，是在欧洲。"

宇文继续解释道："在其他几幅草图旁都没有'太阳神庙'的字样，我推测笔记本主人是根据他所掌握的情况画出了太阳神庙的想象图，然后他认为第一幅可能最接近真实的太阳神庙。"

"那也就是说他并没有真正去过太阳神庙？"秦悦反问道。

"至少他在画图前，应该没有，至于后来也许他们真的看到了……"宇文解释说。

伊莎贝拉完全怔住了，我问她在想什么？

"想太阳神庙和笔记本的主人。"伊莎贝拉瞬间又恢复了淡定，冷静地说道。

"您知道笔记本的主人？"我追问道。

"不，我现在还不知道，但我想他应该与蓝血团有某种联系。"

"就是因为这个三角体建筑？"我马上明白了伊莎贝拉的意思，"对，您在欧洲见到的那座蓝血团建筑，它的建筑灵感很可能就来自——太阳神庙。"

最后的几个字我拖慢了速度，观察着伊莎贝拉的反应，但仅从面部和肢体，却看不出伊莎贝拉有任何异样，最后她冲着我微微点了点头，算是同意我的判断。

宇文耸耸肩说："笔记本上的内容基本上翻译完了！"

说着，宇文将笔记本扔给了我，我接住笔记本时，猛然发现笔记本的皮套里似乎夹着什么东西，我赶忙将笔记本已经破损的皮套卸下来，里面竟然是一张照片，照片虽然已经长期被雨水浸湿，斑驳不清，但我还是一眼就认出了照片上的东西——十六边形合金手环。

我们全都聚拢过来，伊莎贝拉在震惊之余，首先推断道："这……这显然不是我们发现的这件。"

"那就是他们也发现了一件。"秦悦思虑着。

"根据史官的记载，这东西本该有四件，而且都被带进了太阳神庙，王的合金棺上面。"我略加思考，马上明白了，"看来在后世漫长的历史中，肯定有人进入了太阳神庙，并得到了四件十六边形合金手环，随后这四件手环散了出去。"

"笔记本上记载他们是原来就有这件手环，还是在岛上发现的？"伊莎贝拉问宇文。

宇文摇摇头说："就我能够看清楚的部分，笔记本上并没有提到是他们在岛上发现的。"

"但我认为他们是在岛上发现的！"我斩钉截铁地说道，"而且我认为他们组织科考队来赤道王朝，很可能就是为了这个。"

为了这个？众人全都大惊。我猜测了半天，但还是无法推断出这几件十六边形合金手环代表着什么。突然出现的十六边形合金手环，三角体的太阳神庙，超级致命毒菌，还有可怕的史前庞然大物，再往前面走，还会遭遇什么？不禁浑身一颤，不敢想下去。

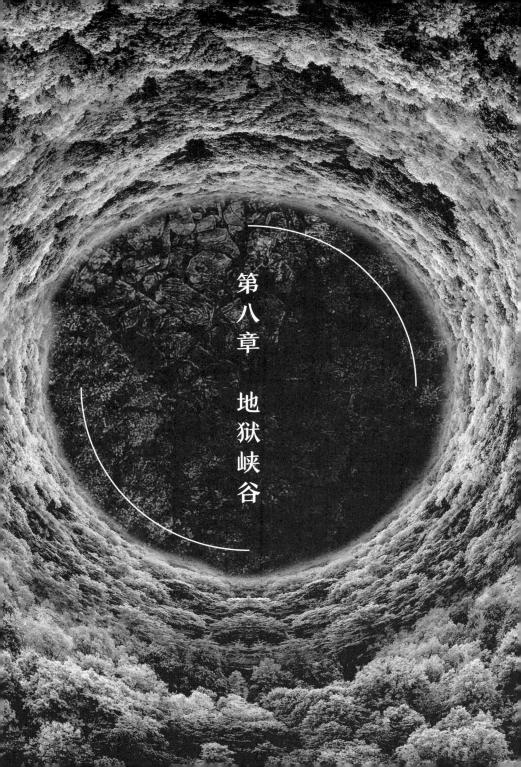

第八章　地狱峡谷

1

我越来越感到窒息，无形之中似乎有一双手扼住了我们的喉咙，而且还在越收越紧。我们别无选择，只能继续前进。很快，我们又发现了一个深潭，不过这个深潭已经干涸，并没有水，也没有刺鼻的白烟冒出。

我示意大家停下来，加倍小心地独自凑到深潭边，捂着口鼻，仔细观察。深潭下面满是厚厚的淤泥和腐烂的植物，其间，夹杂着一些已经残缺不全的骨骸，看到这，虽然没有刺鼻的气味，我仍然忍不住有些反胃。其他人也凑过来，秦悦首先看出了端倪，"这里面都不是人的骨骸，全是动物的。"

"对！我甚至看到了一只完整的鹤类骨骸。"马建秋也附和道。

"鹤类？"我马上想到了史官的记载，"所以这里是园囿，根据史官的记载，孟冬与子昊钟情建设园林，这里应该豢养着许多珍禽异兽。"

"可怎么会有那个冒白烟的深潭？"马建秋问。

"显然那是火山喷发造成的，开始建园囿的时候是没有的。"我解释道。

"珍禽异兽……你们说格林诺夫当年复活史前巨兽的样本会不会是从这里提取的？"秦悦忽然问道。

"有可能的。不过……"我欲言又止。

马建秋却毫无遮拦说道："你倒不如说格林诺夫他们在这里找到了活体，仍然存活的史前巨兽。"

马建秋的话让我们都是一愣，但我细细想来，他的话并非没有道理，这里与世隔绝的独特封闭环境，完全有可能保留某些奇特的物种。笔记本上那些史前巨兽的图画又闪现在我眼前，我环视众人，知道他们都想到了这一层，我摆摆手，安慰大家道："别怕！我们连袋狮都干趴下了，还有什么可怕的？"

"好在我们现在弹药还充足。"宇文也给大家打气。

秦悦白了我俩一眼，端起枪，继续向前走去。我感觉前方的地势起了变化，原本平坦的林地，变得有了起伏，低矮的丘陵，弥漫开来白色的雾气。

"该死的雾！大家小心！"我提醒大家。

大家已经有了默契，五个人呈紧凑纵队，保持着战斗队形，我和秦悦举枪在前，宇文举枪在后，马建秋紧握斧头向右，伊莎贝拉攥着手枪向左，这样可以保证随时迎击不同方向的危险。雾气越来越大，但让我们诧异的是，在浓雾中行进了半个多小时，并没有任何异样。脚下倒是偶尔会出现几块动物的骨骼，就这样继续又走了半个小时，依然没有任何情况。

　　我走在最前面，脚下又出现了一个动物头骨，像是某种哺乳动物的头骨，我没太在意，轻轻将头骨踢开，秦悦却一把拉住我，急走几步，来到那具头骨旁边，蹲下来仔细观察，当秦悦仰起头看着我时，我发现她的眼中充满恐惧。

　　"是袋狮的！"

　　我马上想起了在荒原大字的生死搏斗。秦悦又接着说道："不过好在这是古代的。"

　　马建秋瞥了一眼说："这具头骨的保存状态介于化石与骨头之间，我推测应该就是赤道王朝时期。"

　　我听出了马建秋的弦外之音。

　　"生物学界认为袋狮已经于距今三万年前灭绝了，如果赤道王朝时期还有袋狮存在，那么……"

　　"那么也就有可能这些史前巨兽灭绝的时间要晚得多。甚至没有灭绝。"秦悦推测道。

　　我们将声音压到了最低，继续前行，我感到地势在降低，雾气越来越淡，渐渐散去。最后，当我们看清身旁的世界时，全都震惊了。不知何时，我们已经身处一条长长的峡谷中，峡谷大约有十来米宽，两侧的山崖有数米高，最让我们震撼的是山崖上层层叠叠的动物骨骼。

　　我们全都瞪大了眼睛，吃惊地看着眼前这一切，恍若隔世。

　　"这……这简直就是地狱。"伊莎贝拉喃喃说道。

　　"几乎囊括了更新世所有的动物，袋狮、猛犸象、短面熊、剑齿虎……像是一座博物馆。"马建秋有着与伊莎贝拉完全不同的结论。

我们一边吃惊地观察着峡谷两侧山崖内的动物骸骨，一边不由自主地往峡谷深处走去，这里的景象让我回想起了格林诺夫笔记本上出现的各种史前动物骨骼图，我确信他们也曾到达过这里。我尽量让自己的步伐变得轻盈，生怕惊动这里的精灵，但我们的脚步声依然与这里格格不入，显得突兀而不合时宜。

我有意识地靠左侧的山崖前进，避开中间的道路。走着走着，突然，我听到了轻微的声响，赶忙示意大家停下来，嗦声！大家都停下来，我侧耳倾听，刚才是什么声音？仔细回忆，好像就是我脚下发出的声音，我缓缓低头，向脚下望去，难道又踩上了什么骨头？可当我轻轻拂去地面的烂泥后，一个塑料制品露了出来，我看看秦悦，秦悦掏出匕首，用匕首轻轻挖去周围的烂泥，塑料制品渐渐显露出来，竟然是一台手机，手机屏幕已经碎裂，满是污垢，只是当我们看见这台手机时，全都又吃了一惊，"诺基亚3310！"

"这……这不可能是格林诺夫科考队的东西！一九七九年可没有诺基亚3310。"宇文惊道。

"也不可能是最近丢弃的东西，毕竟诺基亚3310是二〇〇〇年发布的手机。"秦悦补充道。

"哼！对赤道王朝感兴趣的人可真多。就目前我们已知的就有郑和的船队，恩里克的科考队，格林诺夫的科考队，还有这波人。"我不禁苦笑起来。

伊莎贝拉盯着地上的诺基亚手机说："也就说还有一支科考队

来过这里……"伊莎贝拉喃喃说着，像在回忆，她许久才接着说道，"我们一路走来，发现的遗骨和装备应该都是格林诺夫科考队的，只有这个手机是个例外！这说明至少到目前这个位置，手机的主人是安全的！"

伊莎贝拉的推测让我们稍稍安心，可我们很快都想到手机丢在这儿，它的主人恐怕也是凶多吉少！

2

我们散开，又在附近搜寻一遍，并没有其他发现，继续向前走了一段，也没发现有人的骨骸，或是其他属于科考队的物品，我不禁狐疑起来。

"除了那个手机，没有发现任何后一支科考队的痕迹。"

"看来直到这里还没出事。"伊莎贝拉小声嘀咕道。

"丢失手机难倒只是意外？"我还是不敢相信，"与格林诺夫科考队只相差二十多年，当年让恩里克的科考队疯狂逃散，格林诺夫科考队损失惨重的峡谷就平静无事了？"

"希望如此！"马建秋嘟囔道。

宇文这时候停下了脚步，静静地伫立在身旁的山崖前，他盯着山崖里层层叠叠的动物骸骨出神，我走到他身旁时，宇文才指着面前的动物骨骼说："你们注意到这里的动物骨骼上有些特别吗？"

特别？我仔细盯着面前叠压在山崖内的一具剑齿虎骨骸，骨骸基本上完整，但上边却隐隐现出了一些灰白色的圆点。呃……我不禁狐疑道："你是说这些霉斑？"

"霉斑？你怎么知道这是霉斑？"

"我瞎猜的。"

"这不是霉斑，这很可能就是笔记本上特别提到的'超级致命毒菌'。"宇文喃喃说道。

"超级致命毒菌？"大家聚拢过来，宇文想伸手去触摸那些灰白色的圆点，却被伊莎贝拉厉声喝止。

"别碰，如果是笔记本上记载的那种致命毒菌，摸一下也是很危险的。"

伊莎贝拉沿着左侧的山崖往前走，一路上的动物骨骸表面都出现了这种灰白色的圆点，同时我也发现，山崖的地质构造发生了变化，原本还算坚固的山崖逐渐变得潮湿、松软，用枪尖轻轻一挑，松软的沙砾就纷纷剥落，我一皱眉说道："你们注意到了吗，整条峡谷像是开出来的？"

"你是说孟冬开凿出来的？"秦悦问道。

"不，非鱼的意思不是开凿，而是被某种力量推出来的。"伊莎贝拉说道。

"没错，就是这个意思。这条峡谷越往前走，地势越低，峡谷越深，越窄。两侧山崖上的地质构造越来越脆弱松软，堆积的动物骨骸这么密集，层层叠压，我想它们不是陆续死亡的，而是在同一时刻遭受了某种致命打击……"

"也只有推开这条峡谷的力量才能让这么多动物同时死亡。"伊莎贝拉补充道。

"那就只有黑轴的力量了。孟冬鼓动子昊不惜人力物力，凿通神庙山，建园囿，不就是要借助黑轴的力量吗？"宇文马上想到了。

"将黑轴的力量集中于一点，推开了这条峡谷，园囿内的动物瞬间全部死亡，也引发了地下沉睡多年的火山喷发。"秦悦似乎明白了。

"这得是何等的力量！"马建秋喃喃说道。

"害怕了？"我注意到他的脸色越来越难看。

马建秋冷笑两声。

"要说怕，一直都怕。这鬼地方，我自己都没想到能经历这么多。"

"废话！我们一直保护你，否则你小命早交代在这儿了。"

秦悦打断我和马建秋的对话。

"我觉得我们可能很接近太阳神庙了……"

秦悦和我都没说话。大家继续前进，地势越来越低，峡谷也越来越深，两边堆积的动物骸骨越来越高，几乎已经有四五层楼高了。但并没有见到我们所期盼的太阳神庙，这条阴森恐怖的地狱峡谷似乎没有尽头。秦悦突然拉住我，停下脚步，我扭头望去，就见秦悦的右脚定在地上，似乎踩到了什么东西，我心里猛地悬起来，我用询问的目光看向秦悦：不会这么倒霉，踩到地雷吧？

秦悦读懂了我的意思，冲我微微摇头，然后缓缓抬起脚，她脚下露出了一个金属物质，显然不是赤道王朝的合金，而是我们现代文明的产物。我示意其他人先散开，秦悦用匕首轻轻拨去这个金属物质的周边烂泥，慢慢地，一个造型有些奇特的金属盒子显露出来。

金属盒子呈圆柱体，看上去就像一个小号的保温盒，但其中一头中心却微微凸出来一小块，我仔细端详，凸出来的一小块与整个盒子之间有很细微的缝隙，显然是可以拧开来的。我伸手就去拧，拧了两下没拧动，似乎有点生锈，当我气运丹田，使出浑身力气，再去拧时，几乎就在中心的凸出部微微开始转动时，马建秋一把扑上来，在我惊异的目光注视下，夺过这个金属盒，然后将我已经微微拧开的凸出部，又重新拧紧了。

马建秋喘着粗气，脸色越来越难看，他抱着这个金属盒子，小心翼翼地将金属盒在地上平稳放好。"你什么意思？"我对他刚才的举动大为不满。

"别……别打开这个盒子。"马建秋面色沉重，"想想……想想那个笔记本上记载的超级致命毒菌……"

马建秋的话提醒了我。

"你是说这里面就是超级致命毒菌？"

"这种金属盒子材质特殊，密封性极好，里面可以保持恒压、恒温、恒湿，遭受外力冲击，也能保护盒子里面的东西，而且这种盒子本该是用来放置液体的，它可以保证在倾斜四十五度的情况下，试管内的液体不出试管，即便在倾斜九十度或是倒置的情况下，甚至试管完全破裂的情况下，也可以保证液体不流出这个金属盒子。"马建秋又变得语速极快。

"你说这么多，是要说……"

　　"这里面很可能就是格林诺夫科考队他们采集的超级致命毒菌。"马建秋像是终于说完了重要的事，如释重负。

　　"他说得对。格林诺夫一定采集到了这种超级致命毒菌，所以才会在笔记本上明确记载，我推测这种超级致命毒菌的形成与当年黑轴释放的能量有关，也与后来近万年的环境构造有关。我们看到动物骨骸上的灰白色圆点很可能只是形成这种环境的某种特质，而并不是真正的超级致命毒菌。"宇文说到这里，环视我们，严肃地说："我甚至可以说格林诺夫的科考队幸亏没有将这种超级致命毒菌带出去，否则后果不堪设想。"

　　"这种毒菌或许早就流散出去了……"伊莎贝拉忽然说道。

　　我看看伊莎贝拉，又扭头盯着宇文说："照你的意思，格林诺夫他们全军覆没了？"

　　"我不知道，但至少这个东西他们丢在了这里。"宇文指着地上的金属盒子说道。

　　"那我们还该感谢当年在这里攻击他们的人喽？"我本想戏谑一句，缓解一下紧张的气氛，谁曾想话音刚落，突然从峡谷深处传来了一阵低沉凄厉的嚎叫声。这一次，让人心惊肉跳的叫声离我们很近。我们不禁浑身战栗，马建秋整个人都颤抖起来。

3

　　那低沉凄厉的嚎叫声持续了大约三十秒，由强慢慢变弱，直至整个峡谷又恢复了宁静，死一般的寂静。我们所有人都瞪着血丝密布的眼睛，面面相觑，每个人的脸上都写满了恐惧，马建秋甚至整个人都在不停地瑟瑟发抖。我本能地握紧了手里的M4，手心和脚心已经被汗水浸湿，额头不停地渗出汗水。我紧张地松开拿枪的手，在裤子上擦了擦，裤子竟然也是湿的。不过不是尿，确实因为恐惧，汗出得有点多。

我注意到秦悦拿枪的手也全是汗水。

"这……很潮湿，闷热。"

"让我想起了格林诺夫曾经反复提到的小环境。"秦悦紧张地观察着周围。

适合史前巨兽生存的小环境？我不敢继续想下去，虽然恐惧已经撑满了我的身体，但此刻理智却越来越强大，这可能就是我这种人的特质，恐惧与紧张往往会刺激我的潜能，反过来让我变得理性强大。或许这就是物极必反的道理，已经没有退路，也就不需要害怕了，我知道秦悦也是这种人，我看看她，虽然花容早已失色，但充满恐惧的眼睛里也写着坚定。

我们谁也没再说话，装好那个金属盒子，继续向前，脚下松软的烂泥逐渐变得坚硬起来，峡谷越来越窄，地势急剧下降，到最后我们像是踏上了平地。此时，峡谷已经只有五六米宽，而两侧的山崖却有六七层楼高，再往头顶望去，日光暗淡，天空只剩下狭窄的一条。

"我们就像是走进了地下世界……"秦悦小声说道。

"不如说我们走进了一座陵墓……"马建秋突然说道。

陵墓？我忽然也觉得这像极了陵墓，刚才这一路不断向下、越收越窄的峡谷，完全就是一条巨大的墓道。那么此刻向下的墓道变成了平地，应该距离陵墓大门不远了。这时候，伊莎贝拉突然说道："王曾经说过他们来自地下，不愿再回到地下。"

"所以……黑轴？太阳神庙？"我扭头看着伊莎贝拉。

伊莎贝拉微微摇头，没有说话，雾气已经完全散去，我们又向前走了几步，却没有发现什么陵墓大门，或是三角体形状的太阳神庙，也没有史前怪兽。我忽然察觉出来，峡谷似乎在缓慢地转弯，我轻轻拉住秦悦，秦悦读懂了我的眼神，峡谷是向左侧拐弯的，我们为了尽可能早地发现对面的危险，全都走到了峡谷右侧，几乎是贴着右侧的崖壁前行。

我感觉到气温也开始急剧下降，原本满身大汗，此时已经寒冷彻骨了，两侧的山崖上已经出现了冰凌，山崖上的冰凌很快就越来越多，靠底端的崖壁几乎完全被冰凌覆盖。我们只穿着单衣，此刻都在瑟瑟发抖，更让我们震撼的是周围景观，一个完全冰封的世界，两边层层叠加的史前动物骨骸，覆盖着冰凌，蔚为壮观。恍如一个冰封世界。

我们完全被这个冰封的世界震撼，在这里我们见到了许多从未见过的动物尸骨，各种史前巨兽的骸骨，更重要的是在这个冰封世界里，这些骸骨全都保存完好，甚至……甚至在某些骸骨上还残留着史前动物的皮毛血肉。我吃惊地伸出手，想要触摸，马建秋在我身后惊叹道："这……这真是一座基因宝库。"

"对！宝库！伟大的宝库！"伊莎贝拉也吃惊地看着这一切，脸上露出复杂的表情。

此刻，在荒原大字和赤道王朝的一幕幕快速闪现在我眼前，格林诺夫复活的远古巨兽，或许就来自于此。

"可……可这里地处赤道，为何会如此寒冷，保存下这么多史前巨兽的骨骼、皮毛、血肉？"

"我也无法解释……"伊莎贝拉也在瑟瑟发抖。

"如果有人获得了这个基因宝库，那么就可以复活很多史前生物了。"秦悦突然说道。

我怔怔地看着秦悦，马上明白了秦悦的意思，这里对很多人都有着巨大的吸引力，不管是基因宝库，还是超级毒菌。所以……我已经把手扣到了扳机上。冰封的奇异世界，没有声响，也没有生命，当我们缓缓向前，完全转过一个弯后，前方出现了一些切割整齐的正方体花岗岩巨石。一开始我并没辨认出来，因为这些巨石上面布满了厚厚的青苔和蕨类植物。但走近后，发现这些正方体花岗岩巨石与我们上岛之后见到的那些巨石完全一致，应该都是从采石场运过来的石材，我走进离我们最近的一块巨石，警觉地说："从建筑材料来看，太阳神庙就快到了。"

"你有没有发现这些巨石很密集，几乎把整个峡谷给堵住了……"秦悦说着，小心翼翼走进两块巨石之间。

我们也跟着秦悦，鱼贯而入，接下来让我们诧异的一幕出现了，两块巨石之间形成了狭窄的巷道，巷道一头是另一块巨石，左转，又是一条狭窄巷道，巷道尽头接着一块巨石，右转，一模一样的巷道，再左转，一模一样覆盖着青苔的正方体巨石，再右转……我很快发现我们像是走进了一座巨大的迷宫，看似随意堆放的正方体巨石，却组成了一个宏大而复杂的体系，我们来回穿梭其间，却怎么也无法转出去。

走在前面的秦悦终于停下脚步，她回头看着我。

"我们好像迷路了！"我喘着粗气说道。

"不是迷路。而是陷入了一座迷宫。"秦悦说道。

"陷入迷宫？更准确地说应该是一座巨石阵。"伊莎贝拉说道。

"如果这巨石阵是赤道王朝的杰作，那也太……太神奇了。"宇文不敢相信。

"赤道王朝的人能做出这样的东西也没什么奇怪的。"

伊莎贝拉观察着周围说："我们都忽略了，太阳神庙或者说黑轴是王朝的机密所在，也是闭源人后裔的秘密基地，他们肯定不会让外人轻易找到闯入，所以一定会有一些措施，而这个巨石阵就是其中一个，比王之神庙坚固的大门更好用的迷魂阵。"

"那我们现在该怎么办？"马建秋已经疲惫不堪。

"我来试试吧。"伊莎贝拉坚定地说道。

我和秦悦对视一眼，最后对伊莎贝拉点了点头，伊莎贝拉握着格洛克17手枪，走在最前面，我紧随其后，举着M4保护着她，伊莎贝拉比秦悦更加小心，她每一次转过巨石，都先放慢脚步，仔细倾听观察，再猛地转过去，生怕对面突然会有什么东西跳出来。

但让我们失望的是，伊莎贝拉带我们在巨石阵中转了快半个小时，依然没有走出去。天色已经越来越暗，秦悦抬头观察天色，忧心忡忡。"我们必须在天黑前……"秦悦没有说下去，谁都知道后果是什么。

终于，伊莎贝拉也失去了信心，她双手扶着膝盖，微微弯腰喘着气。她已经快两天没吃东西，再加上从潮湿闷热的环境突降至寒冷冰封的世界，惊吓，恐惧，我以为伊莎贝拉会第一个倒下去，但她的毅力已经让我吃惊。

在这样诡异、严酷的环境中，我们的体力下降极快，五个人最后全靠在巨石上，陷入绝望……只有秦悦突然说了句："或许我们得爬到这些巨石上面，才能看清楚整个巨石阵。"

"爬到上面？起码有三米多高……"我一边说着，一边缓缓抬起头，就在我仰头望去时，突然嗅到了一股刺鼻的腥臊味，接着，一长串黏稠的液体从我头顶垂落下来，落在了我的腿上，衣服上……

4

我的心脏几乎就要迸裂出来，因为那个怪物就在我的头顶，在巨石上趴着，探出了让人恶心的脑袋。我想喊，却怎么也喊不出来，我机械地扭头，看着身旁的秦悦，秦悦困倦地半闭着眼睛，我使劲对秦悦使眼色，她却没有看到。我更加绝望，不敢出声，又向坐在我对面的宇文望去，宇文的脸色煞白，显然他也发现了我头顶的怪物，我们对视的时候，看到对方的眼睛里只有恐惧，宇文缓缓地张开了嘴巴，就在他还没发出惊叫时，我终于发出了撕心裂肺的惨叫：

"龙！龙！"

几乎与此同时，宇文也叫出了声，随着我们走音的嘶喊，秦悦他们终于惊醒过来。宇文吓得浑身战栗，根本端不起来枪，我则不敢乱动，还是秦悦率先举起了枪。但那怪物已经率先发起了攻击，它猛地一踩我们头顶的巨石，坚固的花岗岩巨石一角，竟然瞬间崩裂，七零八落向我们砸来，秦悦只得放弃射击，过来拉我。

我此刻浑身颤抖，不能动弹。之前我曾经无数次想象过遭遇怪兽时的情形，有过之前勇斗袋狮的经历，我以为自己至少能跟怪兽斗上一斗。但完全没有料到真的遭遇怪兽时，竟然是这样一副屄样。秦悦拉不动我，几乎是用自己的身体，将我顶开了原位，才躲过坠落下来的巨石，但还是有一块拳头大的坠石砸在我的腿上，一阵钻心的疼痛，总算是刺醒了我，将我从恐惧的边缘拉了回来。

我举起枪，想要射击，可刚才那怪物却又不见了踪影，我知道它还在巨石上面，但直到我举枪的双臂都已麻木，那怪物也没有再发出任何动静。我们全都屏住呼吸，注视着头顶，巨石阵内，只能听到我们急促的心跳……

"那……那是什么？"宇文终于忍不住问道。

"龙……"我将声音压到了最低。

"不！那不是什么……什么龙！"马建秋身体不停地颤抖着，"那……那是已经灭绝的史前巨兽——古……古巨蜥！"

"古巨蜥？"

"没错。一种比科莫多龙大几倍的巨大爬行动物。而且口中有毒腺！"马建秋肯定地说道。

我马上想到了格林诺夫笔记本上的那个比人高六倍的巨大爬行动物，那应该就是古巨蜥。我不禁喃喃说道："看来有人复活了古巨蜥。"

话音刚落，秦悦对我做了个噤声的手势。几乎同时，这头身长近七米的巨型怪兽，突然从巨石顶部窜出来，秦悦举枪射击，但射出的几发子弹，几乎都打到了古巨蜥长长的尾巴上，足以说明这头庞然大物行动是多么敏捷迅速。

这次古巨蜥没容我们准备，紧接着又调过头，趴在巨石上，探出头，对我们喷出了黑紫色的毒液。"闪开！"好在马建秋之前提醒了我们，我们全都闪身躲了过去。秦悦没有放过这次机会，在地上打了一个滚，举枪对着古巨蜥头部，连续射击。嗒嗒嗒……M4射出的火舌，连续击中了古巨蜥，但让我们吃惊的是子弹打在古巨蜥坚实的粗厚硬皮上，对古巨蜥没有造成任何伤害。古巨蜥的反应倒是很直接，也很强烈，它猛地一踩脚下的巨石，又是一大堆碎石向我们砸来，我们赶忙躲闪，就在我们躲闪的时候，古巨蜥掉头，甩出长长的尾巴，如铁鞭一样的尾巴灵活而坚硬，若是被击中，非死即残。

我们只得继续躲避，马建秋稍晚一步，小腿被古巨蜥的尾鞭末端击中，一声撕心裂肺的惨叫，本已害怕到不行的马建秋应声倒地，我和宇文赶忙上前，连拖带拽才将马建秋拽了过来。

"子弹打不动呀！"我焦急地对秦悦说道。

"用这个吧！"此刻，秦悦已经镇定下来，我深受鼓舞，从秦悦手中接过了两个手雷。

这一次我们没有等太长时间，很快就从我们头顶传来巨石碎裂的声音，古巨蜥又转了回来，秦悦对我小声说道："这里地形有利于我们，古巨蜥身形太大，在这里转不过来。"

"估计还是那两招。"

"嗯！"秦悦冲我点了点头。

果然，古巨蜥又出现在我们头顶，探出尖尖的脑袋，张开巨大的嘴，吐出长长的舌头，一股恶臭几乎就要击倒我。就在古巨蜥猛地咬向秦悦时，秦悦迅速打开手雷，将手雷抛向古巨蜥的嘴里，但古巨蜥毕竟是个活物，而且是个动作相当敏捷的活物，就当手雷接近它嘴巴时，古巨蜥猛地闭上了嘴，手雷击中它的下颚，竟掉了下来。

我们一看不妙，赶忙向远处跳开，手雷轰的一声炸开，迸起碎石无数，也有几块尖锐的碎石插入了古巨蜥相对柔软的下颚，古巨蜥一阵嘶嚎，震得峡谷上方的碎石也崩落下来……秦悦扔出的手雷，阻止了古巨蜥的进攻路线，但古巨蜥显然不会善罢甘休，它很快就卷土重来。我和秦悦这次有了默契，当古巨蜥探出头来时，我们两人几乎同时抛出了两颗手雷，秦悦抛出的那颗被古巨蜥的嘴巴弹了出去，而我抛出的那颗力量要大，目标也是古巨蜥宽厚的后背，手雷击中了古巨蜥后背上坚硬的老皮，滑落在它身旁的巨石顶部，眼看巨石头顶冒出的白烟，我的心中一阵窃喜。

两颗手雷同时爆炸，几乎炸裂了古巨蜥脚下的那块巨石，我投出的那颗手雷更是直接命中了古巨蜥最为柔软的腹部。古巨蜥一阵嘶嚎，四肢猛拍脚下的巨石，巨石纷纷碎裂坠落，显然这次它感受到了多年未曾尝过的疼痛。古巨蜥不断踏碎巨石，不断甩着尾鞭，巨石阵里掀起漫天的尘土，已经受伤的马建秋几乎被碎石和尘土掩埋，我和宇文几次想去拉他，却都无法靠近。伊莎贝拉也被碎石击中，脸颊上流出了血。

终于，古巨蜥消失在了漫天的尘土中，我们喘着粗气，总算是将马建秋从碎石堆里拖了出来。尘土散尽，让我们惊奇的一幕出现了——在古巨蜥踏碎了几块巨石后，巨石阵竟然破了，后半段的峡谷变得宽阔起来。

5

古巨蜥不知去了哪里，我们在静静地观察十分钟后，才小心翼翼地迈步走出巨石阵。穿过巨石阵后的峡谷又恢复到十来米宽，也不再那么寒冷，但更让我们诧异的是，峡谷两边崖壁上的冰凌不但消失了，原来层层堆积的史前动物骸骨竟然也不见了，峡谷变得平坦宽阔。

"我明白为何将巨石阵建在这个位置了。"我嘴里喃喃说道。

"因为那是峡谷的最窄的地方。"宇文说道。

"前面就是太阳神庙了吧。"秦悦望着前方说。

"可是前面峡谷好像又拐了个弯。"伊莎贝拉话音刚落，那头古巨蜥突然就从我们的头顶从天而降，不知道这头畜生刚才躲在哪里。当我抬头望去时，还来不及举枪，古巨蜥就已经冲到我面前，我慌不择路连连后退，古巨蜥步步紧逼，它的速度让我吃惊，当古巨蜥猛地扑倒我时，我闭上了眼，心想就要交代在这儿了。一个个画面猛地闪现在我面前，该死的袁帅，都是因为你，我才会……不，我还不想死，求生的本能促使我又抛出了手雷，就是死也要和这畜生同归于尽。古巨蜥显然对刚才的手雷印象深刻，当我的手雷滚落在它柔软腹部，冒出白烟时，古巨蜥猛地一拍地面，竟然敏捷地退了回去。

没想到这个绝地求生的动作竟然救了我一命。我赶忙向峡谷另一边滚去，轰的一声，手雷爆炸，我知道这里没有巨石掩护，古巨蜥是不会放过我们的，我强打精神，撑着身体，以最快的速度站起来，举起了枪。但是古巨蜥却没有继续扑向我，而是向伊莎贝拉扑去，伊莎贝拉连连后退，直退到峡谷一侧的崖壁下，已经退无可退，古巨蜥快速冲到了伊莎贝拉面前。

我的心里暗叫不好，这下伊莎贝拉难逃一劫，就在这千钧一发之际，秦悦从侧后方又向古巨蜥抛出了手雷，紧接着举枪对古巨蜥宽大坚硬的后背不断射击，秦悦勇敢、坚定，端着枪，没有后退，反倒步步紧逼，一颗颗子弹全部命中古巨蜥的后背……虽然这些子弹不足以让古巨蜥毙命，甚至不能让它感到疼痛，但却能起到放血的作用，黑紫色的血从一个个弹坑喷涌出来，紧接着，手雷爆炸，从侧后方掀起巨大的气浪，古巨蜥厚重的身体猛地一震，几乎要被气浪震翻过去。

疼痛让古巨蜥只得放弃已经唾手可得的伊莎贝拉，转向秦悦，秦悦敏捷地快速躲闪，古巨蜥紧追过来，但在秦悦退到我旁边的时候，古巨蜥却突然调转身躯，向跌跌撞撞刚从地上站起来的马建秋冲去，马建秋惊恐万状，我们想去救马建秋，可一切都太快，马建秋几乎没有来得及发出一声惨叫，就被古巨蜥张开的血盆大口，一口整个吞了进去。

我很绝望，接着一阵反胃，秦悦竟也干呕不止。这一切都发生在一瞬间，太突然了，我根本没反应过来，秦悦还是举起了枪，发疯似的向古巨蜥猛烈射击。宇文和我也恢复过来，三挺M4步枪，不停地向古巨蜥射击，一个个血洞，不停地给古巨蜥放血，一个弹匣打完，又换一个弹匣。此时，或许逼古巨蜥把人吐出来，马建秋还有一线生机。

但古巨蜥却死死不松口，我看见古巨蜥宽大的下颚使劲动了一下，没了动静。随着子弹一颗颗打出去，我的绝望也逐步加深……古巨蜥似乎已经将马建秋消化下去，它又动了起来，猛地甩动尾鞭，我们只得后退，停止射击。

三挺步枪的枪口都因为连续射击而发红、发烫，我大口喘着粗气，手臂已经完全麻木，拿枪的双手不停地颤抖……就在此时，古巨蜥再次甩动尾鞭，宇文躲闪稍慢，被古巨蜥的尾鞭末端扫到了脚面，宇文一阵惨叫，向后猛退一步，栽倒在地。我生怕古巨蜥紧接着冲上来，赶忙又端起枪，冲到宇文身旁，将宇文拖到了巨石阵里面。

我和秦悦对视一眼，心领神会，想抢回马建秋已不可能。秦悦几乎是与正在消化马建秋的古巨蜥对峙，她示意伊莎贝拉退回巨石阵里，伊莎贝拉也受了伤，不仅是脸颊划伤，头部也在不断淌着血。我接应伊莎贝拉退回来，秦悦才一步步缓缓向后退到了巨石阵边。

　　我们与古巨蜥就这样一直静静地对峙着，眼睁睁等着古巨蜥慢慢消化掉马建秋，但古巨蜥似乎还没吃饱，迟迟不肯退却。就这样一直对持了有二十分钟，天色渐渐黑下来，夜幕即将来临，我们都已经精疲力竭，谁也不知道如果古巨蜥再发起一轮进攻，后果会怎样？我的心狂跳不止，搏斗时豁出去反倒不怕，偏偏这样的紧张对持，让我心悸不已。

　　就在我快支撑不住的时候，不知从哪传来了一阵细微的声响，秦悦猛地一拍我的手背，可当我打起精神，想要仔细听时，那个细微声响却消失了，紧接着，我嗅到了一股令人作呕的腐烂气味，我不知道这是古巨蜥消化了马建秋发出的，还是从别的什么地方传来的。但古巨蜥却在此时缓缓向后退去，最后掉头，消失在黄昏的夜色中。

　　我稍稍舒了一口气，心中百味杂陈，不知是该喜还是该悲，本来挺烦马建秋的，但看着一个大活人被古巨蜥生吞时，还是让我难过起来。但我们现在还来不及多想，我们需要熬过今夜，等待明天黎明，我已经不敢幻想在明天中午约定时间前赶到东海岸的预定地点，因为我们已经越来越接近太阳神庙，也就意味着危险越来越大，但想到我们离赤道王朝最后的秘密越来越接近时，我心里又莫名有些激动起来……

　　我架着宇文，秦悦挽着伊莎贝拉，来到巨石阵靠近崖壁的一个巷道内，之前让我们感到迷茫和恐惧的巨石阵，此刻却成了唯一可以给我们带来些许安全感的地方。天完全黑下来，我们没有喝的，也没有吃的，袁帅失踪，马建秋死了，只剩下四个人，还有两个负伤，而那头生吞了马建秋的古巨蜥很可能就在离我们不远处休息，夜里或是明早，这怪物随时可能对我们发起新一轮进攻，想到这里，我的内心是崩溃的、灰暗的……我只得靠着一块巨石休息，或者说是等死。我不敢想象，如果此刻古巨蜥再出现在我头顶，我除了被它生吞，还能如何反抗。我已经精疲力竭，没有一丝气力，我闭上了双眼。

6

黑沉沉的夜，我听到一阵细微的声响，我睁开眼，四周漆黑一片，死寂无声，刚才是什么声音？我身旁的秦悦、宇文和伊莎贝拉都已沉沉入睡，这个奇怪的声响还是不断传来，断断续续，又有规律。我紧张地向周围张望，这难道是古巨蜥发出的声响？或许这头超级巨兽正在附近什么地方沉睡，这就是它发出的鼾声……

想到此处，我的心进一步沉下去。绝望之夜，所有的信心在我胸中都已冥灭，或许等不到明天早上，我们就会命丧古巨蜥之口。但既然是这样，我也不想等死，我握紧手里的枪，站了起来，走出巨石阵，循着声音的方向，向峡谷更深处走去，我走得很慢，却并没有发现古巨蜥的踪影，那个声响还在不停传来，而且越来越响，频率也越来越整齐。终于，我来到了发出声响的地方——一座造型科幻的三角体建筑。

我吃惊地看着眼前这一幕，我曾经在梦里见过这座三角体建筑，底边是等边三角形，而构成这座建筑的另外三个面也都是等边三角形，整座建筑散发着一种极致的几何美感，精美奇异。我发现在面对我的这一面，底边的门是开着的，里面露出了温和的灯光。我痴痴地望着那灯光，不由自主地向前走去，但让我惊奇的是，当我走进那扇门的瞬间，突然发现里面竟然灯火通明，温和的灯光变得刺眼而夺目……

我痴痴地继续向里走去，按照上次的记忆，最后走到了整个三角大厅的正中，这一次没有衷帅，我向周围望去，只有我一个人。我又听到了一个似曾相识的声响，像是一个女人的脚步声，我仰起头，看着正对着我的那一个角的小阳台，我又看见了那个金发碧眼的女人，她依然用优雅而悦耳的声音开口了："这一次为何只有你？"

"我？"我心里莫名一阵紧张，"因为……因为帅失踪了。"

对方是长时间的沉默，我静静地等了很久，女人终于又问道："那么你又为何来这里？"

"我……"又是一阵莫名的紧张，"因为我陷入了绝望。"

对方又是长时间的沉默，我焦急地期盼这个女人能给我指明道路，就在我经历长久的等待之后，我突然发现脚下的地面发生了某些变化，原本整齐宽大的地砖，从缝隙里滋生出枝丫、青苔、藤蔓，越来越厚，越来越多，几乎就在瞬间，整个地面都变了模样，当我用脚抹去地面的青苔后，我发现脚下的地砖已经变成了黑色花岗岩，当我再抬头看去，整个三角大厅都变了模样，光滑而科幻的大厅瞬间变成了黑色，黑色的花岗岩，黑色的世界，所有的灯光都不见了，周围陷入了死一般的漆黑。三角大厅除了依然拥有完美的几何结构，所有的一切都变了。

直至我发现连人都变了，那个金发碧眼的女人不知何时不见了，而一个身穿黑色斗篷的人出现在那个被藤蔓覆盖的小阳台上。我吃惊地盯着那个让我心悸不已的人。

"您……您还是您吗？"

我问了一句如病句一般的问题，穿黑斗篷的人很平静地反问道："你还是你吗？"

我浑身一颤，因为这个声音是个男人的浑厚声音，而且他用的是中文。他不是那个金发碧眼的女人，我强装镇定答道："我……还是我，可您已经不是您了。"

"哈哈，你又怎么知道你还是你？"

我一时语塞，不知该如何回答。

那人又继续说道："你相信科学吗？"

面对这个男人不着边际的问题，我本能地点点头。

"相信。"

"那你应该相信，以我们的科学与技术足以让你在不知不觉中变成另一个人。"男人的话语坚定而诡异。

"足以让你在不知不觉中变成另一个人？"我狐疑着，觉得这句话的信息量好大，什么叫在不知不觉中变成另一个人？我不禁想起了袁帅，我曾经怀疑继承巨额遗产的袁帅与真正的袁帅不是一个人，但我除了第六感之外，没有任何明确的证据。那么失踪的袁帅呢？他是真正的袁帅吗？这一切都是怎么回事？自己的大脑就要被这些爆炸的信息所撑爆。

那人见我陷入沉思，竟然发出了一阵大笑，继而大笑转变成了狂笑。笑毕，那人大声对我说道："如果不信，你可以来试试！"

试试？那男人话音刚落，我就发现整个由黑色花岗岩构成的三角大厅，剧烈晃动起来，地震还是火山喷发了？根本来不及胡思乱想，晃动越来越猛，就在这样剧烈的摇摆、晃动中，那个男人再次发出恐怖的狂笑，整个空间都在战栗、摇摆、晃动，我的心脏就要迸裂了，我想要保持平衡，却发现这都是奢望，花岗岩三角大厅内空无一物，只剩下不断震落的碎石和灰土，终于，三角大厅上的巨大花岗岩石块，在男人的狂笑声中一块块坠落，在其中一块就要砸到我时，我猛地喊出了声……

7

当我惊醒过来，发现自己还躺在巨石阵内，秦悦被我刚才的叫喊声吵醒，宇文和伊莎贝拉却还在沉睡，他们的伤口已经做了简单的处理，但如果不能及时得到医治，还是有感染的可能，因为那头古巨蜥身上肯定携带着大量细菌。

"又做噩梦了？"秦悦轻声问道。

"还是那个三角大厅，但这次三角大厅突然变成了一个花岗岩三角大厅，金发碧眼的女人也变成了一个穿黑色斗篷的男人。"我点点头说道。

"男人？你看清那个男人了吗？"

我仔细回忆着梦境，使劲摇了摇头。就在我和秦悦分析噩梦时，我忽然真真切切地听到了一些响声，但我侧耳倾听，却觉得这个响声并不是梦里的声响，也不是古巨蜥发出的声响，而是一种我从未听过的响动。我盯着黑暗中的秦悦，今夜没有一丝月光，很黑，但我却能感觉到秦悦同样在看着我，然后冲我微微点头，我知道秦悦也听到了那声响，"这是什么声响？"我压低声音问。

"有点像……像滑索之类的声音。"秦悦判断道。

"滑索？有人来了？"我嘀咕道。

"这鬼地方，会是什么人……"秦悦又判断了一下后说："现在快天亮了，还是继续休息会儿吧。"

我点点头，很困很累，却再也无法入眠。秦悦闭着眼睛，但我知道她也没有睡着……就这样，我们在饥渴和恐惧中，熬到了天色微亮，宇文是被疼醒的，伊莎贝拉随后也醒了，秦悦才缓缓睁开眼，我们四个人互相对视，心里都很清楚，现在已经身陷绝境，伊莎贝拉支撑着站起身，喃喃地小声对我们说道："或许……或许是我对不起你们，如果没有我去找非鱼，也许就不会有这么多……"

"我看就算你不来找我，也有人要把我们绑过来。"伊莎贝拉盯着我，秦悦和宇文的目光也落在我身上，我无奈地笑笑，"因为我们都去过黑轴……"

"或许是吧。"伊莎贝拉说完向峡谷望去，清晨薄薄的白雾笼罩在峡谷下方，看不清前方的世界，古巨蜥还会在前面等着我们吗？

"就算是被古巨蜥活吞，我们也得到前面去看看。"秦悦坚定的话语，让伊莎贝拉回头看了一眼秦悦，我看出来，伊莎贝拉向秦悦投来的是赞许的目光。

我没有任何意见，就是死，能跟大家死在一起也值了。想到这里，我们收拾好剩下的装备，互相搀扶着走出巨石阵，向峡谷深处继续进发。

我们大约走出五百步后，薄雾渐渐散去，就在这时，秦悦猛地举起了枪，待我看清薄雾后的峡谷，也是一惊，但我的动作明显要比秦悦慢。而宇文和伊莎贝拉则互相搀扶着，往后退了一步，因为我们都看清了，在薄雾刚刚散去的峡谷内，古巨蜥正横卧在峡谷正中。

我和秦悦对视一眼，又观察了一番不远处的古巨蜥，我发现此时古巨蜥双目紧闭，四肢无力，像是还没有从梦乡中醒来。秦悦又冲我狠狠点了点头，我知道秦悦的意思——趁古巨蜥熟睡，正好干掉这头超级巨兽。

秦悦摸了摸自己身上的手雷，还有两颗，我也只剩两颗，经过昨日的大战，原本还算充足的弹药也已所剩不多。我和秦悦打定主意，鼓足勇气，向沉睡的古巨蜥走去，每一步我都走得异常小心，生怕惊醒这头沉睡的巨兽。

一步，一步……当我和秦悦离古巨蜥还有十米左右时，我们同时停下了脚步，我的心脏狂跳不止，几乎就要窒息。扭头看向秦悦，她也紧张得脸色煞白，秦悦在仔细观察古巨蜥，时间仿佛静止，我静静地与沉睡的古巨蜥对峙，此时古巨蜥似乎仍然对我们的逼近没有任何察觉。

我已经无法忍受，看到秦悦冲我点头，我们就同时快步冲向古巨蜥，距离古巨蜥还有五米的地方，停住，掏出手雷。我极力克制内心的紧张和恐惧，略作瞄准，就准备拉掉保险，就在这时，秦悦突然喝止住我。

"等等！"

秦悦的喝止把我吓了一跳，手雷差点落地，我不解地看向秦悦，秦悦却一直盯着离我们已经近在咫尺的古巨蜥，我甚至都可以嗅到这怪兽身上发出的腥臭味。过了片刻，秦悦才凑过来，压低声音对我说："奇怪，这头怪兽好像……好像已经死了。"

"死了？"我心里一惊，再看过去，这头庞然大物依然双眼紧闭，没有任何反应。但我发现古巨蜥眼睛和嘴边竟挂着黑紫色的血迹。

我吃惊地回望秦悦，秦悦也很震惊，我们仍然不敢掉以轻心，举着枪缓步一直走到古巨蜥身旁，仔细查看，才发现古巨蜥的硬皮表面，弹孔密布，似乎血已流干。

"难道我们昨天的攻击，已经让古巨蜥失血过多而死？怪不得后来一直没有再攻击我们。"我喃喃地说道。

"这……"秦悦似乎还无法相信，她回头向宇文和伊莎贝拉招了招手。

宇文和伊莎贝拉搀扶着走过来，发现怪兽已死，不禁诧异。但伊莎贝拉很快恢复理智，淡定地说："我们昨天对古巨蜥的攻击，还不足以致其死亡。"

"哦哦！那这是……"我望着伊莎贝拉。

伊莎贝拉来回观察了两圈后又说："首先，古巨蜥身上的弹孔要多于昨天的；其次最重要的致命伤可能来自古巨蜥的身体内部。"

"身体内部？"秦悦想想又问："您的意思是还有人攻击了古巨蜥？"

"很显然，弹孔只能起到放血的作用，对于这样的庞然大物，不足以致命。你们注意古巨蜥的眼睛、鼻孔和嘴巴都流出黑紫色的血液，应该是内脏破裂所致，那么什么东西会使这怪兽内脏破裂？"伊莎贝拉蹲下来，仔细观察着古巨蜥的伤口。

"将手雷投进古巨蜥的口中。"秦悦坚定地说道。

秦悦说完，用步枪的枪尖使劲挑动古巨蜥的嘴巴，枪尖只能将古巨蜥的嘴巴微微挑起一角，然而只是这一角，里面喷出了大量黑紫色血液和破碎的组织，秦悦抽出枪尖。

"看来您说得没错。"

"可还有谁？而我们都没有听到枪战的声响……"我又想起了噩梦醒来听到的声音，可那并不是枪声啊。

伊莎贝拉站起来说道："如果有人一击命中，将足够的手雷投进去，当手雷在古巨蜥内部爆炸时，可能只是很沉闷的一声，我们不一定能听到。"

伊莎贝拉的话让我胃里一阵阵翻滚，因为我想到了被古巨蜥活吞的马建秋，当有人将手雷准确投入古巨蜥体内时，一阵剧烈的爆炸在古巨蜥体内翻滚……

我们查看完巨蜥尸体，却丝毫没有轻松之感，我已经知道下面将会遭遇的是比古巨蜥更恐怖的敌人。我和秦悦继续在前探路，宇文和伊莎贝拉相互搀扶，跟在后面，继续前进，地势越来越低，峡谷却越来越宽，直到恐怖而黑暗的三角体建筑出现在峡谷底部，我知道，峡谷终于到头了。

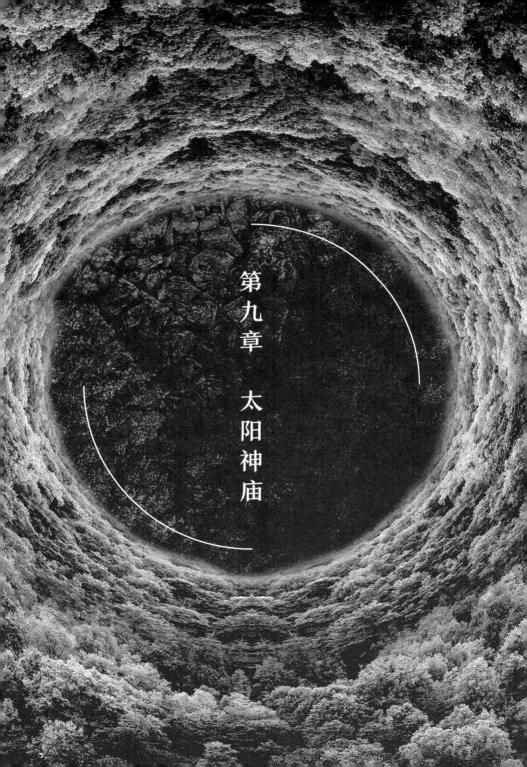

第九章　太阳神庙

1

天空阴沉，似乎又要有风暴来临。我们谁也没有料到地狱峡谷的尽头竟会这样出现，三面环山，西面的山高耸入云，我们像是走进了死胡同，而在这死胡同尽头，那座三角体建筑就这样静静地伫立在山脚下。这座同样由黑色花岗岩巨石垒砌而成的三角体建筑，并不高大，也不震撼，从外表看上去，平淡无奇，比王之神庙宏伟的宫殿小得多，甚至比之前其他七座神庙都要小，唯一让我感到诧异的是这座建筑的造型，与我刚刚在梦里梦到的三角体建筑几乎一模一样。

我们保持着高度戒备，小心翼翼走近这座建筑，这座建筑虽然并不高大震撼，但当我们走近，看见整个建筑外表覆盖着厚厚的青苔，交织着粗大的藤蔓，破败、阴森、死寂，还是给我们内心投射下深深的恐惧。

"这……这就是太阳神庙吗？"秦悦盯着三角体建筑问道。

"和我梦里的一模一样。"我也盯着三角体建筑，期盼在它上面找到文字。

"这造型真是奇特，和王朝所有建筑都不一样。"宇文喃喃说道。

"这与我所见到的蓝血团三角大厅竟然也一模一样。"伊莎贝拉小声说道。

我转向伊莎贝拉问道："所以蓝血团的人之前一定来过这里？"

伊莎贝拉露出复杂的表情，"这座神奇的三角体造型，也许是黑轴文明遗留下来的共同遗产……"

"可这种造型的建筑并不实用啊？"宇文反问道。

"但却最为稳固，并且……"伊莎贝拉停下来，我看见她眼中闪过一丝光芒，"并且能够吸收所有的能量。"

"吸收能量？"我们不解。

说话间，伊莎贝拉仰头向西侧的高山望去，我也循着伊莎贝拉的视角望去，犹如从地心望向天空。

"这座高山……应该就是我们在水之神庙瀑布旁的大平台上看见……"

话没说完，伊莎贝拉便打断我，像是喃喃自语地说道："或许这座三角体建筑还不是太阳神庙，真正的太阳神庙是后面这座高山，也就是黑轴，而这座三角体建筑只是黑轴的一个入口而已。"

"黑轴的入口？"伊莎贝拉的推断让我们都吃了一惊。

伊莎贝拉将目光重新落在三角体建筑上。

"没错。赤道王朝的臣民可能以为这就是太阳神庙，但这只是黑轴的入口，在闭源人后裔心目中，黑轴，不断发散出能量的黑轴，才是真正的太阳神庙。"

"所以……所以这上面似乎没有黑轴文字……"秦悦仔细观察着

这座黑色的巨石建筑。

"也可能被这些青苔和藤蔓覆盖了。"宇文推测说道。

我已经走到了三角体建筑前面，正对我们的这一面，也就是对着峡谷的这一面，上面覆盖着厚厚的青苔和藤蔓，没有看见黑轴文字，也没有任何雕刻，这倒是符合黑轴文明的特点。但让我狐疑的是这是唯一向阳的一面，似乎也晒不到什么阳光，才会覆盖如此厚的青苔和藤蔓，甚至有些藤蔓已伸入花岗岩巨石内部，这样的景象让我想起了木之神庙的嗜血藤蔓，不禁浑身一颤，嘴里喃喃念道："这样阴暗潮湿的建筑又怎么能叫太阳神庙呢？所以它确实只是一个入口。"

"我们走进去，或许就能通往黑轴了……"宇文也喃喃自语道。

"通往黑轴？"秦悦扭头看着宇文。

伊莎贝拉肯定道："对，这里面应该通往黑轴，所以王虽然好大喜功，建造了那么多宏伟的建筑，却并没有给自己营造陵墓，他仍然希望死后，可以回到闭源人后裔当中，回到黑轴，感受太阳的温暖和能量。"

"可惜他背叛了闭源人的理想，他再也回不去了。"我说着，已经迈上了第一级台阶。

"王或许早有预料，所以他始终保守着闭源人最后的秘密，并在临死前做了补救措施。"宇文也跟着我迈上了台阶。

"王究竟最后有没有回到黑轴……我们只有进去看看才知道了……"秦悦说道。

"还有闭源人最后的秘密。"伊莎贝拉小声说道。

三角体建筑每边的样式相同，都有七级平缓的台阶，而在每一边正中间都有一扇大门。我走上台阶，来到大门前，与王之神庙一样，是花岗岩石门，没有雕刻，没有包金，远没有王之神庙的大门宏伟，也没有王之神庙的大门奢华，石门略微向内倾斜，与周围石壁一致，整座大门朴素得几乎与周围石壁融为一体，如果不走近，根本看不出三角体建筑上还有大门。

"好神奇的门……"伊莎贝拉不禁赞叹，"别看这门朴素无华，实在是工程学上的杰作，这样做或许是为了更好地吸收能量。"

"虽然材料原始，但很像现在一些前沿的设计，科幻感十足。"宇文也赞叹道。

"也很像一些最先进的军舰和飞机的隐形设计，注重整体感，没有突出的部分，可以减少雷达反射面。"我的脑袋迅速被各种信息、画面、知识占满。

就在我们还在赞叹之时，秦悦一手举着突击步枪，另一只手已经去推石门了。我刚想阻止秦悦，让我们大感意外的是，秦悦只是轻轻一推，看似厚重的石门竟然开了，甚至连门轴的吱呀声都没有发出。

2

大门被推开了，里面并不是漆黑一片，而是有微弱的光闪现，我们循着微弱的光走进三角体建筑，等眼睛适应了内部光线，才发现光源来自头顶。整个三角体建筑内部也都是由黑色的花岗岩巨石垒砌，我盯着周围向内倾斜的墙壁，实在不明白在没有钢架结构的远古时代，他们是如何保证向内倾斜的石壁屹立不倒呢？而就在整个三角体建筑正中顶上，则开了一个圆洞，我们所看到的微弱光线就是从这个洞里投射进来的。

秦悦仰头看着头顶的圆洞，不禁发笑："这就能代表太阳？"

我们都没回答，缓步走到了整个三角体建筑的中心，环视四周，眼前的景象与我梦中的场景几乎一模一样。向内倾斜的黑色花岗岩石壁上爬满了藤蔓，我简直无法分辨这些藤蔓是在里面生长出来的，还是从外面钻过厚厚的石壁。而在三角体建筑的三个夹角位置各有三个类似于小阳台的建筑……想到这里，我浑身不禁一颤，不敢继续想下去。在三角体建筑另外两边，也隐隐现出两扇大门，与我们进来的那扇门一模一样，我缓步向西侧的那扇门走去，走到门前，我也学着秦悦的样子，一手端着步枪，探出另一只手臂，去推大门，原以为也会轻轻一推就开了，大门却纹丝没动。秦悦、宇文和伊莎贝拉走过来，宇文伸出双臂去推，依然没能推动这扇大门。我端详良久，不禁疑惑地感叹一句："奇怪，这三扇大门应该是一样的，为什么会推不开？"

秦悦检查了一番也大感不解。

"没有任何开关或是门锁之类的东西。"

"去看看那扇门。"我指着另一边的大门。

我快步向那扇大门走去，还没走到，就已经发现那扇门的异样，那扇门的门缝处明显有枪弹射击的痕迹，密集的弹坑清晰可见，我警觉地放慢脚步，秦悦也注意到了异样，小声说道："看样子不是最近的弹坑。"

"那就是格林诺夫的科考队所为喽？"我说着，已经走到大门前。

"也可能是后来者。"

我们两人相互配合，猛地推开了大门。

大门似乎很轻，没有声响，但门后的世界却让我们再次陷入困惑之中。按照我的预想，推开这扇门，就是外面，但我们推开这扇门，眼前却是漆黑一片，过了好一会儿，我才看清楚门后是一个类似于夹层的空间，而在这个夹层空间，有一条向上的阶梯和一条向下的阶梯。向上的阶梯很狭窄，可能是通往三角体建筑夹角小阳台的，而这向下的阶梯很宽大，会通往哪里？

我用手电向下照去，湿滑的阶梯一层层通往黑暗的地下，看不到尽头，我又用手电照向正对着大门的石壁，想在上面找到通往外面的大门，可却没有发现一丁点痕迹，我不禁疑惑起来。

"就算中间有一个夹层，这里也应该有大门通往外面啊？"

"是啊，我们在外面看见三面各有一扇大门，可这里却……"宇文也用手电不停地照向周围的石壁，却没有任何发现。

"我们进来的大门却没有发现夹层，好奇怪，一扇门一推就开，一扇门打不开，另一扇门后面是夹层。"

我们面面相觑，最后伊莎贝拉指了指向下的阶梯。

"下去看看，当年打烂这个门的人一定是下去了。"

"按照史官的记载，王和王室成员的合金棺应该就在太阳神庙，这向下的阶梯很宽大，足以容纳五六人并排而行，所以我猜王的合金棺很可能就在……"

　　话没说完，我就听到一声沉闷的巨响，心猛地缩了一下，我赶忙冲回三角大厅，可是并没什么异常，我们进来的门是关着的。我冷静下来，仔细回味刚才那声巨响，像是从遥远的地下传来，我狐疑着缓步回到夹层内，将手电筒绑在步枪上，举着枪踏上了湿滑的阶梯。

　　脚下的青苔松软湿滑，我心里暗暗数着，十二、十三、十四、十五、十六、十七……向下的阶梯不断延伸，潮湿的空气阻挡了手电的光线，我仍然看不到阶梯的尽头，秦悦和我并肩走在宽大的阶梯上，二十八、二十九、三十……三十六，终于走到了阶梯的尽头，转身就发现侧面有一扇大门。

　　我用手电照射过去，让我惊诧的是这竟是一扇合金门。我不禁发出感叹："如此贵重的大门，我们还是第一次见到啊。"

　　"里面一定很重要……"宇文话说一半，忽然又忧虑道："但合金坚固无比，我们又如何能打开呢？"

　　"格林诺夫科考队应该已经来过这里了。"我小声地说道。

　　"可是门上没有射击的痕迹，也没有金属切割的痕迹。"秦悦仔细观察着。

　　"那就是有什么机关。"我猛地去推这扇看似沉重的合金门，门没有发出任何声响就开了，我还来不及惊叹合金门的神奇，就被里面照射出来的光线刺得睁不开眼。

　　我们全都本能地遮挡住眼睛，等到眼睛适应这光线，我才缓缓睁开眼。同时，这光线也让我警觉地举起枪，随时准备与里面的敌人血战一场。可让我吃惊的是，里面的空间明亮，却没有人。我每一步都异常小心，踏进这个明亮的空间，又是一个三角体建筑，与上面的三角体建筑几乎相同，每一面都是等边三角形，同样是由黑色花岗岩巨石垒砌，只是比上面的那个三角体建筑要小一号。

我们四个人都半张着嘴巴，仰头向三角体建筑头顶望去，却看不到圆洞，也看不到任何现代的电灯或是发光装置，但在三角体建筑正中的顶上，真真切切地散发出光来，这种光很像日光，却又比日光要温暖。

"就像是一个小型太阳。"我不禁喃喃地说道。

再看缩小版的三角体建筑正中，整齐地摆放着两具硕大的合金棺，而另有数具合金棺凌乱地环绕在中间这两具大合金棺周围。宇文说道："看来这就是王最后的归宿了。"

"这里有点奇怪，整个太阳神庙都位于峡谷深处，几乎都在地下，所以我们进来看到整个建筑内外都很潮湿，到处是青苔和藤蔓，但是这里不但没有青苔和藤蔓，而且也不潮湿，甚至……"

"甚至还有点干燥。"我接过秦悦的话说，"大概都是拜头顶这个'小太阳'所赐。"

伊莎贝拉点点头说："我想这个光线应该来自黑轴的能量。"

"这玩意儿究竟是个什么装置？我们竟然都看不到。"我费解地又抬头看去。

伊莎贝拉喃喃地说道："整个建筑就很奇怪，大三角体建筑下面紧接着就是一个小三角体建筑，这是怎么做到的？以我的知识想不通，但我想这一定和黑轴的能量有关。像我说的，这种结构也许可以更好地吸收黑轴能量。"

"叠加三角体建筑，可以吸收能量。"我无奈地摇摇头，或许我这辈子费尽所能，也只能了解黑轴文明的万分之一，更何况现在我们可没有时间研究。

3

我将目光落回眼前的这些合金棺上，仔细数过，总共是两大六小，合计八具合金棺，我先去探察离我最近的一具合金棺，棺盖并没有关死，我没费多大力气，就推开了这具合金棺，里面静静地平躺着一具尸骨，尸骨保存比我预想的要完好，但却没有随葬品，除了尸骨，里面空空荡荡，什么都没有。

接着，宇文和秦悦七手八脚，也推开了其他几具小合金棺，里面同样只有尸骨，没有随葬品，我不禁小声说道："看来赤道王朝没有随葬的习俗。"

"现代人类早期文明普遍有厚葬之风，古埃及建造宏大的金字塔就是最典型的例子，赤道王朝没有厚葬之风，我认为更多是继承了黑轴文明的传统，黑轴文明应该是有自己独特的生死观，而这种生死观至少是不讲究厚葬的。"伊莎贝拉推断道。

"那也就是说黑轴文明对死亡看得比较开。"我反问道。

伊莎贝拉欲言又止，秦悦却说："虽然没有随葬品，不过这些合金棺也是够贵的。"

"而且是有等级之分的。"宇文指着身旁的合金棺说，"你们看，这些合金棺不但有大小之分，而且这些小的合金棺上落满了灰尘，再看正中两具大的……"

我这才注意到正中那两具硕大的合金棺，散发着诱人的光芒，上面没有一丝灰尘。

"这……这证明了我们之前的推断，赤道王朝的合金制作是可以根据不同材料、不同用途制作不同的合金制品。"

"我倒觉得那两具大的合金棺更接近于黑轴文明的合金制作水平，而这些小的合金棺则要差得多。"

"或许是这样，但根据史官的记载，王的合金棺也是赤道王朝制造的……"

"这说明最重要、最尖端的技术很可能一直掌握在王和少数人手中，所以王的合金棺才更接近黑轴文明的水平。"伊莎贝拉和我讨论起来。

我还没找到辩驳根据的时候，秦悦已经粗粗检查了合金棺内的尸骨。

"都是男性，死亡年龄大概都在壮年，所以我推测这六具合金棺的主人就是王的六位子孙——弘王子，王长孙宓，王次孙琉，子昊，子丹，子赫。"

"可是，子昊、子丹、子赫都死于王朝覆灭时，他们有时间制作合金棺吗？"宇文大惑不解。

秦悦也无法回答，看向了我。

"说明赤道王朝的王室成员，也可能包括其他贵族都有生前预制合金棺的传统，这样才可能在死时用上。中国古代，皇帝和贵族们也都是生前就开始预造陵墓的，根据史官的记载，王也是早就预制好合金棺的，就像秦悦刚才说的，合金棺很贵重，其他的陪葬品恐怕都不足以与此媲美，这就是最重要的陪葬品了。"我是这么解释的。

"好吧。那么中间这两个大的呢，除了王，还有一具是谁的？"宇文说着，伸手去推右侧的那具合金棺。

显然这两具大的合金棺要更沉，宇文自己只是将棺盖推开了一角。我帮着宇文推开了右侧的大合金棺，又推开了左侧的大合金棺。两具大合金棺都有尸骨，且保存完好，我只看了一眼就惊叹道："这两具果然都是闭源人！"

我们围拢在两具大合金棺周围，这两具尸骨显然比其他尸骨都要高大，特别是左侧大合金棺里的尸骨，身高应该在两米左右，右侧大合金棺内的尸骨也至少在一米八左右。秦悦惊叹之余，仔细勘察，"左侧的尸骨是男性，而右侧的尸骨应该是女性。"

"女性？"我的头脑快速搜索着，"那就是大祭司没错了。史官记载说最后孟冬将大祭司也葬到了太阳神庙。"

"这具合金棺竟然跟王的一模一样，甚至要比王的更加精美……"宇文不敢相信。

"或许这就是给王定制的那具合金棺，后来王临时又做了一个，就是左侧这具。"伊莎贝拉推测道。

"大祭司并不算是王室成员，所以不配享有合金棺，她也不大可能生前就定制合金棺，但是当最后王朝毁灭时，孟冬虽然恨大祭司，但可能是出于亲情，也可能是因为大祭司的闭源人后裔血统，孟冬还是用这具大合金棺安葬了大祭司。"我也表示认同。

"孟冬人呢？"宇文忽然问道。

被宇文这一问，我们环视周围，没有发现其他合金棺，也没有尸体。孟冬呢？我正在胡思乱想之时，秦悦突然提醒我们，"你们注意到没有，所有尸骨都少了一块骨头。"

"少了一块骨头？"

"没错。所有尸骨都缺了一块下颚骨。"秦悦指着王的尸骨说道。

"这……"我仔细查看，刚才就觉得哪里不对劲，果然八具尸骨都缺少了下颚骨。

"或许丢失了，也可能这是赤道王朝的某种习俗。"宇文猜道。

"丢失是不可能的。他们的尸骨历经万年，保存都如此完好，应该归功于这么贵重的合金棺。下颚骨怎么可能全都丢失了，至于说某种习俗……"秦悦沉吟下来。

我仔细查看着王的尸骨，突然，我的眼睛猛地睁大了。就在王的尸骨下居然留下了字迹，我双手颤抖地将王的尸骨挪开，在王的左侧肩胛骨下，写着阿拉伯数字……我用颤抖的声音赶紧招呼大家过来。

"1……4……8？"秦悦缓缓读出了这个数字。

"像是某种笔写上去的。"伊莎贝拉推断道。

我们又扑到右侧大祭司的尸骨下，在她的右侧肩胛骨下也发现了阿拉伯数字——154。我的心跳越来越快，赶忙奔到另外几具合金棺前，翻看之下，其他几具尸骨的肩胛骨下，分别写着阿拉伯数字——42，45，39，38，46，37。

"这……应该是这些人的年龄……"我已经想到了这些阿拉伯数字的含义。

秦悦也露出了惊恐的眼神，说道："这也就能解释为什么每具尸骨都缺了下颚骨，因为有人在我们之前取走了他们的下颚骨，进行了骨龄检测。"

"格林诺夫……"我们面面相觑。

"可……可不是说王活了二百岁吗？"宇文问道。

"王欺骗了史官，也骗了王朝所有的臣民，他并没有二百岁，他只活了一百四十八岁。而大祭司比王多活了二十年，一百五十四岁时自杀，也就是说大祭司比王小十四岁。"我快速推算出王和大祭司的真实年龄。

"但这个寿命依然远远高于当时的人。"伊莎贝拉说道。

"这难道就是王朝最后的秘密吗？"秦悦说完环视我们，我也陷入了沉思，王至死也没有吐露的最后秘密是什么？真是是格林诺夫取走了这些尸骨的下颚骨吗？

4

我们四个人面面相觑，有些不知所措，突然，伊莎贝拉扑倒在王的合金棺前查看，然后缓缓说道："他们不但拿走了下颚骨，还拿走了所有十六边形手环。"

我这才想起来史官的记载，王临死前，重新铸造了合金棺，上面有四个十六边形手环。当我重新查看这具硕大的合金棺时，果然在其光滑的外壁上并未发现十六边形手环，但很明显在合金棺两边，各有两处凹陷处。

"断面平整，显然这是被人切割了。"我一边用手确认凹痕一边说道。

"但是……"宇文仔细观察凹陷处，"但是这种合金很像是最坚硬的钪合金，什么机械才能将四个十六边形手环切割下来呢？"

"现在可以证实，王临死前重铸合金棺，不但是要将那四个十六边形手环带进棺材里，而且是要将那四个十六边形手环与合金棺整个铸造在一起，这样即便有人找到了这里，也拿不走十六边形手环。"秦悦若有所思地说。

"什么机械我不知道，但我想这也很可能是格林诺夫他们干的。"我推测道。

"但他们后来遭遇了攻击，不是已经都……"

我打断了宇文说："很可能他们都没有都死。四个十六边形手环也可能随之流散出去。"

我的目光又落在了伊莎贝拉右手腕上的那个十六边形手环上，伊莎贝拉轻轻抬起手。

"那也就是说有人后来逃到了那个地牢里？"

"现在还不知道了，但……"我快速思考着这一切，"但我实在不明白，这四个十六边形手环究竟有什么特别之处呢？"

"或许这就是王朝最后的秘密吧。"伊莎贝拉说着，缓缓放下了手臂。

"我推测格林诺夫他们很可能就是为了这个秘密而来。"我笃定地说道。

大家似乎都陷入了沉思，我再次环视这三角体建筑，除了我们进来那扇合金门，没有发现其他大门，也没有孟冬的尸骨，"我想……孟冬最后让王朝覆灭，除了复仇外，还是要保护这个秘密。如果王朝依然兴盛，迟早会有人知晓这个秘密，并找到十六边形手环，只有让王朝彻底毁灭，才能永久保存这个秘密。"

"孟冬最后去了哪儿呢？"秦悦问道。

片刻沉默之后，我和伊莎贝拉几乎同时喊出："黑轴！"

"这里应该就能通往黑轴！"我补充道。

"可这里没有门，也没有其他通道啊。"秦悦说着，开始调查三角体建筑的石壁，坚固的石壁没有任何缝隙，我们搜寻了一圈，也没有看见任何门和通道的痕迹。

我们回到大厅中心，秦悦和宇文似乎感到有些头晕，宇文一屁股坐在一具合金棺上，而秦悦则微微晃了一下，我赶忙扶住秦悦，秦悦喃喃地说："我……我似乎感受到了荒原大字的黑轴的感觉……"

"这说明我的判断没错。这里就有通往黑轴的入口，越是靠近黑轴，这种感觉就会越强烈。"我说着扶起秦悦坐在一具合金棺上。然后独自绕着中间的王和大祭司的合金棺转了两圈，又看向四周，如此反复，慢慢地，慢慢地，我觉察出了问题。

"你们看啊。整个大厅六具小的合金棺，摆放凌乱，而中间这两具大的合金棺，则整整齐齐摆放在大厅中心。"

"你……你想说什么？"秦悦显然没明白我的意思。

伊莎贝拉却马上明白了我的意思，"这两具大合金棺是刻意摆放的。"

我点点头，接着说道："你们想，在最后王朝覆灭、火山喷发的危急时刻，孟冬带人将王室成员的合金棺抬到这里，当时显然非常混乱，所以小的合金棺摆放如此凌乱，而两具大的合金棺为何要刻意摆放周全？"

"为了掩饰那个秘密。"宇文想明白了。

"所以他们很可能用王和大祭司的合金棺挡住了通往黑轴的入口。"我笃定地说道。

秦悦强打精神站起来："那我们还等什么？推吧。"

我们四个人一起推王的合金棺，纹丝不动。又一起推大祭司的合金棺，依然纹丝不动。再一起到合金棺一侧推，还是纹丝不动。合金棺不该这么沉重，更说明王和大祭司的合金棺有问题。我们互相对视，大家都认定我的推断是正确的，但却无计可施。最后，伊莎贝拉盯着合金棺对我们说道："我们还有一种方法没试。"

"哦？"我们都看着伊莎贝拉。

伊莎贝拉绕着王和大祭司的合金棺慢慢走了一圈，然后忽然说道："向不同方向推！"

我马上眼前一亮，想到如果有机关，一定是很巧妙的设置，一般人即便看出这两具合金棺有问题，也不会想到两两向不同方向推。于是，我和秦悦站到王合金棺的一头，宇文和伊莎贝拉站在大祭司合金棺的另一头，同时用力，很快我就听到了嘎达一声，王的合金棺被我和秦悦推动了。同时，另一边大祭司的合金棺也被宇文和伊莎贝拉推动，两具硕大的合金棺，分别向不同方向凸出来一块，再继续用力，使劲一推，合金棺下竟然现出了四根类似于导轨的金属物件，接着，两具合金棺顺着导轨滑动，一个黑漆漆的洞口显现在我们面前。

5

当我们怔怔地伫立在这个洞口前时，那股难以形容的能量瞬间充斥我的身体，这种感受让我马上想到了荒原大字，我们在黑轴附近曾经感受过同样的能量。我扭头看向伊莎贝拉，又看看秦悦和宇文，伊莎贝拉已经迈步走下了台阶，秦悦和宇文有些犹豫，但还是跟着伊莎贝拉走下台阶，我回头又瞥了一眼这个三角体建筑，下面会有什么呢？难道又是一个三角体建筑？

通往下面的台阶并不潮湿，当我们走下二十四级台阶后，我们到了一条宽大的隧道里。我掏出指南针，想要判断一下方向，却见指南针上的指针剧烈晃动，竟无法指明方向，看来此地磁场异常，但我心里已经推断出这条宽大隧道的方向，因为它一定会通向黑轴。

我们向隧道里面进发，为节约已经所剩不多的电池，我们都关闭了手电，只有伊莎贝拉手中一支手电发出幽幽的光线，在漆黑的隧道内来回摇曳。隧道一片死寂，我们的脚步声和喘息声，似乎被无限放大。走出四十余步，我的脚下被什么东西绊了一下，用手电一照，是一节人的股骨。"有人的骨头。"我小声提醒道。

秦悦也推开手中的电筒，两只手电的照射下，一具比较完整的骨骸显露出来。

"难道这就是孟冬的尸骨？"宇文问。

"不，这应该是一具男性的尸骨。"秦悦判断道。

我转头望向伊莎贝拉，伊莎贝拉也停下脚步，用手电照去，她脚下又出现了一具尸骨，而在靠隧道石壁上则肩并肩，并排靠着两具尸骨，秦悦过去，一一甄别。

"两男一女。肩并肩靠着的应该是一对情侣。"

我们将四支手电筒一起照向前方，就在隧道前方的地面上，稀稀落落还散落着不少尸骨，继续往前走，一路上不断出现尸骨，大约有近百具之多。秦悦仔细勘察后，小声说道："这些尸骨应该都是赤道王朝时期的，就是那些最后的幸存者，跟孟冬一起进入了太阳神庙。"

"那他们最后为何而死？"我问道。

话音刚落，秦悦突然扶住石壁，张了张嘴却没说出话，我赶搀扶住秦悦，再看宇文，也摇晃起来，他们的反应也许已经说明当年火山喷发和大屠杀的幸存者，为何又死在了这里。伊莎贝拉看着秦悦和宇文的反应说："这些幸存者跟着孟冬走进峡谷深处的太阳神庙，安放好那些合金棺，又跟随孟冬进入隧道，越往里面走，离黑轴就越近，他们无法适应里面的环境，所以就在这里一一死去。"

伊莎贝拉的语气清淡，语速平缓，却让我感到不寒而栗。

"那么孟冬一直走进了黑轴？"

伊莎贝拉摇摇头说："我也不知道，只有继续向前才能找到答案。"

"不行了。秦悦和宇文已经扛不住了，我们不能再往前。往前他们会有生命危险……"我盯着伊莎贝拉，发现她不但没有什么不适，反倒比昨晚受伤时更有精神了。

"那就将他们留在这里。"伊莎贝拉说道。

"留在这里？留在这里有危险。"

"那就跟着我们往前。"伊莎贝拉坚定地说道。

"可……"我陷入两难。

"你必须跟着我向前走。王朝最后的秘密很可能就在前方。"伊莎贝拉斩钉截铁地说。

此时，秦悦支撑着直起身，冲我摆摆手，"再……再往前走一段，如果……不行，我和宇文就……就暂时撤回去。"

我无奈地看着秦悦和宇文跌跌撞撞，继续向前，没出二十步，我吃惊地发现，我们所处的隧道发生了变化，周围的黑色花岗岩巨石不知何时，竟然变成了那种黑色玻璃，我浑身鸡皮疙瘩都起来了，这就是黑轴！这就是建造黑轴的材料！我不敢相信地伸出手去摩挲隧道的墙壁，黑色玻璃光滑而洁净，一尘不染，散发着幽幽的蓝光，关了手电，隧道里现出了奇异的光芒。

我们四个人都吃惊地望着隧道四周，奇异的光芒越来越亮，不用手电，也能大概看清隧道里的情况。我不禁惊叹道："好神奇的材料，这就是碳化氮吗？"

"我们终于到了黑轴。"伊莎贝拉显得也有些激动。

"我在想难道所有的黑轴都是用同样的材料，按照一样的制式建造的吗？"我仰头望着头顶的黑色玻璃。

"材料可能基本上都是这种黑色玻璃，但是制式则大不一样，荒原大字的黑轴与赤道王朝的黑轴就截然不同，这里的黑轴更像是一座高山。"伊莎贝拉解释道。

"也有可能是隐藏在高山之中。"

"有可能吧……"伊莎贝拉说着，继续向前走。就在此时，宇文已经支撑不住，几乎要瘫倒在地。

我忙扶住宇文，又要去架秦悦。

"不，你们不要再往里面走了，快撤回去。"

秦悦脸色煞白，无奈地冲我点点头。

"好，你也多小心！"

秦悦说着意味深长地又瞥了一眼伊莎贝拉，然后和宇文互相搀扶着掉头向隧道外走去。让我小心……秦悦只叫我小心，而没有说你们小心。

我和伊莎贝拉望着秦悦和宇文的背影，直到背影消失在隧道里，我们对视一眼，伊莎贝拉微微对我露出了笑容，我也只有尴尬地回以笑容。伊莎贝拉继续向前走时说了一句："看来帅没看错你，你也是闭源人基因的携带者。"

此时，我已经不再怀疑自己的身份，但我们还会走多远呢？或者换句话说我们还能走多远呢？我和伊莎贝拉继续向前走去，渐渐地刚才密集出现的尸骨不见了，前方的隧道干爽、洁净，但是我们没能再向前走多远，前方赫然出现一堵墙，挡住了我们前进的道路。

6

那堵墙隐隐闪动微光，映照着隧道的尽头。我和伊莎贝拉缓缓靠近，看见在那堵墙前，有一具半躺着的尸骨，尸骨呈现出一种怪异的形态，头骨朝后，上半身整个扭曲过来，我无法推想这具尸骨临死前所遭遇的痛苦，但背后却升起了一阵寒意……

我猛地回头望去，隧道那头一片黑暗，死寂！再看面前这扭曲诡异的尸骨，"这……就是孟冬吧？"

伊莎贝拉微微点头，"是一具女性的尸骨，身高也比较高。"

"这条地下隧道让我想起了荒原大字的地下公路……"

"但这堵墙堵住了通往黑轴的道路。"

"这是闭源人当年修建的？还是后来王修建的呢？"我怔怔地盯着面前的墙壁，像是黑色花岗岩，又像是黑色玻璃，我竟有些恍惚，实在分不清修建这堵墙的材料，也无法分辨这堵墙的修建者。

这时，伊莎贝拉小声提醒我说："你看，你看这堵墙上……"

我又走近一步，仔细观察这堵墙，刚才还平淡无奇的墙上，影影绰绰，竟然现出了一些线条，我推开手电，弯弯曲曲的线条在光柱照射下，蜿蜒交织，呈现出诡异的光芒。这是什么？慢慢地这些在墙壁上不断出现的线条让我有些眩晕，我感到自己心脏瞬间遭受了一次重击，大脑快速搜索着，意识却越来越迷离。

"这或许就是王朝最后的秘密！"伊莎贝拉突然说道。

"王朝最后的秘密……"我还是没看明白这些线条。

"这是一副世界地图。"伊莎贝拉笃定地说道。

"世界地图？"在伊莎贝拉提示下，我再去看墙壁上那些线条，迷离的意识慢慢重新聚集，思路豁然开朗，这不就是一幅世界地图吗？虽然与我们今天的世界地图有些不一样，但仍然不难看出大致轮廓。

"这是黑轴文明时期的世界地图，也可能是赤道王朝时期的，与今天的世界地图有很多不同的地方，但总的来说已经很接近当今世界。而且很有意思的是，今天的世界地图有两种模式，西方普遍采用的是以大西洋为中心的世界地图，而中国则采用的是以太平洋为中心的世界地图……"

"这幅世界地图是以太平洋为中心的。"我已经完全辨识出这幅世界地图。

"没错。所以在这幅世界地图上，我们现在所在的赤道岛就在整个地图的中心位置。"伊莎贝拉指着地图上赤道上的一个点说道。

"这……"我顺着伊莎贝拉手指的地方，看见在地图上，赤道岛上是一个很大的圆点，而退后一步，则可以清楚地看见在地图上密密麻麻呈网格状，标注着许多黑点，我很快就明白了。

"这些黑点就是黑轴，而这些类似于经纬度的线条就是灵线吧？"

"我想是的！"伊莎贝拉也吃惊地看着这幅地图。

这是我第一次见到黑轴文明时期的地图，第一次直观感受了那个文明的世界。我深深地被吸引、被震撼了。我和伊莎贝拉沉默下来，我们的目光不断在地图上游走，发现了地图上的一些奇怪之处。在密密麻麻的黑轴中，我找到了荒原大字的黑轴，也看到了许多奇怪位置的黑轴，但有两个点却显得与众不同，其中一个大概位于喜马拉雅山南麓，在地图上这个点的黑轴明显比其他的黑轴要大一圈。而且只有在这个黑轴边上出现了一行闭源人的文字，我指着这里问伊莎贝拉："写的什么？"

"智——慧——之——轴！"伊莎贝拉缓缓说道。

"智慧之轴？"这个奇怪而又特殊的名字瞬间如烙印一般，烙在了我的记忆里，但我却对此一无所知，"这是什么意思？"

伊莎贝拉没说话，她还在聚精会神地观察着这幅世界地图，如痴如醉，像是完全沉浸其中。我也继续观察，发现了另一个与众不同的黑轴，就是我们现在所处的赤道岛，在这处黑轴边上，有一个标示，那是什么？我仔细观察，圆形，有棱角，在手电照射下显出淡淡的金色……看着看着，我不禁脱口而出："十六边形合金手环？！"

"没错！就是这个！"伊莎贝拉总算是清醒过来，抬起右手。此刻，她手腕上的十六边形合金手环，散发着诡异而炫目的光芒。

伊莎贝拉缓缓说道："当年，王朝覆灭的时候，孟冬带着最后的幸存者来到这里，她知道这些人无法适应黑轴环境，他们一个个倒下死去，最后孟冬也在这里结束了生命，她保守了王朝最大的秘密，直到今天……"

"那我们今天就要解开这个秘密了……"我快速在头脑中思索着这一切，一幕幕画面不停地闪过，王朝最后的秘密究竟是什么？

我的大脑有些疲惫，依然没有想明白，我无奈地看看伊莎贝拉。此刻，伊莎贝拉脸上露出了奇怪的笑容，她似乎已经明白了王朝最后的秘密。

"和我们之前的猜测一样，王朝最后的秘密就是这四个十六边形合金手环，因为这是打开智慧之轴的钥匙。"

"钥匙？"我的大脑瞬间炸开了，"那么智慧之轴有什么？"

"传说当黑轴文明即将毁灭时，闭源人选中了其中一个黑轴加以改造，建成了坚固无比的智慧之轴，将黑轴文明最尖端、最重要的知识和技术，封存其中。而将能打开智慧之轴的四个十六边形合金手环，存放在了这里，分开两地，是最稳妥的。"伊莎贝拉解释道。

我瞬间就想明白了。

"所以这里那支闭源人后裔就是为了保守这个秘密，这就是他们神圣的使命，也正因此，他们才一直没有分散，一直坚守了几万年，保存下大量闭源人的知识和技术，直至王的出现，才有能力建成这辉煌的赤道王朝。"

"没错。所以这就是王朝最后的秘密。"伊莎贝拉慢慢又垂下了手臂。

我的大脑陷入了快速的思考，感觉快要被撑爆，智慧之轴、十六边形合金手环、王朝最后的秘密、伊莎贝拉……"可是……可是你是怎么知道这些的？"我扭头看着伊莎贝拉。

伊莎贝拉脸上依旧保持着笑容，淡定地答道："因为我是蓝血团的人啊。"

"蓝血团？"当我将蓝血团与这一切重新联系在一起时，我才恍然大悟，"所以你……你和帅早就知道十六边形合金手环的秘密，也知道什么智慧之轴……"

伊莎贝拉不置可否，只是笑着说道："蓝血团一直珍藏着一件十六边形手环，那是蓝血团的圣物。蓝血团一直有一项同样神圣的使命，就是保卫智慧之轴，更准确地说是保卫智慧之轴不被打开。"

"所以在地牢里发现这件十六边形合金手环时，你一眼就认了出来，并将它收入囊中。"此时，我不得不重新审视眼前的这个女人，她究竟有什么目的？

伊莎贝拉笑着点点头说："我曾经有幸在蓝血团总领袖那里见过一次圣物。"

"总领袖？"伊莎贝拉曝出的信息量越来越大，我感觉自己虽然已经深陷其中，却仍然知之甚少。

"总领袖是蓝血团的最高领导人。"伊莎贝拉说道。

"我现在明白了，你和袁帅是代表蓝血团来寻找其余几件十六边形合金手环的……"我忽然有一种被利用的感觉。

伊莎贝拉依然面带微笑："非鱼，或许你以为我利用了你，但我要说你的身体内也蕴藏着闭源人的基因，所以你也有一份责任。"

"责任？……这就是你为何要找我来这里的原因？"我还是没有想通，就在这时，从我们身后传来了一阵奇怪的响动。

我注意到伊莎贝拉脸上的笑容不见了，秦悦！宇文！我马上想到了他们可能遭遇了危险，想到这里，我赶紧掉头向隧道另一头跑去。当我跑到刚才秦悦和宇文休息的地方，发现两人不见了，伊莎贝拉也跟上来，再往回搜寻，一路上都不见他们，我很快就跑回了隧道口，隧道口的上方，隐约闪过了一个人影。

7

我和伊莎贝拉倍加小心，举着枪缓步登上台阶，刺目的光线猛地投射在我的身上，竟让我无法睁眼，等我适应过来，已有几支枪口对准了我和伊莎贝拉。我发现在一众壮汉簇拥下，一个谢顶的男人正盯着我们，男人五十岁上下，精明强悍，有些眼熟，一时却想不起来。

"苏必大……"伊莎贝拉已经认出了为首的那个男人。

"你不是一直在找我吗？"苏必大的话语里带着一丝嘲讽。

"可我……没料到你能玩这么大。"伊莎贝拉停了一下，又说，"你不但和袁正可研制可以改变人类基因的技术，复活了远古巨兽，而且还知道了那个天大的秘密。"

"你们蓝血团也一定知道那个天大的秘密，不是吗？"苏必大发出两声冷笑。

伊莎贝拉摇摇头说："对于我这样的小角色，是接触不到那个秘密的。"

"小角色？"苏必大又冷笑了两声，"我的枢密大人！"

枢密大人？我忽然心里紧了一下，这个名字似乎听过，岛上恐怖、离奇的一幕幕又闪现在我脑中，枢密……大人……我忽然想了起来，那个铱星电话，岛上信号很差，但我几次在里面听见有人用蹩脚的中文呼叫，对！呼叫的就是枢密……大人……

我用询问的眼光转向伊莎贝拉，伊莎贝拉依然淡定，嘴角带着微笑："枢密在蓝血团也算不上什么角色。"

苏必大的目光落在我的身上，嘴里却依然是在对伊莎贝拉说道："你到现在还瞒着这位小兄弟吗？"

"我没什么可隐瞒的。他们从一开始就知道我蓝血团的身份。"伊莎贝拉淡定异常。

"好吧。那就让我来对你这位小兄弟介绍一下你的重要性。"苏必大的目光没有移动，他看着我继续说，"从袁帅将你介绍进入集团，我就起了疑心，只是你一直谨慎小心，让我无法确定你的身份。老袁套了好几次袁帅的话，也没能探知你的底细。直到我们的技术获得巨大突破，才让我们得知了你的真实身份，也包括你和袁帅后来做的事。"

苏必大说到这里，猛地扭头，目光犀利，盯着伊莎贝拉。我也将目光转向伊莎贝拉，终于，我从伊莎贝拉脸上捕捉到了一丝不安，她明显提高了嗓音质问苏必大："所以你们已经行动了吗？"

"当然！我们不能坐以待毙！"苏必大眼露凶光。

"技术，巨大突破。"伊莎贝拉嘴里咀嚼着苏必大刚才的话，她显然没有完全明白苏必大的意思，我当然也就更不可能明白。

苏必大继续狠狠地说道："当我们知道你是蓝血团的监察枢密，六大枢密之一，我们非常震惊，也意识到你们不但开始怀疑我们，甚至已经渗入了我们内部，老袁更是不得不下决心对袁帅下手。因为一旦被你们盯上，我们的时间就不多了。"

"你们既然知道蓝血团的能量，还敢如此吗？"伊莎贝拉脸上又恢复了往日的淡定。

"呵呵！要在以往，我和老袁肯定不敢。但是现在不一样了，我们已经在技术上获得巨大突破，蓝血团或许已经不是我们的对手了。"苏必大冷笑道。

伊莎贝拉怒斥道："痴人说梦！我不知道你所说的技术是什么，复活远古巨兽？基因干预？但我想你该知道蓝血团所掌握的知识与技术是庞大的体系，绝非你们可以抗衡。"

"我承认你们蓝血团汇聚了这个星球上各方面的精英，许多闻名遐迩的大人物都是你们的成员，但是……"苏必大停顿下来，嘴角露出一丝笑容，"如今你们的组织过于松散，已经很难集中起那么庞大的力量和资源。"

苏必大的话显然让伊莎贝拉深感意外，她的身子微微震了一下，我心下也是一惊，看来苏必大的话都是真的。我终于开口发问："你们背后的组织是那个DUW公司和云象基金吧？"被我一问，苏必大先是一愣，然后转向我没有说话。我又发出质问："不管是DUW公司，还是云象基金，也不过都是幌子，你们的背后是一个组织严密、实力强大的有组织犯罪集团吧？"

被我连珠炮似的质问，苏必大起初没反应过来，随即却爆发出一阵大笑。

"犯罪集团？哈哈哈！你说得不错，我们是组织严密，实力强大，甚至强大到已经可以向蓝血团全面挑战，但是我们怎么可能是犯罪集团？我们想要做的一切和正在做的一切，都是为了这个星球更加美好，蓝血团已经老了，半个多世纪以来，我们这个星球的科技不是在发展而是停滞不前……"

我刚想说什么，苏必大像是看穿了我的内心，摇着手加快语速说道："不！不！不！年轻人，千万不要把手机聊天和网上购物当作科技的发展，我们的前辈关注的是宇宙星辰，是量子力学，是微观世界，是生命的起源，是人类终极的哲学问题。"

苏必大又接着说道，"这一切都是怎么造成的呢？蓝血团有莫大的责任，他们本该担负起推动精英改变世界的责任，但是他们没有。他们沦为了保守的利益集团，而我们所做的这一切都是为了让这个星球不再被蓝血团所控制……"

"蓝血团从来没想过要控制这个星球！"伊莎贝拉突然严厉地打断苏必大。

"哼……"苏必大轻轻哼了一声，"几千年来，甚至包括这个赤道王朝都或多或少受到了闭源人知识和技术影响，蓝血团集中了闭源人基因携带者，悄无声息、潜移默化地影响、控制着我们这个可爱的星球。"

苏必大的话颠覆着我的认知，我感觉信息量太大，自己的大脑显然不够用了，还是伊莎贝拉反应迅速，"潜移默化影响并不等于控制，这也是为什么蓝血团汇聚了那么多精英和人才，拥有那么庞大的资源，却组织松散的原因，因为蓝血团最早的创始人就已奠定了蓝血团的架构。"

"所以这就是你们蓝血团的弱点。所以当老袁出事后，我就知道不会结束，只会遭到蓝血团更大的怀疑和行动，你去找顾非鱼，想要上岛寻找赤道王朝，我都一清二楚，也明白你的目的，不仅仅是要抓住我，还是为了十六边形合金手环，为了那个惊天的大秘密。"苏必大明显激动起来，但说到此时，他又放慢了语速，"可我对你蓝血团枢密的身份还是有些忌惮，一番跟踪调查后，我发觉似乎只有你和袁帅两个人行动，当然还包括已经死掉的那个夏冰，所以我觉得你似乎是……是在独立调查我们。"

"哼，你就这么自信？"伊莎贝拉反问道。

"不管怎样，我都必须尽快除掉你。趁蓝血团还没苏醒过来之前，除掉你。"苏必大恨恨地说道，随即又皱起眉头，迟疑起来，"只是……只是我不明白袁帅为了自己的身世调查老袁，而你又是为何……仅仅因为你是袁帅的朋友？"

"呵呵！"伊莎贝拉终于笑出了声，"所以你绑架了我们，非鱼、宇文、秦悦……所有的知情者，也包括你们自己的人！"

"不错。史密斯只是个莽夫，真正的自己人是马建秋。"当我从苏必大口中听到马建秋名字的时候，心里百感交集。

8

马建秋的一幕幕如走马灯在眼前轮转，尤其是最后他被古巨蜥活吞下去的恐怖一幕，虽然我对马建秋没有好印象，但从未怀疑过他和苏必大是一伙儿，不过细细想来他和袁教授是同事，疯猴子突然变异，还有上岛后的几次奇怪举动，我的心里渐渐信了。但我又想起了秦悦找马建秋帮忙前，曾经对他的背景做过调查，没有发现什么。

"马建秋是你的人？"

"当然。没有他，我怎么能掌握你们的行踪，那么轻易地绑架你们。还有那个疯猴子，也是马建秋搞出来的，只是马建秋毕竟只是个书生，还干不了这个。"苏必大不无惋惜。

"你肯定没想到我们能走到这里，不但破解了赤道王朝之谜，还触到了那个惊天秘密。"伊莎贝拉坚定地说道。

苏必大沉默了片刻，没有否定。

"确实。首先我没料到你们能干掉我的人，平安无事地上岛。其次，我更没料到你们在岛上能一步步走到这里。"

"干掉……你的人？"我有些吃惊。

"是的。当我在海滩上发现我手下的尸体时，我就知道你们肯定上岛了。"

"可……可我们从没见到你的手下。我们在船上醒来时，船就处于无人驾驶状态。"我努力回忆着。

"什么？这……这不可能。那我的手下是怎么死的？"苏必大震惊之余，向后退了两步。

　　我努力回忆着那条在大海上漂泊的船，无人驾驶，没有尸体，也没有血迹，难道苏必大的手下都被海里什么神秘的怪物给吞噬了？想到这里，我不禁浑身一颤向周围观察，不见宇文和秦悦，只有十几个荷枪实弹的黑衣人。

　　伊莎贝拉接着苏必大的话说："所以当你发现手下尸体的时候，局面就失控了，好在你有马建秋，当我们从旧王宫出来时，你又发现了我们，一步步诱导我们进入地狱峡谷。"

　　"我不得不承认小看你们了，本来我以为这座恐怖的荒岛就可以折磨死你们，没料到你们一直到了这里，居然还杀死了古巨蜥。"苏必大皱着眉头说。

　　"这里不是你们的基地吧？"伊莎贝拉说着，也在打量着周围，"你们在岛上一定还有个实验室，那才是你们的大本营。你们一直在岛上依靠黑轴的力量，塑造史前小环境，复活史前生物，研制改变人类基因的药物。同时，你还有更大的野心——寻找那四件十六边形合金手环，并最终开启智慧之轴。"

　　苏必大脸上露出难以琢磨的表情，说道："果然聪明，但也就说对了一半，我和老袁的研究方向并不一样，他和马建秋搞的什么试剂，长生不老药，试图进化人类，我都不感兴趣。我所关注的要比他们广泛得多，我想要破解整个黑轴文明的知识与技术。"

　　说完，苏必大发出了一阵大笑，笑声震得这座并不宽敞的三角大厅发出了嗡嗡回音。我和伊莎贝拉对视一眼，明白苏必大比袁教授的野心更大，我们之前都忽略了这个靠煤矿发家的所谓商人。就在这时，有个穿着实验服的年轻男子走了进来，附在苏必大耳边，低声言语了几句，我注意到苏必大的脸色瞬间变得难看起来。

我不知道那个人对苏必大说了什么，但不得不做好心理准备，苏必大听完那个人的汇报，冲手下挥挥手，那些壮实的黑衣人便粗暴地推动我和伊莎贝拉。我怒吼道："你把我的朋友弄哪去了？还有帅是你……"

谁料我还没说完，苏必大便厉声打断我："马上就能见到你的朋友了。"

说罢，苏必大率先走出了陈列着八具合金棺的地下三角大厅。他的手下用力推动王和大祭司的合金棺，重新关闭了通往地下隧道的入口。然后我和伊莎贝拉被押着走上了地上那座较大的三角大厅。

"悦！宇文！"我看见秦悦和宇文被双手反绑，跪在三角大厅中心，他们也发现了我，但能看出他们两人刚才在地道里消耗了很大体力。我和伊莎贝拉被黑衣人押到了太阳神庙的中心，与秦悦、宇文并排跪下，我不明白苏必大想干什么。我向周围望去，还是早上看见的样子，阴森、恐怖的神庙，花岗岩石壁上满是厚厚的青苔和藤蔓，唯一不同的是，早上原本投射在三角大厅中心的圆形光柱，位置发生了变化。就在我狐疑之际，身后传来了苏必大的声音。

"伊莎贝拉，我很想知道你的来历和目的。"

我扭脸看向伊莎贝拉，她面色沉静地说："你已经知道了，我是蓝血团负责监察的枢密，六大枢密之一，我来赤道王朝是代表蓝血团调查你，找到其他的圣物。所以如果你想杀我，我劝你一定要考虑清楚。"

"呵呵，杀你？你这么重要，我怎么会杀你？你们不是想知道袁帅去哪了吗？你们不是发现了袁帅的异样吗？只要我将对袁帅所做的一切用在你们身上，特别是你，伊莎贝拉，我就会知道所有我想知道的。"

苏必大的声音不断从身后传来，我扭头望去，却被身后的黑衣人一把拧过来。但就那一刹那，这个呈等边三角形的大厅内，有三个六十度夹角，夹角上面有一个类似于小阳台的建筑，如果我们面对的这个夹角算作A角，那么，苏必大的声音是从B角传来的……就在我想回头再看一眼C角时，传来了伊莎贝拉的声音。

"袁帅！"

我抬头注意到失踪两日的袁帅又出现了，就在面对我们的A角小阳台上。

"帅！"我也失声叫了出来。我的声音足够大，但袁帅仿佛充耳未闻，只是默默地注视着跪在下面的我们。

9

我扭头和伊莎贝拉对视一眼，都发现了袁帅的问题。此时，从太阳神庙头顶投射下来的光柱，缓缓移到了A角，我注意到袁帅双眼迷离，神情呆滞，而且他身上的衣服也换了，换了一件外形奇异的紫色袍子，我不由得怒吼道："你们对帅做了什么？"

话音刚落，那光柱直射在袁帅身上，苏必大没说话，袁帅倒开口了："这……这是哪里？我为何会在这里？"

"这是太阳神庙，地域峡谷的尽头啊。"我高声提醒袁帅。

袁帅却依然浑然不知，像是处于梦游状态。此时，B角的苏必大又开口了，"所谓的'自己人'引导你们到了这里，除了马建秋，还有一个就是袁帅，只是他时而清醒，时而糊涂。这主要怪我们的技术还不够成熟。"

袁帅上岛后的表现不停地在我眼前闪现，刚开始袁帅似乎还很清醒，越深入岛内越是怪异，他似乎来过这里，却又未曾来过。进入王之神庙以后，帅变得越来越怪异。王座、龙骨、头痛！袁帅几次头痛……猛地我又想到了伊莎贝拉带袁帅回来继承遗产，种种怪异举动，两个袁帅？复制人？克隆？我感到我的脑袋快要炸了，以我的科学知识恐怕很难得到准确的答案。

"帅为什么会变成这样？"

"我知道你们都是绝顶聪明之人，开始那个回去继承遗产的袁帅就被你们发现了破绽……"

"难道那个人不是袁帅？"秦悦质问道。

"不，那个人就是袁帅。"苏必大没说话，伊莎贝拉却笃定地说道："我在岛上遇到袁帅后，并没有马上带他回去继承遗产，而是给他做了全面的体检，包括测了他的DNA、指纹和虹膜，绝对是袁帅，世上不会有两个人DNA和指纹完全一模一样。"

"难道是同卵双胞胎……"宇文胡乱猜测。

"不可能啊！帅不是双胞胎。即便是同卵双胞胎，DNA和指纹也不百分之百相同。"我说着，不由自主地又扭头望向B角，苏必大身上也套了一件与袁帅身上类似的紫色袍子，果然正站在B角昏暗的小阳台上。

只是一眼，我就被身后的黑衣人粗暴地一巴掌打了回来，双耳嗡嗡作响。就在这时，苏必大开口揭开谜题："你们虽然都是聪明人，但还是不会明白，技术的进步可以改变很多东西，我无法改变DNA，也无法改变指纹、虹膜，但可以改变一个人的记忆。"

改变一个人的记忆？我马上想到了什么，但依旧是一些凌乱的碎片。

"你们给袁帅注射了那种黑紫色液体？"

"我才不会像老袁搞那些小玩意儿，我的技术可不是那个小针管的技术能比的。"苏必大冷笑道。

伊莎贝拉突然惊道："纳米机器人……"

身后是短暂的沉默，很快传来了苏必大的笑声。

"果然是蓝血团的人，就是不一样。没错，我们已经初步掌握了靠纳米机器人控制一个人的技术。"

纳米机器人？我快速在大脑中搜索着，我似乎有些印象，这是一种人工智能的技术，应用极其广泛，但苏必大他们搞的是什么，我依然还是捉摸不透。

"我只听说纳米机器人可以保存人的记忆，使人肉体死后，依然以另一种形式获得长生不老。"

"没错。所以我说我和老袁志同道不同，他是从生物基因领域，而我是从人工智能领域，我如今可以毫不夸张地说，我已经远超他的研究。纳米机器人不但可以保存人的记忆，甚至可以翻新人体细胞，使人返老还童。"苏必大明显有些激动，他停了下，像是在压制自己的情绪，又说，"当然，返老还童的技术我还没实现，但至少保存和删除记忆，我已经实现了，袁帅就是我一个成功的试验品。当我给袁帅大脑植入纳米机器人后，纳米机器人就开始了工作，层层扫描、下载袁帅的大脑皮层信息，存储到计算机云端。然后我就可以洞察袁帅大脑中的所有信息，包括他最隐秘的世界，然后再选择性地将他的记忆删除和保留。"

"所以当我在岛上遇到袁帅时，袁帅已经被你们控制，并植入了纳米机器人，他对荒原大字后的经历完全没有印象，只记得在岛上的部分生活片段。所以当我们被绑架后，你们又扫描、下载、分析了袁帅的记忆信息，当我们在船上遇到袁帅时，他似乎又像是变了一个人。"伊莎贝拉越说越愤怒。

"因为这样，袁帅才会头痛，袁帅会对岛上的一些地方似曾相识，袁帅会忘记过去的一些细节，比如我从不吃河豚。"我也怒道。

"这些都是技术的瑕疵！还不可能做到百分之百的可靠。"苏必大的声音又低了下来。

"你现在的试验，只会毁了一个人。"伊莎贝拉直着身子，双眼直视A角小阳台上的袁帅。

"伟大的科学实验都是要付出代价的。更何况我不仅仅是让袁帅去继承老袁的遗产，我更想弄清楚袁帅，还有你，你们所有的秘密。"苏必大的声音有些颤抖。

"那么现在你满意了吗？"伊莎贝拉冷笑道。

"不，没有。我们分析了袁帅的记忆，并没有发现更多更有价值的秘密。"苏必大提高了嗓音。

"所以，袁帅对你们没有价值了？"伊莎贝拉反问道。

背后陷入了沉默，过了一会儿才传来苏必大的声音。

"刚才我的手下告诉我，他们扫描、下载了袁帅最近一周的记忆信息，却发现我们无法分析这一段记忆信息。"

我马上明白了苏必大刚才为何脸色大变。

"所以你想知道的记忆没有了？"

"不！不是没有了！"苏必大没说话，伊莎贝拉却说道："他们可以通过纳米机器人扫描、下载一个人的大脑信息，但是如何读取呢？"

"全息投影……"我也不知怎么做，就是突然想到了全息投影技术，然后脱口而出。

"哈哈！你们真是聪明人。纳米机器人只能扫描、下载一个人的大脑信息，但计算机无法直接读取、分析，必须要用全息投影技术，与云端相连。而就在我最近的研究当中，我发现这座太阳神庙，这个神奇的三角形建筑却蕴藏着巨大的能量，隐藏着闭源人的秘密，这一切都要感谢袁帅，他的大脑里，充满了神奇的记忆，似乎他曾经来过这里，又好像他天生大脑内就有一些不属于正常人类的记忆。所以……你们很快就能看见一些奇迹……"

苏必大话音刚落，我就发现那束光完完全全笼罩在A角的小阳台上，袁帅身披金光，像是一尊神像……而就在这时，苏必大嘴里念念有词："我的丰功伟绩，它值得浇筑于青铜器上，铭刻于大理石上，镌于木板上，永世长存。等我的这些事迹在世上流传之时，幸福之年代与幸福之世纪，亦即到来……"

随着苏必大如咒语般的话语，整个三角大厅似乎开始旋转起来，厚厚的青苔与藤蔓仿佛消失了。我们缓缓抬起头，吃惊地看着眼前这一幕，A角周围的花岗岩石壁上，隐隐现出了画面，犹如全息投影。我的眼睛慢慢适应了周遭环境，全息投影现出了一群人闯进太阳神庙，就在这座三角大厅内，这群不同肤色的人全副武装，穿着和装备似乎是二十世纪七八十年代的，我马上想到了格林诺夫，他们曾经来过这里……紧接着，画面一转，这群人像是遭受了什么惊吓，惶恐地又汇聚在大厅内……再接着，画面神奇般地跳转成袁帅，就在这时，画面突然戛然而止了。

10

全息投影没了。我盯着A角的袁帅，发现那束光不知何时竟没了。我仰头望去，头顶的那个圆洞还在，但投射下来的光线却发散开来，照在三角大厅中，我又本能地回头，这次我没向B角望去，而是向一直湮没在黑暗中的C角望去，C角自始至终湮没在黑暗中，但我却隐隐觉着那里似乎有人，虽然我并不能确定。

　　三角大厅里发出了一阵细微的骚动，我咀嚼着苏必大刚才嘴里的话语，那是《堂吉诃德》里的名场景。再看向苏必大，显然有些气急败坏，他在短暂的沉默后怒道："既然是这样，那么就来点更直接的吧。"

　　说着，苏必大那个身穿实验服的手下，带着一个助手走进来，逼近伊莎贝拉，那个助手手里托着一个玻璃容器，里面呈现出淡绿色的液体，而那个身穿实验服的手下则熟练地用针管从玻璃容器内吸取液体。我知道这里面就是纳米机器人，这是一种可以在医学上大展拳脚的肉眼看不到的机器人，苏必大用他来控制一个人。

　　我知道苏必大的目标是伊莎贝拉，因为相对于我们，伊莎贝拉是蓝血团的成员，她显然更有价值。我关切地注视着伊莎贝拉，伊莎贝拉的脸上看不出任何恐惧，反倒平静异常。又走过来一个彪形大汉，牢牢摁住了伊莎贝拉的脑袋。直到这时，伊莎贝拉才淡定地说了一句："苏必大，你对我做的任何事，都会遭到蓝血团加倍的报复。我们不伤害任何人，但也绝不会允许任何人侵犯蓝血团。你太过自信，蓝血团已经苏醒，你却浑然不知。"

　　苏必大大笑起来，笑声震得整个三角大厅微微颤抖。

　　"我始终觉得你和袁帅的行动，并没有得到蓝血团的认可和支持。我正想知道你的秘密，还有蓝血团的秘密，你是一个比袁帅更好的试验品。"

　　苏必大说完，他的手下已经举起针管，逼近伊莎贝拉，伊莎贝拉使劲挣扎了一下，却被三个黑衣人死死摁住，伊莎贝拉凶多吉少，而这样的命运紧接着就会落在我和秦悦、宇文身上。

我扭头死死盯着那个人，就在这时，那人的身子微微一怔，竟一头栽倒在地。鲜血溅了伊莎贝拉一身，那个人被子弹击中了，我循着射击的方向望去，发现本该在A角小阳台的袁帅消失了，两个身着雨林迷彩，全副武装的战士开枪击毙了苏必大的手下。

几乎就是一瞬间，我们还没缓过神来，身边的黑衣人便一个接一个倒地。我才注意到除了A角小阳台上的那两个战士，从两扇大门外又冲进来数名全副武装的战士，这是些什么人？I国军警吗？相貌装束又不像。秦悦的人？也不太像！我扭头看看秦悦，秦悦显然也很吃惊，再扭头看伊莎贝拉，伊莎贝拉却依旧淡定，我似乎明白了什么。

再向B角望去，苏必大已经不见了，B角不时有火舌从黑暗中射出，我知道苏必大一定还在B角。再看C角，依旧湮没在黑暗中，没有人，也没有火舌射出，我站起来，酸痛的大腿让我一个趔趄，从地上拾起一个黑衣人的冲锋枪，疾走几步，来到C角近前，越靠近C角的时候，我越加坚信自己的判断，C角的小阳台上刚才一直站着一个人，他默默注视着眼前发生的一切。但却没有发声，我举起枪，扣动扳机，冲锋枪射出火舌，打在C角小阳台上，那里却是死一般寂静，并没有人回击。

秦悦和宇文见我冲着无人的C角射击，都以为我疯了。此刻，三角大厅内一片混乱，秦悦和宇文也拿起地上的枪，一边回击一边向大门撤退。而伊莎贝拉缓缓站起来，向通往下面的那扇大门走去，她想要做什么？我瞄了一眼秦悦和C角，忽觉大脑有些疼痛，一阵混乱。

然后我追了过去，跟着伊莎贝拉出了大门，那两条阶梯又出现了，一条宽大的阶梯通往下面，一条狭窄的阶梯通往上面，我估计了一下，这条通往上面的阶梯就应该是通往A角的，果然，一个身高马大的男人架着袁帅从阶梯上走了下来，伊莎贝拉赶忙紧走几步，接住袁帅。我明白伊莎贝拉是为了袁帅。我瞅了瞅那个男人，身材健硕，一副欧洲人的样子，他用英语称呼伊莎贝拉"枢密大人"。回想起了铱星电话里那个呼叫，马上明白了什么。

我也赶忙上前架着袁帅，大声问道："这些人是……"

"我们的人。"不等问完，伊莎贝拉就对我说道，同时一指身后的白种男人，"这是杰夫。"

我没时间理会这个杰夫，而是追问伊莎贝拉。

"蓝血团不是组织松散吗，怎么还有武装？"

"我刚才说了，我们不想伤害任何人，但因为我们掌握了那么多重要的东西，所以我们不得不有所防备！"

"为了保卫智慧之轴？"

伊莎贝拉停下脚步盯着我，没有正面回答，而是急促对我解释道："蓝血团有许多下属组织，其中有一支骑士旅，用来对付外敌，保卫蓝血团的重要目标，特别是保卫智慧之轴的安全。骑士旅成员大多有军事背景，各怀绝技，战力超群。"

"那也就是说这次我们的行动，是得到蓝血团支持的了？"我又接着问道。

伊莎贝拉一摆手，打断我的问题。

"你知道的已经够多了。现在不是谈这个的时候。"

说罢，伊莎贝拉推开我，架着袁帅又走进大门。三角大厅内接连传来两声爆炸，此刻已经满地尸体，大多是苏必大的手下，但也有几具属于骑士旅的战士，其中包括在A角小阳台上的战士，被从C角射出的子弹击中，直接从A角小阳台上翻了下来。

我也加入了战斗。此时，我突然感觉大地有些晃动，我吃惊地环视四周，所有人都停止了射击，各自找位置隐蔽。难道是地震？但我马上又想到了火山。当年赤道王朝就是被火山喷发毁灭的，可是我们在岛上却没有发现明显的前兆，只是发现了地热活动的痕迹。接着，又是一次剧烈的晃动，隐蔽在石壁角落里的一个黑衣人，惊慌失措冲了出来，被伊莎贝拉身旁的杰夫一枪击毙！

我看看伊莎贝拉，伊莎贝拉死死护住袁帅。

"难道火山又要喷发了？"

伊莎贝拉没有说话，而是警觉地观察着周围说："我们还有多少人？"

我听见伊莎贝拉用英文问道。

那个杰夫回答伊莎贝拉："加上我，还有五个！"

我注意到伊莎贝拉面色变得沉重起来，就这样僵持了七八分钟，突然从B角的小阳台又抛出了一个东西，那东西滚到我身旁，我本能地以为是手雷，赶忙低头，却迟迟没听到爆炸声，抬头一看，发现那个外形酷似手雷的东西在冒着淡黄色的烟雾，紧接着就是一阵炫目的光亮，我还没反应过来，就感到头晕目眩，伊莎贝拉和杰夫都意识到了危险，伊莎贝拉示意我冲出去，他们架着袁帅想要往前冲，就在这时，从不同的地方，七八只枪口，一起向我们这边射击，逼得我们几个动弹不得。

密集的子弹打在我的身边，杰夫的左臂护着伊莎贝拉，连中两弹，但杰夫依然死战不退，不断还击。袁帅的肩头也中了一枪，血流如注，此刻袁帅已经昏死过去。好在那东西发出的光焰很快黯淡下去，我们重新隐藏在黑暗中。但枪声并没有停止，新的一轮大战又进入高潮，我趴在地上，看见秦悦和宇文就在大门边上，却被门外的火力完全压制，不敢动弹。

就在双方交战正酣之际，大地又晃动了一下，紧接着，这座三角大厅剧烈晃动起来。这下苏必大的手下率先崩溃了，他们虽然人多势众，但显然战斗力不如骑士旅的战士，更何况这座三角大厅随时有可能坍塌，他们纷纷从隐蔽的黑暗处涌向大门，杰夫，还有秦悦抓住机会，猛烈射击。

苏必大的手下纷纷涌出了大门，三角大厅晃动得越来越剧烈……大厅只剩下我们几个，但除了我，其他几人都受了伤。此时，苏必大不知从哪个阴暗的角落，溜了出来。我们都是一惊，苏必大端着一挺轻机枪向我们扫射，杰夫和袁帅都已受伤，我摸到一支突击步枪，拼死还击，但很快就打光了子弹，伊莎贝拉几乎用自己的身体护着袁帅，也护住了我，我不禁瑟瑟发抖，自己眼看就要命丧此地。苏必大举枪在地上射出了一条直线，就在要打中伊莎贝拉时，杰夫又挡在伊莎贝拉身前，几颗子弹打在杰夫肩膀和大腿上。杰夫的勇气让我震惊，骑士旅的人难道都如此勇敢、决绝？那头被杀死的古巨蜥突然闪现在我眼前，我忽然明白是谁给我留下枪支，是谁帮我们杀死了古巨蜥，又是谁不断呼叫枢密大人。

苏必大显然也对杰夫的举动感到震惊，他停顿了一下，就是这一愣神的功夫，伊莎贝拉手中的格洛克17手枪射出了两颗子弹，一颗打中了苏必大的手腕，另一颗则射进了苏必大的大腿。苏必大发出一声惨叫，双手再也举不动轻机枪，他恶狠狠地盯着伊莎贝拉，丢掉机枪，四下暨摸，想从地上捡一支枪，但伊莎贝拉显然不会给他这个机会，连续射击。此时，大地又颤抖起来，三角大厅不断掉落碎石，那不知尘封多少年的藤蔓和苔藓也大块大块剥落下来……

第十章 蓝血团

1

三角大厅眼见就要坍塌，苏必大赶忙向大门逃去，我从地上捡起一支枪，紧追过去。外面的阳光有些刺眼，我适应外面的光线后，发现神庙大门前，竟是满地的尸体，苏必大的人几乎全都命丧于此。而不远处，正对神庙大门，有两名骑士旅的战士也已战死，我马上明白了这里刚刚经历了怎样惨烈的一场战斗。苏必大却不见了。我环视四周，就见在死人堆里，有个人使劲晃动了一下，我跌跌撞撞地走过去，竟是宇文！我拉起宇文，却不见秦悦，我大声吼道："秦悦呢？"

宇文精疲力竭地抬手指了指神庙大门外，我望过去，秦悦半躺在神庙大门外，人事不省。神庙晃动得越来越猛烈，我赶忙过去，只见秦悦头上在流血，腿上也在流血。我背起秦悦，宇文在身边小声说道："刚才我们跟着苏必大的人冲出来，蓝血团的人在外面狙击，混战中秦悦受了伤。"

我猛地扭头看着宇文问他："你是说秦悦是被蓝血团的人……"

"我也说不好……"宇文话音刚落，一声震耳欲聋的巨响，整座神庙都坍塌下来。我被震得失去控制，带着秦悦一起栽倒在地，宇文也压过来，好在我们已经脱离了危险区域。袁帅！还有伊莎贝拉！我又猛地晃动身体，回头望去，直到看见伊莎贝拉与杰夫满身尘土，跌跌撞撞从瓦砾堆里站出来，我才长舒一口气，精疲力竭地瘫倒在地上，任由宇文和秦悦的身体压在我身上，我艰难地呼吸着外面的空气，正午的阳光透过茂密的原始森林，直射进来，一直照到了这幽深的谷底，让我感到了一些温暖。

　　我怔怔地仰着头，看着头顶茂密的树冠，虽然已经精疲力竭，但大脑仍然保持着高速运转，太阳神庙这座结构最稳定的三角大厅已经土崩瓦解，可我还是感到大地在晃动，我静下心，仔细倾听。颤动始自我的身下，我们真的唤醒了地下的魔鬼。自一万年前火山喷发，摧毁赤道王朝，这座火山就像是消失了一样，没再喷发。我们上岛以后，也没有发现任何火山锥，更没有随时可能喷发的活火山。想到这里，我感到身上轻松了不少，秦悦已经苏醒过来，从我身上翻了个身。一束光刺过树冠，照射在我脸上，正午的阳光？我猛地想到了那个呼救信号，正午时分我们得赶到东海岸。我推开宇文坐起来，环视四周，伊莎贝拉似乎在抢救袁帅，而袁帅依然人事不省。从神庙内又走出一个骑士旅战士，架着受伤的杰夫，我不得不提醒伊莎贝拉："我们必须赶紧走，赶到东海岸。"

　　伊莎贝拉看看天，低头不语。过了许久，她才重新抬起头，缓慢而坚定地说道："不！我们必须找到苏必大的实验室……"

　　"你疯了吗？我们必须赶紧离开这里，苏必大经营这个岛多年，绝非只有这点人，我们不能……"

还没等我说话，伊莎贝拉也提高嗓音。

"我是为了袁帅。储存他记忆的芯片肯定都藏在苏必大的实验室。如果我们拿不到芯片，袁帅就会永久失忆，甚至成为植物人。"

伊莎贝拉的话把我怼了回去，我怔怔地望着袁帅，又看看缓过来的宇文和秦悦，秦悦被碎石击中，鲜血直流，我扯下衣服，给秦悦做了简单包扎，秦悦微微冲我点了点头。我站起来，无奈地冲伊莎贝拉也点了点头，然后让宇文去背袁帅，我背起摇摇晃晃的秦悦，循着苏必大留下的血迹重新上路。

我发现苏必大的血迹一直延伸向峡谷后的山崖，等我背着秦悦走到山崖下，才发现这是一处最低矮的山崖，山崖上方的荒草中，隐隐露出了一条碎石铺就的阶梯，我恍然大悟，苏必大的人原来是从这里深入谷底的。我先爬上山崖，然后宇文托举着秦悦，又托举着袁帅，一个个爬上了山崖上的阶梯，碎石铺就的阶梯几乎被荒草湮没，若隐若现，走出一段，我再次判断方向，指南针重新恢复了正常，而我们所走的这条路正是通往东方的。我不禁想到苏必大的实验室很可能就在东海岸附近的隐蔽处，所以我们在岛上始终没有发现，而上次伊莎贝拉飞机失事，落难荒岛遭遇袁帅，正是在东海岸，一切都是苏必大的安排。

我胡乱猜想着，不觉加快了脚步。已经快两天没吃东西，又与巨兽搏斗，接着大战苏必大，此刻背上还有一个秦悦，本以为自己精疲力竭，难以支持，但不知是脱身在望，还是为了袁帅和秦悦，我反而来了力气，居然背着秦悦一口气登上了一座山脊。

"我们已经走出了峡谷。"我将秦悦轻轻放下，四处望去。

伊莎贝拉手握望远镜，不动声色地观察着。等了一会她才像是自言自语地说："苏必大的实验室一定很隐蔽……但又离海岸不远，这样才方便出入和运输。"

杰夫身上的弹孔还不时冒出殷红的鲜血，但这家伙就像一头蛮牛，并不在意，还蹲下来，仔细观察地上的血迹，最后杰夫用英语指着下山的路说道："那家伙肯定是往这里跑了……"

伊莎贝拉终于放下了手中的望远镜做出指令。"我们必须尽快，苏必大这个疯子什么事都可能做出来。"

我没明白伊莎贝拉最后的那句话，但已经来不及多想，杰夫和伊莎贝拉走在最前。我背着秦悦跟在后面，继续循着血迹，向山下走去，大约半个小时后，我们似乎又走进了一条山谷。回首望去，我不禁诧异刚才我们翻过的那座山，竟然如此之高。无暇多想，我们继续前进，这条山谷并不深，植被也并不茂盛，山谷的走向正是东西向，这样的景象反倒让我警觉起来。

"或许我们快到了。"我压低声音，提醒伊莎贝拉。

伊莎贝拉没说话，却举起枪，加快脚步。我们在山谷内向东走了几百米后，前面的伊莎贝拉和杰夫都停下了脚步，伊莎贝拉示意我停下来，我这才注意到地上的血迹到这就断了。我将秦悦轻轻放下，举起了突击步枪，四周的雨林一片死寂，静得让我感到有些反常。我们高度戒备，小心翼翼地向前又搜寻了一段后，山谷一侧的断崖上，隐隐出现了一些异样。

2

断崖上隐隐现出了一些黑色玻璃，没错，就是那种黑轴文明使用的黑色玻璃。难道这又是一座阴森、恐怖、巨大的中央试验室？这些黑色玻璃完全嵌入在灰黑色的崖壁上，不注意根本看不出异样。我轻轻地放下背上的秦悦，架着她，与伊莎贝拉对视一眼，伊莎贝拉的眼神中透着坚定与执着，还有……还有隐隐的杀气。

"小心。"我提醒身后的宇文。

我们小心翼翼地逼近那些黑色玻璃，并没有遭遇什么陷阱或是袭击，但也始终没有发现入口，当我靠近崖壁上这些黑色玻璃时，忽然感到有些奇怪，这些黑色玻璃不像黑轴或是格林诺夫所建的中央试验室那样平直规整，而是凹凸不平，有的地方像是被大火长时间灼烧过，我伸手仔细摩挲，"这……得是多大的火，才能把坚固无比的黑色玻璃烧成这样……"

"碳化氮？"伊莎贝拉又想起了格林诺夫的笔记本说道，"这里很可能是黑轴的另一个出入口。"

"另一个出入口？"我不是很理解。

"是的。某种意义上黑轴是闭源人最后的堡垒，它不止一个出入口。刚才那座三角体建筑是其中一个出入口，王以此建筑太阳神庙，然后堵死了那个通往黑轴的出入口。"伊莎贝拉解释道。

"那苏必大的实验室……"

"苏必大的实验室很可能利用了黑轴的另一个出入口。这个出入口靠海岸更近，便于进出。至于这个出入口为何成了这般模样，很可能是在远古时代一次火山喷发，彻底摧毁了这里，能把这种材料烧成这副模样，需要温度极高的火焰持续燃烧。"伊莎贝拉进一步推测道。

"我们为何至今没有看见火山堆？"宇文不解地问。

"我也不知道。但这座岛始终处于火山运动频繁的区域……"

伊莎贝拉话没说完，我们转过山崖，在山谷深处就出现了一处钢结构的建筑，建筑很小，像是一个门厅，但结构和外观与我们在荒原大字见到的中央试验室几乎一模一样。

"看来这就是实验室的入口了。"说话之间，我本能地蹲下来，将自己和秦悦身子隐没在半人高的杂草中。

大家都蹲了下来，观察着那座不大的门厅建筑，门厅像是完全嵌入了崖壁内，无法透过黑色玻璃看清里面的模样，周围也没有发现苏必大的人。观察良久，杰夫和另一个战士率先穿过杂草，潜到了门厅外，我们也跟着往前，我架着秦悦还没隐蔽好，杰夫他们就率先发起了进攻，我不得不佩服杰夫的毅力和力量，他竟然用另一只没受伤的手臂，举起重机枪，一阵扫射，伊莎贝拉又抛出两枚手雷，爆炸和扫射之后，平整的黑色玻璃布满弹坑和碎裂纹路，却并没完全碎裂，倒是钢结构经不住手雷的轰炸，在沉重的一声吱呀后，向内整个倒塌下去。

实验室的门开了，我们没有急着冲进去，而是静静地观察了一会儿，见无动静，才弯下腰，快步走进了这座门厅建筑。门厅内并不宽敌，但在又突破一道大门后，里面豁然开朗，但也就在此时，我们遭遇了伏击。不知从哪射出的子弹，连续击中了杰夫和那名战士，我和伊莎贝拉赶忙侧身躲避，杰夫拼死还击，很快对方又陷入一片死寂。

我们加倍小心，步入实验室，发现这个开阔的空间是一个圆形大厅，大厅周围有两条走廊，一条亮着灯，而另一条却是一片黑暗。亮灯的走廊内传来急促的脚步声，杰夫没有多想，就冲进了那条亮灯的走廊，伊莎贝拉稍一迟疑，走廊内已经传来密集的枪声，伊莎贝拉命那名也已负伤的战士守在大厅，然后冲进了那条亮灯的走廊，我们也只好跟着走进亮灯的走廊，走廊内的建筑、陈设与一般实验室无异，并没使用黑色玻璃，与中央试验室完全不同。

我的手架着秦悦，脑中快速思索，脚旁出现了尸体，与刚才那些全副武装的黑衣人不同，被杰夫打死的人都穿着实验服，显然他们虽然身旁也有枪，但都不是武装人员。我不停地向前走，身旁一扇扇被撞开的门，里面是各种试验设备和瓶瓶罐罐，我来不及仔细研究，跟着杰夫和伊莎贝拉很快来到了这条走廊的尽头——一个奇怪而宏大的房间。整个房间呈半球形，里面的仪器像是投影仪，但又不是，顶部呈穹隆顶，像是白色幕布。

"这……好像是放电影的地方！"宇文忽然说道。

"类似于全息投影的展示厅……"伊莎贝拉看看我，"刚才苏必大已经说了，纳米机器人虽然可以扫描、下载人的记忆信息，但是其他人并不能看到，必须通过全息投影技术，模拟出一个特殊的环境，才能让其他人看到这个人的记忆信息。而且即便能看到画面，也是无法了解这个人当时的感受和思想，因为那是量子态，是无法被感知的。"

"不过……刚才那座三角大厅似乎可以……"我回味着刚才那一刻的奇妙感受。

"所以，苏必大要在三角大厅里才能获悉袁帅所有的记忆。"伊莎贝拉走到那台机器旁边，打开机器说道："苏必大极力模拟出一个能获悉袁帅记忆的环境，但看来……这里的效果并不好。"

那台机器打开后，停顿半天，没有出现任何袁帅记忆的全息影像，只是慢慢地出现了一头在云端行走的大象。我惊奇地看着眼前不可思议的全息投影很是纳闷。

"这是什么？难道这是袁帅的记忆？"

伊莎贝拉也很吃惊，愣了一会儿，她似乎明白了。

"这是云象的徽记。"

"云象的徽记？你是说云象基金？"

伊莎贝拉点点头说："就像在电影院里，电影开头的影视公司的商标，这是神秘而强大的云象的商标，只是这台机器里并没有存储任何影像，或者说是被人删除了。"

"云象？一头行走在云端的大象？"我忽然觉得这个画面有些可笑，大象那么重，怎么可能在云端行走？刚知道云象基金的时候，根本没想到这个神秘机构的商标竟然真的是一头在云端行走的大象，但我从伊莎贝拉的话里听出了端倪。

"这个神秘机构果然不一般，他们自诩为能在云端行走的大象，抑或是他们自信他们所掌握的技术总有一天可以实现任何不可能的事吧。"

"是的，他们非常自信，自信他们将掌握黑轴文明所有的技术，遥遥领先于世界，即便是笨拙的大象，也可以轻松地在云端行走。"伊莎贝拉像是陷入了沉思，最后喃喃说道："说明苏必大背后还有一个更强大的组织。"

我听到伊莎贝拉这句话时，不自觉地凝视着她。与此同时，从走廊另一端，也就是圆形大厅那里，传来了连续的枪响。

3

杰夫反应迅速，拿枪就冲了出去，我们也不敢久留，顺着走廊往回走。密集的枪声，走廊里的灯也开始时断时续，直至最后灯光全部熄灭。我的脚步迟疑了一下，但还是没有停下步伐，突然，我的脚下被什么东西绊了一下，一个趔趄，我和秦悦几乎栽倒在地。谁？我感到那是一个人，赶忙手忙脚乱地去找手电筒，没摸到自己的手电，却在秦悦的衣服里面摸到了手电筒，推开手电，照射过去，身后是宇文和袁帅，而脚边是一个死人的腿。虚惊一场，但我来不及多想，赶忙关闭手电，回到圆形大厅，留守在这里的战士已经死去，全身几乎被打成了筛子。

我们屏住呼吸，隐蔽在角落里，伊莎贝拉看见了圆形大厅门口的电闸，杰夫冒险凑近电闸，重新推上去，整个实验室瞬间恢复了光明。几乎同时，我们听到了急促的脚步声，从另一条走廊传来，我扫了一遍门厅和大厅，没有人。但我在地上又发现了一条长长的血迹……刚才肯定是苏必大，苏必大还在这里。

还没等我反应过来，伊莎贝拉已经率先冲进了另一条走廊。我们也跟着走进了这条走廊，灯光照射着这条笔直的走廊，没有人在。杰夫和伊莎贝拉开始一个个推开走廊两边的门，这条走廊两边的房间不是实验室，而是宿舍。直到我们循着血迹撞开最后一间较大的房间，伊莎贝拉发现房间内的电脑还开着，主机是热的，她快速浏览了一下电脑，不禁一拍电脑，喊了一句："该死！这就是苏必大的电脑。但他已经删除了电脑里所有的东西。"

"包括帅的记忆？"我惊叹道。同时四处打量这个房间，没有窗户，没有人。

杰夫已经检查过这个屋子，汇报说："没有苏必大！"

伊莎贝拉一直站在电脑旁边思考着，"苏必大会去哪？"

我也在快速排除所有他可能去的地方，刚才黑暗中的一幕又闪现在我脑中。

"不好，这里既然是苏必大的老巢，应该就有便捷的交通方式。不是我们进来的山谷，那么……"

伊莎贝拉马上明白了我的意思，她给杰夫一个眼色，便急匆匆冲了出去。我和宇文，架着秦悦和袁帅，亦步亦趋，跟着又走回到第一条走廊上。我们在走廊的这头听到另一头传来了巨大的声响，刚才我们所在的那座半球形全息投影室，屋顶正在缓缓被打开，而在云象的全息投影前，苏必大佝偻着身子，伫立在那，轻轻抬起左手，冲我们挥挥手，发出了诡异的笑声，我看见他手中拿着一个小盒子，盒子里就是存储着袁帅记忆信息的芯片。

伊莎贝拉和杰夫几乎疯了似的冲过去，但他们没敢开枪，当他们接近走廊尽头的时候，全息投影室的地面竟然也缓缓向上抬起，果然如我所料，这是实验室的一个逃生出口。我和宇文都想回去再把电闸拉了，但显然已经来不及了。伊莎贝拉和杰夫率先赶到全息投影室门口时，地面升到了一半，但苏必大已经不在了。

伊莎贝拉和杰夫爬了上去，我和宇文也带着秦悦、袁帅艰难地爬了上去……上面竟然是一个大平台，准确说是一个极其隐蔽的直升机停机坪。但让我感到诧异的是没有停泊直升机，而苏必大显然高兴得太早，此刻已经被杰夫一拳击倒在地，鲜血直流。

杰夫骑在苏必大身上，苏必大动弹不得，伊莎贝拉气喘吁吁地喝道："把芯片交出来！"

苏必大默不作声。

伊莎贝拉继续说道："你将实验室选在这里，因为这里是黑轴的又一个出入口吧？那条地狱峡谷给你们提供了丰富的远古生物基因库，你们复活的远古生物远不止那头古巨蜥吧？"苏必大还不说话，杰夫猛地给苏必大一巴掌，苏必大的半边脸顿时肿了起来。

伊莎贝拉又说道："还有你一直在岛上苦苦寻找的十六边形合金手环，你找到了吗？"苏必大死死盯着伊莎贝拉，还是一言不发，杰夫一连几下重拳，打得苏必大两边脸都肿起来，鲜血直流。

伊莎贝拉似乎看出了端倪，她缓缓蹲下来，给杰夫一个眼色，杰夫死死捏住苏必大的腮帮，伊莎贝拉将手伸进苏必大的嘴里，从苏必大满是鲜血的嘴里取出了一个极其微小的盒子，打开盒子，里面果然是一枚芯片，完好无损。

"你光有芯片是没用的。"苏必大终于开口了。

伊莎贝拉拿着芯片，一只脚踩在苏必大头上，恨恨地问苏必大："告诉我，怎么清理袁帅脑中的纳米机器人？如何才能给袁帅恢复记忆？"

"你……你放了我，我……我就告诉你！"苏必大狰狞的面孔露出一丝冷笑。

伊莎贝拉狠狠地踩了苏必大一脚，苏必大的一只眼珠几乎就要被挤爆，"到了这个时候，还要跟我做交易？你先说，或许我会放过你。"

"我……我说了，你也……也不会放过我的！"苏必大几乎奄奄一息。

"你要说了，我就放了你，因为你的命不值钱。"伊莎贝拉俯下身，几乎是贴着苏必大的脸，压低声音说道。

此刻，苏必大身子猛地颤动一下，声音极其微小地说道："你……你是谁？你究竟……究竟是谁？为……为了袁帅……"

我还没缓过神来，就听见砰的一声枪响，伊莎贝拉冲苏必大肩头开了一枪，格洛克17的近距离的一枪，几乎把苏必大的左肩打爆，皮肉完全翻了过来，"我最后再问你一遍——"

苏必大的面部表情因为疼痛和痛苦而扭曲，但是他似乎想到了什么，死死盯着伊莎贝拉，奄奄一息地还想说什么，"原来……"

伊莎贝拉又是一枪，直接打在苏必大的右肩上，苏必大一声惨叫，接着伊莎贝拉又是一枪直接命中苏必大脸部，杰夫从苏必大身上站起来，伊莎贝拉似乎并不解恨，连续对苏必大射击，枪枪致命，砰！砰！砰！砰！砰！又是一连数枪，全部命中苏必大的头部和胸部。直到苏必大已经死绝，伊莎贝拉仍然在向苏必大的身体射击，嘴里也一直念念有词，竟然也是《堂吉诃德》里的那段——我的丰功伟绩，它值得浇筑于青铜器上，铭刻于大理石上，镌于木板上，永世长存，永世长存。等我的这些事迹在世上流传之时，幸福之年代与幸福之世纪，亦即到来。直到打完了弹匣里的所有子弹，伊莎贝拉才怅然若失地垂下手臂。

近距离爆头的枪声惊醒了昏迷的秦悦，我和宇文，还有秦悦吃惊地注视着眼前这一幕，忽然觉得伊莎贝拉似乎变了一个人。不觉一阵心悸，伊莎贝拉过了好一阵，才像是缓过神来，失神地看着我们，又看向昏迷不醒的袁帅。

伊莎贝拉又搜了一遍苏必大的全身，一无所获。她把芯片收好，以命令的口吻说道："快，既然不能在这里清理纳米机器人，就必须快点离开！"

我向周围望去，发现平台上有一条宽敞的土路向外延伸，用指南针定位，这条土路正是朝向东海岸。看看日头，似乎已经过了正午，救援我们的人不知道还在不在。不管怎样，我们都得离开这里，离开这个恐怖可怕的地方。

4

我们互相搀扶，跌跌撞撞向前走了一段，心中还有许多未解疑团，便向伊莎贝拉问道："蓝血团的枢密是什么职务？"

伊莎贝拉停下脚步看我一眼，然后又继续向前走，说道："你刚才也听苏必大说了，蓝血团组织松散，这样的好处是没有权威可以集中蓝血团的巨大技术优势，因为我们的先贤认为，如果蓝血团有人集中了全部的技术优势，如果那人有不良的企图，那么就会对这个世界造成毁灭性的灾难。但这并不代表蓝血团是没组织的，特别是在两次世界大战后，蓝血团跌入低谷，几乎是半瘫痪状态，一批年轻人对蓝血团进行了重大的重组。"

"年轻人？"

伊莎贝拉像是没有听到我的话，继续说道："重组行为包括调整并加强了蓝血团的机构，蓝血团的领导核心由十九人组成。"

"十九人？你也是其中之一？"我好奇地追问。

伊莎贝拉微微一笑否定道："我？我还没有资格。这十九人都是各方面、各地方德高望重之人。简单地说，蓝血团的重大决策由这十九人组成的机构决定，但这个机构并不具体负责执行决策，所以其下就设立了一些办事机构，其中最主要的就是枢密处。蓝血团的日常运转由枢密处负责，而枢密处有六位枢密负责人事、财政、监察、军事、内务、外务各方面的事务。"

"你就是其中之一？"

"没错。我是负责监察的枢密。"

"枢密权力很大吧?"

伊莎贝拉扭头说道:"说大没有决策权,说小又能调动资源,就是为了互相制约。"

"那杰夫呢?"我扭头看看走在后面的杰夫,此时,杰夫大半个身子都被鲜血染红。

"杰夫是骑士旅的人。蓝血团一直肩负着保卫智慧之轴的重任,再加上集中了那么多优秀的人才,掌握了那么多重要的资源,所以在历史上,我们少不了成为别有用心组织的目标,比如这个云象组织,就是我们当下的敌人。我们不欺辱任何人,但也绝不允许任何人对蓝血团不利。因此,我们招募了一批各怀绝技、战力超群的战士,建立了骑士旅,日常由军事枢密负责领导,但使用骑士旅则必须由决策层决定。这些战士大都曾在各国特种部队服役,拥有闭源人基因,忠诚可靠,但人数并不多,都是以一当十,以一敌百的高手。"

"比如这次杰夫他们十个人,就干掉了苏必大的上百人。"我马上回想起这趟旅程的遭遇,"你来找我的时候,我就早有防范,当我们被苏必大绑架,杰夫他们其实已经在船上解救了我们,所以我们醒来看到的是一艘无人的船。他们又根据你的指示,跟着我们登岛,一明一暗,捣毁苏必大的巢穴。"

"没错。如果我们聚集起来,很可能会遭到苏必大的埋伏。杰夫给我们留下了武器,一直尽可能与我们保持着距离。"

"可……你并不是军事枢密,捣毁苏必大的巢穴似乎不是你的任务……"

我正说着，发现来到了一道山涧前，山涧有十多米宽，下面深不可测，不断向上升腾着刺鼻的烟雾，让我想起了神庙山前的山涧，或许它们是连在一起的。伊莎贝拉盯着不断升腾的烟雾，喃喃自语道："这下面也许就是火山……"

"火山？"我又向下望了一眼，"下面肯定是地热活动，但并不是火山锥。"

"这已经不重要了。还是想想我们怎么过去？"说罢，伊莎贝拉用望远镜在山涧上瞭望。接着她抬起右臂，指着离我们二十米距离的一块巨石。

还没等我反应过来，杰夫已经跑了过去。巨石原来只是一个伪装，剥去外壳，里面是一个硕大的机械装置，杰夫扳动这个装置，我们脚下猛地颤抖起来，伴随着机械有规律的轰鸣声，一条有两米多宽的铁桥，缓缓从我们脚下的岩壁伸出来，一直延伸到了山涧对面，我目瞪口呆地望着眼前这一幕。

"你……你是怎么知道……"

没等我把话说完，伊莎贝拉就快速做出回应："因为苏必大的实验室需要与外界沟通，一定会有一条路，而且是能走车的路。这条路还要隐蔽，当我看到山涧的时候，马上明白了实验室的选址非常巧妙，所以这么多年来，即便有人上岛也无法找到他们的巢穴。"

"包括上次？"

"没错，上次就是在东海岸附近活动的，也没有发现实验室的蛛丝马迹。"

伊莎贝拉说着，率先走上了铁桥。伊莎贝拉很快就完全消失在烟雾中，我赶忙架着秦悦跟上。当我的脚踏上铁桥时，身子猛地晃动了一下，再度紧张起来，这桥结实吗？苏必大的人都死光了吗？要是此刻有人……我胡思乱想着，刚往前走，在浓浓的烟雾中就与一个人迎面相撞，我慌忙向后退去，才发现居然是伊莎贝拉。

不知何时，伊莎贝拉在铁桥上调过了头，就这样怔怔地面对着我们，难道她身后有人？我首先想到了这点，向伊莎贝拉身后望去，透过浓浓的烟雾，并没看见她身后有人，再看伊莎贝拉表情怪异，面无表情，我吃惊地问道："你……你怎么了？"

愣了好一会儿，伊莎贝拉才开口说道："宇文，你走前边。"

我回过头，宇文架着袁帅跟在我的身后，宇文看看我们，还是迈开了腿，架着袁帅走到伊莎贝拉的身后。我再看看自己身后，就只剩下杰夫。我有些不知所以，秦悦也缓缓抬起头，我不明白伊莎贝拉要干什么，不自觉地向后退了一步，同时向铁桥下瞥了一眼，我看到在山涧底部，流淌着炽热的熔岩。

5

当我看到熔岩时，浑身战栗。回头发现杰夫又往前走了两步，离我只有三米远。再看伊莎贝拉也朝我走了两步。不知怎么，一种不祥的预感瞬间传遍全身，这些天的画面不断闪现在我面前，伊莎贝拉来找我，谈起赤道王朝……伊莎贝拉对袁帅的种种关心，她与袁帅的约定……伊莎贝拉最后对苏必大近乎疯狂的攻击，不留余地……苏必大临死前似乎想到了什么……慢慢地，慢慢地我觉察出这件事并没因为苏必大的死而结束，伊莎贝拉身上似乎还有什么秘密，是我不知道的。

"你究竟是谁？"我居然脱口而出。

伊莎贝拉一怔问道："你已经知道了。"

"蓝血团的枢密？不，苏必大最后已经要交出芯片，你还是杀死了他，而且那么残忍……"

伊莎贝拉打断我的话："对他用任何残酷的方式，都不为过。"

"为什么？"

"因为他该千刀万剐。"伊莎贝拉停了下，又继续说，"你们知道袁帅的身世吧？"

"当年白乐山与桂颖相爱，袁正可为了自己的私欲，将白乐山推下山崖，桂颖后来生下了她和白乐山的孩子，就是袁帅。"

"你只知其一，不知其二，袁正可不是杀死白乐山的真正凶手。"伊莎贝拉斩钉截铁地说道。

"什么？"我们都吃惊不小。

"所以当袁帅一步步知道事情的真相以后，他并没有在荒原大字向袁正可复仇。"

伊莎贝拉的话让我马上回想起了荒原大字之行，袁帅进入了那条地下公路，没有来找袁正可，现在回想起来，我的大脑一片混乱。

"所以袁教授是被……被冤枉的？"

我说这句话时，自己都觉得没有底气，伊莎贝拉正色道："不！他不是被冤枉的。袁正可也死有余辜，只是凶手还有他人。"

"苏必大？"我颤巍巍地反问道。

伊莎贝拉停了一会儿，才又说道："你以为袁正可与苏必大碰到一起，创立必大集团是巧合吗？"

"他们其实早就认识？"

"嗯，袁正可、苏必大，还有马建秋的父亲马识途他们早就认识，他们也都认识白乐山和桂颖。"

当听到马识途这个陌生名字时，我又是一惊，我极力在自己的记忆深处搜寻这个人，却没有任何印象，倒是秦悦有气无力地插话说："我……调查马建秋背景时，曾经……曾经见过这个名字，马……识途曾经与袁教授，还有白乐山是……是一个教研室的同事。"

秦悦这一提醒，我猛然想起来，袁教授曾经回忆当年白乐山的尸体被找到后，学校和警方曾经委派他和另一位老师一起去辨认，那位老师好像就姓马？伊莎贝拉这时候继续说："所以我一开始就不信任马建秋，至于苏必大，他本名并不叫苏必大，而叫桂霜。"

桂霜？好奇怪的名字，我马上想到了袁帅的母亲桂颖，不觉喃喃道："他也姓桂？"

"对！他就是桂颖的弟弟。"伊莎贝拉说着像是陷入了痛苦的回忆，"桂氏家族根深叶茂，同时又非常神秘，桂颖还有一位哥哥，叫桂肃，他们的父亲桂豹变曾经长期是蓝血团东方区的领袖。当桂颖与白乐山相恋后，不知出于什么原因，桂家强烈反对他们恋爱，特别是这个桂霜，极力挑唆阻止，甚至……甚至不惜剥夺他们的生命。"

我们都很吃惊，我怔怔地望着伊莎贝拉，"桂家居然是……是蓝血团……"

伊莎贝拉点点头，加快语速。

"所以就连袁正可都以为是他杀死了白乐山，其实早在之前白乐山就已经中毒，袁正可不推他，白乐山也逃不了一死。而下毒之人就是桂霜，可能也包括马识途。后来桂霜为了躲避风头，去U国留学，等他从国外回来后，就改头换面，成了苏必大，并跟袁正可一起创立了必大集团。"

我到此时才慢慢明白了袁帅如此复杂的身世。

"可……"

我刚想说什么，伊莎贝拉又激动地补充说道："而且我还知道真正杀死白乐山的毒药，就是我们在地域峡谷中得到的那种致命毒菌。"

什么？我忽然觉得大脑又陷入一片混乱，秦悦此刻倒出奇的镇定，她缓缓问："你……你是怎么知道这些的？"

"因为……因为我就是白乐山的妹妹。"伊莎贝拉明显很激动。

我马上想起了袁教授的回忆里，曾经提到去辨认白乐山尸体时，他的妹妹对尸检结果持反对意见，伊莎贝拉竟然就是白乐山的妹妹。我吃惊之余感叹道："怪不得你对帅这么关心，算起来你是帅的姑姑。"

"哼，桂霜还是袁帅的舅舅呢！"伊莎贝拉轻轻哼了一声。

"所以……所以你最终的目的是为了复仇。"秦悦已经明白了伊莎贝拉的动机。

伊莎贝拉愣了一下，脸上露出似笑非笑的表情。

"秦悦，当年你父亲要是像你这样聪明，今天我们就不会站在这里说话了。"

"父亲？"秦悦依偎在我身旁，我却感到她的身子在颤抖。

"没错！苏必大、马建秋和袁正可都是我的复仇对象，还有一位就是你的父亲，只不过你父亲已经不在人世……"伊莎贝拉说到这里，缓缓地举起了格洛克17，对准了我，又缓缓地将枪口对准了秦悦。

"我……我就成了你的复仇对象。"秦悦的头脑异常清醒。

"通过这些天相处，我知道你是好姑娘，但请别怪我。已经整整三十年了，我的生活全都被哥哥的死打乱，当我得知哥哥的尸体被找到的时候，整个人都瘫了。"伊莎贝拉眼里慢慢湿润起来，"我和哥哥一起长大，他在我心目中就是天才，他教我识字，教我算术，教我科学，教我一切，他就是我的天，至少在那个时候，我从未遇到过一个男人像我哥哥那样睿智、聪明、完美，可都是他们，杀害了我最亲爱的哥哥。当袁正可和马识途来辨认尸体时，我觉出了一些问题，于是去找了和他们一起来的警察，我想他是大城市来的，见过世面，一定能听懂我说的。"

"那个警察……就是我的父亲？"秦悦竟然支撑着向前走了一步。

"对！你的父亲秦天锡，他是当时我见到最睿智的警察，所以我将希望都寄托在他身上，我至今还记得那天他对我的态度很好，很认真地听完了我提出的疑点，并说会仔细研究。我临走时，还留下了当时我找到的唯一的证据。"

"是什么？"秦悦追问。

"是我哥哥的……"伊莎贝拉欲言又止，"算了，你不需要知道了。总之，我等待着你父亲能解开我哥哥的死因，可等来的却是……我疯了似的又去找你父亲，你父亲却说那关键的证据不见了，所以……所以他也没有办法，那么重要的证据怎么会不见了呢？"

"所以你怀疑我父亲，怨恨我父亲，才要……"

伊莎贝拉粗暴地打断秦悦："没错。所有与我哥哥死有关的人都必须付出代价。我于是发愤图强，一步步进入蓝血团，暗中调查桂家，慢慢地我了解到苏必大和袁正可的内幕……"

"桂家如果是蓝血团的重要人物，那么苏必大又怎么成了云象的人？"我依然感到困惑。

"因为他背叛了蓝血团，蓝血团向来对叛徒绝不姑息。"伊莎贝拉坚定地说道。

"所以你利用了蓝血团，来为你报私仇。"直到此刻，我终于恍然大悟，"蓝血团不容叛徒，你便利用蓝血团的资源，调查起苏必大和袁正可，也是你推荐袁帅进入蓝血团，并慢慢诱导袁帅怀疑自己身世，然后你和袁帅才有了接下来的行动。"

秦悦接着我的话说了下去。

"你的职位是无权调动骑士旅的，所以开始只有你和袁帅两个人。你在调查过程中，发现苏必大和袁正可正在利用黑轴的技术，你才说动蓝血团高层，给你更多的支持。"

"好了，你知道的太多了。非鱼，我很感谢你对袁帅的帮助，也希望你能加入蓝血团，至于秦悦，你将永远长眠在桥下的熔岩里，或许这是最好的结局。"

说罢，伊莎贝拉举着枪，缓缓靠近，秦悦怔怔地站在铁桥中心，并不后退，也不躲闪。我慌乱中，回头看见杰夫，杰夫似乎也听懂了伊莎贝拉的叙述，冲伊莎贝拉用英语喊道："你这么做，违反了蓝血团的法律，是不可原谅的。"

"难道苏必大和他的实验室不该毁掉吗？"伊莎贝拉高声反问。

杰夫也很为难，只是说了一句："但……你还是失去了做枢密的资格。"

"我会辞去枢密职务的。"伊莎贝拉异常坚定，距离秦悦和我只有半米的时候，她举枪对准秦悦，扣动了扳机。

"不——"我惊恐地喊出声，同时本能地抱住秦悦，就在0.01秒间，子弹划过烟雾，就要击中我时，铁桥猛地晃动了一下，子弹擦着我的脸飞了过去。

不等我和秦悦站稳，伊莎贝拉又是一枪，但这次大地都颤抖了一下，伊莎贝拉自己站立不稳，一头栽倒在桥面上，我抓住机会想取后背的步枪，但伊莎贝拉显然没有给我机会，她迅速扶着栏杆站起来，向后退了两步，依偎在铁桥栏杆上，双方就这样静静地对峙了三十秒，伊莎贝拉突然对我们身后的杰夫喊道："杰夫，你难道要背弃自己的职责吗？"

我感觉桥面微微颤抖，回头瞥了一眼杰夫，就见杰夫举枪迈步向我们走来。但就在这个关键时刻，我忽然听到了机器轰鸣的声响。准确地说，是直升机发动机和旋翼的轰鸣声。

6

四周的雨林死寂无声，山涧下的熔岩静静地流淌，没有声响，只有刺鼻的烟雾升腾起来，弥漫开来，这一刻我甚至怀疑时间已经静止。但发动机和旋翼的轰鸣声还是刺破了这让人心悸的寂静。难道是来救我们的直升机？不，不对！当我意识到问题的时候，十二点七毫米口径的重机枪的机械撞击声，清脆而冰冷，撞破了我的耳膜，犹如死神降临，我和秦悦同时去拉对方，我拉着秦悦的手，一头冲过伊莎贝拉，向对岸狂奔。我听到了宇文焦急的呼喊。

这一切都发生在一瞬间，伊莎贝拉显然还沉浸在自己的复仇世界里，比我们晚了半拍，当灰黑色的直升机影影绰绰，钻过烟雾，横在离我们不远处时，十二点七毫米口径的子弹密集地冲击铁桥，伊莎贝拉接连中弹，鲜血直流，紧接着又是一枪，伊莎贝拉的小腿几乎被打断，骨肉模糊。杰夫仍在举枪反击，但显然对方没有给他反击的机会，密集的子弹将杰夫打成了筛子。铁桥的铁索和栏杆也没有经得住如此强烈的攻击，随着一根大拇指粗的铁索被打断，铁桥发出吱呀一声刺耳的金属断裂声，杰夫所在的那一头铁桥竟断裂开来，向下缓缓坠去……

我拉着秦悦狂奔，冲到了山涧对岸，撞在了宇文和袁帅的身体上。我们四个人喘着粗气，躺倒在铁桥一侧的地面上，我扭脸看看依旧昏迷的袁帅，猛地爬起来，回头张望。我根本看不清直升机上的人，举枪想要还击，但山涧下的熔岩猛地喷出巨大的烟雾，直升机在半空中晃动一下，立即拉高，飞出了山涧上空。铁桥那头又传来刺耳的金属断裂声，我吃惊地望着还有意识的杰夫从断裂的桥面慢慢滑落下去，坠入炽烈的熔岩中。

伊莎贝拉死死抓住了一侧的铁栏杆，吃力地还在向上攀爬，我趴在崖壁边伸出手，冲伊莎贝拉大喊道："坚持住！把手给我！"

宇文死死抱住我的腰，秦悦有些恍惚地看着这一幕，最后也过来抱住我，铁桥缓缓坠落，重重打在了这一侧的崖壁上，震出大量的灰土和碎石，伊莎贝拉抓在一侧铁栏杆上，被这巨大的撞击，震得险些坠落山涧。求生的本能促使伊莎贝拉向我伸出了右手，她的指尖离我只有半米的距离，但她失血过多，已经没有力量再向上攀爬。此时，伊莎贝拉右手腕上的十六边形合金手环现出了诡异的光芒。

我对身后的宇文和秦悦大声喊："抱紧我！"然后我又向下探了探，终于抓住了伊莎贝拉的右手，使劲向上拉，伊莎贝拉同时向上用力，我抓住了她的肘部，但手里的汗水又让我一滑，只抓到伊莎贝拉的小臂……我也已经精疲力竭。此时，伊莎贝拉仰起头，眼里满是泪水，淡定与微笑没有了，刚才的倔强和仇恨也不见了，她大声对我喊道："我……背弃了自己神圣的使命，只……想着复仇……"

"先……别说了，保存……体力……"我几乎是咬着后槽牙吐出的这几个字。

但伊莎贝拉依然高声说："非鱼，这……这个手环给你。它……是你发现的，我……相信……你能……"

我的手已经麻木，湿滑的汗水让我的手又滑了一下，滑到了伊莎贝拉手腕的位置，正好触到那个十六边形合金手环。

"秦悦……是个好……好姑娘，我……我还是放不下帅……芯片……"伊莎贝拉的声音越来越小，意识逐渐模糊，说了两句看似不搭的话，但我完全明白她的意思。

我使出最后的力气，想将伊莎贝拉拉上来。就在这时，直升机的轰鸣声再次传来，伊莎贝拉看看我，绝望地摇摇头，像是在喃喃自语，又像是对我说："蓝血团……云象……之间的大战已经……不可避免……"我抬头向对面的空中望去，直升机钻出烟雾，悬停在正对我们的地方，我甚至可以看清驾驶舱里的人……十二点七毫米口径的重机枪又传来了撞击声，我的手臂猛地向下一滑，伊莎贝拉的右手滑过我的指尖，向下坠落，落入了炽烈的熔岩。同时，子弹密集地向我们射来，我被秦悦宇文快速拖了回来，一同滚下一道缓坡。

铁桥完全被子弹打断，发出巨大、刺耳的金属撕裂声和撞击声……我们四个人隐蔽在缓坡下的雨林里，大口喘着粗气，屏住呼吸，倾听着周围的动静。当直升机的轰鸣声远去，我缓缓抬起红肿的右手，那个十六边形合金手环正静静地握在我的手中。

我们等了约有一刻钟，确定周围没有任何声响，才缓缓站起来，硝烟散尽，烟雾升腾，我不敢也不愿再靠近崖壁……这时，秦悦缓缓爬起来，手里拿着一个小小的盒子，就是装有袁帅记忆芯片的盒子。

"在你拉着我冲过伊莎贝拉时，这……是她揣进我口袋里的。"

"她最挂念的还是袁帅。"我抬头看看天，日头已经西去，不管怎样，这个可怕的噩梦也该结束了。我将手中的十六边形合金手环套在手腕上，背起秦悦，向雨林外走去。没走多远，我们就见到土路边上停着一辆丰田皮卡车，我进去搜了搜，结果发现是苏必大的车，车况良好。接下来，我们开着车冲出了令人窒息的雨林，在海滩上一路狂奔，直到我们又听到了直升机的声音。

这次是一架很小的轻型直升机，是来救我们的，可是直升机太小，我让宇文带着秦悦和袁帅先走，而我则在此等待明天的救援。望着直升机在夕阳中升起，我的心就像波涛汹涌的海面一般无法平静。我沿着海岸走了一段，发现在一处隐蔽的海湾里有几艘船只，大概也是苏必大的船，我就挑了一艘比较新的，驶出海湾，望着渐渐远去的海岸，不可思议的赤道王朝，密不透风的恐怖雨林，终于可以离开了，我如释重负瘫倒在甲板上。

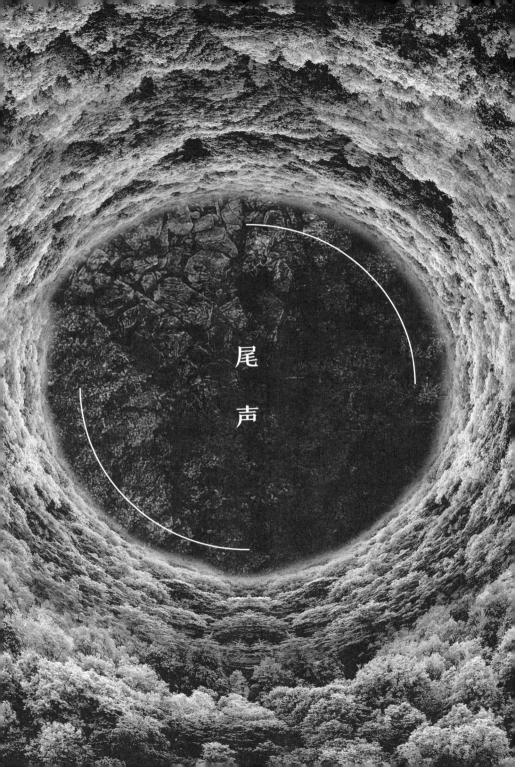

尾
声

造型奇特的三角大厅内，庄严肃穆，那个金发碧眼的女人，身着紫袍，快步穿过一排排空旷的椅子，走到三角大厅中心。女人抬起头向正对着她的A角小阳台上的人高声汇报道："这次行动我会承担所有的责任，但无论如何，蓝血团与云象之间的大战已经不可避免。"

蓝血团与云象之间的大战已经不可避免？我猛地惊醒过来，发现周围一片漆黑，自己还在船上，四周是黑沉沉的大海，无边无际，刚才是梦，还是……怅然若失，一切都结束了吗？我忽然发现在远处的海面上，升腾起巨大的烟雾，直冲黑色的天空。我心里一颤，忽然明白火山口或许已经转移到海面下的大陆架上，我失神地望着远方不断腾起的烟雾，慢慢地，慢慢地，那座巨大恐怖的荒岛消失在远方。

可能是由于海底火山喷发，也可能是机械故障，我的小船丧失了动力，飘荡在海面上，在这大海深处，我竟是那么渺小，似乎只需一个小小的风浪，就可以完全将我吞噬。我缓缓抬起右手，手腕上的十六边形合金手环正散发着诱人的光芒。

黑轴2　赤道王朝　完

图书在版编目（ＣＩＰ）数据

黑轴 . 2，赤道王朝 / 顾非鱼著 . ﹣﹣北京：台海出版社，2022.2

ISBN 978-7-5168-3201-1

Ⅰ . ①黑… Ⅱ . ①顾… Ⅲ . ①幻想小说﹣中国﹣当代 Ⅳ . ① I247.5

中国版本图书馆 CIP 数据核字 (2022) 第 016777 号

黑轴 2：赤道王朝

著　　者：	顾非鱼		
出 版 人：蔡　旭		封面绘制：李宗男	
责任编辑：员晓博		封面设计：李宗男	

出版发行：台海出版社

地　　址：北京市东城区景山东街 20 号　　邮政编码：100009

电　　话：010-64041652（发行、邮购）

传　　真：010-84045799（总编室）

网　　址：www.taimeng.org.cn/thcbs/default.htm

E﹣mail：thcbs@126.com

经　　销：全国各地新华书店

印　　刷：嘉业印刷（天津）有限公司

本书如有破损、缺页、装订错误，请与本社联系调换

开　　本：880 毫米 × 1230 毫米	1/32
字　　数：390 千字	印　张：17.25
版　　次：2022 年 2 月第 1 版	印　次：2022 年 9 月第 1 次印刷
书　　号：ISBN 978-7-5168-3201-1	

定　　价：60.00 元